Antonio Elia

Se no

Romanzo

CONTATTI

Per contattare l'autore e per eventuali richieste d'acquisto:

e-mail: ant_elia@virgilio.it

Blog: https://antonio-elia.blogspot.com/

Facebook: https://www.facebook.com/antonio.elia.5076

DELLO STESSO AUTORE:

Andavamo lontano (Manni ed., 2014)
Una barca color vinaccia. Racconti (Ed. Se No, luglio 2016)
La Zona (Robin ed., ottobre 2018)
Nero di rabbia (Ed. Se No, aprile 2022)

****

Romanzo pubblicato da: ***Edizioni Se NO***

Marchio utilizzato per la pubblicazione, senza fini di lucro, delle opere di Antonio ELIA

Proprietà riservata

Introduzione

Lungo una direttrice geografica ben precisa, si snoda una storia densa d' incertezze e precarietà. All'indomani della crisi della coltivazione del tabacco nel Salento del secondo dopoguerra, una famiglia di migranti del Meridione tenta di ricominciare nel profondo nord Italia. Molti anni più tardi, i due protagonisti, Luigi e Tommaso, affronteranno un viaggio, reale e metaforico, nella loro terra d'origine, per recuperare un passato che è stato loro negato. Il ritrovarsi, però, non è privo di conseguenze. Entrambi segnati da un'infanzia drammatica, sapranno spogliarsi, non senza fatica e lacerazioni, dei fardelli e delle resistenze che da sempre li opprimono, trovando l'uno nell' altro un ancoraggio sicuro e inaugurando una nuova fase delle loro vite.

Un romanzo dagli stili continuamente cangianti che indaga a fondo la tematica della migrazione.

L' autore narra, attraverso le intricate biografie dei protagonisti, la definizione dell'identità personale, sottolineando quanto siano fondamentali gli affetti e la condivisione in un mondo che tende a sovrastare e annichilire il singolo con la propria crudeltà.

Prologo

> *Il ritorno non si compie mai.*
> *Quando sembra realizzarsi, il*
> *tempo che intanto è passato lo ha*
> *già corretto in una strana*
> *sensazione di morte.*
> Matteo NUCCI

Per la morte di un edile

(Le notizie di stampa dell'incidente sul lavoro)

Era una bella giornata di sole, come ce ne saranno tante nella vita di Luigi. Una giornata speciale che non si fisserà nella sua memoria perché se hai appena diciotto mesi non accumuli ancora ricordi, li recuperi dopo e completeranno il primo capitolo della tua biografia. Luigi ha dovuto aspettare cinquant'anni, un po' troppi, prima di recuperare i ricordi legati al suo ingresso nel mondo; il recupero sarà lento e doloroso, metterà in discussione molte vite, alcune le cambierà, soprattutto la sua. Il suo naufragio gli schiuderà orizzonti sconosciuti, lo farà emergere in una terra nuova che lo cullerà, dove comprenderà il dolore e la sofferenza degli altri, e con gli altri potrà dare un senso alle sue sofferenze, allo smarrimento che lo aveva congelato nella solitudine del risentimento.

Ma andiamo con ordine e ricominciamo dal principio, da quel mercoledì tredici marzo millenovecentocinquantasette da cui tutto ebbe inizio.

QUOTIDIANO INDIPENDENTE — TORINO Via Roma — LA STAMPA — GIOVEDÌ 14 Marzo 1957 — Anno XIII - Num. 63

Muore schiacciato in un cantiere
la moglie impazzisce per il dolore

Come tutte le mattine, ieri, alle 5,30, il muratore Salvatore Gianfreda, di 32 anni, domiciliato a Borgo Cina in via De Bernardi 4, si alzava per recarsi al lavoro e subito svegliava il giovane vicino di casa Antonio, apprendista muratore presso un'impresa edile. I due dopo i consueti preparativi uscivano in bicicletta, entrambi verso il rione Vallette. Non avevano percorso più di tre o quattrocento metri che Salvatore diceva all'amico: —— Tu va' avanti... Debbo tornare a casa... —— Hai dimenticato qualcosa? —— Sì. una piccola cosa... tu, comunque, va' avanti. Il Gianfreda —— un pugliese della provincia di Lecce trasferitosi in Piemonte da poco più di sei mesi —— varcava, pochi minuti dopo, la soglia del suo modesto ma pulitissimo alloggio: le stanze erano al buio completo, la moglie Maria, di 23 anni, e il figlioletto Luigi di 1 anno e mezzo, dormivano ancora. Il muratore si chinava sul bambino e delicatamente, senza svegliarlo, lo baciava in fronte. La moglie si destava di soprassalto accendeva la luce. —— Cosa succede? —— Niente —— sussurrava il Gianfreda —— non mi ero ricordato di dare un bacio al piccolo. Salutava la moglie e se ne andava. Alle 6,45 entrava nel cantiere di via Sansovino 30, ove l'impresa dell'ing. Mario Ballotta sta erigendo un palazzo. Il Gianfreda era addetto alla «betoniera», la macchina che impasta il cemento. Il cemento veniva poi raccolto in grosse «benne» e issato ai vari piani mediante una robusta carrucola. Poco prima delle 12 avveniva il dramma. Alcuni operai, alla sommità dell'edificio, scaricavano una «benna» allorché il recipiente di ferro con un carico del peso di un quintale si sganciava e precipitava. L'urlo dei compagni faceva sobbalzare il Gianfreda; l'uomo cercava di scansarlo, ma la «benna» lo colpiva al capo e lo scaraventava al suolo. I primi che lo soccorrevano, constatavano che l'infelice era moribondo; lo caricavano su di una macchina e lo facevano trasportare d'urgenza alle Molinette, ma durante il tragitto il Gianfreda spirava. Nel pomeriggio i carabinieri della stazione di San Salvario trasmettevano la comunicazione ai carabinieri di Moncalieri. Un brigadiere si assumeva il doloroso compito di avvertire la moglie Si presentava in via De Bernardis e alla Gianfreda diceva: —— Signora... si faccia forza... ho purtroppo, una cattiva notizia... si faccia molta forza... La povera donna intuiva d'un lampo. Cominciava a tremare e balbettava: —— E' capitata una disgrazia a mio marito? Si è ferito gravemente? E' morto? Il brigadiere abbassava il capo, poi accennava di sì. La Gianfreda sbiancava e ad un tratto lanciava urla acutissime, strazianti, si gettava con violenza al suolo e batteva la testa contro lo stipite restando contusa alla nuca, ad un gomito e ad una mano. Il bambino, nella stanza accanto, vedendo la scena, incominciava a piangere disperatamente. Alcune pietose vicine lo portavano via e lo accoglievano nei loro alloggi. La Gianfreda veniva soccorsa e distesa a letto: ma il suo stato consigliava di chiamare un medico. Interveniva il dott. Scarrone, il quale giudicava urgente far ricoverare la donna all'ospedale di Santa Croce. Alle 19,30, stanco di una dura giornata di lavoro, rincasava il giovane Antonio. Non sapeva nulla di quanto era accaduto all'amico ma subito fu messo al corrente dalla madre ancora scossa dalla vicenda. Antonio inforcata la bicicletta si precipitava, sempre in bicicletta, all'ospedale per una visita al capezzale dell'inferma, semi-incosciente, dirigendosi poi sino a Torino, alle Molinette, per vedere la salma del caro amico defunto. [1]

---

[1] S.A., *Muore schiacciato in un cantiere. La moglie impazzisce per il dolore*, «La Stampa», 14 marzo 1957, numero 63, p. 2. Disponibile online:
http://www.archiviolastampa.it/component/option,com_lastampa/task,sea
r c h / m o d , l i b e r a / a c t i o n , v i e w e r / I t emi d , 3 / p a g e , 2 / arti-
cleid,0032_01_1957_0063_0002_14072528/

I figli cominciano con l'amare i genitori, crescendo li giudicano e qualche volta li perdonano
Oscar WILDE

Convergenze asimmetriche

(Dove si racconta che il passare del tempo non cancella le storie, le tiene sottotraccia, e quando riemergono cambiano le vite)

Capitolo 1

Di studio e privazioni

Lunedì 5 marzo 1956

Era una bella giornata di sole. Alla stazione ferroviaria di Torino i treni provenienti dal Sud si sgravavano del *nero* fardello di miseria che li aveva abitati durante la notte, scaricavano sulle banchine ancora assonnate un'umanità spaurita, indecisa, come in attesa di un suggerimento che non sarebbe arrivato.

Il treno delle ore 8,27 proveniente da Lecce e Taranto con diciotto minuti di ritardo aveva dislocato i suoi dodici scomodi vagoni lungo il binario 15; un po' defilato rispetto all'uscita centrale e finalmente a riposo dopo sedici interminabili ore di viaggio emetteva gli ultimi sbuffi di stanchezza prima del meritato ricovero nel vicino deposito del Lingotto. I passeggeri approdati sulla banchina si sgranchivano i muscoli intorpiditi dalla notte penata sui duri sedili di legno, rannicchiati gli uni accanto agli altri alla ricerca di una posizione che gli concedesse qualche ora di sonno; non ci erano riusciti e ora confidavano nell'aria fresca del mattino per scrollarsi di dosso stanchezza e intorpidimento.

Di fronte alla carrozza n. 11, mentre gli altri passeggeri si dirigevano verso la testa del binario, una coppia si attardava sulla banchina.

Nessuno li aspettava alla stazione.

Lui, Salvatore Gianfreda di anni trentuno, poco più di un metro e settanta di altezza, la struttura robusta del contadino allenato dalla ginnastica della zappa, un viso regolare sormontato da una massa di capelli castani ondulati e ribelli in cui spiccavano due penetranti occhi pensierosi di un colore verde cinabro venato da sfumature di marrone chiaro e riflessi oro, aveva un'espressione meravigliata, come chi si sente spaesato, fuori posto, proiettato in un mondo che non riconosce; lei, Maria Preite, moglie di Salvatore, di anni ventiquattro, non si dava cura del posto in cui era arrivata; seduta su una valigia di cartone cullava dolcemente il suo bambino di appena un anno perché il trambusto dell'arrivo non lo svegliasse; lo proteggeva con uno scialle mentre intonava una lenta ninnananna rassicurante.

Di tanto in tanto si ravvivava i folti capelli neri raccolti in una lunga treccia, e intanto aspettava fiduciosa che il suo uomo decidesse di avviarsi. Non portavano appresso un grande bagaglio, solo due valigie di cartone legate da una corda che ne assicurava la chiusura e una sporta di giunco riempita fino all'inverosimile dai generi di prima necessità che dovevano sostentarli nei primi giorni torinesi.

La fotografia era perfetta, un'icona classica dell'emigrazione interna del secondo dopoguerra; una fotografia vera in ogni caso, in bianco e nero, come lo era la vita dei migranti, colorata solo dalla luce delle loro speranze e dal nero dei loro bisogni.

Era una bella giornata di sole su Torino ma alle nove di mattina l'aria era ancora frizzante. All'ombra dei grandi palazzi che trasformavano le strade in lunghe gallerie a cielo aperto Maria e Salvatore avvertivano una pungente sensazione di freddo appena mitigata dai vestiti adatti a temperature più miti di quelle torinesi. In Salento la primavera dava già un'anteprima della sua vivacità e a quell'ora il sole scaldava gli uomini e la terra con apprezzabile impegno, l'aria era tiepida e il solo ricordo ispirava un dolce rimpianto e una dolorosa sensazione di perdita.

Presero il tram numero 4 e continuarono il viaggio in silenzio, impegnati a guardarsi d'intorno, a stupirsi di quanto vedevano in quel congestionato contenitore senza orizzonte, chiuso limitato e ripetitivo, da cui erano stati estromessi prati campi alberi e animali, dei quali soffrivano l'assenza, soffocati da un irresistibile senso di smarrimento.

Dopo appena quindici giorni dal suo arrivo Salvatore iniziava l'apprendistato di lavoratore edile con la qualifica di manovale sterratore in un cantiere della periferia. Nel frattempo aveva trovato alloggio in una casa di ringhiera e vi si era sistemato meglio di quanto non fosse nella sua vecchia casa di Borgo Capriglia.

Per la famiglia Gianfreda iniziava una nuova vita, che forse sarebbe stata felice se il destino non avesse stroncato Salvatore, ancora in giovane età, sotto il peso di una benna staccatasi da una gru difettosa.

Giovedì 16 marzo 2006

In realtà si può sostenere che l'economia ha avuto due origini alquanto diverse, entrambe collegate alla politica, ma in modi alquanto diversi, interessati rispettivamente all'ETICA da una parte, e a quella che potrebbe essere chiamata INGEGNERIA dall'altra[2].

Nel preparare la lezione seminariale su Amartya Sen, il premio Nobel per l'economia teorico della libertà come vettore di sviluppo, Tommaso non sapeva ancora che dall'incontro della mattina con l'ingegner Gerbino sarebbe nato, al di là delle ragioni che lo

---

[2] La tradizione legata all'etica e alla concezione etica della politica risale almeno ad Aristotele e indica all'economia alcuni compiti irrinunciabili. In questo approccio ci sono due temi particolarmente importanti: innanzitutto c'è il problema della motivazione umana collegata alla domanda etica in senso lato "Come bisogna vivere?". Il secondo tema riguarda il giudizio dei risultati sociali. Aristotele collegava questo al fine di raggiungere il "bene umano".

L'approccio ingegneristico dell'economia è caratterizzato dall'interesse per i temi prevalentemente logistici più che per i fini ultimi, e per domande quali: "cosa possa promuovere il bene comune" o "come bisogna vivere". I fini sono considerati dati in modo abbastanza diretto, e oggetto dell'impegno è trovare i mezzi adeguati per raggiungerli.

motivavano, un confronto di fatto, estemporaneo e informale quanto si vuole, ma reale, in *corpore vili*, tra i due approcci indicati da Sen come modelli originari dell'economia politica: quello etico e quello ingegneristico. I *corpora* esemplificanti: l'ingegner Gerbino, e non per il fatto di essere ingegnere, esponente della concezione ingegneristica; il professor Tommaso Loffredo in persona a sostegno della concezione etica, soccombente nel confronto teorico e nella pratica economica corrente. Il confronto durò a lungo, alcuni anni. Nel duemilaotto non era ancora deciso, nel duemiladieci gli effetti erano già tangibili e portarono con sé qualche novità.

Si può sostenere che l'importanza dell'approccio etico, il primo a caratterizzare gli sviluppi della scienza economica, si sia andato indebolendo via via che l'economia moderna si è evoluta. La metodologia ingegneristica della cosiddetta "economia positiva" non solo ha eluso l'analisi normativa in economia, ma ha avuto l'effetto di far ignorare una gamma di complesse considerazioni etiche che influenzano il comportamento umano e che, dal punto di vista dell'economista che studia tale comportamento, sono prevalentemente dati fattuali più che elementi di giudizio normativo.

Normativo e positivo, ciò che è e ciò che si vorrebbe fosse, oggettività versus volontà: l'oggettività vince perché ha il fascino dei numeri e delle dimostrazioni matematiche ineccepibili nella loro lucentezza formale. E se le dimostrazioni poggiano su presupposti errati? Se comportano la morte per fame di milioni di persone, i licenziamenti di massa, lo sfruttamento generalizzato globalizzato e istituzionalizzato? Se contraddicono i sacri principi: la *liberté*, l'*égalité*, la *fraternité* poste alla base della rivoluzione borghese *par excellence*? Quella che contemporaneamente reclamava: *laissez faire, laissez passer*? Non sta forse in questa contraddizione il tradimento della rivoluzione? *Laisser faire, laisser passer* a ogni costo non favorisce l'economia a danno della declamazione trinitaria? Tommaso si poneva queste domande e altre ancora mentre rileggeva il brano di Sen tratto da *"On Ethics and Economics"* con il quale voleva aprire l'incontro con gli studenti. Su quel terreno, tra economia e libertà, voleva portarli a riflettere; gli sviluppi successivi sarebbero dipesi dalla perspicacia e dalle intuizioni o dalle resistenze degli studenti.

In ogni caso il confronto sarebbe durato il breve tempo della lezione, molto meno di quello che lo impegnerà con l'ingegner Gerbino.

Il sedici marzo duemilasei, alle ore 15.30, il prof. Tommaso Loffredo, associato alla cattedra di economia politica, era impegnato in un seminario con gli studenti del secondo anno sul tema *"Etica ed economia nel pensiero di Amartya Sen"* che si svolgeva nell'aula 23 al terzo piano della facoltà di economia dell'Università statale di Milano.

Sen sostiene che la natura dell'economia politica moderna abbia subito un sostanziale impoverimento a causa della distanza venutasi a creare tra l'economia e l'etica...

Mentre pronunciava queste parole invitando gli studenti a individuare riferimenti teorici che le avvalorassero, Tommaso pensava alla strana mattinata appena trascorsa e lo pervadeva un'agitazione che stranamente non riusciva a controllare. Tommaso si riteneva un uomo razionale, aveva forgiato il suo carattere nel vivo di esperienze drammatiche, cariche di pathos, laceranti; glielo imponeva anche la professione che nella razionalità della logica formale e del pensiero deduttivo poneva le premesse dei propri successi scientifici...

Scusi, professore, si può sostenere che la stessa idea di HOMO ŒCONOMICUS tutto razionalità e niente sentimento sia messa in crisi dalla concezione etica dell'economia?

... Si può sostenere – pensava Tommaso, mentre articolava la sua risposta alla perspicace domanda dello studente – che io sia raziocinante se è sufficiente un incontro, la conoscenza di una persona, a scombussolare il mio equilibrio?

In realtà non erano stati un incontro e una conoscenza banali, ...una presenza letargica, piuttosto, vivificata dalla paura della morte. Era entrata prepotentemente nella sua vita, l'aveva occupata, seppure soltanto da qualche ora, ...una forza dirompente che gli aveva prosciugato interi bacini di razionalità lasciandolo in balìa delle emozioni, senza alcuna risorsa da opporre, privo di argomenti, spoglio delle ordinarie difese affettive che alla peggio attutiscono i colpi e sciolgono le asperità nella dolcezza di un abbraccio consolatore; spoglio perfino della sicurezza garantita dai duri baluardi ideologici, che in questo caso non lo avrebbero garantito per niente; privo di parole, insomma, stordito, bisognoso di silenzio e di riflessione.

Ci sono due metodi predominanti di definire la razionalità del comportamento nella teoria economica prevalente. Uno consiste nel vedere la razionalità come "coerenza" interna di scelta, e l'altro consiste nell'identificare la razionalità con la "massimizzazione dell'interesse personale". Sì, direi che il primo concetto sia incompatibile con il comportamento dell'HOMO ŒCONOMICUS.

Tommaso aveva incontrato Luigi nel suo studio all'Università, verso le nove del mattino. Vi si era intrattenuto per oltre tre ore rinviando altri appuntamenti e aveva appreso quella notizia inaspettata che inquadrava sotto riflettori più chiari e luminosi una storia lunga quarant'anni. Rivedeva sua *madre*, Maria – va beh, non era sua madre, era solo *(solo!)* la seconda moglie di suo padre, la donna che lo aveva allevato, alla quale lo legava un sentimento profondo, istintivo, rinforzato dal bisogno di compensazione delle assenze paterne; era più di una madre! – rivedeva Maria nella sua rappresentazione abituale: vestiti rigorosamente neri, foulard in testa (nero anch'esso, ovviamente), calze nere, ...e nero anche l'umore, verrebbe da dire. No, colorare di nero l'umore di Maria non renderebbe giustizia a quella donna infelice; non che la sua condizione normale ne fosse lontana, ma dirlo in quei termini è riduttivo, non coglie le sfumature e le implicazioni di una condizione complessa nella quale la donna galleggiava come una barca alla fonda, in balia degli elementi ma incapace di lasciarsi andare alla deriva, così come di dirigersi verso un porto tranquillo al riparo dai venti e dalle onde. L'ancora che la reggeva era la sua pena più grande, il ricordo di quel figlio perduto che occupava ogni pensiero e ogni ora dei suoi giorni.

Tommaso aveva sempre pensato che le gramaglie di Maria fossero per il marito perduto e per la pena che le procurava il secondo, così il suo umore tendente alla malinconia e alla depressione; invece erano riconducibili a un concorso inestricabile di situazioni, convergenti e parallele, che assorbivano e rovesciavano in pianto e tristezza ogni evento, ogni notizia, fossero pure felici e propizi.

Da ragazzo, tornando dai giochi per strada o dalle scorribande nei meandri cittadini, la trovava seduta sempre sulla stessa sedia di paglia un po' sfondata, in cucina, tra la stufa e l'angolo più interno della stanza, invisibile, protetta dalle ombre calanti della sera, con il rosario in mano che celebrava misteri dolorosi e biascicava a raffica *avemarie* e *paternoster* o leggeva libretti di preghiere e di pensieri edificanti fino a cavarsi gli occhi nella penombra sempre più fitta. Allora non capiva e pian piano, suo malgrado, ne assorbiva gli umori, ne introiettava il carattere taciturno, riflessivo, scontroso che si portò dietro nell'adolescenza e oltre e che fece fatica a superare nella maturità.

La vera questione è se ci sia una pluralità di motivazioni nella determinazione del comportamento umano, o se sia il solo interesse personale a guidare gli esseri umani.

La commistione tra comportamento egoista e altruistico è una delle caratteristiche importanti della fedeltà di gruppo e questa commistione la si può vedere in un'ampia gamma di associazioni che vanno dai rapporti di parentela e di comunità ai sindacati e ai gruppi di pressione economica.

In quel periodo Tommaso era un uomo in crisi. Da sei mesi aveva divorziato dalla moglie Claudia, dalla quale si era separato quattro anni prima in un modo che riteneva esagerato, certo per colpa sua, ma non per sua volontà. Egli avrebbe voluto recuperare il rapporto con la moglie, riteneva che qualche avventura passeggera non avrebbe dovuto distruggere una convivenza decennale durante la quale si erano amati con passione, insuperata nonostante tutto e forse ancor più dolorosa per Claudia che nel rapporto matrimoniale aveva investito i suoi progetti di vita.

Tommaso non aveva accettato quella separazione e aveva fatto di tutto per scongiurarla, fino a prostrarsi in lacrime di fronte alla moglie dichiarando che aveva bisogno di lei, che la amava, che senza di lei la sua vita non avrebbe più avuto senso: ma era stato inutile. La lesione per Claudia era insanabile, tale da giustificare la preclusione assoluta alla normale frequentazioni dei figli e al mantenimento di rapporti civili tra ex. L'amore e la passione si erano repentinamente trasformati nel loro opposto: l'odio e la cinica freddezza, il disinteresse e il rancore; non *odi et amo* ma l'odio in vece dell'amore.

Dopo la separazione vedeva i bambini (Francesca all'epoca aveva nove anni e Gianluca sette) un fine settimana ogni quindici giorni, un'intera settimana durante le vacanze estive, e in questa intermittenza non era riuscito a ricostruire un rapporto pieno, soddisfacente e appagante, complice Claudia che non perdeva occasione per vanificare i suoi sforzi e sminuirlo agli occhi dei figli. Con Francesca, più grandicella, il rapporto si manteneva su livelli di equilibrio accettabili. Il problema era soprattutto il ragazzo con il quale viveva un rapporto difficile, fatto di incomprensioni e di contrasti violenti, non solo generazionali, che sarebbero comprensibili, ma strettamente connessi alla vicenda familiare. Gianluca nella sua durezza, nei silenzi e nell'ostinazione a rifiutare il rapporto filiale rifletteva la durezza della madre; pur nella sua ingenuità accusava il padre dell'abbandono della famiglia e delle sofferenze di Claudia e, come tutti i bambini ostinati nella loro coerenza, rifiutava il rapporto col padre, responsabile unico di tanto dolore.

La vita di Tommaso dopo la separazione era alquanto incasinata; da quasi due anni viveva con Roberta, più giovane di lui di vent'anni, ma non era felice. Il loro rapporto si nutriva di equivoci, nei quali si confondevano infatuazione e amore, passione e simpatia, ammirazione e interesse, stima e seduzione, emancipazione e libertà; ciò lo minava dall'interno, alimentava piccole incomprensioni destinate a ingigantirsi col tempo, soprattutto impediva che tra i due si stratificasse una relazione vera, fatta di sentimenti stabili, concretamente fondati, certi. Il loro rapporto si consumava tra picchi di passione e lunghi periodi di indifferenza, tra assenze e ritorni impetuosi, sempre in bilico tra essere e non essere, tra rotture drammatiche e riappacificazioni romantiche. Era Roberta ad alimentare questo dualismo, la sua irrequietezza, la sua voglia di vivere; Tommaso alla sua età, oramai, viveva la vita con disincanto, forgiato dal principio di realtà che aveva dovuto apprendere ben presto per affrontare le difficoltà dell'ambiente in cui aveva vissuto l'infanzia e l'adolescenza. E con disincanto viveva anche le stranezze di quel rapporto.

Tommaso si arrovellava da tempo sulle regole dell'amore; conosceva gli aforismi, le pagine letterarie più vive e le costruzioni filosofiche, I *Frammenti di un discorso amoroso* di Roland Barthes, perfino i classici dell'amore ascetico, ma gli sembrava che alla costruzione mancasse qualcosa. Da economista aveva la convinzione che si dovesse indagare sulle basi materiali del rapporto amoroso, che fossero queste a determinarne la fecondità e la solidità, non la fugacità della bellezza, la volatilità dell'innamoramento o la fisicità dell'attrazione; si trattava di individuare le *basi materiali del rapporto amoroso* e ci stava pensando ormai da tempo. Ci voleva una *"Teoria economica dei sentimenti"*. Ne aveva discusso prima con Claudia poi con Roberta, senza venire a capo di niente di significativo, ma a quell'idea aveva dedicato alcune pagine, una sorta di glossario, con l'intenzione di scandagliare le famose *basi materiali*, ma non ne fece niente; di sicuro non pubblicò alcunché, conserva solo qualche pagina nel fondo di un cassetto o in un file dimenticato nella memoria del suo computer.

La terminologia per analizzare le basi materiali dell'economia dei sentimenti l'aveva mutuata, com'era inevitabile, dal linguaggio della sua scienza: *domanda, offerta, risparmio, capitale, investimento, consumo, equilibrio, incertezza, astinenza, scarsità*, e l'aveva coniugata con principi che nell'economia politica sono assenti quasi del tutto.

Se l'obiettivo dell'economia è la massimizzazione del benessere individuale dell'agente, nell'economia dei sentimenti il benessere da massimizzare è quello dell'amato/a perché solo da questo può venirne il proprio. E poi, la condizione propria dell'amore è che non si realizza nella situazione di scarsità in cui agisce l'*homo oeconomicus*.

L'*homo amans* dispone, in potenza, di risorse affettive illimitate poiché gli affetti, come le idee, sono prodotti della psiche umana realizzati apparentemente senza sforzo. La loro cessione gratuita che, se l'amato corrisponde alla richiesta di amore, non impoverisce il cedente (l'amante), anzi addirittura lo arricchisce, aumentandone il livello di benessere, costituisce la base dello scambio affettivo. La cessione di affetto arricchisce, al contempo, il ricevente (l'amato), senza che questi debba pagare una contropartita materiale.

Alla cessione di affetto corrisponde l'aspettativa di una contropartita, cioè una corrente di affetto in direzione contraria e di pari intensità. La reciprocità è fondamentale per la realizzazione di scambi affettivi sani, maturi e duraturi. L'asimmetria e la diseguaglianza nell'intensità dei sentimenti generano situazioni affettive malate o, comunque, dolorose. Scambi affettivi diseguali non producono relazioni stabili, generano piuttosto situazioni di dolore che logorano il rapporto e lasciano strascichi recuperabili con difficoltà.

Anche se in potenza sono illimitate, le risorse affettive sono sempre soggette all'aggressione del tempo e dell'abitudine. La produzione di affetto è illimitata in potenza, ma è soggetta a logoramento e tende a scolorirsi, a perdere freschezza e vivacità. Per mantenerla attiva è necessario vivificarla con continue rotture della routine. La routine, …è questa la ruggine che corrode la passione e la degrada al rango di abitudine, priva di slanci, di colore, di musicalità, di entusiasmo.

Il rischio, allora, come nell'economia materiale, è la caduta, sempre in agguato, nella penosa situazione di squilibrio. Squilibrio si ha quando non c'è corrispondenza tra domanda e offerta e tra le due grandezze si determina un gap in una o nell'altra direzione. Come si può contrastare lo squilibrio? Se nell'economia materiale si può intervenire con manovre calcolate sulle variabili macroeconomiche (l'intervento pubblico), come si manovrano le variabili affettive?

Tommaso ci aveva pensato a lungo, aveva cercato e ricercato senza approdare a nulla.

In conclusione? Bisogna imparare a vivere e operare nelle situazioni di squilibrio, utilizzando le poche situazioni di "normalità" che ci sono date per leggerci meglio dentro, capire gli altri con i quali entriamo in relazione e interpretare il mondo nel quale viviamo.

È poco? È difficile, semmai... e doloroso.

E soprattutto questa conclusione lasciava irrisolto il problema. Restava sospesa una domanda: Come s'impara a vivere e a operare nelle situazioni affettivamente squilibrate?

La domanda restò irrisolta nella vita di Tommaso (anche nella sua teoria) e quando finalmente si trovò immerso in una situazione affettivamente equilibrata e simmetrica non seppe spiegarsi il percorso e le cause o le variabili che l'avevano resa possibile.

Non erano stati facili i primi vent'anni di Tommaso, stretto tra le depressioni di sua madre, le assenze e le fughe di suo padre annegate in una bottiglia di vino, nella consolazione di amori mercenari. Aveva dovuto crescere in fretta per compensare le carenze dei suoi genitori; suo malgrado era diventato il loro sostegno, il collante che teneva in piedi la famiglia... finché era durato, e non era durato tanto.

Pino tornava a casa ubriaco sempre più spesso. Ubriacarsi era un inconsapevole arrendersi alla fatalità delle circostanze, all'incapacità di dominarle che lo affliggeva, all'imponderabilità della vita; un inconsapevole arrendersi alla nostalgia, all'incapacità di integrarsi. Gli mancava il suo mondo, come a tutti i migranti, ma forse l'assenza era un comodo pretesto per giustificare la propria pigrizia, l'alibi che poteva cancellarne la colpa.

Il quadretto che Tommaso doveva scomporre le sere in cui Pino tornava ubriaco non era uno spettacolo edificante: le sconclusionate imprecazioni dell'uomo si levavano dalle scale e diventavano insopportabili finché non entrava in casa. Appena ne udiva i prodromi Maria si scioglieva in un pianto sommesso e sommessamente cercava di neutralizzare ogni imprecazione con una lode edificante, nell'ingenua speranza che bastassero a bilanciare il conto e proteggessero quell'infelice marito. Non bastavano, ovviamente, ma almeno la rassicuravano. Per fortuna non era violento, si lasciava blandire fino a scoppiare in un pianto dirotto, preludio di un sonno ristoratore che lo coglieva all'improvviso, ovunque si trovasse, e allora la fatica di svestirlo e di trascinarlo fino al letto si spartiva equamente tra Tommaso e Maria, le cui forze congiunte a stento lo sorreggevano.

Se la concezione ingegneristica dell'economia è grandemente diffusa, c'è comunque qualcosa di grandemente straordinario nel fatto di aver caratterizzato le motivazioni umane in termini così incredibilmente ristretti. Una delle ragioni per cui ciò è straordinario è che l'economia si ritiene debba interessarsi alle persone reali. È difficile credere che le persone reali possano essere del tutto ininfluenzate dalla domanda socratica "Come bisogna vivere?", una domanda motivante e centrale anche in campo etico, e si attengano esclusivamente alla rudimentale testardaggine che attribuisce loro l'economia moderna.

A otto anni, di sera, Tommaso doveva andare per osterie per riportarlo a casa. Maria gli faceva mille raccomandazioni, con il pianto nel cuore, e pregava che non succedesse niente a quel bambino così assennato e indifeso. Oramai lo conoscevano tutti nelle osterie del quartiere, ne avevano pietà e lo aiutavano, anche se non mancavano uomini stupidi e malvagi che lo canzonavano o addirittura lo insolentivano intimandogli di tornarsene a casa, di lasciare in pace quel buon cristiano di suo padre che aveva il diritto di godersi la vita. Quante umiliazioni in quei giri, quanta voglia repressa di piangere, quanta forza doveva farsi e quanta paura di non riuscire a trovarlo. Perché conosceva le reazioni di Maria, muta e immobile come una statua della madonna dei sette dolori, sveglia tutta la notte, le braccia abbandonate in grembo, seduta sulla sua sedia sfondata vicino alla stufa la testa reclinata sul petto, in attesa. E quando non tornava, al mattino era ancora lì; al ragazzo diceva che era tornato un po' più tardi, dopo che lui era andato a letto, e che era già uscito di buon mattino per andare a lavorare. Lui non ci credeva, sapeva che ogni volta era la solita bugia, ma fingeva di crederci per tranquillizzarla, per toglierle almeno il cruccio di non saperlo tranquillo. Quando non lo trovava si sentiva sconfitto, ritornava sconsolato verso casa con la segreta speranza di trovarlo già lì. Spesso, per rassicurare Maria, inventava qualche scusa, diceva di avergli parlato, che sarebbe tornato più tardi perché doveva incontrare qualcuno per questioni di lavoro, le diceva che era tranquillo che sarebbe tornato che le raccomandava di non aspettarlo.

Quante affettuose attenzioni c'erano in quelle reciproche pietose bugie! E quanto male si facevano nascondendo il proprio dolore!

Quando lo trovava iniziava un corpo a corpo tra il bambino ragionevole e l'adulto smodato, perso dentro i fumi dell'alcol, che durava un estenuante periodo di trattative, di implorazioni e lusinghe di Tommaso, di incazzature e minacce di Pino, fino a quando la tenacia del piccolo non aveva ragione dell'ostinazione avvinazzata dell'adulto. Il percorso verso casa diventava un calvario: fermate interminabili, monologhi a ogni crocicchio, nei pressi di ogni osteria; l'andamento lento traballante e ondivago degli ubriachi... poi finalmente l'arrivo a casa, l'ultimo ostacolo delle scale sulle quali il piccolo ingaggiava una lotta senza quartiere con la forza di gravità che attirava l'adulto verso il basso, e quando la porta di casa si apriva e la luce della fioca lampadina pendente al centro della stanza illuminava l'uomo nel vano della porta, una metamorfosi: Pino, fermo sulla soglia, restava come impietrito di fronte all'immagine del dolore che gli si faceva incontro, cercava di farfugliare qualche scusa e si lasciava accudire senza opporre soverchia resistenza. Il corpo a corpo con quel piccolo figliuolo tenace lo aveva spossato, gli aveva fatto sbollire le rabbie che cercava di affogare nel vino, consegnandolo indifeso e rassegnato alle cure e agli stanchi rimproveri di Maria.

Quando non lo trovava era perché Pino frequentava locali diversi dalle osterie, dei quali il bambino non sapeva e gli adulti avevano pudore di fargli sapere. Le prostitute erano per lui una sorta di consolazione extra, un'alternativa vitale alla pulsione di annientamento che lo stringeva come una morsa d'acciaio di fronte a una bottiglia di vino; con le prostitute era diverso, erano donne davano la vita e quell'atto, seppur mercenario, vivificava le sue ragioni esistenziali, il suo sentirsi uomo integrale, era come un lavacro nel quale aspergeva le sue impurità, le debolezze, si riconciliava con se stesso e trovava nuove energie per tirare avanti, per non lasciarsi sopraffare del tutto dalla vita e dalle frustrazioni. Con Maria era diverso, Maria non gli dava le stesse sensazioni; nei suoi confronti nutriva una sorta di venerazione mistica, gli sembrava di profanarla con quell'atto, di offenderla, e se ne asteneva. Maria gli era grata per questo e dopo i primi anni di convivenza, durante i quali quella sensazione si era consolidata, tra i due si instaurò una sorta di tacito patto di castità che Maria rispettò integralmente per tutta la vita, che Pino infranse nelle sue scorribande mercenarie.

Tommaso era diventato il beniamino di molti frequentatori di osterie, lo coccolavano lo aiutavano, gli facevano qualche regalino, una caramella qualche soldino; lui ringraziava compitamente con fare serio e responsabile, ricambiava le loro attenzioni regalando inconsapevolmente una ventata di purezza di semplicità di spontaneità nella quale loro stessi si riconoscevano bambini e rivivevano i loro anni spensierati, quando ancora non dovevano fare i conti con la durezza della vita con le sue asperità le sconfitte, quando la vita era scoperta ed esperienze e sembrava aprire orizzonti infiniti di possibilità e di scelta.

Le osterie, paradossalmente, saranno la sua salvezza, qualche anno più tardi; ma di questo più avanti, quando il ragazzo sarà cresciuto e avrà terminato i cicli di istruzione obbligatoria.

È utile ricordare che l'utilità, per Sen, non rappresenta l'unica fonte di valore. Innanzitutto si può sostenere che l'utilità è, nel migliore dei casi, un riflesso del benessere di una persona, ma che il successo di questa persona non può essere giudicato esclusivamente nei termini del suo benessere. Una persona può assegnare valore alla promozione di certe cause e al verificarsi di certe cose, anche se l'importanza riconosciuta ai successi in queste materie non si riflette nell'avanzamento del suo benessere personale... anzi si può capovolgere nel suo contrario.

In quel tempo Tommaso sapeva che Maria non era la sua madre naturale. Lo aveva appreso a scuola dai suoi compagni di classe che come tutti i bambini irriverenti e spontanei avevano usato quell'informazione come un'arma da scagliare contro un avversario, per ferirlo a morte, come ritorsione velenosa causata da un infantile contrasto tra coetanei. Ci era rimasto male, come se avesse perso il bene più grande della vita, e aveva voluto chiarire immediatamente la questione, per non avere incertezze. Maria aveva confermato la notizia, gli aveva raccontato della mamma morta quando lui era ancora piccino e gli aveva assicurato che tra loro due nulla sarebbe cambiato, che lui era fortunato, aveva una mamma in cielo che lo proteggeva e una mamma sempre al suo fianco che lo amava immensamente. Il bambino accettò questo approccio, se ne fece un punto di forza e il rapporto filiale (seppur surrogato) che si era instaurato tra i due non ne fu per niente incrinato, tutt'altro.

Quando aveva cominciato a comprendere i sentimenti e a interpretare le emozioni, Tommaso aveva anche incominciato a soffrire della tristezza costante di Maria, a covare rancore nei confronti di quel padre, ad averne paura, e qualche volta, sperando che bastasse a far tornare il sorriso e l'allegria sul viso della madre, sperò che le assenze di Pino si prolungassero nel tempo e che un giorno non tornasse più, liberando la famiglia dalla sua ingombrante presenza.

Col passare del tempo la tenerezza del ragazzo verso la madre aumentò esponenzialmente e crebbe il suo atteggiamento protettivo, ma si accorse anche che nonostante le sue coccole, il suo assecondarla, i tentativi di evitargli qualsiasi dispiacere, lei non si rasserenava. Per lei Tommaso era diventato uomo anzitempo, il sostegno che non aveva trovato in quel marito sbagliato tuttavia non bastò a rasserenarle la vita, a vederla sorridere e gioire di qualcosa.

«Professore, Amartya Sen nel suo libro "Lo sviluppo è libertà" del 1999 sostiene la tesi seguente: "Accade spesso che il livello di reddito non sia un indicatore adeguato di aspetti importanti come la libertà di vivere a lungo, la capacità di sottrarsi a malattie evitabili, la possibilità di trovare un impiego decente o di vivere in una comunità pacifica e libera dal crimine". Se ciò è realistico, come indubbiamente credo che sia, si deve concludere che sia impossibile determinare l'equilibrio del consumatore e che, quindi, le teorie fondate sull'utilità siano false?».

Pino fu consumato molto presto dalla sua stessa smodatezza. Morì di cirrosi epatica all'età di quarantasei anni, nel millenovecentosettantatré, nel fiore della sua età matura, quando Tommaso aveva appena diciotto anni e avrebbe avuto bisogno di lui per entrare nella vita adulta, ...se fosse stato in grado di aiutarlo.

A quattordici anni, terminata la scuola dell'obbligo, ignorando le raccomandazioni degli insegnanti che consigliavano la prosecuzione degli studi in un liceo, Tommaso fu, per inflessibile volontà paterna, avviato al lavoro. Non ti dico le discussioni che ci furono tra Pino e Maria. Lei avrebbe voluto che quel figlio acquisito, così intelligente e preparato, avesse un'opportunità per emanciparsi dalla condizione di minorità in cui vivevano quelli della loro condizione; il ragazzo, grazie alle borse di studio alle quali avrebbe senz'altro potuto aspirare, come di fatto accadde, non avrebbe pesato sul magro bilancio familiare, come temeva il padre; lui, al contrario, riteneva che la loro condizione imponesse al ragazzo di imparare un mestiere per sperare in futuro in un'occupazione stabile. Così avvenne, e Tommaso fu avviato al lavoro come apprendista in una *boita* dell'indotto auto, non lontano da casa, nella prima periferia cittadina. Era il millenovecentosessantanove, erano anni di contestazione, si occupavano le fabbriche e le scuole, si voleva cambiare il mondo per renderlo meno ingiusto, più solidale, più libero. Tommaso fu preso ben presto nel mezzo del vortice e iniziò, parallelamente all'apprendistato professionale, un altro apprendistato. Sollecitato da alcuni compagni di lavoro più grandi di lui incominciò a frequentare i circoli giovanili nei quali istintivamente si esercitava una feroce critica dell'assetto sociale corrente, si studiavano i testi che la giustificavano e, con altrettanta ingenuità, ci si organizzava per cambiare il mondo. Con ingenuità, perché pensavano che sarebbe stato sufficiente l'ottimismo della volontà per sollevare la protesta popolare e avviare la rivoluzione sociale che avrebbe costruito il nuovo mondo, illuminato dal sole radioso dell'avvenire. Con ingenuità e con spontaneità irriverente verso gli adulti e verso il potere costituito, a tutti i livelli, perché pensavano che il futuro era loro, era giovane e doveva rispondere alle loro aspettative e alle loro esigenze.

In quell'ambiente vivo, stimolante e propositivo Tommaso ebbe modo di imparare molto e di leggere altrettanto surrogando quella scuola che gli era stata preclusa dall'ostinazione di suo padre. Per molti versi fu una scuola ancora più formativa e stimolante dell'altra, lesse i classici del pensiero socialista, la storia della Rivoluzione russa, la storia del Partito Comunista Italiano, i libri sulla Resistenza, s'infiammò di ideali e a sedici anni era pronto per tuffarsi in esperienze attive di militanza antifascista e rivoluzionaria, che a quell'epoca suonava come una chiamata alle armi, nel vero senso della parola.

Tommaso non fece il gran salto.

Fu salvato da due circostanze che sulla sua vita avranno un impatto decisivo.

Oltre a frequentare i circoli del dissenso giovanile, Tommaso frequentava bettole e osterie seguendo i compagni di lavoro o di militanza che si concedevano qualche bevuta per accompagnare le fitte discussioni in cui erano continuamente immersi e passare un po' il tempo giocando alle carte. All'inizio fece molta resistenza prima di lasciarsi convincere, l'esperienza di suo padre lo allontanava istintivamente, poi si abituò, ma fu sempre controllato e mai si lasciò attrarre dalle lusinghe dell'alcol, come dalle droghe che qualche vittima avevano fatto anche tra i suoi conoscenti. Lui, per la verità, non si lasciò neanche attrarre dal fumo delle sigarette, gli dava persino fastidio la cappa di fumo che annebbiava i locali e gli faceva lacrimare gli occhi.

Le osterie gli portarono fortuna.

Un giorno, si era nel febbraio millenovecentosettantuno, conobbe un personaggio un po' stravagante che aveva già notato in altre occasioni, anche quando (la storia continuava ancora a quel tempo) girava per cercare suo padre che sempre più spesso non tornava a casa. Lo considerava stravagante per via del cappello a larghe tese che teneva sempre in testa, per via dell'ampio mantello che lo intabarrava facendolo somigliare a un uccello pronto a prendere il volo quando usciva per strada e incappava in qualche folata di vento, per via della barba bianca folta e lunga che intorno alla bocca sempre atteggiata a un sorriso accogliente aveva assorbito il giallo nicotina delle sigarette fumate e il rosso vinaccia delle bevute solitarie al suo tavolo d'angolo, sempre lo stesso da quando lo aveva notato la prima volta. Quella sera, da solo alla ricerca del padre perduto, fu proprio a quel vecchio stravagante che chiese notizie, certo che l'altro sapesse di chi parlava.

«Siediti un momento», rispose con la sua voce calma e invitante, *«ti conosco da quando eri bambino, ti ho seguito da lontano, ti ho visto crescere. Oggi tuo padre non l'ho visto, sono molti giorni che non lo vedo, ma penso che faresti meglio a lasciarlo perdere. Lascialo perdere, lui segue la sua vita, non può farne a meno, è infelice così, non puoi far niente per salvarlo, non vuole essere salvato, vuole essere dannato, vuole perdersi»;*

«Ma a casa c'è la mamma che lo aspetta, che prega e non dorme tutta la notte quando non torna. Lei non vuole che si perda...»;

«Lei ha te; devi essere tu a riempirle la vita, a farle dimenticare lo strazio di questo marito perduto...»;

«Io non so come fare...», disse sconsolato il povero Tommaso e stava per alzarsi;

«Non andartene. Continuare nella tua ricerca è inutile, tuo padre non vuole farsi trovare. Ritornerà quando sarà pronto e se non ritorna è perché ha vergogna di sé, non vuole farsi vedere da voi nelle condizioni pietose in cui si è ridotto», rispose il vecchio mentre con un gesto lo invitava a restare e gli offriva un bicchiere di rosso dalla sua bottiglia quasi vuota a quell'ora della sera.

Tommaso restò e scoraggiato continuò:

«Mi fa troppa pena, mia madre. Io non posso bastarle. Io tra qualche anno me ne andrò e la lascerò sola. Lei avrebbe avuto bisogno di un uomo che la accompagnasse, che le desse una ragione di vita ...».

Tommaso restò a lungo, quella sera, in compagnia del vecchio, e lo frequentò assiduamente nei giorni e nei mesi a venire. Quella conoscenza rappresentò una svolta nella vita di Tommaso. Una svolta che aveva un nome e un cognome: Giacinto Bottero, di professione pensionato, anni settantasei, già professore di storia e filosofia nel locale liceo Parini, uomo colto, amante della vita e del vino. Il vino non lo aveva amato sempre, aveva amato di più sua moglie, la vita e la sua professione, i suoi studenti ai quali si era dedicato con affetto e passione per quarant'anni. Il vino era entrato dopo, quando, in rapida successione erano venuti a mancare due baluardi della sua esistenza: nel millenovecentosessantatré era stato *"posto in quiescenza"* per raggiunti limiti di età, l'anno dopo era morta sua moglie per una malattia incurabile che se l'era portata via in poco più di sei mesi, lasciandolo solo, in balia della nostalgia e dei ricordi come non gli era mai successo prima.

> *Dopo un bicchiere di vino, con*
>
> *frasi un po' ironiche e amare,*
>
> *parlava in tedesco e in latino,*
>
> *parlava di Dio e Schopenhauer.*

Il vino gli serviva per domare i ricordi, per non pensare, ma i ricordi erano più forti del vino, di rado soccombevano; più del vino li domava qualche occasionale presenza al suo tavolo che interrompeva la sua solitudine e dava la stura a un fiume in piena di esperienze, di citazioni, di insegnamenti.

> *E parlava, parlava, con me*
>
> *che lo stavo a sentire, mentre*
>
> *la sera d'estate non voleva*
>
> *rassegnarsi a morire.*

Al suo tavolo non si sedeva chiunque, gli eletti erano pochi, selezionati dopo una lunga osservazione: era interessato alla sofferenza, quella autentica degli uomini tormentati, e la storia di quel ragazzo e di suo padre lo aveva incuriosito non poco.

Chiacchiere di un ubriaco, con

salti di tempo e di spazio,

storie di sbornie e di amori che

non capivano Orazio.

Le chiacchierate con il professor Bottero aprirono al giovane Tommaso un mondo affascinante e soprattutto un'opportunità, l'opportunità della sua vita. Il professore decise che avrebbe parlato con suo padre e sua madre per convincerli ad autorizzare il ragazzo a proseguire gli studi. Lui l'avrebbe seguito e, all'occorrenza, sarebbe intervenuto anche economicamente.

E quelle sere d'estate sapevan

di vino e di scienza

con me che lo stavo a sentire

con molta benevolenza.[3]

«Buon giorno, signora Maria, sono molto lieto di conoscerla. Suo figlio mi ha parlato tanto di lei, ma devo dire che le sue parole non le fanno giustizia. Lei è molto più giovane e bella di quanto Tommaso lasciasse intendere; i figli vedono i genitori sempre più vecchi di quanto lo siano effettivamente. Poveri ragazzi, lo fanno involontariamente, perché hanno voglia di crescere in fretta e sanno istintivamente che crescono parallelamente all'invecchiamento dei genitori», esordì il professor Bottero appena Tommaso aprì la porta di casa e stese la sua grande mano all'indirizzo della donna che si avvicinava all'ospite.

---

[3] Francesco Guccini, Il frate, in L'isola non trovata, EMI, 1971.

Maria fu travolta da quel fiume di parole e un po' ne rimase stupita. Mai nessuno le si era rivolto in quel modo così immediato, come se la conoscesse da sempre; e poi la intimidiva l'aspetto imponente dell'ospite, la sua barba, la sua altezza. Va detto che il professore era un uomo molto alto: un metro e ottantasette di altezza per un peso di oltre novantacinque chili ben distribuiti; il suo aspetto era reso ancora più imponente dalla bianca barba fluente e dall'ampio cappello sotto la cui tesa due occhi intensi, azzurri di una profondità seducente, squadravano il mondo circostante come radar in movimento. Quello sguardo magnetico metteva soggezione e Maria ne fu talmente soggiogata da non riuscire a proferire parola.

«Mamma, ti presento il professor Bottero che conosce anche papà», disse Tommaso allegramente, togliendola d'impiccio.

Lei facendosi forza e attenta a non sbagliare:

«Si accomodi, professore, sono molto lieta di fare la vostra conoscenza», mentre gli porgeva una sedia.

Maria era una donna taciturna. Con le sue amiche, con le quali parlava il dialetto della sua terra era spigliata e disinvolta, quando doveva districarsi con i tranelli della lingua italiana era in difficoltà, le mancavano le parole e preferiva ascoltare, parlare il meno possibile.

Con l'ospite si accordarono subito. Tommaso le aveva raccontato tutto, l'aveva preparata. All'inizio era stata un po' diffidente, non capiva perché uno sconosciuto prendesse tanto a cuore la sorte di un ragazzo di cui non sapeva niente; alla fine capì, pensò che il professore vedesse in Tommaso il figlio che non aveva avuto, che si rispecchiasse in lui e che nei suoi successi ci avrebbe visto un po' di se stesso. Alla fine fu felice che il suo ragazzo avesse l'opportunità di cambiare vita, quello che lei e suo padre non erano stati capaci di assicurargli. Pose solo una condizione: che fosse d'accordo anche Pino.

Quando si salutarono Bottero l'abbracciò calorosamente; lei si sentì tanto piccola vicino a quella figura imponente, ma anche tanto protetta, come non si era mai più sentita dopo la morte di Salvatore.

«Professore, poiché il modello dell'economia positiva in cui i soggetti agiscono razionalmente perseguendo lo scopo univoco di massimizzare la propria utilità si è imposto progressivamente, via via che l'economia ha preteso di trasformarsi in una scienza descrittiva ed esplicativa dei fatti, in che modo si può agire per far prevalere l'economia normativa che tiene conto di valutazioni etiche e affronta anche i problemi legati all'equità, vale a dire alla distribuzione sociale delle opportunità e del reddito?»

Con Pino le trattative furono più complicate, durarono più a lungo, complice la scarsa lucidità dei due che ne parlavano davanti a un'invitante bottiglia di rosso, complici le divagazioni che occhieggiavano da dietro ogni frase aprendo rivoli di discussioni che si allontanavano dall'argomento centrale e non vi ritornavano se non dopo aver attraversato territori linguistici e concettuali impervi, in cui giri di parole e puntualizzazioni erano le anse e i meandri del fiume che scorre pigramente verso la foce. Durante le lunghe sessioni di quel confronto Pino oppose sconclusionatamente diversi motivi per giustificare la sua ostinazione: accampò i problemi economici della famiglia, l'esigenza di un sostegno anche da parte del figliolo; disse che la scuola non era fatta per i figli dei lavoratori, che avrebbe perso solo tempo e l'opportunità di imparare un mestiere che gli avrebbe dato da vivere. Bottero, che quanto a dialettica sapeva il fatto suo, ebbe buon gioco a smontare le resistenze paterne; Pino cedette di fronte alla logica stringente del professore, seppure intorbidita dai fumi del vino, ma forse proprio per questo più convincente, perché seguiva tempi e percorsi che l'altro captava e riconosceva.

Alla fine i due, in un'eccezionale serata di sobrietà, convennero che il ragazzo si sarebbe iscritto all'Istituto tecnico commerciale "L. Einaudi", che ai libri ci avrebbe pensato il professore e che d'estate Tommaso avrebbe lavorato per sostenere il bilancio famigliare; poi suggellarono l'accordo con un brindisi e una bevuta memorabile.

Il curriculum degli studi di Tommaso si rivelò brillante fin dal suo esordio; superò ogni anno con votazioni altissime, meritò ogni anno la borsa di studio e al termine del ciclo conseguì la maturità con il massimo dei voti. Si iscrisse all'Università, facoltà di economia, perché quello era il suo pallino fin dai tempi delle prime letture impegnate, si laureò con 110/110, lode e diritto di pubblicazione con una tesi su *"Economia dello scambio, terzo settore ed economia del dono: differenze e integrazione per un'economia sociale ed etica"* che gli consentì di ottenere un incarico di ricerca presso il dipartimento di economia politica e successivamente, per concorso, la nomina a professore associato.

Il professor Bottero non poté gioire delle ultime brillanti affermazioni del suo pupillo, era morto qualche mese prima che si laureasse, all'età di ottantasei anni.

Un giorno il suo telefono squillò a vuoto; Tommaso seppe dal portiere che era stato ricoverato d'urgenza in ospedale. Morì qualche giorno dopo lasciando un gran vuoto e un dolore incommensurabile.

Per tutta la vita lo accompagnò una fotografia che li ritraeva al tavolo della loro osteria davanti a una bottiglia di vino e a due libri aperti su chissà quali pagine e quali argomenti. Non rivelò mai a nessuno chi fosse quel vecchio che lo guardava da dietro la scrivania, così imponente e interessante con la folta barba bianca, il cappellaccio in testa e lo sguardo penetrante; diceva solo, celiando, che era il suo angelo custode, mentre in cuor suo sentiva un moto di profonda commozione e una smisurata incolmabile nostalgia.

Il tempo scandito da un vecchio orologio a pendolo in legno scuro, che chissà perché era finito nelle stanze di un dipartimento universitario arredato in stile funzionale moderno, era passato veloce. I dodici lievi rintocchi di mezzogiorno richiamarono l'attenzione di Tommaso e del suo ospite i quali, proiettati in una dimensione distante nello spazio e nel tempo, avevano perso la dimensione del tempo reale e degli impegni di ciascuno che quella proiezione non aveva annullato.

«Sono desolato, le ho fatto perdere più tempo di quanto pensassi. I suoi impegni, di sicuro, la reclamano», disse Luigi, scusandosi e disponendosi ad accomiatarsi;

«Non si preoccupi, dopo le informazioni che mi ha dato, le quali, devo dire, mi hanno un po' stordito, non avrei potuto fare altro questa mattina.... Ma, la prego, diamoci del tu, credo che a questo punto sia doveroso», rispose Tommaso che intanto si era alzato portandosi verso il suo interlocutore

«Credo che lo sia davvero! Sai, scusami ancora, ma non sapevo proprio come fare per venire a capo del mio problema. Converrai che non è di poco conto, e che, in fondo, coinvolge anche te... è un problema anche tuo»;

«Ne convengo e ti ringrazio di avermi pensato come tramite. La questione è delicata e va affrontata con le dovute cautele. Troveremo una strategia adeguata per evitare scosse insopportabili ed effetti che potrebbero essere letali per un cuore affaticato da tanti anni di sofferenze», disse Tommaso, e mentre parlava vedeva l'immagine di Maria proiettata sul muro di fronte, dietro la scrivania; quell'immagine che Luigi non poteva vedere né immaginare, chiusa, per lui, in un dolore abituale, ai cui strali però non c'è abitudine ma il rinnovarsi continuo della sofferenza, senza interruzione, senza sconti, ricercata tuttavia, perché vissuta come espiazione di una condanna severa ma giusta, meritata e proporzionata alla colpa.

Anche lo sguardo di Luigi si volgeva, all'unisono con quello dell'altro, verso il muro di fronte.

«È tuo padre quell'uomo imponente ritratto con te in quella foto?», disse Luigi indicando il quadretto appeso dietro la scrivania;

«No, è il mio angelo custode», rispose Tommaso con un sorriso, e non aggiunse altro.

I due si scambiarono i numeri di telefono, si ripromisero di sentirsi al più presto per accordarsi su un prossimo incontro e si salutarono con un forte abbraccio, più che virile: fraterno, affettuoso, istintivo, che a freddo mai avrebbero pensato di potersi scambiare.

«Qui dobbiamo fermarci, – disse il prof. Loffredo a conclusione della sessione seminariale di quel pomeriggio *–*.

Amartya Sen nel lavoro che abbiamo approfondito in questo seminario ha cercato di dimostrare che l'economia del benessere può essere sostanzialmente arricchita dal prestare una maggiore attenzione all'etica, e che lo studio dell'etica può anch'esso trarre benefici da un più stretto contatto con l'economia. Ha inoltre sostenuto che anche l'economia predittiva e prescrittiva può essere aiutata facendo maggiore spazio alle considerazioni circa il benessere sociale nella determinazione del comportamento. L'Autore non sostiene che qualcuno di questi compiti sia di svolgimento particolarmente facile. Essi comportano ambiguità profonde e molti dei problemi sono intrinsecamente complessi. Tuttavia la necessità di avvicinare maggiormente l'economia all'etica non si basa sul fatto che questa sia una cosa facile da fare. Si basa invece su ciò che si potrà ricavare dal processo di avvicinamento. Sen, in conclusione, sostiene anche che ci si può aspettare che i vantaggi di questo processo siano alquanto cospicui.

Sta a noi, come economisti e come uomini dare seguito, con coraggio e determinazione alle intuizioni e alle indicazioni di comportamento di

Sen, e in questa direzione auspico che vadano gli studi economici e gli orientamenti concreti.

Grazie per la partecipazione e il fattivo contributo di ognuno».

Capitolo 2

Di aziende e mercati

Domenica 5 maggio 1958

C'era festa a villa *"La torretta"* sulla collina torinese. Il pomeriggio domenicale stendeva la sua dolcezza su un panorama luminoso, scintillante di luce e di colori; dominavano le tonalità del verde, sfumature tenui cangianti dal muschio all'olivastro, dal trifoglio al foresta, dal primavera al pastello, in un caleidoscopio di forme irregolari che seguivano le curvature del terreno, le ombre, restituendone un tocco leggero di freschezza. Gli altri colori, il bianco dei meli, il rosa dei peschi, il rosso delle robinie, il giallo dei maggiociondoli e delle gaggie, si inserivano in quello scenario come intercalari gioiosi dipinti a caso dalla mano di un artista distratto.

C'era la stessa luce di tre anni prima, il giorno del matrimonio di Luisa e Adalberto; se ne celebrava l'anniversario e per una ricercata coincidenza anche un evento più importante, almeno per Luisa. Adalberto aveva opposto qualche resistenza, ma alla fine si era piegato alle insistenze della moglie, per la felicità di suoceri e genitori che nell'arrivo di un erede riponevano le speranze della continuità dinastica. Non era l'erede che avrebbero voluto, la continuità e il legame del sangue... se ne facevano una ragione.

«Vi presento il sesto capitano d'industria della dinastia dei Gerbino, ha due anni e otto mesi, è nato il 10 ottobre del 1955; oggi, per noi è come se nascesse una seconda volta», disse solennemente Filippo Maria, dopo aver chiesto il silenzio dei presenti.

«Dopo mio figlio Adalberto toccherà a lui gestire la gloriosa impresa "Confezioni Gerbino", oggi "Gerbino e Gallo spa", fondata nel milleottocentocinquanta, oltre cento anni fa dal mio bisnonno Giovanni Battista. Giobatta aveva trasformato la sua sartoria artigianale con

pochi apprendisti in un'impresa industriale, lanciandosi nella produzione di tessuti e ampliando la manifattura di vestiti su scala sempre più ampia. Sono sicuro che Luigi, da oggi ufficialmente nella nostra famiglia, della quale ha assunto il cognome, saprà continuare l'opera iniziata da Giobatta e che noi, io e il cav. Gallo padre della nostra amata Luisa, abbiamo contribuito a far crescere».

Adalberto alle parole di suo padre, preso da un moto di euforia si lasciò andare a pensieri di conquista e di successi per sé e per l'ignaro bambino. Per dar sfogo alla sua euforia e sottolineare la continuità indicata dal padre prese in braccio il bambino e lo sollevò in alto, oltre la sua testa, quasi a esibirlo davanti agli ospiti. Il bambino, spaventato dall'altezza e dal *volo* che Adalberto gli aveva fatto fare lanciandolo in aria e riprendendolo subito dopo quando la spinta si era esaurita ed era iniziata la discesa, proprio in quel momento in cui il bambino si sente mancare il sostegno e si smarrisce per la paura di una rovinosa caduta, proprio in quel momento Luigi incominciò a piangere. Quel pianto suscitò in Adalberto un cambiamento d'umore. Pensò che quella festa sarebbe stata completa se il figlio fosse stato *suo* per davvero... e lo lasciò andare. Luigi si rifugiò piangendo tra le braccia di Luisa mentre un risentimento forte nei confronti della moglie assaliva Adalberto.

Luisa, che aveva seguito con trepidazione tutti i movimenti del bambino se ne accorse. Sapeva che Adalberto non avrebbe voluto un figlio che non fosse frutto dei suoi lombi, che le attribuiva la colpa di quella carenza, che si sentiva defraudato, incompiuto. Quel breve momento di coinvolgimento e di euforia in cui Adalberto aveva esibito il bambino come un trofeo, Luisa lo sapeva, era stato solo un momento, non avrebbe avuto repliche. Luigi aveva perso un padre ma non ne trovava un altro, la perdita era definitiva. Sì, all'anagrafe il rapporto parentale era stato certificato con tutti i diritti e gli obblighi che ne derivano, compresi quelli che stavano a cuore a Filippo Maria e al cav. Leonardo, la continuità dell'azienda sarebbe stata assicurata, il nome tramandato; sarebbe mancato solo un piccolo dettaglio… ma in fondo i dettagli sono secondari, prevalgono i principi, le leggi generali, gli interessi; i destini dei singoli di fronte alla storia sono accidenti, ad essa qualche vita o la pienezza di qualche vita può essere sacrificata senza rimorsi. Non sarebbero bastati il suo amore, le sue premure, la sua presenza, la sua volontà a compensare le assenze, le identificazioni, le lontananze…

«Cosa ne sarà di te, piccolo mio» gli sussurrava Luisa mentre cercava di calmarlo stringendolo a sé con dolcezza, e intanto si interrogava silenziosamente sulla sua adeguatezza a esercitare quel ruolo di madre tanto desiderato.

Martedì 6 giugno 2006

Luigi aveva bisogno di raccontarsi. Aveva trovato in Tommaso un ascoltatore attento e discreto, disposto a seguire con pazienza i suoi lunghi monologhi e ad accompagnarlo nel viaggio alla ricerca di sé faticosamente intrapreso dopo la morte di sua madre.

Lo aveva legato a Luisa un amore filiale contrastante, fatto di slanci impetuosi e di ostilità rancorose, soprattutto nell'età adolescenziale, ma non l'aveva mai sentita distante, ostile come nell'ultimo periodo. Di ciò non si dava pace, ma non riusciva neanche a perdonarla; neanche la morte aveva mitigato la sofferenza, lo aveva spinto in una spirale in cui il senso di colpa si sovrapponeva al rancore, senza risolverlo, e se ne alimentava senza offrirgli un'opportunità di comprensione o indietreggiare di fronte alla profondità della ferita.

«Nel 1994 papà si ritirò definitivamente dagli affari, dopo cinquantacinque anni dedicati senza risparmio alla fabbrica. Era stanco, aveva settantasette anni, qualche problema respiratorio che gli causava frequenti tachicardie, un respiro quasi boccheggiante, soprattutto in situazioni di tensione…».

Adalberto aveva avuto un ruolo secondario nella sua vita, fino a quando, quattro anni dopo la laurea in ingegneria meccanica, nel millenovecentottantacinque, lo aveva inserito in azienda con compiti dirigenziali nel settore *"Ricerca & Sviluppo"*. Il lavoro non li avvicinò, né colmò il deserto affettivo che avevano attraversato nei trent'anni precedenti; li mise in concorrenza, questo sì, e Luigi si dannò l'anima per essere all'altezza del padre, un passo davanti, pronto a prospettargli idee nuove e nuove strategie d'impresa per consolidare le posizioni di mercato acquisite e conquistare nuovi spazi in una realtà economica internazionale che, già se ne intravedeva la tendenza, cambiava pelle, si globalizzava, offriva opportunità enormi; per contrappasso ti esponeva al vento della concorrenza, spazzava via tutti i protezionismi al cui riparo erano cresciute le economie nazionali e ti imponeva di navigare in mare aperto, a confrontarti con una dimensione e con poteri sconosciuti, con la forza delle imprese sovranazionali, ad essere più bravo di loro, più innovativo, più veloce e più dinamico.

«Non fu facile. Gli scontri con lui erano continui. La realizzazione di ogni nuovo progetto, di ogni idea, era una fatica di Sisifo. Fu un apprendistato faticoso che mi temprò il carattere e affinò le mie capacità imprenditoriali... no, non fu un periodo facile... Di questo, solo di questo devo dire grazie a mio padre!».

«Eri un predestinato, in ogni caso», disse Tommaso, *«il tuo percorso era segnato fin dall'inizio, avresti potuto rifiutarlo, costruirtene uno diverso, in qualsiasi altro campo...».*

L'osservazione di Tommaso proiettò nella mente di Luigi immagini in bianco e nero dei lontani anni del liceo, durante i quali aveva coltivato altre aspirazioni. Col tempo le aveva cancellate, come gli ideali abbracciati in quegli anni convulsi in cui i giovani rivendicavano un mondo diverso. Se ne sorprese. Con meraviglia, in un *time-lapse* brevissimo di ciò che poteva essere e non era stato, pensò che Tommaso avesse ragione; lo oscurò senza rammarico, quasi con fastidio, confermando la sua identità costruita in tanti anni di formazione e di impegno autoriflessivo, a cominciare da quelli dell'università, quando aveva intrapreso la costruzione del sé adulto che lo emancipava dai sogni adolescenziali, promettenti ma inconcludenti, colorati ed effimeri, velleitari in conclusione, e irrealizzabili, utopistici; consolatori, sì, buoni per pacificare le coscienze irrequiete e indocili o smarrite, per illudere gli ingenui pronti a inseguire i sogni e le promesse di felicità a buon mercato, a fidarsi di ogni sedicente riformatore che elabora sistemi sociali perfetti; di fatto inutili, un ostacolo sulla strada del progresso sociale e dello sviluppo economico. No, non ci sono scorciatoie sulla strada della realizzazione individuale e collettiva, pensava Luigi, il percorso è in salita, il paesaggio aspro, sconnesso, ostile; solo il lavoro duro di ogni giorno lo bonifica, lo addolcisce, lo umanizza, lo adatta alle esigenze dell'uomo... e celebra l'uomo, ne afferma la superiorità su ogni altra forma di vita, tutte le soggioga e le piega ai suoi voleri e alle sue esigenze, le utilizza per produrre i comodi della vita e glorificare la munificenza divina.

I termini *utopia* / *utopistico* Luigi li declinava, in senso letterale, come *non luoghi*, ubbie, preconcetti; rappresentavano la rinuncia alla razionalità e al senso di realtà dell'uomo moderno, il *faber*, che fa e trova la sua realizzazione nella produzione, anteponendola alla contemplazione e alla ricerca del vero, rinunciando agli stimoli originari che lo avevano accompagnato sulla strada della conoscenza, lo avevano interrogato sul *"perché"* qualcosa *"è"* e sul *"che cosa"* essa *"sia"*, lasciando il posto allo studio dei processi, del *"come"* si fa, del *"come"* si producono i beni, in sé portatori del processo che il *faber* indaga e scopre, mettendolo agli onori del mondo e a disposizione dell'uomo.

Luigi ricordava quel periodo come un tunnel buio nel quale annaspava come un cieco alla ricerca di qualcosa che non conosceva, un sentimento vago non ancora formulato, alla cui definizione si opponevano le varie autorità che organizzavano la sua vita, a cominciare dalla madre, soprattutto da lei che alla perentorietà e inoppugnabilità del comando preferiva la persuasione pacata, il convincimento ragionato, un percorso di comprensione cosciente, che era anche peggio del comando inappellabile perché impediva la ribellione, l'ammutinamento, li inibiva sul nascere, li svuotava della loro carica liberatoria e lo faceva sentire impotente, irresoluto... Ah, sì, era questo spaesamento che lo aveva frenato nel corso della sua adolescenza, gli aveva precluso il volo della libertà zavorrandolo a terra. Di questo, e di altro, accusava Luisa.

Luigi e Tommaso si erano dati appuntamento in un bar di Milano, zona centrale, dalle parti del Duomo. Si erano incontrati già altre volte, tante da far nascere tra i due una certa simpatia, non ancora sufficiente, tuttavia, a sciogliere i grumi di prudenza, di cauta diffidenza che ancora ne ingessavano il rapporto: il filo che li univa, se giustificava il reciproco interesse e quell'annusarsi con cautela per riconoscere gli odori delle origini comuni, doveva essere ancora tessuto nella trama di un destino comune, compreso e accettato.

Era la tarda primavera del duemilasei, in una luminosa giornata dei primi di giugno; si erano accomodati all'aperto sotto l'ombrellone di un bar per godere della dolcezza dell'aria tiepida e di quella luce ambrata che inondava le facciate dei palazzi, le strade, gli alberi dei viali e ne diffondeva i raggi diffratti dai mille specchi delle finestre e delle automobili in sosta. L'atmosfera conciliava gli indugi del raccontarsi, sul tavolino una bottiglia di *rosa del golfo spumantizzato* delle cantine Calò di Alezio, un omaggio alla generosa terra del Salento madre di vini superbi e di altre prelibatezze, accompagnato da un antipasto di olive nere in salamoia, integrato poi da crocchette di patate, tarallucci aromatizzati ai semi di finocchietto, friselline all'olio extravergine d'oliva condite con salsa piccante di pomodoro, un assaggio di melanzane alla parmigiana, per finire con un delicato pasticciotto alla crema pasticciera, la pasta frolla che si scioglie delicatamente in bocca esaltando il gusto morbido, delicato e leggero della crema aromatizzata dal profumo del limone... huummm, una libidine. Per Luigi era una specie di iniziazione, un rito propiziatorio al quale aveva voluto introdurlo Tommaso che quella cucina l'aveva frequentata giornalmente nei primi venticinque anni della sua vita, e ci ritornava ogni volta che poteva, durante le vacanze in Salento e a casa di *sua madre* quando passava a trovarla, con sempre minore frequenza purtroppo, e non solo per le prelibatezze che gli preparava, ma perché sentiva che col passare degli anni, quando lei ne avrebbe avuto più bisogno, i suoi impegni crescenti non glielo consentivano. Con la comparsa di Luigi le occasioni erano aumentate, ma, ahimè, non ancora gli inviti a pranzo.

Dal giorno che lo aveva incontrato al dipartimento di economia politica alla Statale, Luigi cercava Tommaso tutte le volte che era a Milano; non è che succedesse tanto spesso, ci andava più o meno una volta ogni due settimane, ma non sempre si poteva ritagliare quel paio d'ore per incontrarlo, né Tommaso era sempre libero. In quei casi si sentiva molto solo. Parlare con Tommaso era l'unico modo per ricostruire la storia di cui era stato il protagonista inconscio e Tommaso l'involontario comprimario, durata quarantotto anni, oramai sepolta nei ricordi, oscurata dalla vita reale, viva solo nel cuore di due donne fragili, lontane l'una dall'altra e impegnate, l'una con l'altra, a mantenere il segreto che le consumava. Parlarne era anche l'unico modo per accettarla, per provare a darle un senso e, trovandolo, se ci fosse stato, risarcire le due povere donne delle loro angosce così a lungo sofferte in solitudine e in silenzio. Avevano diritto, poi, a un risarcimento? Erano loro a dover essere risarcite o piuttosto Luigi e Tommaso? E se Luisa e Maria potevano sperare nel risarcimento postumo da parte di Luigi e di Tommaso, loro chi li avrebbe risarciti? Loro, protagonisti ignari e involontari, alle cui spalle si erano consumati gli effetti di tragedie che ne avrebbero condizionato le vite.

Di questo parlavano, ogni volta, cercando risposte che non riuscivano a darsi. E ogni volta si snodava un pezzo delle loro vite, soprattutto della vita di Luigi, così, a caso, secondo le urgenze del momento, le domande che lo assillavano senza posa, che ne avevano messo in discussione l'identità.

«Sostituii mio padre alla guida della "Confezioni Gerbino & Gallo S.p.a.", fui nominato amministratore unico, ma non per questo mi ero svincolato dall'ingombrante figura di Adalberto... Lui incombeva sulla vita dell'azienda come il convitato di pietra, non c'era verso di affrancarsene. Durò fino alla sua morte, quattro anni dopo. L'azienda era tarata su pratiche datate, obsolete, incapaci di dominare le forti tensioni dei mercati. D'altronde, il settore merceologico nel quale la società opera, quello tessile e dell'abbigliamento, per definizione un settore maturo, era esposto alla concorrenza dei Paesi di nuova industrializzazione, perfino di quelli in via di sviluppo, ed era fuori luogo pensare di affrontarla sul terreno dei costi e dei prezzi, sarebbe stata una carneficina. Le nostre imprese sarebbero rimaste, una dopo l'altra, sul campo di battaglia, era soltanto questione di tempo e di tenacia, non c'erano alternative. Bisognava cambiare. Nelle condizioni date la produzione si spostava inesorabilmente a sudest, non c'era verso di fermarne la corsa».

Tommaso annuiva.

«Nei cinquant'anni precedenti, dopo la guerra, avevano prosperato sul gioco favorevole dell'inflazione e della svalutazione dei cambi, era durata quasi fino all'introduzione dell'euro, qualche anno prima, nel millenovecentonovantasei, poi il giocattolo si ruppe, le svalutazioni competitive non furono più possibili e l'inflazione si stabilizzò a livelli frizionali; e meno male, perché il quadro di riferimento si era modificato, l'euro forte che si rivalutava sul dollaro e l'inflazione

penalizzavano le esportazioni anziché favorirle. Chi non voleva gettare la spugna doveva pensare altre strategie. Io lo avevo capito, Adalberto no».

Tommaso ascoltava in silenzio, non annuiva più. Lo sguardo e un impercettibile movimento dei muscoli facciali, che Luigi considerò un benevolo segno di attenzione, ne tradivano, al contrario, lo scetticismo e sottintendevano un malizioso interrogativo professorale: *"Avrai poi capito davvero?"*.

«La prima cosa a cui pensai fu una profonda revisione dell'organizzazione aziendale. Apriti cielo! Il giorno dopo la riunione con i dirigenti dei vari reparti ai quali avevo esposto il mio piano ricevetti una visita di Adalberto che mi chiedeva conto delle novità e reclamava un ripensamento per mantenere l'unità dell'azienda».

«Ho dedicato tutta la mia vita alla costruzione di questa fabbrica», gli aveva detto Adalberto, con foga e passione, al termine dell'incontro, *«e prima di me mio padre e mio nonno. Non posso assolutamente tollerare che la mia creatura sia smembrata e trasferita, né accetto che sia la volatilità delle borse a determinarne le scelte. Mio bisnonno era un sarto, ci siamo ingranditi, abbiamo sempre prodotto tessuti e abiti, cose concrete, ricchezza vera, e vogliamo continuare a farlo. Le tue idee non mi piacciono, se insisti sono pronto a dare battaglia, nel consiglio di amministrazione non passeranno».*

«Fui sorpreso e infastidito dalle parole di mio padre. Mi ero ripromesso di essere dialogante, cercai di spiegargli, sulla base dei dati del commercio internazionale, delle comparazioni di costo, le difficoltà in cui versavano le imprese italiane, compresa la nostra, che non ci sarebbe stata salvezza per nessuno senza i cambiamenti che avevo prospettato. Messo con le spalle al muro dalle resistenze paterne, esasperato dalla sua cecità di fronte al baratro dell'inerzia, pensai che fosse arrivato il momento di essere franco fino in fondo. Per il rispetto che gli dovevo mi tenni sulle generali, non ne criticai direttamente l'operato, gli rinfacciai il piccolo cabotaggio dell'impresa italiana

abituata a galleggiare al riparo delle politiche protezionistiche e delle sovvenzioni pubbliche, pochi investimenti, i soldi all'estero nelle banche svizzere o in Liechtenstein, liberisti al riparo dalla concorrenza, protetti sotto il mantello dello Stato assistenziale».

Il racconto di Luigi continuava come uno sfogo e una petizione di consenso, certo di trovare la comprensione che Adalberto non aveva avuto, perché per Tommaso l'economia era il pane quotidiano e non avrebbe potuto non condividere le sue scelte.

«In quelle condizioni – disse – *non si fa impresa, si gode di rendite di posizione che nulla hanno a che fare con il mercato e con la concorrenza»,* e si spinse in uno esorbitante elogio delle virtù del libero mercato, contro i *"lacci e lacciuoli"* che lo sclerotizzano, in special modo dopo l'infausta ubriacatura del *"Sessantotto"*, che aveva frastornato l'anziano genitore, chiuso nei suoi convincimenti, volontariamente refrattario a ogni input argomentativo.

«Adalberto era sempre stato così: assente, distaccato, insensibile alle ragioni altrui. Seguiva la sua natura capricciosa, si fidava solo del suo intuito e perseguiva i suoi progetti con caparbietà...».

«Aveva la stoffa dell'imprenditore vero che rischia e paga di persona, mi sembra. Se interpreto bene, incarnava l'essenza del capitalismo, era guidato dagli "spiriti animali" che ne sostanziano la figura classica», lo interruppe Tommaso, in tono debolmente ironico.

«mmhhh...».

«È una dote che credevo apprezzassi...».

«In realtà è il contrario dell'imprenditore-innovatore e dell'istintività degli "spiriti animali". Quelli della sua generazione hanno goduto di condizioni favorevoli irripetibili: la ricostruzione postbellica e il boom degli anni Sessanta, trainati dalla costruzione dello stato sociale, condizioni favorevoli che non ci sono più. Non hanno avuto alcun merito».

E intanto riaffioravano alcuni episodi dell'infanzia e dell'adolescenza che lo avevano allontanato da lui, glielo avevano mostrato come in un cono d'ombra in cui era difficile penetrare, trattenuto dall'assenza di calore, di luce e di colori che appiattivano lo spazio e davano alla figura un aspetto scostante, nelle sole tonalità del grigio.

Ricordò la sera del suo settimo compleanno in cui lo aveva atteso con particolare trepidazione per mostrargli il regalo del nonno, forse un meccano per costruire modelli di macchinari industriali, e per giocare un po' con lui che era ingegnere e avrebbe saputo insegnargli come costruire i modelli. La delusione fu grande quando, appena arrivato, rispose alle sollecitazioni del bambino e alle sue allegre insistenze con una frase distaccata, priva di affetto, *«È solo un giocattolo, prova da solo a costruirci qualcosa...»*, che lo ferì e lo isolò nella sua cameretta con gli occhi gonfi di pianto, sconsolato ...il più brutto compleanno della sua vita. Con il meccano non ci giocò mai più, lo mise da parte, sul fondo di una cesta, ignorandolo per il resto della sua fanciullezza.

"No, non avevano avuto alcun merito" – pensò anche Tommaso – *"Avevano goduto di circostanze favorevoli irripetibili; non avevano ristrutturato le aziende, non avevano fatto investimenti, i profitti transitati dai bilanci delle imprese alle gerle degli spalloni per finire nei caveaux delle banche svizzere, al riparo dal fisco e dalla temuta confisca da parte dei comunisti, poveri capitali inoperosi, inutili, espulsi dal processo produttivo che li avrebbe valorizzati, simulacro di un capitalismo straccione"*.

Si spostò a est anche la *"Confezioni Gerbino & Gallo spa"*, in Bulgaria, nel distretto industriale di Svilengrad nel sud del Paese, dove i salari non superavano i duecento euro al mese, vigeva un regime fiscale agevolato e si poteva contare sulle risorse finanziarie dell'Unione europea destinate allo sviluppo delle zone arretrate.

Il processo di delocalizzazione non fu né lungo né difficoltoso.

«Per accelerare le pratiche burocratiche è necessario trovare la strada giusta, aprire qualche porta di solito chiusa, ma ci sono argomenti ai quali nessuno è insensibile».

Era stato diretto ed esplicito il funzionario dell'ambasciata bulgara, si era messo a completa disposizione fornendogli gli indirizzi giusti. L'avventura era partita così, con il timore di restare impantanato nella palude della corruzione e dei rinvii, invece la strada si era rivelata priva di intoppi, scorrevole.

«Lo studio legale di Sofia al quale mi ero rivolto per l'espletamento delle pratiche burocratiche aveva operato con efficienza, tanto che nel giro di un anno si riuscì ad avviare la produzione con piena soddisfazione di tutti...».

«Notevole! Un vero primato di efficienza, nonostante i retaggi della vecchia burocrazia comunista», chiosò Tommaso con ironia non repressa.

«...Quando mi recai a Svilengrad per inaugurare il nuovo stabilimento mi attendeva una folla incredibile. La strada di accesso alla fabbrica pavesata a festa, le autorità e le maestranze schierate, discorsi e danze popolari: un entusiasmo e una fiducia che da noi sono merce rara oramai, che mi avevano allargato il cuore. Anche perché, oltre al folclore, come mi ricordava a più riprese Vassil Mikhailov, l'uomo di fiducia che curava i miei interessi in loco, in Bulgaria il sindacato è pressoché assente, la manodopera docile e disponibile, né ci sarebbero stati i conflitti di lavoro così frequenti in Italia...».

«Ecco servita l'innovazione! I padri esportavano capitali nelle gerle degli spalloni comaschi e bergamaschi per paura dei comunisti e i figli esportano le aziende ereditate perché in Italia i sindacati sono cattivi, anziché organizzare feste di ringraziamento che allargano il cuore dei padroni organizzano scioperi per rivendicare condizioni di lavoro più dignitose...», lo interruppe Tommaso, faceto soltanto nel tono,

infastidito dalle parole di Luigi che lo proiettavano anni luce lontano da lui.

Luigi continuò senza cogliere la provocazione né l'ironia di Tommaso: «*…Le resistenze furono lunghe e gravose. Non era tanto l'investimento produttivo all'estero a fomentarle, quanto la contemporanea chiusura di uno stabilimento nel biellese, un passaggio che nessuno dei miei interlocutori comprendeva né condivideva…*».

«*Un atteggiamento comprensibile* – lo interruppe Tommaso. *Adalberto e i suoi fedelissimi erano legati a un concetto di fabbrica novecentesco, costruito sul rapporto personale tra imprenditore e lavoratori, paternalistico certo, ma anche attento alle esigenze di vita dei dipendenti, legato al territorio, in cui contavano la professionalità operaia, l'attaccamento alla fabbrica e la dedizione, ricambiate da una sorta di welfare aziendale che si faceva carico del tempo di vita delle maestranze, del futuro dei figli, dello sviluppo del territorio*».

«*…La messa in discussione di questo sistema di relazioni li spiazzava, faceva crollare convinzioni radicate… per loro non era tollerabile. E infatti i dirigenti più anziani abbandonarono ben presto la partita, né Adalberto ebbe la forza di contrastare la mia determinazione…*».

«*Una vittoria facile, in fondo…*».

«*…Tutt'altro …I lavoratori e le rappresentanze sindacali, spalleggiati dalle istituzioni locali, provarono a fermare il progetto: organizzarono scioperi, prospettarono accordi. Fu tutto inutile, alla fine accadde l'inevitabile, ma nessun lavoratore restò senza protezione*», disse Luigi al termine del suo lungo discorso.

«*Un risultato di ripiego, a fronte di ottanta posti di lavoro persi definitivamente, il territorio impoverito e senza risarcimento: il costo della proiezione della "Confezioni Gerbino & Gallo spa" nel ventunesimo secolo, nella modernità globale, a carico della collettività, con il corollario della rescissione del vincolo di solidarietà tra capitale e lavoro, tra impresa e territorio…*», affermò Tommaso che quelle situazioni e le loro conseguenze sull'economia dei territori le conosceva bene.

Chiuso il capitolo della ristrutturazione aziendale Luigi ritornò ad analizzare le ragioni dello scontro iniziale con Adalberto, tema che riguardava i destini dell'impresa di famiglia e li trascendeva, implicando differenti concezioni del rapporto tra le imprese e il mercato e tra le imprese e lo Stato.

«A mio padre, in quel gioco di reciproci rinfacciamenti che ci contrapponeva, dissi che anch'io avevo aperto conti all'estero. Lo avevo fatto per motivi fiscali, non certo per paura dei comunisti, che mi sembra proprio un'esagerazione parlarne adesso, dopo la caduta del muro di Berlino», disse Luigi guardandosi intorno con circospezione, forse per accertarsi che non ci fossero orecchie indiscrete, consapevole che in quel rivendicare un comportamento illecito non c'era alcun motivo di merito e tantomeno lo era la giustificazione addotta. Tommaso non mancò di farglielo notare:

«In pratica anche gli imprenditori della tua generazione hanno avuto e continuano ad avere comportamenti affini a quelli delle generazioni precedenti, non c'è stata soluzione di continuità», gli ricordò, pensando al lungo catalogo di privilegi, benefici, omissioni, ostruzioni, corruzioni nel rapporto inquinato tra imprese e potere politico. Pensava allo sconcio dell'evasione fiscale, al sabotaggio delle norme di tutela ambientale considerate come attentati alla libertà d'impresa, alla corruzione dei politici e dei funzionari pubblici: una commistione senza eguali tra politica, amministrazione ed economia in cui la prima ha rinunciato al suo primato per farsi ancella della terza, complice la seconda, obliando il bene comune per l'interesse privato: quello del ceto imprenditoriale che ringrazia con la fedeltà politica e segni tangibili in valuta nazionale ed estera; e il proprio (dei politici), fatto di conservazione del potere oltre che di illecito arricchimento.

Luigi contestava le affermazioni di Tommaso, non ci stava a essere accomunato alla vecchia borghesia imprenditoriale inefficiente e parassitaria, si considerava espressione del nuovo che avanza, che finalmente aveva trovato rappresentanza politica in una *leadership* forte e motivata, assurta alla guida del Paese proprio nell'anno in cui lui aveva assunto la guida dell'impresa di famiglia. Una coincidenza interpretata come il segno dei tempi, l'avvento di un'era nuova in cui, finalmente, la borghesia industriale fa la sua rivoluzione, quella che non aveva avuto la forza di sostenere fino ad allora.

«Ci arrivate con oltre due secoli di ritardo... sempre che di rivoluzione si tratti e non dell'ennesima infatuazione per un altro "uomo della provvidenza"», chiosò Tommaso, un po' divertito di fronte a tanta fiducia.

«Meglio tardi che mai! È una rivoluzione culturale, innanzitutto, che affermerà i principi del merito e dell'impegno, che farà finalmente piazza pulita dell'ideologia, della demagogia e del politicismo, per liberare il nostro paese dalle arretratezze che lo hanno frenato fino ad oggi...».

«Già, già, la morte delle ideologie, la fine della storia...», disse Tommaso quasi fosse sovrappensiero, mentre i suoi pensieri inquadravano lucidamente quel ritornello: un *refrain* irresistibile, ripetuto ininterrottamente da gazzette-telegiornali-talkshow, nobilitato dai raffinati saggi analitici dei chierici di regime, giullari della parola forbita, all'apparenza neutra ed equidistante da ogni appartenenza, pilastro di un'ideologia fattasi pensiero unico al servizio del *finanzkapitalismus*, ben riparato dietro il paravento dei mercati globali, asettici e impersonali, neutrali ed equidistanti, come i chierici, guidati dalle scelte della massa indistinta degli operatori, razionali anziché ciechi come la *Tyche* bendata che distribuisce ricompense e castighi senza guardare i prescelti, razionali perché premiano chi meglio comprende le tendenze dell'economia e ne

prevede gli andamenti, chi rischia con intelligenza informata. E così
se ne possono lavare le mani, sgravarsi la coscienza... e non
guardando dietro il paravento dei mercati e delle società anonime
non si scopre chi vi si cela e non si disturba il manovratore, chiunque
esso sia, entità astratta o concreta, tremendamente tragicamente,
concreta e terribile, mostruosa, le cui fattezze sono più orripilanti del
leviatano...

> *Ecco, la tua speranza è fallita,*
> *al solo vederlo uno stramazza.*
> *Nessuno è tanto audace da osare eccitarlo*
> *e chi mai potrà star saldo di fronte a lui? ...*
> *Intorno ai suoi denti è il terrore! ...*
> *Dalla sua bocca partono vampate,*
> *sprizzano scintille di fuoco ....*
> *Il suo fiato incendia carboni*
> *e dalla bocca gli escono fiamme. ...*
> *Il suo cuore è duro come pietra,*
> *duro come la pietra inferiore della macina.*
> *Quando si alza,*
> *si spaventano i forti*
> *e per il terrore restano smarriti. ...*
> *Fa ribollire come pentola il gorgo,*
> *fa del mare come un vaso di unguenti.*
> *Dietro a sé produce una bianca scia*
> *e l'abisso appare canuto.*
> *Nessuno sulla terra è pari a lui,*
> *fatto per non aver paura.*
> *Lo teme ogni essere più altero;*
> *egli è il re su tutte le fiere più superbe*[4]

---

[4] Libro di Giobbe, 41

...con fattezze di uomo non di drago, tra le cui fauci spuntano membra di un orribile pasto, sangue e umori giallastri gli colano sulla faccia e sul collo e sul ventre insozzandolo tutto...

> *li occhi ha vermigli, la barba unta e atra,*
>
> *e 'l ventre largo, e unghiate le mani;*
>
> *graffia gli spirti ed iscoia ed isquatra*[5]

...e non sazia mai la sua fame. Alla sua soglia sono accompagnati in processione file interminabili di reietti macilenti che tutto hanno perso nel *monopoli* dei mercati, anche la dignità, blanditi dagli inviti accattivanti di guardiani ammiccanti e lascivi dislocati sulle porte dei centri commerciali, occhieggianti dai manifesti e dagli spot pubblicitari, che incessantemente invitano a tesserne le lodi, a intonare peana, a consegnarsi volontariamente, vittime sacrificali, nelle grinfie del mostro pronto a straziarne le membra con le unghie rapaci e a cibarsene, a ingozzarsi lubricamente del loro sangue vermiglio, senza posa, h24-7/7-365d/y, ubiquamente dislocato in ambedue gli emisferi, a ovest e a est, onnipresente, cullato dal monotono ronzio dei computer che macinano contrattazioni di titoli-valute-futures-derivati, elaborano algoritmi per la creazione di CDO[6] e ABS[7], armi di distruzione di massa, alimento di bolle speculative (tali e quali alle bolle di sapone, non importa se piccole o grandi) destinate a scoppiare, prima o poi, e più tardi si verifica il botto maggiori ne sono gli effetti e i profitti di chi li ha collocati, e le perdite di chi ci è cascato, attirato dalla promessa di facili guadagni. Non lo sanno, poveri infelici, che vince sempre il gestore del banco, che le carte sono truccate e non ci sono autorità delegate a smascherare i trucchi: l'autorità sono loro, si fanno le norme a loro

---

[5] Dante Alighieri, *Inferno*, canto VI, vv. 16-18.

[6] Collateralized debt obligations

[7] Asset-backed security

uso e consumo, loro sono il legislatore, il governo che applica le leggi e il giudice che le fa rispettare, il potere forte, uno e tricefalo, intollerante alle interferenze, disposto a ricorrere alle vie di fatto quando si sente in pericolo, celato dietro il paravento (un altro paravento! E quanti altri se ne devono scoprire ed abbattere per edificare un mondo trasparente? E quante segrete stanze? E quanti accordi segreti? E quanti segreti di Stato? E quanti servizi segreti? E quanti... ancora?) della divisione democratica dei poteri e della ripartizione delle funzioni, ignoto e inconoscibile.

«...L'andamento contrastato della mia rivoluzione aziendale ha una torsione speculare a quella della rivoluzione liberale affermatasi nelle elezioni politiche del maggio 1994. La mia azienda dovette aspettare il 1998, dopo la morte di Adalberto, il Paese dovette attendere il 2001, dopo un secondo pronunciamento elettorale che fece piazza pulita dei giochi di palazzo...», continuò Luigi ignorando la considerazione di Tommaso e non immaginando le tacite riflessioni che l'accompagnavano.

«Lascia perdere l'abbaglio della tua rivoluzione liberale, ci rovina la digestione. Beviamoci su!», disse infine Tommaso in tono scherzoso, e alzò il calice con un gesto ieratico.

Luigi ci bevve su ma non desistette, era proprio convinto che nel millenovecentonovantaquattro fosse iniziata una nuova era. Aveva una fiducia smodata nelle capacità taumaturgiche del nuovo *uomo della provvidenza*, l'*unto del Signore*, il *Cristo* che si era finalmente deciso a *scendere in campo*, nell'agone della politica, un capitano d'industria che aveva dimostrato come si producono ricchezza e posti di lavoro, che avrebbe saputo realizzare il *nuovo miracolo economico* in questo paese stanco e sfiduciato, preda della corruzione e dell'avidità dei politici, paralizzato dai veti della trimurti sindacale specializzata nella richiesta di tassazione dei patrimoni, nel rivendicare riduzione dell'orario di lavoro; avrebbe saputo dare nuova linfa alle imprese vessate da una tassazione esosa, da vincoli paralizzanti che impedivano gli investimenti e mortificavano l'iniziativa imprenditoriale.

«D'altronde, il Presidente è uno di noi, un imprenditore di successo che può trasferire l'efficienza e l'efficacia della gestione aziendale nella sfera pubblica, per modernizzare il Paese e riconquistare il ruolo di guida che gli spetta nel mondo», sosteneva Luigi.

«Per il momento la sua rivoluzione si è limitata al campo linguistico: tra attimini, competitor, mi consenta, no tax day and election day, assolutamente (si e no), mettere le mani nelle tasche degli italiani, governance and performance, entrate a gamba tesa, mistica dell'amore e dell'odio, discese in campo, squadre di governo, security and flexicurity, ripetizioni ossessive e circonvoluzioni varie, ha scassato i timpani degli italiani sotto contratto e sotto pressione da oltre dieci anni, che non se ne può proprio più...».

«È la solita accusa dei comunisti e degli invidiosi che non hanno altro a cui attaccarsi per esercitare la loro critica nichilista...».

«...ha anche imbarbarito gusti, comportamenti e sentire, che di per sé è anche una rivoluzione, ma imposta dall'alto, per imitazione. Il contrario del concetto reale, in effetti, stravolto e svuotato di significato, insieme a quello di riforma...».

Non andarono oltre in questa discussione che li contrapponeva; erano le loro stesse vite a contrapporli, né si sarebbero mai incontrati se Luisa avesse tenuto fede al suo impegno fino in fondo, senza lasciarsi travolgere dal bisogno di liberarsi dal segreto di tutta una vita e dal senso di colpa che l'aveva tormentata incessantemente. Non desideravano che tra loro si intromettessero motivi di contrasto, non ancora almeno; in quel loro cercarsi c'era il desiderio di comprendersi e di conoscersi, come succede a chi si ritrova dopo un lungo periodo di lontananza.

E così, con qualche battuta di spirito e un altro brindisi ritornarono a parlare di sé e delle loro esperienze.

Anche Luigi, come l'*unto del signore* sceso in camp per salvare la nazione, era un imprenditore di successo. Dal 1994 al 2006 la *"Confezioni Gerbino & Gallo S.p.a."*, una società di medie dimensioni che impiegava meno di 200 dipendenti con un fatturato di circa 35 milioni di euro e profitti medi, al lordo delle imposte, inferiori al 7% del fatturato, si era trasformata nella capogruppo di un piccolo impero economico che controllava società operative in Italia e all'estero, gestiva *joint ventures* con imprese estere in diversi Paesi e aveva diversificato i suoi investimenti per affrancarsi dai rischi di crisi settoriali o dei mercati locali. Nel 2005 il gruppo comprendeva, oltre alla capogruppo (sempre la *"Confezioni Gerbino & Gallo S.p.a."*), altre undici società: cinque in Italia e sei all'estero, ed aveva fatturato oltre 250 milioni di euro, con un margine lordo quasi doppio rispetto all'inizio del periodo. Non era stato facile. Aveva dovuto superare diffidenze plurime, ostacoli di vario tipo; alla fine ne era venuto a capo, poteva compiacersene e dedicarsi a ulteriori progetti di espansione e di ammodernamento.

Luigi era un affermato imprenditore e un dirigente d'azienda, aveva ormai abbandonato le utopie della giovinezza ed era graniticamente convinto, continuando la tradizione di famiglia, che l'unica filosofia concreta fosse quella del lavoro e della concorrenza, quasi una religione nella quale si realizzano i. meriti e l'esistenza. Non c'è altro nella vita, il successo è il meritato riconoscimento dell'impegno e delle capacità, l'insuccesso la naturale conseguenza dell'insipienza personale.

«*Un bel tratto di penna sugli anni del liceo e dell'università, sulle inquietudini di quegli anni e sulle speranze, sugli ideali che avevi condiviso. La militanza nel movimento studentesco...*», lo provocò Tommaso insistendo su quel passaggio della sua autobiografia che Luigi aveva lasciato trapelare.

«*Erano anni di formazione e di entusiasmi giovanili... c'era la voglia di trasgredire, la ribellione verso la famiglia, passioni transitorie che cambiano con l'età, esauriscono la loro funzione catartica e ti restituiscono all'età adulta più consapevole, liberato dagli elementi d'irrazionalità propri dell'adolescenza...».*

«...i giovani borghesi che per vincere la noia adolescenziale giocano a fare la rivoluzione e poi rientrano disciplinatamente nei ranghi, al posto di comando che la loro condizione gli ha riservato...».

«...e poi, non è che i valori che tu dici li abbia rinnegati o dimenticati. Ci credo ancora. La differenza tra allora e oggi è che oggi ritengo possibile realizzarli concretamente, superando parole-slogan-attidifede, solo se l'economia funziona, se il pil cresce, altrimenti si redistribuisce la povertà, si garantisce la libertà della rinuncia e dell'astinenza, l'uguaglianza del bisogno. La teoria della colonna marciante, l'effetto trickle down o dello sgocciolamento dall'alto verso il basso ne sono le immagini e le giustificazioni teoriche...», diceva Luigi con evidente convinzione.

«False, sono teorie false... se si possono chiamare teorie», rispondeva Tommaso, che da economista conosceva i dati e la storia della sua scienza.

«Finché si marcia e si avanza, quando tutta la colonna si sposta, tutti migliorano la propria condizione, non importa che le distanze tra la testa e la coda aumentino, è importante il miglioramento generale; dalle crescenti ricchezze dei ricchi qualcosa sgocciola verso il basso migliorando la condizione di tutti».

«Quando a sgocciolare non sono soltanto gli effetti collaterali, o quando la coda della colonna non rimane ferma perché è troppo compatta, imprigionata in un cul de sac dall'apertura troppo stretta, un collo di bottiglia che ostacola e ritarda il deflusso».

C'erano anche la vita e l'esperienza di Tommaso in quei ricordi di gioventù. Per lui, giovane proletario che conosceva l'indigenza il bisogno la fatica del lavoro l'abbrutimento e la disperazione della povertà, le speranze riposte nel movimento di protesta operaio e giovanile erano state un affidamento necessario che reclamava cambiamenti effettivi irrinunciabili nell'organizzazione sociale, nella distribuzione dei poteri e delle ricchezze; c'era un substrato di coscienza imparagonabile tra Tommaso e Luigi, che partiva dalle differenti condizioni materiali e si propagava agli obiettivi intermedi e ai risultati attesi; c'era una differenza fondamentale tra la pazienza dei Tommaso e l'impazienza e la volubilità dei Luigi che volevano tutto e subito, si esaltavano e si deprimevano con la stessa repentina immediatezza, che individuavano nell'azione, incuranti delle conseguenze e dei risultati, l'obiettivo del loro impegno. I Tommaso erano stati forgiati alla pazienza delle piccole conquiste da generazioni di combattenti allenati alla guerra di resistenza, consapevoli che la politica dei piccoli passi aveva modificato la loro condizione e le condizioni materiali del conflitto di classe; i Luigi quella pazienza non potevano comprenderla, gli mancavano l'abitudine e l'esperienza.

Anche nelle piccole cose.

L'impazienza aveva tradito Luigi quella sera di marzo del millenovecentosettantatré in cui il collettivo studentesco di via Carlo Alberto aveva programmato un'azione dimostrativa in un istituto professionale della periferia torinese per denunciare il comportamento repressivo del preside. Il commando era arrivato nei pressi della scuola a bordo di un'auto, armato di pennelli e di secchi di vernice per scrivere sui muri gli slogan della denuncia; il blitz sostanzialmente fallì, ma una denuncia per diffamazione da parte del preside la rischiò lui, l'unico a scavalcare il recinto della scuola e a tentare di scrivere qualche parola sul muro. I suoi compagni, allarmati dalle luci accese nell'appartamento del custode, avevano pensato di desistere, lui no. Il caso volle che, proprio mentre stava per completare la prima scritta, il custode alcuni suoi ospiti ed un cane di taglia ragguardevole uscissero dall'appartamento; fu inevitabile che il cane si accorgesse della presenza dell'intruso e che gli uomini lo bloccassero nonostante il suo precipitoso tentativo di fuga. La bravata non ebbe ripercussioni penali grazie alla minore età e all'intervento di Adalberto che esercitò tutte le pressioni possibili per evitare la denuncia da parte del preside, si accollò le spese per la rimozione della scritta e garantì ravvedimento e pentimento del figlio. Di fronte a suo padre Luigi non si pentì né si ravvide, forse quell'esperienza gli suggerì qualche cautela ma non ne modificò significativamente il carattere.

Né portò il suo gruppo a una riflessione. Quando si ritrovarono Luigi fu salutato come un prode, sprezzante del pericolo, coraggioso:

«*Non hanno neanche avuto le palle di denunciarti*» aveva detto qualcuno dandogli una pacca di solidarietà sulle spalle, «*sono preoccupati dell'effetto propagandistico che la notizia avrebbe potuto avere, …anche la polizia. A loro conviene mettere tutto a tacere, meno se ne parla e più facilmente possono perseverare nelle loro azioni repressive*».

Medaglie al merito appuntate sul petto, di cui Luigi fu lusingato e onorato. Per sua fortuna rimasero le uniche, non ebbe altre occasioni per meritarne.

Tommaso non si sarebbe mai cacciato in una vicenda simile. Lui l'avrebbe affrontata con moderazione, mai da solo o alla testa di un commando, protetto dalle ombre della notte, quasi vergognandosi delle proprie azioni. Per quale obiettivo, poi? Per scrivere su un muro qualche frase anonima, insulti che avrebbero giustificato l'esecrazione dei più, il riflesso perbenistico della maggioranza silenziosa? Tommaso era stato educato a una scuola diversa, che ti sollecita ad assumerti le responsabilità, ad agire insieme agli altri, alla luce del sole, argomentando le tue ragioni alternative all'arroganza all'autoreferenzialità all'ottusità del potere, per convincere con la forza e la ragionevolezza delle proposte, con la costanza dell'impegno. Avrebbe cercato di organizzare gli studenti colpiti dall'ingiusto provvedimento, una riflessione e una decisione collettiva sulle forme di protesta e di lotta, forse una manifestazione davanti alla scuola, un volantino per spiegarne i motivi, la tessitura di un percorso che avrebbe potuto portare molti a essere protagonisti a riflettere a prendere coscienza e ad agire. I Luigi e i loro amici, vittime dell'azione simbolica esemplare, ritenevano la strategia dei Tommaso rinunciataria e inconcludente, incapace di scuotere la letargia delle *masse*, tantomeno di innescare la miccia della rivoluzione; non ne vedevano la grandezza e la confondevano per rinuncia per pavidità, per intelligenza col nemico di classe. Quando, in effetti, il loro comportamento portava in sé i caratteri dell'individualismo borghese, un segno distintivo di classe che emerge nitido dietro il paravento dell'intransigenza.

Luigi è baciato dal successo professionale, le sue giornate sono scandite dal respiro della fabbrica che le satura di odori-parole-documenti-ordini-grafici-proiezioni-bilanci e montagne di relazioni... cartacee o d'affari; gli mancano le relazioni affettive... per quelle non ha tempo. Non gli mancano nel senso che ne sente il bisogno o un senso di vuoto, di sofferenza, semplicemente non ne sente l'esigenza... o almeno così crede o si è abituato a pensare. Le sue giornate sono scandite dal lavoro e dagli impegni, iniziano alle otto di mattina e finiscono alle sette di sera, si direbbe che sono piene, e in quella pienezza di vita non rimane molto tempo per la famiglia e per gli affetti. Come suo padre. E come nella sua infanzia aveva sofferto l'assenza del padre, nella vita adulta leniva quel trauma facendo soffrire ai suoi figli il dispiacere della sua assenza, una sorta di coazione a ripetere, un'autocostrizione a rivivere la situazione dolorosa dalla parte attiva, per poter percepire il sollievo del tormento subito.

Ha una famiglia che dall'esterno sembra felice: una moglie, Adriana, che accudisce la casa e si occupa dell'educazione dei figli; due ragazzi ormai adolescenti: Federico il primogenito di sedici anni e Isabella di quattordici; vista dall'interno è attraversata da correnti, neanche tanto sotterranee, di disagio. Federico e Isabella sono adolescenti e soffrono i turbamenti, le irrequietezze e le inadeguatezze dell'età, aggravati dal disagio per l'assenza del padre e scaricati nei conflitti fasulli con la madre che vorrebbero meno presente e intrusiva; Adriana le insoddisfazioni di una vita matrimoniale incompleta.

Luigi e Adriana si erano conosciuti negli anni dell'università; dopo diciannove anni di matrimonio il loro legame risentiva dei danni del tempo: non solo l'abitudine della routine, quanto il cambiamento di prospettive individuali e di interessi, soprattutto dopo la nascita dei bambini. Il rapporto tra Luigi e Adriana aveva iniziato a incrinarsi a partire dal 1994, l'anno in cui Luigi aveva assunto la direzione della società: le responsabilità lo avevano assorbito interamente, prosciugando ogni altro bacino d'interesse, allontanandolo dalla famiglia. Piccole crepe non riparate che col tempo si allargarono. Adriana ne soffriva; la solitudine alimentava una sensazione di smarrimento e il rimpianto di aver rinunciato a un lavoro che la realizzava. Aveva lavorato come editor e traduttrice presso una casa editrice, un impegno gratificante nel quale esercitando le sue competenze poteva coltivare la passione per la letteratura americana trasmessale dalla madre insieme alla lingua; si era licenziata con l'arrivo del primogenito, le sue giornate seguivano altri ritmi e altri interessi, il suo orizzonte esclusivo era diventata la famiglia, dalla quale dipendevano tutte le aspettative di vita e di realizzazione personale. Il rimpianto era cresciuto in misura direttamente proporzionale all'offuscamento del suo orizzonte, in cui le figure che lo avevano popolato si allontanavano e venivano nascoste da una bruma sempre più fitta: marito e figli non le riempivano più le giornate, la loro lontananza apriva un vuoto doloroso nel quale sprofondava progressivamente senza trovare appigli a cui aggrapparsi per rallentare la caduta e risalire la china. Il ruolo di casalinga-redditiera-ereditiera le stava stretto senza quel mondo di affetti, non lo sopportava, né accettava la precarietà di un rapporto di coppia asfittico, tenuto insieme da un legame sfilacciato, dalla convenzione delle apparenze.

Adriana non si era lasciata sopraffare dalla depressione. Aveva lottato, ne aveva discusso con Luigi più e più volte, fino allo sfinimento, trovando in lui comprensione e rassicurazioni. Luigi la rassicurava sulla sua dedizione e sui sentimenti, ma i comportamenti non cambiavano: prevalevano l'azienda e le esigenze degli affari. Di fronte a quel muro di gomma aveva rinunciato alla lotta, si era rassegnata, il suo avversario, la valchiria aziendale dalle mille risorse e dal fascino irresistibile, teneva legato Luigi con mille fili invisibili, era impossibile liberarlo.

A quarant'anni aveva deciso di riorganizzarsi la vita, un lavoro *part-time* in una galleria d'arte, mostre-viaggi-vernissage, nella quale inevitabilmente erano entrati altri uomini. In quelle relazioni cercava una rivincita, le attenzioni che le mancavano, senza mettere in discussione l'unità famigliare e le regole che custodiscono la continuità delle unioni matrimoniali borghesi.

Luigi se ne rese conto molto tempo dopo, glielo rivelò lei stessa, stanca di aspettare cenni di attenzione da parte del marito, stanca di quella vita di finzioni che non avrebbe voluto.

Intanto erano successe molte cose nella vita di Luigi, che lo avevano indotto a riflettere su se stesso, sulla vita, sull'identità, sulle relazioni. Guardò con occhi diversi anche al rapporto con Adriana, proprio quando stava per accadere l'inevitabile. Si accorse del vortice che lo aveva risucchiato, dell'insensatezza della sua vita e non ne fu contento. Si smarrì nel dedalo di percorsi che gli si aprivano davanti, su ognuno qualcosa sembrava respingerlo: erano paesaggi, figure che li frequentavano, prove da affrontare, ostacoli da superare, concezioni da modificare o ricordi da obliare; per continuare la ricerca gli era necessaria una determinazione che non aveva per quel genere di cose, una forza di volontà che gli imponesse di guardarsi dentro, di ristrutturarsi, a costo di spaventarsi per quello che avrebbe visto nelle profondità del suo essere, a costo di perdersi.

Da solo non ce l'avrebbe mai fatta.

Per sua fortuna non era solo, in quel periodo c'era Tommaso.

La vita famigliare incasinata era un aspetto che li accomunava, ma era l'unico; per il resto erano diversi in tutto, né le loro esperienze o gli interessi, così differenti, le amicizie o le relazioni, così distanti, avrebbero potuto farli incontrare. Si incontrarono a causa di Maria e da quel giorno Tommaso divenne lo specchio in cui Luigi si guardò per riconoscersi. In quello specchio e nella vita di Tommaso vide scorrere le immagini di ciò che non era stato, lì ritrovò il filo del suo cammino e lo seguì. Non sapeva dove lo avrebbe portato, quali strade avrebbe percorso, quali contrade avrebbe attraversato; non sapeva se fosse davvero convinto di quanto si apprestava a fare. Continuò perché voleva sapere e istintivamente si fidava della sua guida.

Capitolo 3

Di dolore e preghiere

Domenica 15 ottobre 1961

La chiesa, immersa nell'ambiguo chiarore di una mattina ancora assonnata, riecheggiava le parole di una formula solenne pronunciate con incertezza:

«...*Vi dichiaro marito e moglie nel nome del padre del figlio e dello spirito santo*» aveva detto il celebrante, e senza tergiversare si era dedicato alla lettura degli articoli del codice civile che illustrano i doveri dei coniugi nella coppia e verso la prole.

La chiesa era quasi vuota. Una decina di persone, gli accompagnatori degli sposi, erano ammassate nei primi banchi, rigorosamente separati, a sinistra gli amici di lui, a destra quelli di lei. Le luci della navata erano spente, solo le candele sull'altare maggiore e due lampadine da pochi watt pendenti ai lati dell'abside rischiaravano lo spazio riservato alla celebrazione, il resto era illuminato dalla luce del sole che s'infiltrava obliquamente dalle vetrate collocate nella parte superiore dell'edificio esposta a est. L'ambiente rischiarato da quelle sottili infiltrazioni di luce favoriva il raccoglimento e la preghiera dei fedeli; non così per il celebrante, né per gli sposi e i loro accompagnatori: su di essi produceva sensazioni depressive, le appesantiva oltre le sue stesse premesse.

Pino era andato a prendere Maria alle sette in compagnia del suo testimone di nozze. Lei aveva trascorso l'ultima notte vedovile in compagnia di una buona amica, una delle poche su cui poteva contare in quella città insidiosa, che sentiva ostile e distante. Erano sveglie da alcune ore, si erano preparate, avevano indossato il vestito buono della festa e avevano atteso l'arrivo dello sposo cercando di ingannare l'agitazione che scuoteva Maria di fronte a quel passo che non avrebbe voluto, al quale si era rassegnata. Un matrimonio tra vedovi, senza amore e senza tenerezza, un matrimonio di convenienza: lui aveva bisogno di una donna che accudisse suo figlio, la casa e lui stesso; lei della protezione di un uomo perché era ancora troppo giovane per affrontare da sola le insidie della vita in una grande città. Due solitudini e due destini segnati dalla disgrazia si incrociavano e iniziavano una vita in comune, per porre un argine alla sfortuna che li perseguitava.

Sulla porta della chiesa furono accolti dai pochi invitati; qualche stretta di mano e qualche abbraccio precedettero l'ingresso nella penombra del tempio. Doveva essere un ingresso solenne, gli sposi in testa, a braccetto, seguiti dai due testimoni e dagli altri invitati ordinatamente in fila; ne sortì lo spostamento di un gruppo che sembrava spaventato, tutti in semicerchio intorno alla coppia, per scortarla, come se volessero proteggerla da un pericolo, stretti gli uni agli altri; solo quando raggiunsero i banchi delle prime file ritornarono tranquilli come se avessero guadagnato un porto franco.

La messa nuziale scorse veloce. Maria la seguì da dietro una spessa tendina di ricordi e di lacrime. I ricordi pompavano immagini e video di un altro matrimonio, le lacrime ne erano l'effetto speciale; la mente stanca di Maria comparava ricordi e realtà schiudendo spazi enormi di rimpianto che non riusciva a dominare. Vide in sequenza la casa paterna, il corteo nuziale, l'arrivo in chiesa e comprese tutto lo squallore del suo oggi. Dove c'erano stati allegria e partecipazione, colori, calore e speranza, in quell'oggi ci trovava gli opposti, appiattiti in uno stato sfuggente di necessità; dove c'era stata la felicità di un'attesa che si realizzava ci trovava l'infelicità conclamata appesa al filo di un conforto sperato. Poi la pervase il ricordo di Salvatore, incombente in ogni ora della sua vita. La dolcezza di quella presenza sosteneva una lotta estenuante con la rabbia insuperata della sua morte e Maria, ogni volta, ne usciva inebetita dall'incapacità di vincere la rabbia con l'arma del ricordo rinnovato. Le fasi successive della celebrazione le attraversò come un automa, come un automa firmò i registri compilati dal prete e diventò legalmente la moglie di Pino Loffredo, moglie di un altro migrante, suo conterraneo, che aveva quasi la stessa età di Salvatore e ne condivideva il destino, immerso nella stessa corrente di dannati costretti ad abbandonare la propria terra... per sopravvivere.

Probabilmente anche Pino aveva gli stessi pensieri. A guardarlo avresti detto proprio di sì, ma pensieri e ricordi non li condivise con Maria, né lei i suoi.

Giovedì 16 marzo 2006

«Nel quinto mistero doloroso si contempla Gesù che viene crocifisso e muore sulla Croce».

«... ...».

«Pater noster, qui es in cœlis: sanctificetur nomen tuum: adveniat regnum tuum: fiat voluntas tua, sicut in cœlo et in terra...».

Alle 18.40 del sedici marzo duemilasei Maria recitava il rosario in suffragio dei defunti insieme a due vecchie conoscenti nella cucina dell'appartamento di via Pinerolo che aveva condiviso con Pino. Era stata una bella giornata di sole, tiepida, ma a quell'ora già si allungavano le ombre del tramonto. La stanza, esposta a est, si affacciava su un cortile stretto e triste che schermava gli ultimi raggi di sole e la immergeva irrimediabilmente in una penombra intonata all'ufficio cui le tre oranti attendevano. Altrove, oltre i palazzi di fronte, i lievi cirri cangianti, alti nel cielo, catturavano gli obliqui raggi puntati verso il nulla della volta celeste e ne assorbivano il colore tendente ad attenuarsi dall'iniziale rosso infuocato al rosa pastello fino a un intristito grigio rosa che introduceva già il farsi della sera.

Le tre donne sedute disegnavano un triangolo perfetto inscritto nello spazio vuoto tra la finestra aperta sulla ringhiera, il piccolo tavolo rettangolare collocato al centro della stanza e la credenza addossata al centro della parete più interna, esposta a nord. Completavano l'arredamento i moduli della cucina componibile che occupavano la parete ovest e la vecchia stufa a legna oramai inutilizzata e sostituita da un moderno impianto di riscaldamento centralizzato alimentato a gasolio da quando erano stati fatti i lavori di ristrutturazione dello stabile. Maria non aveva voluto privarsi di quell'inutile accessorio, peraltro perfettamente efficiente e lustro nella sua livrea di smalto bianco, perché non si fidava del tutto della tecnologia centralizzata; un po', in verità, perché le mancava quel rito ancestrale della cura del fuoco che aveva imparato fin da bambina, il calore della fiamma che arde sotto i tuoi occhi e puoi governare a tuo piacimento a seconda dei bisogni, la sicurezza di quella presenza che sfrigola e lancia bagliori rassicuranti, compagni fedeli e riservati i cui riflessi attenuano discretamente il buio della sera e accompagnano il ricordare. Senza quei bagliori è diverso, sei costretto a scegliere tra il buio totale della notte o il chiarore della luce elettrica, opzioni estreme, ambedue: incubatrice di ricordi tristi, la prima; nemica dei ricordi, l'altra, che nel chiarore impedisce di discernere le ombre affollate nel profondo della memoria, figure trasparenti dissolte dalla luce come si dissolve la nebbia notturna sotto i raggi del sole mattutino.

Le oranti dimostravano un'età avanzata. Maria era la più vecchia, dirigeva la recita del rosario decretandone il ritmo e interpretando la dolorosità dei misteri con la dovuta partecipazione drammatica, ridimensionata in una cantilena convenzionale quando passava all'enunciazione reiterata delle *"Ave, Maria"* lungo i dieci grani della corona che intervallano un mistero dall'altro:

«Ave, Maria, gratia plena, Dominus tecum. Benedicta tu in mulieribus, et benedictus fructus ventris tui, Iesus»,

intonava Maria, alle cui invocazioni rispondevano le altre completando la preghiera:

«*Sancta Maria, Mater Dei, ora pro nobis peccatoribus, nunc et in hora mortis nostrae*»;

e insieme, tutte e tre: «*Amen*».

Maria e le sue compagne ci mettevano tutta la loro concentrazione e il massimo di partecipazione spirituale nella preghiera; aderivano alla dolorosità dei misteri con l'iconografia delle proprie figure perennemente in lutto, avvolte in abiti rigorosamente neri, completi di copricapo e scialle; una concentrazione totale, ostinata, che traspariva dal modo in cui erano sedute sulla punta della sedia, la schiena dritta e la testa leggermente reclinata, la corona del rosario stretta tra le mani, attente a rispettare le cadenze e i tempi della recitazione, il viso atteggiato a un'espressione di sofferenza per le anime sante del purgatorio e per i propri defunti:

«*L'eterno riposo dona loro, o Signore, e splenda ad essi la luce perpetua, riposino in pace*».

«*Amen*».

Durante la recita della preghiera dei defunti Maria in un doloroso flashback rivide il corpo martoriato di Salvatore steso nella camera mortuaria dell'ospedale dove i suoi compagni di lavoro lo avevano immediatamente trasportato subito dopo l'incidente. Lei lo aveva potuto vedere alcuni giorni dopo, dopo essersi ripresa dallo shock che l'aveva colpita all'apprendimento della notizia. Era stata una scena straziante. Nonostante le tumefazioni e le lacerazioni impresse indelebilmente su quel viso, lei lo aveva riconosciuto senza ombra di dubbio, lo aveva abbracciato e baciato bagnandolo con le sue calde lacrime versate in silenzio, senza il contorno di ulteriori scene drammatiche. Non erano momenti di scene drammatiche, quelli, erano gli ultimi momenti dell'intimità, l'ultima volta in cui avrebbe potuto stringere a sé quel corpo e quel viso tanto amati, che non avrebbe rivisto mai più.

Nel suo ricordo il viso di Salvatore non portava più i segni della sofferenza, era circonfuso di una luce angelica che gli donava un'espressione serena-gioiosa-giovanile come si addice a chi sia stato chiamato al cospetto dell'Altissimo per godere della sua grazia e della sua visione, integro e bello come lo era sempre stato e sorridente di quel sorriso dolce e triste che aveva segnato la sua espressione più consueta. Che quella fosse la dimensione e quello il suo posto, Maria non aveva alcun dubbio, e ciò la tranquillizzava, le dava la forza di guardare avanti, di non farsi sopraffare dal dolore e dalla commiserazione di sé.

... *Turris davidica*

Ora pro nobis

Turris eburnea

Ora pro nobis

Domus aurea

Ora pro nobis ...

Conclusa la recita del rosario le donne rimasero per qualche minuto in silenziosa meditazione, poi ripresero le consuete chiacchiere sul più e sul meno, si scambiarono le ultime novità, qualche pettegolezzo sulla vita del quartiere, quindi il commiato, dandosi appuntamento al giorno successivo per rinnovare il quotidiano colloquio con le anime dei propri defunti.

Dalla penombra della cucina, dopo il saluto alle amiche, Maria si era spostata in un'altra stanza, quella che rimaneva sempre chiusa, aperta soltanto in qualche rara occasione di festa. La stanza, con la duplice funzione di salottino e sala-da-pranzo, era sobriamente arredata: in un angolo, intorno a un tappeto senza pretese occupato nel centro da un tavolinetto di legno, erano posizionati un divano e due poltroncine in stile eclettico, simil impero; su una parete un buffet con specchiera; nel mezzo un tavolo da pranzo e sei sedie. Sul buffet erano disposti in bell'ordine i portaritratti dei defunti per i quali Maria aveva pregato poco prima. A destra e a sinistra, intorno alle foto dei suoi due mariti, i parenti defunti, nel centro i suoi genitori e i fratelli. Il piano del mobile aveva l'aspetto di un cimitero con le sue lapidi lustre e i fiori nel giorno dei morti, ci mancavano le scritte commemorative con gli anni della nascita e del decesso, le frasi edificanti che nobilitano i defunti, l'icona dell'angelo custode. Che comunque erano riportati, tolto il disegno dell'angelo custode, in bei caratteri sul retro delle foto.

Sul controbuffè, addossato alla parete di fronte, la foto di Tommaso e Claudia nel giorno del matrimonio, insieme a quelle dei loro due figli bambini.

Avvicinatasi al controbuffè Maria, con gesto furtivo, aprì un cassetto e ne trasse una foto gelosamente custodita sul fondo di una scatola di latta. Era la foto di un bambino di dieci anni, distinto nel suo vestitino elegante, sorridente e sereno; Maria guardò la foto, la baciò, se la strinse al petto mentre la sovrastava un lungo pianto silenzioso, irrefrenabile. Ogni giorno la stessa scena, ogni giorno un pianto di espiazione per non dimenticare la sua sventura... la sua colpa; ogni giorno il ricordo di una tappa dolorosa nel percorso di separazione da quel figlio tanto amato.

Quella volta fu la proiezione in bianco e nero di quando Maria aveva accompagnato Luigi presso il Pio Istituto "Mater Domini" che lo aveva accolto nel periodo in cui lei non avrebbe potuto accudirlo, presa com'era tra la necessità di riorganizzarsi la vita, trovare un lavoro per mantenersi e sbrigare le ordinarie faccende di casa.

Era di domenica, una giornata di settembre, luminosa e tiepida, una coda dell'estate, avresti detto, nel millenovecentocinquantasette.

Maria si era alzata di buon'ora, aveva preparato un sacchetto con la biancheria e i vestitini di Luigi, era il giorno della loro separazione. Si sarebbero visti nei giorni di festa, qualche ora, qualche passeggiata; le mancavano già le forze, non lo sopportava, ma non poteva sottrarsi. Lo vestì col vestitino della festa: un figurino, bello, dai lineamenti delicati, lievemente imbronciato perché sapeva della separazione dalla mamma.

Uscirono, attraversarono la città con il tram, arrivarono a destinazione, parlarono poco, ciascuno chiuso nel proprio dolore.

Il Pio Istituto era una costruzione austera, massiccia; quando il pesante portone d'ingresso si chiuse dietro di loro Maria si sentì svenire, sbiancò in viso, fu necessario metterla a sedere per farla riprendere. Ricorderà quei momenti per tutta la vita: la faccia triste e rassegnata di Luigi, il suo pianto disperato al momento del distacco, il suo passo recalcitrante, la testa girata verso di lei mentre due suore lo portavano in giro nel giardino per cercare di distrarlo e aprire con lui un canale di comunicazione empatica. Poi se ne andò, con la morte nel cuore e pianse, appena fuori dal portone si lasciò andare e pianse... e pianse ogni giorno, e le ultime immagini del bambino che si allontanava diventarono la sua ossessione.

Come dimenticarle! Diventarono un'ossessione e un sogno ricorrente, angoscioso, che riempivano le sue notti e i suoi giorni.

L'unico lavoro che trovò, grazie al silenzioso interessamento di Luisa, fu quello di donna di servizio presso una famiglia benestante, ma ciò comportava un impegno a tempo pieno, notte compresa: situazione del tutto incompatibile con la possibilità di tenere Luigi con sé. Per il quale la permanenza nell'istituto di accoglienza fu una sistemazione definitiva, almeno fino al giorno della sua adozione. Di fatto fino al cinque maggio millenovecentocinquantotto.

Alcuni giorni dopo il sedici marzo duemilasei, Tommaso di buon'ora aveva telefonato all'anziana madre.

Driiiiin, driiiiin, ..., stava quasi per attaccare quando dall'altro capo dell'apparecchio gli rispose una voce trafelata:

«Pronto, chi parla?».

«Ciao, mamma, sono Tommaso, credevo che non fossi in casa».

«Ti ho riconosciuto appena hai detto ciao! Ero sul ballatoio a stendere i panni, non ho sentito subito; fuori c'è sempre rumore e il mio udito negli ultimi tempi si è un po' indebolito», rispose Maria col tono sbarazzino di chi si dà un po' di arie.

«In mattinata devo venire a Torino per motivi di lavoro. Se non ti disturbo passo a trovarti nel tardo pomeriggio e se mi prepari qualcosa di speciale mi fermo a cena con te, ma deve essere qualcosa di veramente speciale...», disse Tommaso, scherzando sull'ultima frase.

«Lo sai che non mi disturbi! Anzi, quando arrivi ti devo tirare le orecchie perché non vieni mai a trovarmi...».

«Vada per la tiratina di orecchie, ma restiamo intesi per la cena speciale. Ciao mamma», concluse Tommaso.

«Ciao Tommaso, a stasera».

Per Maria, dopo quella telefonata, la giornata si colorò di festa. Sentire la voce di Tommaso, poterlo vedere per lei era una gioia incommensurabile... non stava più nella pelle. Il resto della giornata lo passò nei preparativi: tra un'uscita per fare la spesa, le telefonate alle amiche per anticipare il consueto incontro del rosario, i lavori di casa per renderla degna di accogliere quel figlio tanto importante che non aveva rinnegato le sue origini, che le regalava tante soddisfazioni nel confronto con amiche e conoscenti, infine la preparazione della cena *speciale*.

Tommaso arrivò all'imbrunire, saranno state le sette di sera. Il suono del campanello la trovò, come al solito nella penombra della cucina, intenta a sfaccendare tra lavello e fornelli. Il tempo impiegato da Tommaso per salire le scale, Maria lo impiegò per togliersi il grembiule indossato per le faccende domestiche, darsi una rassettata al vestito, sistemarsi i capelli brizzolati e predisporsi a riceverlo. Appena aprì la porta Tommaso l'abbracciò con trasporto, baciandola e stringendola come era solito fare ogni volta che la incontrava. Lei nell'abbraccio si sentiva piccola piccola, si perdeva nel calore di quella stretta e immancabilmente pensava a quando era lei a stringerlo, lui piccino tra le sue braccia, per consolarlo di qualche piccola delusione o di un qualsiasi dolore. Dopo averla abbracciata usava tenerla per le spalle e, indietreggiando un po', la guardava teneramente negli occhi mentre le sussurrava qualche frase affettuosa.

«Ti trovo bene», le disse quella sera, *«sei in splendida forma. Il tempo per te sembra non passare»*.

«Sei un bugiardo matricolato», si schermì lei, *«il fatto è che sono piena di acciacchi e ogni giorno che passa la vita diventa sempre più faticosa»*.

«Non scherzare! La mia mamma è fresca come una rosa, non ammetto repliche», disse Tommaso sorridendo, ma lei continuò su quel tono, sostenne che era stanca di vivere, che non aveva più uno scopo nella vita. Tommaso giocò con quelle parole, la prese un po' in giro e intanto la osservava mentre si rimetteva ai fornelli per completare i preparativi della cena.

«Dovevo presenziare a un convegno all'università», continuò dopo una breve pausa, *«una noia, più che altro... meno male che è durato poco, così mi sono liberato per tempo»*.

In realtà Tommaso si era recato a Torino per una ragione che non poteva ancora svelare. La sua era una specie di missione esplorativa per conto di Luigi, ma gli era difficile venirne a capo o anche solo prevedere un piano d'azione; sapeva solo di dover agire con molta cautela per evitare effetti indesiderati sotto forma di pericolosi shock emotivi che, dopo così lungo tempo, avrebbero potuto compromettere il vecchio cuore affaticato di Maria.

Mentre Maria si destreggiava tra i fornelli per preparare un piatto succulento di *ricchiteddhre e minchiareddhri con le cime di rape*, Tommaso la osservava.

"È ancora vitale, leggera, a settantaquattro anni, lucida ed efficiente come sempre", pensava e gli si affollavano intorno i ricordi di una vita, belli e brutti, come sono le vite di tutte le persone.

Il profumo delle *cime di rape* che si scioglievano nel soffritto di acciughe, aglio e peperoncino era un richiamo troppo forte per non rievocare in Tommaso gli odori e i sapori della sua infanzia, o quelli inspirati e gustati in Salento quando, già adulto, vi era andato alla ricerca delle sue antiche radici. Sapori forti, genuini, sinceri, che mantengono quello che promettono, che non tradiscono le attese e ti saziano, ti soddisfano, che celebrano una terra generosa, rustica e generosa, spontanea e accogliente.

Maria aveva preparato *"ricchiteddhre e minchiareddhri"* impastando con acqua tiepida e nient'altro la farina di grano duro. La forma di quel tipo di pasta aveva un (neanche tanto) vago richiamo sessuale, in parte esplicitato nel nome di una delle due forme e anche nel termine, *"maritati"*, che le riassumeva entrambe, con una concessione poetica alla loro simbolica complementarietà.

«*Mamma, sono anni che non mangio i piatti che preparavi quando ero ragazzo*», le disse Tommaso con nostalgia.

«*Avrò dimenticato anche le ricette, oramai; è passato tanto tempo!*», rispose lei con tristezza, senza distogliere l'attenzione dai fornelli.

Tommaso sapeva che non aveva dimenticato niente di ciò che era stato e la sfidò in un cimento al quale non avrebbe saputo sottrarsi. Intanto in un fumetto cerebrale a colori gli si materializzava una tavola imbandita con ricche porzioni di *"melanzane alla parmigiana"*.

Quante volte le aveva viste fare? Tante da potersi cimentare personalmente...

Tagliare le melanzane a fettine non molto spesse, metterle a strati in uno scolapasta, cospargerle di sale grosso, comprimerle con un peso e farle spurgare per alcune ore; friggere le melanzane in abbondante olio extravergine d'oliva del Salento dopo averle infarinate e passate nell'uovo sbattuto in modo da amalgamare albume e tuorlo, asciugare la frittura su carta da cucina (vanno bene anche i sacchetti del pane). Preparare a parte le polpettine di carne (attenzione alle dimensioni, che non devono superare il centimetro di diametro), friggerle e aggiungerle al sugo di pomodoro. Lessare qualche uovo e tagliarlo a pezzettini o a fette (a piacere); sminuzzare (o tagliare a dadini) alcune fette di mortadella o di prosciutto; preparare la mozzarella sminuzzandola o tagliandola a fette. Sistemare le melanzane a strati in una teglia preventivamente cosparsa di olio e salsa di pomodoro, quindi su ogni strato aggiungere le polpettine con il sugo, l'uovo, la mortadella, la mozzarella e un po' di basilico finemente tritato. L'ultimo strato va coperto con sugo (senza polpette) e parmigiano. Infornare a duecento gradi per circa trenta minuti e prepararsi a gustarla, tiepida, in tutta la sua fragranza.

...Gli si materializzava anche il ricordo di una parmigiana mitizzata, l'idea archetipa della parmigiana, cotta interamente sui carboni ardenti, ammassati anche sul coperchio in modo da dorarne lo strato superiore rendendolo leggermente croccante ma non bruciacchiato. Raffinatezza impensabile con i moderni forni a gas o elettrici.

E rivolto nuovamente a sua madre:

«*Promettimi*», le propose, «*che da adesso in avanti me ne preparerai uno diverso ogni volta che verrò a trovarti*».

«*Tu pensa a venire a trovarmi più spesso, ...e qualche volta porta anche i bambini e tua moglie*», gli disse con tono di rimprovero.

«*Mamma, lo sai già che sono separato da Claudia e che i bambini quasi non li vedo...*», rispose Tommaso con un po' di fastidio, subito represso.

Maria non rispose subito. Trattenne la voglia di piangere sollecitata dall'ultima frase dell'uomo, poi con dolcezza cercò di convincerlo a risolvere i problemi che aveva con Claudia.

Maria non poteva sopportare quella separazione, né la comprendeva. Ripensandoci riviveva gli abbandoni di Pino, ricorrenti ma mai definitivi, e il dolore si rinnovava.

Tommaso percepì quel dolore e le disse, con una franchezza che sull'argomento aveva sempre evitato, che sarebbe stato meglio per lei se avesse troncato il suo rapporto con Pino, si sarebbe risparmiato tanto dolore e probabilmente avrebbe vissuto più tranquilla.

Tra i due cadde un silenzio imbarazzato. Ambedue furono preda di ricordi dolorosi proiettati in una rincorsa rapsodica nello schermo della mente.

Maria rivide le volte in cui Pino ritornava a casa ubriaco fradicio, risentì l'indolica puzza di vomito chiazzato sui vestiti, l'acuto olezzo eccrino di sudore stratificato sul corpo accaldato, il pungente afrore uremico che gli saliva dai pantaloni bagnati di piscio; ricordò la fatica per tranquillizzarlo e metterlo a letto; non la sfiorò mai l'idea che avrebbe fatto bene ad abbandonarlo al suo destino. Non l'aveva sfiorata nemmeno nelle ripetute occasioni in cui Pino l'aveva abbandonata a causa di altre donne, nelle quali aveva cercato un riscatto alle sue frustrazioni.

Ricordò le sue umiliazioni.

Nel marzo millenovecentosettanta Pino era stato licenziato (e non era la prima volta) a causa del suo assenteismo. Si assentava dal lavoro perché dopo le sbornie della sera, al mattino non riusciva a svegliarsi per tempo, aveva dei mal di testa allucinanti e una debolezza che non gli consentivano di lavorare. Il datore di lavoro era stato comprensivo per molto tempo. Pino era un bravo muratore-piastrellista, operava con precisione e maestria, era creativo nel trovare soluzioni originali alle richieste dei committenti, ma nessun datore di lavoro, per comprensivo che fosse, poteva tollerare troppo a lungo quel tipo di situazioni. Fu così che dall'oggi al domani si ritrovò senza lavoro e senza sostentamento, in balia degli eventi e del suo vizio pernicioso del bere che così pesantemente ne condizionava l'affidabilità.

La risposta non fu razionale. Invece di imporsi un regime controllato, invece di tornare a casa da Maria e da suo figlio per cercare aiuto e consolazione, ebbe vergogna di sé e non tornò a casa.

Pino disertava. Ogni volta che aveva vergogna di sé disertava. Non sopportava gli sguardi muti di Maria, le sue preghiere, le raccomandazioni, i rimproveri pronunciati con dolcezza, né l'indifferenza di Tommaso, il suo remigare lontano dal campo visivo del padre. Forse avrebbe preferito i rimproveri diretti, le accuse esplicite, le incazzature, le scenate; gli avrebbero provocato reazioni, smosso l'apatia, ma così si sentiva un cane bastonato, aveva solo voglia di nascondersi sotto una sedia, di diventare invisibile, di sparire.

Si ubriacò come tante altre volte e non ritornò a casa.

Si stabilì a casa di una vecchia conoscenza con la quale aveva rapporti saltuari e non si fece vedere né sentire dalla sua famiglia.

Maria, come al solito, mandò in giro Tommaso per cercare notizie del fuggitivo; passarono molti giorni e alla fine ne venne a capo grazie alla pietà che alcuni avventori delle bettole visitate dal ragazzo provavano nei suoi confronti. Toccò ancora a lui affrontare la missione di riportarlo a casa.

Il piccolo, aveva appena undici anni, si presentò nell'abitazione della donna, chiese di poterlo vedere, ne fu cacciato in malo modo: Pino non si fece vedere, la sua ospite lo investì con un profluvio di male parole; gli disse che la colpa di quella situazione era sua e di sua madre che soffocavano il pover'uomo, gli disse di non farsi più vedere perché Pino con lei stava bene, era tranquillo, che dovevano lasciarlo in pace.

Tommaso ebbe paura, scappò via, non si fermò neppure quando sentì la voce avvinazzata del padre che da dentro chiedeva cosa succedesse. Quando ne riferì a Maria era ancora scosso da quella brutta esperienza.

La casa in cui Pino aveva trovato rifugio era un vecchio abbaino in uno stabile malandato dalle parti di Porta Palazzo; la donna che lo abitava, disse Tommaso, era brutta come una megera, tanto volgare e aggressiva, sciatta e trasandata, che gli aveva messo addosso una paura folle.

A sentire quelle notizie Maria fu presa da scoramento, fu assalita da un tremore incontrollabile che la costrinse a letto, senza forze, per molte ore. Non si diede per vinta, in ogni caso, e qualche giorno dopo, decisa a riportare a casa il marito, si recò dalla rivale e la affrontò con decisione. La donna le riservò lo stesso trattamento che aveva riservato al ragazzo, ma questa volta Pino si fece vedere. Pur nella sua temporanea alienazione non poteva sopportare che Maria fosse trattata in malo modo. Con fare rassegnato pregò la moglie di ritornare a casa e di badare al ragazzo, lui non sarebbe tornato... almeno per il momento. Lei lo implorò, gli disse che Tommaso aveva bisogno del padre, che era ancora un ragazzo, che lei da sola non ce la faceva a tirarlo su, che in fondo non era suo figlio e che toccava a lui accudirlo e mantenerlo. Pino non si fece dissuadere e a Maria non rimase altra scelta che tornare a casa inseguita dagli improperi della "megera" la quale, esaltata dalla decisione dell'uomo, celebrava la sua momentanea vittoria.

Qualche settimana dopo, sobrio, pulito e sbarbato, Pino ritornò a casa, chiese perdono per il suo folle comportamento, raccontò delle sue vicissitudini, della vergogna che provava, del suo stato di alienazione alcolica; adesso aveva trovato un nuovo lavoro, si era ripromesso di moderare i suoi eccessi, voleva iniziare una nuova vita insieme alla sua famiglia.

Maria non disse nulla, lo invitò a sedersi e gli preparò da mangiare, come sempre, come se lo sconquasso che aveva provocato non fosse accaduto. La famiglia riprese il ritmo di vita abituale... ma non durò a lungo neanche quella volta.

Se le fughe di Pino presentavano sempre questo canovaccio, differenti erano i segni che lasciavano e le reazioni che provocavano sui propri congiunti.

Maria, con cristiana rassegnazione, si affidava alla religione; in essa trovava la forza della sopportazione e del perdono... la disposizione a giustificare il comportamento del marito. Pino non era un uomo cattivo – *pensava* – era un uomo semplice, disponibile, generoso; era un debole, si lasciava sopraffare dalle vicende della vita, non sapeva reagire, mancava di forza di volontà e per questo si faceva trascinare dalle cattive compagnie, non resisteva alle tentazioni e si trovava implicato in situazioni che non riusciva a gestire.

Non era colpa sua, era il suo carattere, bisognava comprenderlo, stargli vicino con le preghiere e con il consiglio, proteggerlo dalle tentazioni, come si fa con un bambino. Pino era un bambino, un bambino in un corpo da uomo, più grande di lui, che non sapeva gestire.

Per cercare di recuperarlo a una vita normale Maria lo incoraggiava, lo faceva sentire importante, esaltava le sue buone qualità; poi gli faceva promettere che non avrebbe frequentato compagnie che lo traviavano, che non avrebbe bevuto. Pino prometteva.

Durante questi brevi periodi di grazia sembrava ringiovanire, si impegnava nelle piccole riparazioni domestiche, usciva con Maria e qualche volta la portava al cinema, era simpatico e spiritoso, un compagno gradevole e affettuoso. Solo che non durava a lungo. A un certo punto scattava una sorta di richiamo della foresta che gli faceva dimenticare tutte le promesse e la sofferenza, come in un circolo vizioso interminabile, tra alti e bassi, giuramenti e tradimenti, perdoni e pentimenti, ricominciava.

Tommaso non riusciva a perdonare. Rimproverava Maria per l'atteggiamento remissivo, l'accondiscendenza, i silenzi e i perdoni, la metteva in guardia... «Io *non me ne faccio niente di un padre così*»... soffriva per le sofferenze della madre, per le umiliazioni che quella situazione le infliggeva, avrebbe voluto porvi fine, trovare un rimedio definitivo, ma non sapeva come fare, si sentiva impotente... ed era tanto piccolo, altrimenti lo avrebbe costretto lui a mettersi in riga, a non fare soffrire la mamma. Nei brevi periodi di tregua sperava che finalmente fosse la volta buona, che anche la sua famiglia diventasse una famiglia normale; a ogni ricaduta la delusione era più forte, intollerabile... e sperava che suo padre morisse, che si eclissasse, che li liberasse finalmente da quella condizione di attesa e di sofferenza.

Più tardi, dopo la morte di Pino, quando le sue riflessioni furono più mature e distaccate, modificò il suo giudizio, ne considerò il comportamento con sguardo diverso, più tollerante, giustificatorio. Ne valutò la vita alla luce dell'ingrata situazione socio-economica e affettiva in cui era stata vissuta e lo assolse. Pino in fondo era stato una vittima, stritolato negli ingranaggi di una società che non si cura dell'integrità dell'uomo, che travolge i deboli, che nella competizione darwiniana per la sopravvivenza li abbandona a se stessi e li ignora. Pino era un debole, era rimasto indietro nella competizione della vita; Pino – pensava Tommaso – era stato sfregiato tre volte dalla vita.

La prima volta era stato spiantato dalla sua terra, costretto a emigrare, allontanato bruscamente dal suo mondo, catapultato in un ambiente sconosciuto, dove era tutto così diverso. Aveva resistito, aveva trovato un lavoro che gli consentiva di vivere, si era sposato con una ragazza del suo paese ed era nato un figlio maschio. Era felice.

La seconda fu colpito negli affetti. Sua moglie era morta di aborto lasciandolo solo con un figlio piccino. Aveva superato anche questa prova, si era risposato con una brava donna, anche lei colpita negli affetti, avrebbero potuto sostenersi a vicenda, aveva dato una madre al bambino. Era tranquillo.

Il terzo colpo lo stese. Il primo licenziamento per il fallimento dell'impresa in cui lavorava non lo resse, si lasciò andare e fu risucchiato in una spirale alcolica che lo demotivò. Non si riprese più.

Pino era un debole, ma aveva le sue buone ragioni per recriminare, per lamentarsi della sfortuna. Tommaso glielo riconosceva ex post, lo riabilitava e si riconciliava con lui e con la sua storia.

Che era una storia di identità perdute. I graffi della vita gli avevano rubato l'identità due volte. Gliel'avevano rubata quando era stato costretto a emigrare dalla cronica difficoltà di trovare lavoro nella sua terra. Lo sradicamento lo faceva sentire isolato, solo, privo di riferimenti e di conoscenze, privato del calore delle amicizie, delle parentele, dei riti, delle abitudini, di tutto ciò che fa comunità e fa sentire un uomo vivo, parte viva di essa. Ma aveva ancora la professione, muratore-piastrellista esperto: un pezzo d'identità nella quale ricostruire una comunità di relazioni e di affetti era salva; un pezzo d'identità forte nel secolo della modernità solida in cui l'appartenenza a una categoria di produttori garantiva il riconoscimento della cittadinanza nella società industriale, ed era l'unico tramite, fuori da quello schema non eri niente, eri *out*, escluso, non avevi diritto di cittadinanza. Pino la perse, subendo il secondo scippo d'identità con il primo licenziamento. Non era più nessuno, un invisibile, un paria nella società che produce. Un marchio a fuoco indelebile lo segnava con una parola terribile: "*improduttivo*", e quel marchio gli rimase impresso per la vita... per quei pochi anni in cui ancora tollerò la vita, che lo consumarono e lo accompagnarono a una morte prematura.

In quel silenzio popolato dalle umiliazioni di Maria, Tommaso fu sommerso dal flashback dei litigi con Claudia. Curiosamente indugiò su uno, a contenuto culinario, in tema con l'argomento della serata. Prima che il silenzio popolato di immagini tristi diventasse imbarazzante, Tommaso riprese a parlare. Rimase sul tema culinario imbastendo, per far sorridere Maria, una celebrazione aulica dello stuzzicante profumino che aveva invaso la stanza, cui fece seguire l'elogio delle qualità culinarie della cuoca.

«*Siediti a tavola che è pronto e smettila di prendermi in giro*», disse lei soddisfatta.

«*Figurati se di fronte a questo profumo ho voglia di prenderti in giro; semmai ho voglia di mangiare*», rispose Tommaso, che dopo un po' continuò:

«*Prima, mentre ti dicevo che ho una gran voglia di gustare i piatti salentini, ho avuto la visione di un bel piatto fumante di "parmigiana". Potresti prepararla la prossima volta che vengo a pranzo da te! Con le polpettine, mi raccomando!*».

Lei non commentò e non promise, ma la sua espressione soddisfatta e il sorriso accondiscendente erano un'esplicita promessa che Tommaso colse e sottolineò con un caloroso abbraccio e un "*grazie, mamma*" che la intenerì fin quasi alle lacrime.

Tommaso mangiò di buon gusto.

Verso la fine della cena, memore dello scopo della visita, finse, con leggerezza, di ricordare una notizia curiosa che la riguardava:

«*Tempo fa – disse – ho conosciuto una persona che mi ha pregato di portarti i saluti di sua madre*»;

«*Chi vuole farmi i saluti?*», chiese Maria;

«*Deve essere una tua vecchia conoscenza, che non vedi da molto tempo. Mi ha detto che ti vorrebbe vedere per consegnarti un ricordo di sua madre*»;

«*Come si chiama questa signora?*», chiese ancora Maria incuriosita.

A quella domanda Tommaso ebbe un'incertezza:

«*Mmmhhh…*», rifletté. «*In effetti non lo so. Ci siamo scambiati poche parole durante una conferenza; si era presentato, però il nome mi è sfuggito di mente. Comunque ci dovremo risentire quanto prima. Dimmi solo se posso invitarlo qui un pomeriggio*».

«*Se ci sei anche tu va bene*», rispose Maria, «*altrimenti non saprei proprio come fare*».

«*Certo, lo accompagnerò io, stai tranquilla*», la rassicurò, e ottenuto quel consenso si sentì sollevato. Non era stato facile elaborare positivamente quella notizia sconcertante che Luigi gli aveva rivelato, né indossare la maschera dell'indifferenza di fronte a Maria, mentre preparava l'imboscata che l'avrebbe messa di fronte al suo doloroso passato, a quella ferita aperta che si portava dentro, rinnovata ogni giorno come in un rito di espiazione.

«*Quando vorresti farlo venire?*», riprese Maria;

«*Non lo so ancora. Ti telefonerò, per avvisarti dopo che mi avrà contattato*».

Capitolo 4

Di amore e pentimento

Giovedì 5 maggio 1953

Adalberto conosceva Luisa da sempre; si erano fidanzati quando lei aveva ventitré anni e lui ventinove, subito dopo la laurea di lui. Era il millenovecentoquarantasei, subito dopo la guerra.

Il fidanzamento, per vero, era stato combinato dai genitori dei due giovani, buoni soci nella *"Confezioni Gerbino & Gallo S.p.a."*, già cinque anni prima; per annunciarlo avevano atteso che Adalberto si laureasse in ingegneria meccanica, come prevedeva la tradizione di famiglia. E poiché la laurea, a causa della guerra e del lavoro in azienda era andata per le lunghe, si era arrivati alla primavera del millenovecentoquarantasei.

Con quel fidanzamento si suggellava un patto economico e si dava continuità a una dinastia industriale.

Era stato soprattutto il padre di Luisa, il cav. Leonardo Gallo, ad insistere per realizzare quell'unione, con particolare insistenza dopo la morte del suo primogenito, morto sul fronte del Don durante quella disgraziata ritirata nella steppa, sotto il fuoco guerrigliero dei cosacchi. Rodolfo, così si chiamava il giovane sfortunato, «*Bello come il Valentino...*», ripeteva sua madre, lasciava un vuoto nell'azienda di famiglia che Luisa non poteva colmare, che colmò sposando Adalberto, figlio del socio in affari del cav. Leonardo Gallo.

Il matrimonio fu celebrato nella chiesa parrocchiale del paese di origine della famiglia della sposa. Paradossalmente non si celebrò il coronamento del sogno d'amore di due giovani, sia perché tanto giovani i due sposi non erano: Adalberto aveva compiuto trentasei anni e Luisa aveva varcato da mesi la soglia dei trenta; sia perché parlare d'amore nel rapporto tra Adalberto e Luisa sarebbe stato alquanto forzato.

Adalberto avrebbe voluto seguire altri richiami, ma non osando contraddire la volontà del padre si acconciò suo malgrado ad assecondarne le aspettative. Conosceva Luisa fin dalla più tenera età, una consuetudine che lo frenava negli slanci affettivi verso la fidanzata, amica e confidente più che sposa promessa. Identico era l'atteggiamento di Luisa nei confronti di Adalberto; lei non si vedeva nel ruolo di fidanzata e di moglie di Adalberto, ma neanche lei avrebbe osato contraddire le aspettative del padre, e così finì per assuefarsi all'idea e ad accettarla come ineluttabile.

Si sposarono il cinque di maggio dell'anno millenovecentocinquantatré. Gli sposi, presi in un groviglio di stimoli contrastanti, avevano un aspetto tirato, consapevole del passo che stavano per compiere. Le loro espressioni serie ed emotive nascondevano un lavorio psichico intenso, una preoccupazione profonda su quello che sarebbe stato il loro ménage familiare, il bilancio della forzata ditta *"Adalberto & Luisa s.r.l."*, azionista di maggioranza della società *"Confezioni Gerbino & Gallo S.p.a."*.

Dopo un anno i coniugi Gerbino scoprirono di non riuscire ad avere figli. Luisa si era sottoposta a esami e controlli con esito positivo; il suo apparato riproduttivo era perfettamente funzionante, forse sarebbe stato il caso, aveva suggerito il ginecologo, di effettuare qualche accertamento su Adalberto, il quale, come aveva supposto Luisa, rifiutò categoricamente di sottoporre ad esame la sua virilità.

Luisa un figlio lo avrebbe voluto, anche due. Non era stato possibile. Il destino non l'aveva assecondata, non l'aveva assecondata in niente, in nessuna delle sue aspirazioni e adesso la lasciava in balia dei propri rimpianti. La crudeltà di quell'amara consapevolezza la rattristò e lentamente, impercettibilmente, la fece scivolare in uno stato di semi depressione che non l'abbandonerà per tutta la sua lunga vita.

Ebbe ancora la forza, prima di rassegnarsi del tutto, di strappare ad Adalberto una promessa che, in qualche modo, lenì il suo rammarico e la legò a Maria con un filo invisibile, sottile e resistente.

Mercoledì 23 novembre 2005

Dopo la morte di Adalberto viveva sola nella villa di famiglia. I suoi anni erano passati come non li avrebbe voluti, stretti nella monotonia di una vita borghese fasulla, dominata da idoli senza anima che escludono le debolezze umane, schiacciano i sentimenti, li sacrificano sugli altari dell'efficienza, della produttività e dell'arricchimento. Quella vita se l'era voluta o, almeno, non aveva fatto niente per rifiutarla; l'aveva subita, mentre credeva di averla allontanata da sé rifugiandosi nel mondo separato delle sue illusioni e delle sue passioni. Aveva creduto che quel limite sarebbe stato sufficiente a deviare le interferenze dell'altro mondo, che l'avrebbero solo sfiorata ma non coinvolta; credeva di trovare consolazione nelle sue passioni, che sarebbero state sufficienti a ripagarla della debolezza, dei rifiuti mancati, dell'accettazione indifferente di scelte e condotte non condivise. Si era sbagliata. Quel mondo l'aveva avviluppata e costretta a vivere un'altra vita, diversa da quella sognata e dal surrogato che aveva immaginato dopo il matrimonio; il confronto, inconscio, per niente consapevole, le aveva lentamente procurato un malessere esistenziale, una tristezza persistente, coi quali convisse per tutta la vita.

Luisa era una donna sensibile e romantica, amava la bellezza e la coltivava in quelle innocenti attività ristoratrici che elevano gli spiriti e li proiettano in dimensioni fantastiche, a volte oniriche, in mondi dove i sentimenti, anche quando sono sofferti o offesi o insoddisfatti trovano sempre un'occasione di riscatto, sia pure tragica, sia pure postuma. Amava la musica, le arti figurative, la poesia e la narrativa; trovava una pace profonda e rigenerante quando poteva dedicarsi alla lettura o si sedeva al pianoforte a suonare. Ciò non bastava, tuttavia, ad affrancarla dai tormenti, dai pentimenti e dalle incertezze che la inchiodavano a una vita di sofferenza senza vie d'uscita. Aveva sognato una famiglia felice, un uomo amato e innamorato, i figli che le avrebbero riempito la vita, l'iconografia perfetta del modello *"moglie e madre – angelo del focolare"* illustrato nelle riviste femminili del tempo della sua giovinezza, conforme all'educazione ricevuta e alle aspettative della sua famiglia. Qualcosa aveva impedito che quell'alchimia si realizzasse. Lei sapeva qual era l'elemento mancante ma non se ne lamentò, credette di riuscire a colmare quel vuoto, si illuse fino alla fine, e le illusioni alimentarono il suo malessere, la rinchiusero irrimediabilmente nel recinto della sua depressione.

E poiché a ottantadue anni le rimaneva poco da vivere e non aveva ancora risolto il cruccio che la assillava, si era finalmente decisa a togliersi quel peso e ad affrontare Luigi e le sue inevitabili reazioni.

Erano trascorsi cinque anni dalla morte di Adalberto. Come ogni anno Luigi aveva accompagnato Luisa per la consueta visita alla tomba di famiglia, ora si apprestava a salutarla per ritornare ai suoi impegni consueti.

Luigi non s'intratteneva volentieri con la madre. Le faceva regolarmente visita, si interessava della sua salute, di come trascorreva le sue giornate, la informava sull'andamento dell'azienda, sui progetti, ma ogni volta si rinnovava in lui un senso di asfissia che gli impediva di fermarsi a lungo.

Luisa attribuiva quella fretta ai vincoli della sua fitta agenda, in realtà erano i ricordi che aleggiavano in quella casa, era la depressione della madre che li schermava con un alone di tristezza a ispirargli un desiderio di fuga, di visioni più nitide e stabili, di aria pura da respirare a pieni polmoni.

Ricordi tipo gli ingenui, ma messi in atto con intensità e determinazione, tentativi di sperimentare l'assenza.

Da ragazzino Luigi passava molte ore a giocare in casa, da solo; in quelle occasioni, esaurito l'entusiasmo iniziale del gioco, deluso e insoddisfatto, si rifugiava in visioni fantastiche che lo proiettavano oltre l'ordinaria realtà tridimensionale: aspirava a essere invisibile e per sperimentarlo si acquattava in qualche angolo della stanza, nello spazio tra un mobile e il muro, sotto un tavolo o dietro un divano, dove restava fermo, immobile, gli occhi e la bocca chiusi, il respiro lento, fino a perdere coscienza della sua corporeità, fino a credersi veramente invisibile, leggero. A quel punto si rimetteva in piedi, dritto come un soldato sull'attenti e iniziava a girare per casa come un automa, gli occhi fissi, lo sguardo spento di chi sembra non vedere l'ambiente circostante, le braccia rigide distese lungo i fianchi, il passo lento quasi marziale. Qualche volta succedeva che incrociando un altro abitante della casa, questi, occupato nelle sue faccende adulte, o semplicemente per non distoglierlo dal gioco, non lo vedesse davvero o non ci facesse caso e lo lasciasse passare senza rivolgergli la parola. In quei casi si convinceva di essere davvero invisibile e ritornava soddisfatto a rincantucciarsi nel suo angolo per ripetere l'esercizio di auto condizionamento e affinarne la tecnica. Quando incontrando qualcuno veniva redarguito con frasi tipo: «*Luigi, perché cammini in quel modo? Smettila!*», o peggio: «*Luigi, smetti di fare lo stupido che se passa l'Angelo del Signore rimani così per sempre*», allora si sentiva sconfitto e umiliato perché pensava di aver sbagliato l'esercizio di preparazione e se ne ritornava zitto zitto nel suo cantuccio per riprendere l'allenamento con più concentrazione, quasi con la volontà di autopunirsi.

Oppure voleva sperimentare l'assenza. Si stendeva sul letto o sotto un tavolo o dove capitava, assumeva una rigida posizione orizzontale, tratteneva il respiro a lungo, restava immobile simulando il *rigor mortis*, cercando di annullare i pensieri alla ricerca del niente della morte anche nella sua testa. Per prolungare i tempi dell'immobilità aveva escogitato una forma di respiro nasale lento, quasi impercettibile e una forma di pensiero latente che immaginava il vuoto cosmico, una distesa infinita tinta di colori scuri, monotona, quale doveva essere la morte nell'immaginario di un bambino, le cui cognizioni sono tutte sensitive e quando i sensi non sono attivi tutto si annulla, si identifica col vuoto dell'inesistenza.

In questo gioco ad annullarsi, ad uscire da sé, Luigi assecondava il suo disagio, lo esprimeva simbolicamente, denunciava il suo sentirsi solo, invisibile per quelli che lo circondavano, invisibile per suo padre e sua madre; anche per Luisa, nonostante le attenzioni e le premure, o forse proprio perché lo facevano sentire inadeguato per il mondo, isolato e quindi invisibile, come morto, mentre aveva un evidente bisogno di sentirsi accompagnato, compreso, al centro di una comunità partecipe attiva allegra e giocosa, in cui non ci fossero solo adulti tristi o indaffarati; un mondo di bambini che giocano che crescono insieme che insieme sperimentano la vita e le relazioni che le costruiscono e si confrontano.

Forse voleva dire tutto questo, Luigi assentandosi... forse! Ma tutto il suo inconscio simbolismo rimase incompreso e presto se ne liberò, sperimentando altre forme di espressione del suo disagio.

Luigi era già sul punto di andarsene, quando Luisa gli rivolse una richiesta inaspettata:

«Scusa, Luigi, nei giorni passati, pensando al quinto anniversario della morte di papà, ho messo in ordine un po' di carte della sua eredità e avrei bisogno che mi chiarissi qualche dubbio...».

«Mi sembrava che non ci fossero questioni aperte. Le volontà testamentarie di papà sono state attuate alla lettera...», rispose sorpreso Luigi che ai rapporti economici e finanziari della famiglia, per via

dell'intreccio di quote societarie detenute, poneva un particolare interesse.

«*Non mi riferisco al testamento di Adalberto*», riprese Luisa, «*è che non riesco a ricostruire con certezza la composizione del mio patrimonio. Sai, alla mia età e nelle mie condizioni di salute… vorrei scrivere le mie ultime volontà e vorrei che non ci fossero incertezze*».

«*Per avere tutti i dati dovresti rivolgerti al rag. Filippi che amministra i tuoi beni. Magari gli telefono oggi stesso, ti faccio inviare un resoconto*».

«*Non è il caso. Il resoconto ce l'ho già, ma dovresti darmi qualche chiarimento*».

«*Fammelo vedere subito, allora*», tagliò corto Luigi.

«*Adesso è tardi, non ci sarebbe tempo. Credo che dovresti dedicarmi un intero pomeriggio in modo da valutare la situazione con calma. Ti chiederei anche qualche consiglio per la stesura definitiva del testamento*», replicò Luisa aspettando timorosa la risposta.

Luigi ci pensò su. La richiesta era impegnativa, stava quasi per risponderle che nelle settimane seguenti non avrebbe avuto tempo, che gli impegni lo sommergevano… ebbe invece il sopravvento una certa curiosità e, inconfessato, un sentimento di tenerezza per l'anziana madre che cominciava, come tutti gli anziani, a fare i conti con la morte, sentiva l'esigenza di sistemare i propri affari terreni per non lasciare pendenze.

«*Uhmmm!*», fece Luigi, e dopo una breve pausa aggiunse, cercando di rassicurarla: «*Allora ti telefono domani mattina dall'ufficio per concordare una data*»; quindi si apprestò a salutarla e, complice quel moto di tenerezza che lo aveva sfiorato poco prima, la abbracciò e la baciò, meravigliandosi del suo slancio e sorprendendo la madre.

"*Il primo passo è fatto*", pensò mestamente Luisa appena Luigi fu uscito, e capì che era arrivato il momento, che non poteva più rimandare. Aveva rimandato già tante volte, erano passati cinque anni da quando la morte di Adalberto l'aveva sciolta dalla promessa; ora aveva un altro impegno da adempiere, verso Luigi e verso se stessa. A Luigi glielo doveva perché era giusto che sapesse, era giusto che conoscesse le sue origini, che si ricongiungesse con la sua famiglia naturale. Aveva paura, però; aveva paura delle sue reazioni, dopo tanto tempo, delle sue rimostranze che l'avrebbero messa a nudo di fronte al suo segreto, di fronte al suo egoismo che lo aveva privato di un pezzo della sua vita. Lo doveva anche a se stessa, per liberarsi dal fardello che si portava dietro da quasi cinquant'anni, che nel tempo l'aveva schiacciata sotto un peso divenuto ogni giorno più insopportabile. Di sé non si preoccupava, la gioia di avere quel figlio l'aveva ampiamente ripagata, aveva compensato ad usura ogni patimento, le aveva aperto spiragli di felicità dei quali gli era riconoscente. Sì, lo doveva a Luigi, soprattutto a Luigi, e a Maria defraudata delle gioie della sua maternità.

Qualche tempo dopo, durante quel singolare percorso di riconsiderazione della propria vita avviato con le lunghe confidenze fatte a Tommaso, Luigi ritornò su quell'episodio, lo analizzò a fondo e ne trasse motivi di riflessione prima impensati, che soltanto alla luce degli eventi successivi potevano far emergere il loro significato effettivo.

«È singolare che Luisa abbia scelto quella scusa per convincermi a dedicarle un intero pomeriggio», aveva esordito Luigi un po' titubante, prima di lasciarsi trasportare dalla corrente dei ricordi: *«Per noi era un argomento sensibile; lo era certamente per Luisa, magari inconsciamente, nel profondo della propria psiche dove si accumulano le scorie rimosse di una vita, le esperienze urticanti che ulcerano la carne...».*

«*Sarà stata una scusa come un'altra, dettata dalla circostanza dell'anniversario*», lo interruppe Tommaso per sollecitarlo, con discrezione, ad approfondire quell'argomento sensibile.

Luigi, dopo una breve pausa per riordinare i ricordi, non si sottrasse:

«*Tutt'altro. L'eredità, la conservazione del patrimonio, la sua valorizzazione avevano condizionato la vita di Luisa; si era adattata a una logica che non comprendeva e ne aveva subito gli effetti, portandone i segni impressi nella sua esistenza. Se ne avesse rifiutato la logica la sua vita avrebbe preso altre strade, sarebbe stata diversa. Lei non ci aveva mai pensato, aveva accettato con rassegnazione le decisioni di suo padre, si era fatta strumento inconsapevole di una logica che capovolge la dialettica del vivere, che privilegia la conservazione delle cose alla felicità delle persone, l'avere all'essere...*».

In fondo, pensava Tommaso mentre Luigi parlava, l'eredità, l'accumulazione e la conservazione del patrimonio erano i capisaldi della società borghese di Adalberto e di Luisa, di Filippo Maria e del cav. Leonardo, dei capitani d'industria e di Luigi con loro; ma la vita non segue le leggi e le esigenze dell'economia, la vita reclama la libertà, si realizza in essa, mentre i vincoli e i divieti la mortificano. Di fronte ai vincoli, ai divieti reagisce con la disubbidienza per rivendicare i propri spazi; e se risponde con l'ubbidienza, con la sottomissione paga prezzi tremendi, sconvolge le esistenze, provoca traumi, patologie, sconnessioni. Tale è stato il prezzo pagato da Luisa per la sua ubbidienza, per la sua incapacità di disubbidire.

I poveri non hanno di questi problemi, ne hanno altri, non meno gravi, che dovrebbero spingerli, per esigenze vitali imprescindibili, a reclamare l'ampliamento degli spazi di libertà, il riconoscimento dei loro diritti. I poveri dovrebbero essere disubbidienti per forza. Così dovrebbe essere, così sarebbe se i poveri non fossero annichiliti dall'impellenza dei loro stessi bisogni, se non fossero ingannati e sviati dalle lusinghe di una rappresentazione mondana edulcorata.

Quando morirono Salvatore e Pino non ci fu alcun testamento da eseguire né eredità né eredi. Di fatto erano nullatenenti, possedevano solo la storia della loro miseria da tramandare, scolpita nel cuore e nel ricordo dei loro congiunti, di chi li aveva conosciuti e amati o ne aveva sopportato i difetti e gli eccessi. Erano ricordi, restavano confinati nella sfera affettiva e nella coscienza di ognuno, elaborati e archiviati seguendo percorsi decisi in libertà, che non pretendevano alcuna obbedienza o comportamenti vincolati al perseguimento di un qualche obiettivo immanente.

Poi, rivolto a Luigi, lo interruppe una seconda volta per chiedergli, con la solita discrezione:

«L'ubbidienza di Luisa, in definitiva, ha segnato la sua vita, le ha impedito di realizzarsi...».

«Proprio così: la sua vita ero io, Luisa si specchiava in me e nei miei progressi, in me aveva riposto aspettative di vita e aspirazioni. Le sue erano state abbandonate nel fondo di un ripostiglio e rimosse, non aveva avuto tempo di coltivarle, non avevano avuto il tempo di crescere e di consolidarsi, gli era mancato il nutrimento delle aspettative, le ansie delle attese, le cure delle progettazioni, i sogni a occhi aperti, ogni slancio represso dallo sguardo gelido del proprio destino, deciso sui campi di battaglia innevati del Don, al quale era impossibile sottrarsi: aveva gli occhi sbarrati di suo fratello, increduli sorpresi mentre cadeva nella neve gelata; gli occhi lacrimosi di sua madre che ne piangeva la sorte; gli occhi disperati di suo padre defraudato della sua proiezione nel tempo...».

Luisa si specchiava nel figlio che avrebbe rasserenato quegli sguardi; sapeva che sarebbe diventato un capitano d'industria, era un passo necessario, dovuto, al quale non si opponeva — *e come avrebbe potuto?* — ma avrebbe voluto che seguisse altre strade, che il suo spirito fosse penetrato dalla bellezza, non fosse inaridito dalla logica degli affari, dei numeri, delle compatibilità aziendali, dei bilanci, della produttività e del risultato economico di gestione;

avrebbe voluto che fosse penetrato dalla bellezza, che lo ispirassero le muse, che i loro canti ne affinassero sensibilità e qualità aiutandolo a costruirsi come un uomo a tutto tondo, colto, attento agli altri, altruista, disponibile, non arrogante.

Luisa sognava i sogni che si era vietati per sé, cercava di indirizzare il fanciullo e poi l'adolescente Luigi sui sentieri fecondi della letteratura e dell'arte, sogni destinati a infrangersi contro il pragmatismo di Adalberto che pragmaticamente non aveva dubbi sulla formazione di Luigi.

Il figlio a immagine e somiglianza del padre, a questo mirava Adalberto: pragmatico e concreto, lontano dalle fumisterie filosofiche o dalle fantasticherie letterarie, dall'interiorità dei poeti o dalle trasgressioni artistiche; proiettato sulla materialità dell'azienda, organico ad essa e ai suoi interessi: l'azienda come fine supremo del suo orizzonte vitale, tutto il resto è semplice contorno, s'accompagna all'entità principale, la serve finché non contrasta con i suoi interessi.

Una filosofia fondata sul principio di utilità – *rifletteva Tommaso* – in cui tutto è misurato in base al suo valore di scambio, al suo prezzo; dove non c'è posto per i sentimenti perché i sentimenti non hanno valore, non si scambiano, i sentimenti si donano e mettono in relazione donante e beneficiario senza alcun intermediario, senza che a fronte di una prestazione il beneficiario restituisca qualcosa in cambio. Nel mondo delle utilità non c'è posto per la bellezza, né per la riflessione o la speculazione intellettuale, è tempo perso, sottratto alla speculazione mercantile, allo scambio; l'unico modo in cui l'utilitarismo concepisce l'impiego del tempo libero è quello dedicato al consumo: produzione di valori e consumo, funzionali l'uno all'altro, l'uomo scisso tra tempo per il lavoro e tempo per il consumo, espropriato della sua naturale predisposizione all'*otium*, alla contemplazione.

Luigi cresce immerso in questa dicotomia educativa che lo spiazza in continuazione, è sempre scisso tra l'una e l'altra opzione, è indeciso e perplesso. Come tutti i bambini vorrebbe compiacere sia il padre sia la madre, vorrebbe assicurarsi l'affetto di ambedue, per questo li asseconda nelle loro aspettative... e quando le aspettative divergono il ragazzo è dilaniato, vive tensioni di cui non è consapevole, che scarica in capricci ostinazioni disubbidienze azioni distruttive in funzione compensativa.

Di questo tipo di situazioni l'infanzia e l'adolescenza di Luigi sono piene. Una è esemplare e resterà impressa nel ricordo dei suoi genitori e della donna di servizio, suo malgrado coinvolta nella vicenda.

Luigi aveva otto anni, si era d'autunno, un noioso pomeriggio di novembre. Fuori la pioggia scendeva insistente, accompagnata in lontananza da fulmini e tuoni che ne accentuavano la fredda monotonia. Seduto in poltrona vicino a Luisa leggeva le favole di Fedro su un libro illustrato; di tanto in tanto chiedeva spiegazioni a Luisa che di buon grado gli chiariva il significato delle parole e la morale delle favole. Al ragazzo piacevano, lo facevano sorridere e gli insegnavano molte cose. Era tranquillo quel pomeriggio e appena Adalberto tornò dal lavoro gli corse incontro per raccontargli quanto aveva imparato. Adalberto lo ascoltò con attenzione, sembrava soddisfatto dell'impegno del ragazzo, del suo desiderio di apprendere e di comprendere, ma l'imprevisto era dietro l'angolo e si manifestò all'improvviso.

Mentre Luigi si era appartato a giocare con i *lego*, Adalberto si rivolse a Luisa con aria di rimprovero:

«Questo ragazzo passa troppe ore chiuso in casa a leggere e a giocare da solo. Dovresti portarlo fuori a stare insieme ai ragazzi della sua età, a praticare qualche sport...».

Luigi sentì le parole del padre e le timide rimostranze della madre e ne dedusse una semplice conclusione: *"Papà sta rimproverando la mamma che mi fa leggere le favole; papà non è contento che io legga le favole..."*, e per dare seguito a quel pensiero prese il libro letto con tanto interesse solo qualche ora prima e in silenzio, nascosto in un cantuccio prese a strapparne le pagine, con metodo, lentamente. Quando Luisa se ne avvide e cercò di fermarlo lui continuò la sua azione con maggiore accanimento. Adalberto tentò di strappargli il libro di mano sortendone un effetto ancora più drammatico: Luigi cominciò a piangere, a gridare, a contorcersi per terra come un ossesso, in preda a una crisi nervosa.

Da allora, ogni volta che sentiva i genitori discutere, per rimuovere il dispiacere che gli provocavano i dissidi familiari, reiterava la crisi e accumulava quel malessere che nell'adolescenza sarebbe sfociato in disubbidienza e rifiuto dell'ordine familiare.

La conflittualità delle evidenze educative s'inseriva in un clima familiare problematico e precario. Luigi assorbiva quel clima, se ne impregnava come una spugna, e intimamente si ribellava. Non sopportava la dolcezza di Luisa perché era una dolcezza dolente triste perdente rinunciataria debole, contrastante con la sicurezza manageriale maschia volitiva di Adalberto, fatta di risultati obiettivi numeri velocità decisioni. Non sopportava neanche il carattere decisionista del padre, lo collegava alle sofferenze che causava a Luisa e ciò era sufficiente a giustificarne la critica.

Sotto il profilo dell'identificazione, la vicenda di Luigi e quella di Tommaso si somigliavano. Tommaso ci aveva riflettuto a lungo dopo le confidenze di Luigi e ne aveva tratto qualche considerazione.

Ambedue avevano avuto una figura femminile di riferimento, dolente e rassegnata, e una figura maschile secondaria, in posizione defilata. La differenza stava nel confronto tra Pino e Adalberto. Pino era un debole, un perdente; i suoi comportamenti, le sofferenze e le umiliazioni che aveva inflitto a Maria non erano l'effetto dell'affermazione del proprio ego, erano, semmai, le scorie della sua debolezza, delle sue sconfitte; egli se ne vergognava e per occultare il suo stato si eclissava e poi chiedeva scusa e si pentiva, prometteva... avrebbe voluto essere diverso, anche per quel figlio, perché si potesse costruire un destino diverso dal suo. No, in Pino non ci si poteva identificare, lo si poteva compatire o giustificare e Tommaso, da adulto, aveva individuato le ragioni per giustificarlo, ne aveva assunto l'eredità e la storia.

Adalberto, al contrario, era stato un vincente, positivo volitivo, un uomo arrivato. Per Luigi l'identificazione è stata più difficile, in lui si individua una definizione incompiuta della personalità, un *vorrei, ma...* che a lungo lo ha collocato in mezzo a un guado: il guado lo ha poi attraversato, è approdato sulla sponda paterna, ma sempre con la testa rivolta all'indietro, quasi a invocare la presenza della madre, della quale si è portato dietro qualcosa, cosa non lo sa neppure lui, ma quel qualcosa lo mette in conflitto con se stesso, oltre che con Adalberto, lascia irrisolto il problema della sua identità.

La depressione di Luisa originava dall'adozione di Luigi, nonostante che per lei il bambino rappresentasse il suo ancoraggio al presente e la finestra sul futuro. Quella decisione, vissuta come un furto, l'ha scontata con il ricordo indelebile della disperazione di Maria, del suo dolore, che l'ha accompagnata incessantemente, giorno dopo giorno, negli anni della sua vita. Ha pensato, in solitudine, di attenuare la sua colpa inviando a Maria, periodicamente, notizie del figlio, fotografie, informazioni sui progressi, sulla salute; non si accorgeva di rigirare ogni volta il coltello nella piaga, di rinnovare ogni volta il dolore del distacco acuito dalla lontananza e dal tempo che così non riusciva a lenirlo, negando la sua stessa funzione di consolatore obliante. O forse lo sapeva, se ne rendeva confusamente conto e non riusciva a farne a meno, per pietà, perché in fondo sperava che quelle notizie, le carte inviate, superato il dolore immediato, sarebbero state un lenitivo, una consuetudine con il figlio perduto che l'avrebbe tranquillizzata. Erano, invece, uno shock, il rinnovarsi di un dolore indicibile, vissuto in solitudine, per mantenere il segreto, per non esporsi di fronte al figlio surrogato e tutelarne l'equilibrio.

L'ossessione era arrivata a suggerirgli di andare a trovare Maria per chiederle perdono, per informarla direttamente; avrebbe voluto, perfino, farglielo incontrare. Poi non aveva travato il coraggio di andare fino in fondo ai suoi propositi, ogni volta era ritornata frastornata sui suoi passi, delusa e amareggiata, più infelice di prima, frustrata, ancor più depressa.

Fino ai quindici anni Luigi visse un'infanzia ovattata. Il suo orizzonte, limitato dai confini della villetta sulla collina torinese, si ampliava di rado oltre il muro di cinta che la delimitava; le sue frequentazioni comprendevano i pochi membri della famiglia allargata che non superava le dieci persone, tra nonni e zii, personale di servizio compreso; tra di essi neanche un bambino della sua età, solo due ragazzini più grandi che, quelle poche volte in cui si vedevano, se ne stavano imbronciati e in disparte, ignorandolo del tutto, quasi fosse invisibile. Il resto erano adulti che lo coccolavano per qualche minuto per poi dedicarsi ai loro discorsi di adulti che inevitabilmente non lo coinvolgevano.

In quell'universo limitato e poco frequentato il suo faro, la sua unica certezza era Luisa. Con lei trascorreva la maggior parte del tempo, c'era un legame solido, di reciproca dipendenza, si direbbe; vivevano uno strano tipo di simbiosi: si cercavano, erano in apprensione preoccupati e spaesati quando erano lontani uno dallo sguardo dell'altra; quando erano insieme spesso si ignoravano, ognuno preso dalle proprie occupazioni: Luigi nei giochi o nella lettura, Luisa nei suoi passatempi abituali; di rado entravano in contatto diretto, accomunati da attività comuni, dal raccontarsi, dal gioco, dall'oziare per godersi l'un l'altro.

L'infanzia di Luigi fu ovattata e scolorita. In casa non c'era allegria né colori, dominava un'atmosfera austera: grandi mobili color mogano, tappeti che assorbivano il rumore dei passi, tende spesse alle finestre che smorzavano la luce del sole, la assorbivano, le sottraevano colore vivacità gaiezza lasciando filtrare solo le tonalità del grigio, le penombre di un eterno imbrunire che metteva malinconia e ben si adattava agli umori della padrona di casa; di sera la penombra era diffusa da abat-jour dislocate negli angoli, in un gioco di ombre e di tenui chiarori mistici adatti per la preghiera, per risvegliare i ricordi o per alimentare paure e ossessioni.

In quell'ambiente Luigi cresceva scontroso, taciturno, infelice. Se ne stava da solo a giocare su un tappeto con i giocattoli regalati dai nonni, meccani costruzioni che lo impegnavano in gesti ripetitivi, sempre uguali, nella solitudine di un gioco che non approdava mai a niente, privo di vita di confronto di competizioni e collaborazioni. Dopo un po' quei giochi lo annoiavano, si fermava a guardarne i risultati e immancabilmente, sistematicamente li distruggeva restando a guardare deluso scontento le macerie della devastazione. Oppure leggeva seduto su una poltrona, accovacciato alla maniera dei pellerossa, o steso su un tappeto, prono; spesso si fermava a fantasticare, restava imbambolato, forse impegnato a occultare nel profondo del subconscio l'insoddisfazione per la sua condizione, e intanto armava il grilletto dell'insofferenza che avrebbe, più in là nel tempo, fatto scattare la molla della ribellione.

I momenti belli della sua infanzia erano legati al tempo passato con la donna di servizio che lo assecondava, appagava il suo desiderio di sapere scoprire capire. Lei rispondeva sempre alle sue domande, gli faceva toccare gli oggetti, lo faceva assistere alla preparazione dei pasti, gli raccontava delle storie, la vita che si viveva fuori dai confini della villa, il mondo che si apriva oltre la porta e il cancello. Un mondo sul quale Luigi fantasticava, che contribuiva a costruire il suo mondo fantastico nel quale inseriva i sogni, i desideri, quando era solo e giocava steso sul tappeto nella sua cameretta o nel soggiorno sotto lo sguardo attento e sempre preoccupato di Luisa. Sognava a occhi aperti e sognava di notte, a occhi chiusi. Mentre il fantasticare cosciente era popolato di gente, di altri ragazzi, di avventure a lieto fine in cui lui era il protagonista, i sogni avevano un contenuto diverso, erano cupi, tristi, storie di fallimenti e di sconfitte popolate di antagonisti malvagi o di ostacoli insormontabili che gli impedivano di realizzare i suoi obiettivi o di concludere qualche azione audace.

La scena del sogno si apre sulla facciata di un palazzo, l'inquadratura sembra presa dall'alto.

L'immagine è un po' metafisica: intorno non ci sono altre costruzioni, l'ambiente presenta i segni di una brughiera nebbiosa e di uno spazio devastato dalla guerra; qualche albero scheletrico, più in là macchie di arbusti, cielo plumbeo con squarci di azzurro, nuvole basse.

Un ragazzo dall'apparente età di tredici anni, probabilmente Luigi, un po' emaciato, spaurito per la desolazione del luogo, deve recarsi a casa di un compagno di scuola che lo aspetta. Probabilmente ha smarrito la strada e ora vaga senza sapere con sicurezza dove andare. Sa con certezza che deve attraversare l'androne di quella costruzione e il suo cortile e dopo, probabilmente, troverà informazioni precise sul percorso.

Sulla facciata del palazzo si aprono finestre senza infissi, cavi orbitali vuoti che lasciano intravedere gli spogli interni. Nel seminterrato del palazzo si staglia una figura strana per atteggiamento, espressione, abbigliamento.

L'ubicazione fisica è nel seminterrato, ma la sua figura, contraddicendo i principi della fisica, sembra occupare l'intera altezza del palazzo (che, peraltro, dal punto di osservazione del ragazzo sembra una casa di bambola trasparente) e anche superarla.

È una figura elegante, vestita con un caffettano di seta stampata e lavorata di colore scuro (sul fucsia con sfumature di rosso) alleggerito dai toni delle figure e dei disegni. Il viso è curato, porta un pizzo e le basette lunghe, i capelli corti. L'espressione è tranquilla ma tende al ghigno beffardo. È in piedi (posizione tipo l'icona di James Bond con la pistola), fuma una sigaretta.

La proiezione dell'uomo del palazzo guarda verso il ragazzo, sembra avere su di lui un ascendente (un potere, un'aspettativa?) al quale il ragazzo non può sottrarsi. È in attesa, non si sa cosa aspetti.

Il ragazzo vive una situazione di disagio che sconfina nella paura; vorrebbe sottrarsi ma non sa cosa fare.

Il quadro successivo si avvia con l'ingresso in scena di un gruppo di giovani (ragazzi e ragazze). Sono vestiti come l'uomo di prima, hanno espressioni beffarde, sogghignano e ridono scompostamente mentre si rivolgono al ragazzo-Luigi per invitarlo ad avvicinarsi, a entrare nell'androne del palazzo; sembrano circondati da una luce spettrale che accentua le espressioni poco raccomandabili.

Il ragazzo-Luigi, spinto da un'urgenza irresistibile, si avvia con fare circospetto. Ha molta paura, in mano ha un grosso bastone per difendersi in caso di aggressione. Davanti al palazzo il gruppo di ragazzi sogghignanti gli fa ala, ridono e lo spintonano ma lo lasciano passare. Attraversato l'androne il ragazzo-Luigi entra in un cortile sterrato dove inaspettatamente vede il suo amico appeso a una sbarra (tipo quelle usate dai ginnasti), impegnato in qualche esercizio di abilità. Contento per averlo trovato lo chiama per nome, ma nello stesso istante l'uomo che incombeva nello stabile contraddicendo i principi della fisica, come un Giove tonante, con un semplice gesto della mano destra lancia verso l'amico ginnasta una veloce saetta che lo colpisce alle spalle. Subito dopo, diradatosi il fumo, agli occhi del ragazzo-Luigi si presenta un'immagine atroce: dell'amico ginnasta colpito dalla saetta resta una sorta di pelle quasi trasparente dalle evidenti forme umane appesa alla sbarra. La visione lascia sconcertato il ragazzo-Luigi, sta

*per scoppiare a piangere, ma proprio in quel momento la mano
dell'uomo inscritto nel palazzo allunga il suo braccio, lo prende per il
bavero della giacca e lo solleva da terra... a quel punto Luigi si sveglia,
seduto nel suo letto singhiozza per l'orrenda visione del sogno e impiega
molti minuti prima di calmarsi e di capire che si era trattato solo di un
brutto sogno.*

Luigi cresceva ma non diminuiva la sua solitudine. Gli si
concedeva la compagnia pomeridiana di qualche compagno di
scuola, a casa di uno o a casa dell'altro... sempre in casa, sempre al
chiuso. A scuola i suoi compagni parlavano di giochi all'aperto, di
parchi, di partite di pallone, di passeggiate... lui conosceva solo tre
tipi di svago, ma sempre da solo, in compagnia di adulti che lo
controllavano a vista.

Tre svaghi: il primo, d'estate, un classico, la vacanza al mare, in
Liguria. Lì le redini si allentavano un po', gli spazi di libertà
prendevano le dimensioni dello stabilimento balneare, della
passeggiata sul lungomare; sulla spiaggia poteva giocare con gli
amichetti casuali che la popolavano, ma erano monadi che
seguivano traiettorie irregolari, che si attraevano e si respingevano
in un gioco di rimbalzi nel quale casualmente, per brevi tragitti,
disegnavano traiettorie parallele per poi allontanarsi di nuovo, di
rado si aggregavano in un intento comune e quando succedeva i
giochi generavano competizione ostilità abbandoni e ripicche.

Il secondo erano le gite e i brevi soggiorni nel paese d'origine della
famiglia. Lì c'erano spazi, verde, c'era la possibilità della scoperta
nell'ampio giardino, negli ambienti rurali circostanti, un tuffo nel
mondo che gli faceva scoprire esistenze sconosciute, ritmi di vita
differenti, differenti panorami. Quei panorami Luigi li amava, li
preferiva al chiuso della sua bella casa sulla collina, una prigione al
confronto, senza finestre sul mondo, con un unico fermo immagine
sul giardino, gli unici movimenti quelli del passare delle stagioni, i

colori, la pienezza vitale della primavera a confronto col vuoto statico dell'inverno. Non gli piaceva stare alla finestra, gli procurava sensazioni di rabbia e d'impotenza, voglia di evadere, di liberarsi dalle catene che lo trattenevano, preferiva aprire le finestre della fantasia dalle quali evadere per immergersi nella complessità del mondo e della vita, per rivivere e coltivare gli embrioni di esperienza, accumulati e custoditi come oggetti preziosi, dei soggiorni marini e agresti, le sue brevi occasioni mondane.

La terza erano le partite della Juventus. Di tanto in tanto Adalberto, appassionato di calcio e acceso tifoso juventino, lo portava con sé allo stadio, quando le partite erano tranquille e non c'era la ressa dei grandi appuntamenti. Luisa trepidava per tutto il periodo della loro assenza, non avrebbe voluto che Adalberto incoraggiasse il ragazzo a seguire la sua passione, la considerava abnorme inutile deviante: "*Meglio indirizzare le energie emotive su terreni più solidi, idealmente più elevati, culturalmente più profittevoli*", pensava Luisa e glielo faceva presente, con la sua solita modestia, ma Adalberto non se ne dava pensiero, né lei si opponeva con decisione. Così Luigi continuò ad assistere alle partite di calcio della Juve e ne fece anche una sua moderata passione, un passatempo piacevole per distrarsi dalle fatiche aziendali. Col tempo imparò che la frequentazione della tribuna dello stadio non era solo un'occasione di svago, si conosceva gente, si costruivano relazioni d'affari, si era contigui alla cerchia che conta dell'imprenditoria e della politica; sotto l'ombrello laico della *sacra famiglia* non si celebravano solo i fasti di una squadra di calcio che al tempo dominava in Europa, si decidevano anche i destini della città e dell'economia e lì, allo stadio, si potevano raccogliere le imbeccate giuste, si coglievano le tendenze, si poteva giocare d'anticipo e averne i relativi vantaggi.

Adalberto qualche volta portava Luigi anche in fabbrica, gliene faceva assaporare il ritmo, il movimento, ma la fabbrica non gli suscitava le stesse emozioni dello stadio, ne usciva quasi intimorito, stordito dai rumori e dal grigiore, impressionato dal ritmo regolare dei grandi macchinari che sembravano respirare con l'accelerazione asmatica di un gigante affaticato dallo sforzo; un po' perplesso e al tempo stesso attratto dall'operosità e dall'ordine che vi regnava. La sistematicità della fabbrica lo colpiva, ci vedeva l'ordine e le certezze che gli mancavano, la concretezza dell'operare contrapposta all'indeterminatezza delle sue fantasticherie e all'inutilità del tempo inoperoso. Era attratto e respinto allo stesso tempo, come succede per ciò che non si comprende; quando la comprese ne fu stregato e gli dedicò il tempo e le energie, ma passerà ancora del tempo, molte partite e molte esperienze che lo formeranno.

Furono soprattutto gli anni del liceo, la breve esperienza nel movimento studentesco a fargli comprendere la fabbrica, quando si celebrava l'alleanza studenti-operai, quando la fabbrica era diventata, per i rampolli dei ricchi borghesi, l'orizzonte della ribellione contro i padri, proprietari-padroni di quelle fabbriche dove loro andavano a volantinare con spirito missionario per predicare agli operai la rivoluzione proletaria e l'espropriazione delle fabbriche. Dopo qualche anno cambiò idea sulla rivoluzione e sull'espropriazione, ma nella centralità della fabbrica come concetto e come principio organizzativo della società capitalistica continuò a crederci.

Le domeniche allo stadio gli piacevano, apprezzava i colori i cori la folla variopinta quelle esplosioni di gioia che accompagnavano i goal l'eccitazione e la partecipazione corale all'evento, meno il calcio giocato sul rettangolo erboso. Col passare del tempo si appassionò anche alle partite, aveva contratto il virus del tifo, trepidava per il risultato e come tutti i tifosi apprezzava le vittorie la conquista dei trofei gli scudetti le coppe. Dopo tanti anni e tante vittorie aveva ancora nitido il ricordo di alcune partite viste allo stadio.

Ricordava la domenica del suo primo scudetto, il quattordicesimo della Juventus, il primo della rinascita juventina dopo i magri anni Sessanta, la splendida cavalcata contro il Lanerossi Vicenza, due a zero e quarantacinque minuti di festa sugli spalti, l'invasione di campo, quell'urlo liberatorio al termine della partita, un'euforia incontenibile anche per Luigi. Era il ventotto maggio millenovecentosettantadue, Luigi aveva diciassette anni, gli anni in cui le passioni si radicano e diventano indelebili. A quella prima esultanza ne sono succedute molte altre.

Ricorda anche, ma in questo caso è un ricordo recente, una domenica dell'aprile duemilasette, Juventus-Genoa tre a uno, quando era riuscito a trascinare allo stadio Tommaso che non aveva mai visto una partita, neanche in televisione, che non s'interessava di calcio e non sopportava gli eccessi del tifo, divenuti cronaca nera negli ultimi tempi e specchio di una società senza anima, priva di riferimenti, senza una guida credibile, senza valori, in cui anche la politica era diventata metafora calcistica, imbarbarita nel linguaggio nei costumi nei comportamenti, instupidita dalla rincorsa all'audience a tutti i costi, dalla sintonia con gli umori lievitati nelle pance sazie dei consumatori di talk-show e di reality indotti a perdere il senso della realtà da una rappresentazione edulcorata dell'esistenza, della vita, sull'onda di un ottimismo immotivato, addobbato con lustrini e pajettes, confermato dagli entusiasmi interessati di nani e ballerine, olgettine e replicanti, residui di altre storie alla ricerca dell'uomo forte e solo al comando, gratificati con scranni senatoriali e poltrone ministeriali, prebende e ricchezze sottratte fraudolentemente alla cassa comune, all'integrità dei territori e dei diritti.

Erano gli anni bui di calciopoli, in piena sintonia con i tempi, costati alla Juve due scudetti e la retrocessione in serie B, uno sfregio immeritato; una bella partita, comunque, lo stesso entusiasmo di sempre, una bella vittoria per assicurare l'immediato ritorno in serie A. Luigi aveva gioito anche in quell'occasione speciale, mentre si adoperava a spiegare a Tommaso le fasi della partita e le regole del gioco. Tommaso era più interessato al folklore e ai racconti di Luigi sulla sua iniziazione al tifo, alla fabbrica e sui rapporti con Adalberto. Quelle concentrazioni umane per motivi ludici gli ricordavano il *"panem et circenses"* di antica memoria, l'*hippodromus* di Costantinopoli diviso tra verdi e azzurri, stessa alienazione che fa distogliere lo sguardo e l'attenzione dai processi reali, che fa vedere bianco il nero, ti stordisce di promesse, travisa i fatti e ti toglie anche il pane e il posto di lavoro e le tutele, dimostrandoti, dati alla mano, che è nel tuo interesse, che essere licenziati è funzionale alla crescita del pil e dell'occupazione, che ridurre i salari e aumentare i ritmi di lavoro migliora il tuo tenore di vita; tanto si trova sempre un manipolo di economisti pronti a confermarlo con le loro teorie bislacche elaborate sui tovagliolini di carta di un bar aspettando un drink, mentre i frequentatori di ippodromi e stadi, di supermercati e talk-show sono attratti dai lustrini e dalle paillettes, dall'oratoria seducente dell'imbonitore di turno o dalle partite sparate a raffica sulle televisioni, a ciascuno il suo persuasore, senza trascurare nessuno, purché non sia disturbato il manovratore e non siano messi in discussione i suoi interessi. Questo pensava Tommaso mentre era allo stadio in quel soleggiato pomeriggio di aprile e si guardava intorno, attento ai movimenti degli spettatori, ai loro umori, alle manifestazioni di ostilità per gli avversari, come se non fosse una competizione sportiva; sì, lo sport come metafora della guerra, mentre lì si incubava l'idea stessa della guerra, che poi sfociava davvero in guerriglia urbana tra sostenitori di fazioni opposte, tra verdi e azzurri, con feriti e in qualche caso il morto, i nuovi eroi delle curve celebrati e vendicati. Fu un'esperienza insolita per lui, che non ripeterà mai più.

Il mattino dopo Luigi le aveva telefonato.

«*Riesco a venire da te solo tra una settimana, mercoledì prossimo, verso le quindici, prima mi è proprio impossibile*», le disse dopo averla salutata ed essersi informato della sua salute;

«*Mercoledì va bene, così ho il tempo per riordinare tutte le carte*», rispose Luisa e lo ringraziò per la sua disponibilità.

«*Allora a presto*».

«*D'accordo. Ciao, Luigi, ti ringrazio, mi togli un grosso peso*».

«*Ciao, mamma, riguardati*» e riattaccò.

Sul click del telefono Luisa rimase con il fiato sospeso, un po' agitata perché arrivava il giorno della verità. Mancava ancora una settimana e per lei sarebbe stata una settimana impegnativa tra preparativi e ripensamenti, una settimana di sofferenza. Prendere quella decisione non era stato facile, aveva paura delle reazioni di Luigi ma era sicura di doverlo fare, finché era ancora in tempo... dopo poteva anche morire, sarebbe morta senza il peso che la opprimeva da cinquant'anni.

Mercoledì era finalmente arrivato. Luisa aveva preparato il discorso, lo sapeva a memoria, non avrebbe improvvisato; per essere sicura di non confondersi lo aveva ripetuto più volte tra sé e sé, lo aveva modificato nei punti che le apparivano meno chiari ed era sufficientemente tranquilla. Per riceverlo si era vestita con sobria eleganza, come si conviene nelle occasioni importanti, desiderava che Luigi avesse una buona impressione e al contempo cogliesse la solennità dell'occasione, capisse che per lei era un passaggio importante nella sua vita e la aiutasse a superarlo, a sgravarsi senza troppo dolore del suo peso.

Sul tavolino vicino alla poltrona aveva posato la scatola di raso che voleva consegnare a Luigi. Nella scatola c'erano tutte le carte che lo riguardavano: ritagli di giornale, minute di lettere, foto, documenti vari. Gliel'avrebbe consegnata e avrebbe saputo; voleva che la custodisse lui che ne era il diretto interessato.

Verso le quindici, dopo un mattino passato in azienda per sbrigare qualche pratica urgente, puntuale Luigi suonò alla porta di Luisa.

Parte seconda

Radici

*(Dove si constata che la ricerca di se stessi segue percorsi tortuosi,
spesso porta fuori mano, provoca dolore; qualche volta ha successo, il più
delle volte ci si sente sopraffatti)*

Capitolo 5

Come neve al sole d'aprile

Il mercoledì successivo al quinto anniversario della morte di Adalberto, verso le quindici, dopo un mattino passato in azienda per sbrigare qualche pratica urgente, puntuale Luigi aveva suonato alla porta di Luisa. Entrando in casa aveva notato la sobria eleganza della madre, la sua tensione nascosta dietro un velo di apparente calma; per tranquillizzarla si era ripromesso di essere accondiscendente e comprensivo.

Dopo i primi convenevoli Luisa entrò subito in argomento:

«Le questioni di eredità di cui ti avevo parlato non hanno a che fare con le ricchezze materiali; ti devo parlare di una questione ben più importante e delicata, di un'eredità spirituale che sulle prime potrebbe crearti qualche problema. Cerca di evitare reazioni a caldo, non essere affrettato e impulsivo nei giudizi...».

«... ...».

Luigi si guardò intorno, guardò Luisa e rimase in silenzio, in attesa di sapere.

Luisa continuò. Il discorso che aveva preparato prese una piega diversa da quella prevista, in qualche passaggio si confuse, infine arrivò al nodo fondamentale. Troppo presto rispetto a quello che avrebbe voluto e troppo direttamente. Avrebbe voluto parlargli di circostanze impreviste che cambiano le vite, di scelte imposte dalle circostanze, di dolori che il tempo non mitiga, di pentimenti e di dispiaceri, dell'amore materno e del desiderio frustrato di essere madre... di tanto altro che nella frenesia del momento aveva dimenticato. Invece gli disse soltanto, sciogliendosi in un pianto sommesso: *«Scusa, Luigi, se non l'ho fatto prima. Perdonami. Quello che ho ancora da dirti è scritto nei documenti custoditi in questa cassetta. Perdonami»*, e si portò le mani al viso per nascondere le lacrime alla vista del figlio, rimasto ad ascoltare incredulo e imbarazzato.

Un silenzio carico di apprensione invase la stanza. Luigi aveva ascoltato Luisa guardandosi intorno, facendo una ricognizione degli ambienti nei quali si rivide bambino; non erano cambiati da allora: stessi quadri alle pareti, pesanti mobili di legno scuro, i tappeti, le spesse tende che avvolgevano la casa nella penombra, la stessa atmosfera grave che disponeva alla malinconia.

Si era soffermato a guardare con particolare attenzione un quadro relegato tra una finestra e un angolo; quel dipinto lo aveva incuriosito da sempre perché contrastava con tutta la quadreria della casa in cui abbondavano soggetti tradizionali: paesaggi campestri o montani, ritratti, nature morte, tirati sulle tonalità scure che escludevano colori vivaci e macchie di luce, in tono con l'ambiente. Quel piccolo quadro montato su una cornice senza pretese ritraeva un modesto scorcio di un modesto paese immaginario, un gruppo di povere case addossate le une alle altre per tenersi insieme e farsi coraggio, piatte e tristi. I colori dei muri, delle porte e delle finestre erano scialbi, sfumature di grigio e di marrone che sottolineavano l'ordinarietà dell'ambiente e delle linee architettoniche elementari, squadrate, prive di balconi e di fregi che ne animassero le facciate, davano una sensazione di assenza, avvalorata dalle porte e dalle finestre chiuse; tutto dava l'idea di una piattezza immersa in un'atmosfera rarefatta, fuori dal tempo. In quella piattezza rarefatta ti colpiscono due macchie di colore che non ti aspetti: l'azzurro del cielo e il rosso di una porta aperta al centro del dipinto, piccola apertura di una stretta costruzione soffocata dalle altre. Colori fuori contesto, improbabili: improbabile quell'azzurro lapislazzuli del cielo affacciato sul tetto della costruzione centrale; ancora di più il rosso della porta, non tanto per la tonalità scarlatta, quanto per la coerenza con l'ambiente. Colori che danno un tocco di magia alla rappresentazione e la riscattano, che avevano interrogato Luigi bambino e interrogavano l'adulto, insieme al perché di quella porta semiaperta.

Dopo le inattese parole di Luisa, Luigi prese il contenitore indicato dalla madre, lo aprì con impazienza e consultò nervosamente le carte che vi erano conservate. Non impiegò molto tempo a venire a capo del mistero.

In quei pochi minuti Luisa ripercorse le tappe del suo segreto, pena dopo pena, dolore dopo dolore, speranzosa che Luigi avrebbe capito, che il suo gesto avrebbe riunito ciò che era stato separato ingiustamente.

Risolto l'enigma Luigi si accasciò sulla poltrona dicendo, quasi tra sé e sé: «*Ciò vuol dire che non sono tuo figlio...*».

Passò ancora un po' di tempo, a Luisa sembrò un'eternità, un tempo carico di tensione come nei minuti che precedono un temporale, quando tutto sembra sospeso, in attesa, quando il cielo carico di grigi nembi rigonfi non è ancora percorso dalle rabbiose folate di vento che li arruffano e li accumulano minacciosi, quando l'aria non è ancora solcata dalla violenta luce intermittente di veloci saette filiformi, né squassata dal rumore assordante del tuono; poi Luigi eruppe in una sequela di frasi alterate che esternavano incredulità, rabbia, sorpresa. Nella stanza si materializzarono grigi nembi rigonfi di rabbia, il vento rabbioso delle recriminazioni li arruffò, si aprirono le cateratte delle critiche, esplosero le luci folgoranti delle rimostranze e i rombi rabbiosi delle accuse. Luigi accusò Luisa di averlo privato della sua storia, dell'identità, di avergli rubato il passato. Disse che non l'avrebbe perdonata e se ne andò sbattendo la porta, lasciandola in un tale stato di prostrazione, come inebetita, da impedirle qualsiasi reazione per molte ore, per molti giorni a venire.

In preda a un'agitazione folle, Luigi si mise in macchina, guidò senza meta per lungo tempo, indeciso sul da farsi; un unico assillante pensiero gli occupava la testa, lo martellava ponendogli un'unica domanda, ossessivamente: *"Chi sei? Chi sei? Chi sei? ..."*, alla quale non sapeva dare risposta. Tornò a casa ben oltre gli orari consueti, sulla via del ritorno si era fermato in un bar e per la prima volta si era lasciato andare al richiamo tranquillizzante dell'alcol. Aveva bisogno di fermare il martello che lo ossessionava, credette che fosse sufficiente un bicchiere di cognac, invece ne ingurgitò tre, a brevi intervalli di tempo; si fermò in altri due bar, in ognuno tre bicchieri di cognac. Prima di arrivare a casa era ubriaco.

Il giorno dopo si alzò con il mal di testa e decise di non andare al lavoro. Adriana si preoccupò perché una cosa del genere non era mai successa, gli chiese della sera prima e lui le raccontò del pomeriggio, di Luisa e di Maria, mentre il martello gli picchiava nella testa, aveva ricominciato a battere la sua insistente domanda. Adriana fu sconcertata dalla reazione smodata di Luigi, del trattamento riservato a Luisa; glielo fece notare con parole garbate, dimostrandogli al contempo tutta la sua comprensione per lo smarrimento provocato dall'inattesa notizia. Cercò anche di dirgli che, in ogni caso, doveva avere comprensione per la povera Luisa che per lui era stata una madre premurosa, che lo aveva molto amato...

Ascoltando la benevola intercessione di Adriana, Luigi ebbe un moto di rabbia irrefrenabile:

«Che ne sai tu di Luisa!», sbottò, interrompendola, *«Per me non è stata una buona madre, né la mia è stata un'infanzia felice, e tantomeno l'adolescenza. Ti potrei raccontare molti episodi che lo testimoniano...»*, e si accinse a raccontarne uno a caso.

La scoperta delle sue origini lo aveva proiettato in una situazione d'incertezza. La sua identità personale, così faticosamente affermata nel confronto con Adalberto, si era sciolta come neve al sole d'aprile.

Luigi si sentiva svuotato, incapace di prendere qualsiasi iniziativa, come se fosse all'inizio di un lungo periodo di convalescenza. Non che fosse un uomo diverso, solo che adesso gli sembrava di interpretare un ruolo non suo, di aver usurpato un posto che non gli spettava. Sapeva che non era cambiato niente: era lo stesso Luigi che occupava uno spazio riconosciutogli per diritto e per merito, tuttavia non gli era sufficiente saperlo. Non gli erano sufficienti le rassicurazioni di Luisa, di Adriana, le rassicurazioni che riceveva ogni giorno: non gli bastavano. Voleva sapere perché. Voleva sapere perché Maria non lo aveva tenuto con sé; perché era cresciuto in un'altra famiglia; perché Luisa e Adalberto gli avevano nascosto il suo passato.

Non accettava le giustificazioni che gli venivano date, le riteneva reticenti, incomplete; la realtà testimoniava che lo avevano privato della sua vita. E ciò gli procurava incolmabili sensi di rabbia e d'insoddisfazione.

Cosa sarebbe cambiato, si chiedeva, se avesse saputo? Avrebbe avuto la piena consapevolezza di chi era, ci avrebbe convissuto e sarebbe stato un uomo più completo, senza cesure, senza vuoti... anche se... non sapendo avrebbe potuto avere coscienza del vuoto? E sapendo sarebbe davvero riuscito a conviverci? E se lo avesse saputo sarebbe stato più felice? Si sarebbe forse sentito più completo?

Domande alle quali non c'erano risposte definitive. Domande che si poneva in continuazione senza arrivare a capo di niente. Le aveva poste anche a Tommaso, in più occasioni, ricevendone risposte interlocutorie che se non risolvevano il suo bisogno di certezze ne smorzavano almeno la rabbia, lo inducevano a riflettere su quanto fin lì aveva rinunciato a considerare.

D'altronde, povere donne, cos'altro avrebbero potuto fare?

Cosa avrebbe potuto fare Maria, sola, senza alcun sostegno economico, stretta tra l'incudine del bisogno e il martello delle promesse di una vita sicura per suo figlio?

Maria era rimasta prigioniera della sua condizione vedovile, ma lo era per libera scelta, per amore e per riconoscenza, per stare insieme a Salvatore nel luogo del suo sacrificio. Andarsene le sarebbe sembrato un tradimento e lei non avrebbe mai potuto tradire Salvatore, né da vivo né da morto. E per libera scelta restò a Torino perché sperava che lì suo figlio avrebbe avuto maggiori opportunità di crescere forte e indipendente, di farsi strada nel mondo; sperava che anche la propria vita sarebbe stata meno condizionata, più libera, in un rapporto pieno e fecondo con quel figlio, il regalo di Salvatore che sarebbe cresciuto con lei, l'avrebbe aiutata a vivere a lungo e l'avrebbe protetta. Così non fu, ma lei non poteva saperlo e comunque suo figlio ebbe la vita migliore che lei aveva sperato... a condizione di perdere la propria.

Cosa avrebbe potuto fare Luisa stretta tra l'incudine della promessa fatta ad Adalberto e il martello del suo insoddisfatto bisogno di maternità?

Se c'era un responsabile era Adalberto, per la promessa strappata a Luisa di non rivelare a Luigi il suo stato di figlio adottivo; ma anche lui, pover'uomo, aveva qualche buona scusante che lo giustificava.

«Qualunque scelta sarebbe stata problematica e foriera di recriminazioni; si tratta di comprenderne le motivazioni, di avere un po' di pietà per chi ha già pagato con decenni di sofferenze silenziose compromettendo il proprio equilibrio e la propria salute», gli diceva Tommaso per tranquillizzarlo e spingerlo a superare lo stallo.

«Rimane il fatto che un uomo ha il diritto di conoscere la sua biografia. I genitori devono accompagnare i figli lungo il percorso di ricerca, facendosi da parte e accettandone gli approdi, nella chiarezza e nella condivisione», rispondeva Luigi con convinzione.

E Tommaso, a mo' di conclusione:

«Questo è ciò che possiamo dire in astratto; la situazione reale ti consiglia di superare le recriminazioni e di impegnarti nella

ricostruzione della tua biografia; dopo guarderai al tuo dolore di oggi con occhi diversi, avrai gli strumenti per comprendere».

Luigi aveva incontrato Tommaso nel suo studio all'Università verso le nove del mattino.

Varcando il portone della facoltà si era sentito come una matricola al suo primo esame, gli tremavano le gambe, un senso di vuoto gli preannunciava un incipiente stato confusionale, la certezza di un balbettamento esitante che gli avrebbe impedito di spiegarsi. Le budella gli si torcevano dentro come uno strofinaccio strizzato, aveva voglia di vomitare; fu tentato di tornare indietro, la situazione gli sembrava assurda e anche la scusa inventata per l'appuntamento; temeva il giudizio professorale di Tommaso e aveva paura di essere ridicolo. Si fece forza.

Dopo i primi convenevoli dai quali traspariva la divertita curiosità di Tommaso e l'evidente imbarazzo di Luigi, questi, entrò subito in argomento, spiazzando decisamente la curiosità dell'altro.

«Professore, mi scusi per l'insistenza posta nella richiesta d'incontrarla. In realtà il motivo è ben diverso da quello indicato, né avevo altro modo per poterle parlare di persona, considerato che la questione che devo riferirle non è di quelle da affrontare per telefono», esordì Luigi con un tono formale e alquanto misterioso di cui l'altro fu sorpreso.

Luigi alcune settimane prima aveva scritto una lettera a Tommaso, carta intestata della società *"Confezioni Gerbino & Gallo s.p.a."*, tono formale delle lettere d'affari, con la quale l'AD della società, ing. Luigi Gerbino, chiedeva all'esimio professor Tommaso Loffredo una non meglio precisata consulenza sul processo di delocalizzazione delle imprese italiane all'estero. Tommaso aveva cortesemente risposto di non possedere competenze specifiche sull'argomento e che volentieri, qualora l'interlocutore lo avesse ritenuto opportuno, gli avrebbe indicato il nome di alcuni colleghi.

Tommaso aveva insistito per fissare un appuntamento e così si era arrivati al momento dell'incontro.

«*Dica pure*», rispose Tommaso, con un'espressione meno divertita di quella esibita ricevendo l'ospite, «*anche se, non lo nego, la sua richiesta, e ancor di più adesso, mi lascia alquanto disorientato*».

«*È evidente che le debba delle spiegazioni, ma comprenderà tutto in un minuto*».

«*Lo spero, la situazione mi incuriosisce*».

Dopo questo primo scambio di battute Luigi, senza troppi giri di parole, gli riferì la rivelazione di Luisa, la sua condizione di figlio adottivo e il nome della sua vera madre. Inutile dire che per Tommaso fu un fulmine a ciel sereno, uno shock, restò senza parole, come inebetito. Un silenzio irreale li separò per almeno un minuto, un silenzio gravido di pensieri e di ricordi nel quale Tommaso sondò gli archivi della propria memoria per trovare indizi premonitori, segnali che avrebbero potuto orientarlo. Non ne trovò. Diede una diversa lettura agli umori di Maria, questo sì, ma a posteriori è facile, a posteriori si può dare un senso a quasi tutto, si ricostruiscono le storie; nell'attualità del divenire si equivocano i significati, non si riconoscono le tracce, si è costretti a vagare nell'incertezza delle parzialità note, ignorando molto e molto errando nell'ignoranza. Appena riuscì a riconquistare un minimo di autocontrollo, Tommaso cercò di articolare la domanda che lo aveva gelato:

«*Vorrebbe alludere...*», riuscì appena a dire, ma fu subito interrotto da Luigi il quale, con compunta gravità, gli fece una sorta di comunicazione ufficiale:

«*Volevo informarla, e ben comprendo che la cosa possa sembrarle singolare, che noi due siamo fratelli...*».

Tommaso pensò dapprima a uno scherzo, poi a un equivoco; l'assurdità dell'affermazione allentò in ogni caso la tensione che aleggiava nella stanza suscitando l'ilarità di Tommaso.

L'equivoco in cui involontariamente era caduto Luigi li portò a chiarire la situazione e l'effettiva ragione dell'incontro: Tommaso avrebbe aiutato Luigi a incontrare Maria.

Il giorno del primo incontro con Maria, Luigi non rivelò la sua vera identità. Le parlò di Luisa, le comunicò la notizia della sua morte e le consegnò una scatola foderata di raso nella quale erano custoditi documenti e oggetti a lei destinati da parte di Luisa. Maria scoprì chi era quell'uomo distinto e serio, tanto serio da metterla in soggezione, soltanto quando Luigi se ne fu andato, e per fortuna che a sostenerla ci fosse ancora Tommaso, tornato precipitosamente da lei dopo averlo accompagnato dabbasso.

Dopo aver salutato Luigi, Tommaso era ritornato precipitosamente da Maria. La trovò in uno stato di prostrazione che rasentava il collasso, accompagnato da afasia e sguardo vitreo, con in grembo il contenuto della scatola consegnatale da Luigi.

Maria aveva capito.

Per farla riprendere le diede un bicchiere d'acqua in cui aveva fatto sciogliere un cucchiaino di zucchero e aggiunto dieci gocce di coramina. Maria si riprese lentamente e si abbandonò al pianto. Tommaso non cercò di fermarla, sapeva che quel pianto scioglieva il grumo di speranza indurito dal tempo, la liberava da un peso donandole una gioia insperata.

Tra i documenti e le foto sparsi sul grembo di Maria e sul pavimento Tommaso individuò alcune pagine di giornali del quattordici marzo millenovecentocinquantasette, le lesse e lo colpì come una sassata la descrizione del dolore di Maria per la morte del marito, vittima di un incidente sul lavoro, riportata sull'articolo de "La Stampa" che dava la notizia dell'incidente. Tommaso ne fu colpito e quel dolore, come per osmosi postuma, se lo portò dentro per molto tempo, fino a quando riuscì a comprenderlo, a identificarne significato e funzione. Solo allora se ne liberò e la disperazione di Maria di fronte a quella morte divenne finalmente per lui sopportabile.

Quelle pagine di giornale ingiallite le aveva lette anche Luigi ricevendone impressioni contrastanti. Alla spontanea, dolorosa tenerezza per il padre, contrapponeva l'incomprensione del dolore della madre, così plateale, così indecifrabile e oscuro se solo poche settimane dopo la morte del marito aveva potuto rinunciare a suo figlio e tradire la memoria di Salvatore.

S'incaricò Tommaso di sciogliere il grumo d'incomprensione di Luigi, dopo che questi gli aveva manifestato i suoi sentimenti contrastanti, dopo quel confronto successivo in cui le parole di Tommaso non erano riuscite ad aprire alcun varco nel risentimento di Luigi.

Ci provò con una lettera che aveva il carattere di una riflessione ampia, impegnativa, con l'intenzione di spiegare il tono dell'articolo de "La Stampa" e il significato effettivo del comportamento di Maria.

Lo scritto di Tommaso, espunti i dovuti convenevoli introduttivi, diceva pressappoco così:

Chissà se l'anonimo cronista de "La Stampa" che il tredici marzo millenovecentocinquantasette aveva redatto il pezzo sulla morte di Salvatore Gianfreda, contadino riconvertito in edile suo malgrado, giovane immigrato a Torino da meno di un anno alla ricerca di un lavoro che gli consentisse di vivere e di mantenere la sua famiglia, come milioni di proletari di tutti i tempi e di tutti i luoghi hanno fatto e continuano a fare, ...chissà se quell'anonimo cronista conosceva il senso delle "urla acutissime, strazianti", lanciate dalla moglie di Salvatore Gianfreda nell'apprendere la notizia della morte del marito; chissà se ha dato un senso a quel "gettarsi al suolo e battere la testa contro lo stipite della porta, restandone contusa alla nuca, ad un gomito e ad una mano"; e chissà se ne aveva contezza il titolista che ha coniugato la morte dell'edile e l'insostenibile sofferenza della moglie "impazzita dal dolore" all'apprendimento della ferale notizia.

O se cronista e titolista hanno cercato soltanto il colore e l'effetto in quelle espressioni, come facevano e fanno i cronisti e i titolisti della cronaca nera.

La notizia, d'altronde, era introdotta da un'altra pennellata ad effetto: l'edile rientra in casa pochi minuti dopo esserne uscito per recarsi al lavoro perché aveva dimenticato di "dare un bacio al figlioletto di pochi mesi", e tutto lascia pensare che di note di colore si trattasse.

Maria Preite, coniugata Gianfreda, una giovane donna di ventiquattro anni, "lancia urla acutissime, strazianti" e, "impazzita dal dolore", "si getta al suolo e batte la testa contro lo stipite della porta, restandone contusa alla nuca, ad un gomito e ad una mano" all'apprendimento della notizia della morte del marito, perché ha agito sotto l'impulso di una forza straniante, sedimentata nel profondo del suo subconscio di donna meridionale che la trasforma in una macchina di dolore e di disperazione di fronte alla morte; di fronte a qualsiasi morte, ma vieppiù di fronte alla morte del marito e del padre, fonti di protezione e di sostentamento, baluardo contro le asperità e le difficoltà della vita, punto fermo intorno al quale ruota la propria esistenza di donna. Non è una sceneggiata di prammatica quella di Maria Preite, cascame di una convenzione sociale stucchevole che all'esibizione scenografica del dolore affida un messaggio di affettività straziata, visibile e impressionabile, chiaro e coinvolgente, e tanto più grande quanto maggiore è il merito del defunto. Maria Preite "impazzisce dal dolore" e compie azioni di autolesionismo perché è terrorizzata dagli effetti di quell'evento; una congerie di domande si affollano lucide nella sua mente e le risposte la annichiliscono: come farà a mantenere il piccolo Luigi di appena diciotto mesi? Chi la guiderà, lei così giovane e inesperta, nei meandri di una città ostile e sconosciuta? Quale sarà il suo destino di donna sola e senza mezzi? Vorrebbe morire insieme al marito, ma sa di non poterlo fare perché più forte del richiamo di morte è il richiamo della vita modulato dal pianto del piccolo Luigi, ed è solo per questo che si contiene e si lascia consolare dalle pietose cure delle vicine di casa, subito accorse al richiamo delle sue "urla acutissime, strazianti".

Il cronista (probabilmente) connota la reazione di Maria come folcloristica, arcaica, e in effetti non è (del tutto) fuori strada. Maria, come le tante anime che in quegli anni il processo di industrializzazione ha strappato alla campagna e alla montagna, catapultandole in luoghi lontani da quelli di origine, lontane dalle certezze di un orizzonte (non solo fisico ma anche culturale e sociale) noto, è cresciuta seguendo un modello di vita tradizionale che si è fatto costume, in cui gli atti, le esternazioni, sono l'unico tramite per dare senso a un evento che non sa elaborare con modalità e comportamenti diversi. Maria non ha altri strumenti per elaborare il suo lutto, è condizionata dai riti e dai ritmi di un modello sociale statico che affonda le sue radici nel tempo, dove il tempo non si evolve lineare e indefinito, ma circolare e ciclico, seguendo i percorsi della nascita e della morte, delle stagioni e della natura.

Neanche la religione può soccorrere Maria nella ricerca del senso della morte, perché la religione predica la beatitudine, il momento felice della ricongiunzione col Padre che regna nell'alto dei cieli, in acerbo contrasto con quello che nella morte vede l'occhio stupito del superstite, di cui non sa darsi pace, che lo agghiaccia.

Il cronista (probabilmente) attinge a due fonti confliggenti per definire la sua interpretazione del comportamento di Maria. Egli sa, per esperienza diretta, che nella moderna società urbana occidentale il cordoglio per la morte di una persona cara è un fatto intimo, vissuto senza esternazioni plateali; il cui superamento avviene per via di cultura, non di natura, attingendo agli insegnamenti della religione o della filosofia, a elaborazioni intellettuali che danno senso (a) e superano (l') agghiacciamento e (lo) smarrimento.

Il cronista (probabilmente) conosce anche i modelli di esternazione del dolore nella Grecia omerica e nell'antica Roma; ha in mente l'immagine con cui il poeta rappresenta l'immenso Achille disperato di fronte alla notizia della morte dell'amato Patroclo; il pianto incontenibile di Andromaca e di Ecuba di fronte al corpo straziato di Ettore; conosce il mito di Niobe. Sa che il cordoglio trova la sua prima espressione nel furore autodistruttivo.

Ricorda Achille quando fu informato della morte di Patroclo:

> *… Una negra a que' detti il ricoperse*
> *nube di duol, con ambedue le pugna*
> *la cenere afferrò, giù per la testa*
> *la sparse e tutto ne bruttò il bel volto*
> *e la veste odorosa. Ei col gran corpo*
> *in grande spazio nella polve steso*
> *giacea turbando con le mani le chiome*
> *e stracciandole a ciocche…*[8]

mentre il pietoso Antiloco

> *…lacrimando dirotto e di cordoglio*
> *spezzato il petto rattenea d'Achille*
> *le terribili mani, onde col ferro*
> *non si squarciasse per furor la gola.*[9]

Come Maria che, "lanciando urla acutissime, strazianti" e, "impazzita dal dolore", "si getta al suolo e batte la testa contro lo stipite della porta, restandone contusa alla nuca, ad un gomito e ad una mano".

---

[8] Omero, Iliade, libro XVIII, vv. 27-34, trad. it. Vincenzo Monti.
[9] Ibid., vv. 41-44.

Quel furore trova la sua mitigazione nella partecipazione della comunità, nella ritualizzazione del pianto e nell'accettazione della morte del compianto dopo averne cantato le gesta e le opere. Chi non riesce a superare il cordoglio, neanche nella ritualizzazione del lamento funebre, rimane prigioniero del proprio dolore, come Niobe, impietrita, incapace di ritornare alla vita.

Solo Ulisse, tra gli eroi omerici, controlla la propria natura irrazionale e di fronte alla morte dei suoi più cari compagni non si lascia andare alla disperazione e ad atti inconsulti. Ma Ulisse è diverso, anticipa la modernità, si autocontrolla e domina gli eventi. Piange anche Ulisse, ma il suo pianto non è una resa stuporosa di fronte all'inconoscibile; egli piange perché sopraffatto dalla dolcezza dei ricordi, in quel pianto c'è l'umanità dell'eroe non la sua disperazione, la coscienza di sé non l'alienazione.

Il confronto tra le due fonti è inevitabile. Il cronista non può non accorgersene: natura e cultura, arcaismo e modernità si palesano nella loro evidenza. Maria è espressione folcloristica, colorata di civiltà lontane, un fossile vivente che merita pietà e comprensione, ma niente di più; le sue espressioni arcaiche di elaborazione del lutto sono anacronistiche, contrastano con il dominio di sé dell'uomo (e della donna) moderno e vanno raccontate come note di colore, con la stessa curiosità che accompagna i reportage sui costumi di popolazioni esotiche, lontane nello spazio e nel tempo, dai modelli comportamentali che dominano il nostro orizzonte.

Ciò che, forse, il cronista non sa è che Maria non conosce altre reazioni, oltre quelle istintuali, per far fronte al cordoglio per la perdita di una persona cara: tendenza autodistruttiva ed ebetudine stuporosa alla quale la prima lascia il posto. Il cronista non ha potuto seguire gli sviluppi della condizione dolorosa di Maria, ma essi sono inevitabili, si manifestano nella perdita di coscienza di sé e nell'abbandonarsi ad un pianto irriflessivo. Il superamento di questo stato avviene, nel mondo di Maria, con l'ausilio del gruppo sociale che circonda chi è colpito dal lutto, per il tramite del pianto rituale, un pianto collettivo formalizzato e ripetuto, intervallato da brevi recitativi che narrano le gesta e le opere del defunto riabilitandone la morte agli occhi dei congiunti vivi, consentendo così di superare il cordoglio, l'assenza e di accompagnarne il ritorno alla vita. Lo strazio che sembrava insuperabile, lentamente viene lenito nelle testimonianze di affetto per il defunto, nel racconto della sua vita operosa, nella convinzione che in fondo, era stato una brava persona e che avrebbe potuto percorrere i sentieri dell'aldilà in gioia e letizia, confortato dall'affetto e dalle premure dei suoi cari. Il defunto non avrebbe avuto bisogno di entrare nei sogni dei suoi cari per vivificarne il ricordo o per ammonirli sul suo bisogno di suffragi, la sua morte era stata pacificata dal lamento collettivo e questo gli bastava, ...e bastava anche ai superstiti.

A Maria, nella tragedia, è mancato il pianto della comunità; sola e lontana dal suo mondo, ha affrontato un'emergenza più grande di lei e ne è rimasta schiacciata. Gli esiti ne hanno condizionato l'intera vita e quella di altre persone, per elaborarli trascorrerà il tempo che va dalla morte di Salvatore fino alla morte della stessa Maria, e più oltre. Non sarà Maria ad elaborare quel pianto irrisolto: come avrebbe potuto, d'altronde? Toccherà ad altri, toccherà a te, lungo un percorso disagevole, quasi un viaggio nell'Averno, incontrare Salvatore e in quel ritrovarsi dar pace al suo fantasma per trarne pace e accettare finalmente la tua storia.

Ai giorni della rabbia erano seguiti quelli della scoperta. Ci impiegò alcuni mesi per liberarsene, fin dopo la morte di Luisa, dopo numerosi corpo a corpo con Tommaso che aveva eletto a guida nella sua personale discesa lungo i tortuosi e impervi sentieri della sua coscienza.

Dopo i giorni della rabbia il suo orizzonte cognitivo si popolò di domande nuove che cercavano risposte nel passato. La ricostruzione della propria biografia.

All'espressione *"ricostruire la propria biografia"* Tommaso attribuiva, come aveva fatto per sé, anche se con uno stato d'animo diverso, la funzione di acquisire informazioni sui suoi primi anni di vita, sulla vita dei suoi genitori naturali, sui luoghi e sui contesti; Luigi a tutto ciò anteponeva e faceva seguire domande esistenziali del tipo: *Siamo ciò che la vita ci porta a essere o il precipitato di un processo in cui interagiscono le vite dei genitori? La conoscenza delle origini influisce sul carattere e sulla personalità? E ancora: L'ambiente determina l'identità e le vocazioni?* Domande già note, alle quali sono state date risposte oramai dimostrabili e condivise; solo che lui non si accontentava di risposte generali, voleva sapere di sé in particolare.

Durante uno dei primi incontri milanesi aveva interrogato Tommaso con una domanda alquanto bizzarra:

«Secondo te, il Luigi Gianfreda che non sono stato sarebbe stato uguale o diverso dal Luigi Gerbino che sono?».

«Questo non lo posso sapere», aveva risposto serio Tommaso, reprimendo sul nascere la voglia di ridere di gusto, *«in ogni caso la considero una domanda inutile».*

«Perché inutile? Ne va del mio equilibrio, della mia identità...», aveva insistito Luigi che poneva la questione con l'ostinazione e l'ingenuità di un bambino.

Tommaso rispose cercando di spostare la discussione su tematiche più concrete:

«È inutile per due motivi: sia perché è impossibile conoscere ciò che non è stato, sia perché, anche sapendolo, non cambierebbe niente né della tua vita passata né del tuo presente. Quanto al futuro è un discorso diverso, il futuro non si conosce ma si costruisce».

«È proprio al futuro che penso», disse Luigi, *«Se Gianfreda e Gerbino sono diversi, da adesso in avanti chi dovrò essere?».*

Il discorso diventava surreale, Tommaso ne era consapevole, non altrettanto Luigi che sembrava smarrito dietro a quell'immaginario problema identitario posto con tanta ingenuità.

«*Sarai chi vorrai essere; o forse è meglio dire: sarai come ti modelleranno le scelte e le esperienze da adesso in poi...*», disse Tommaso, e Luigi, perseverando sul tono surreale.

«*In ogni caso mi sembrerà di tradire qualcuno*».

«*Piuttosto devi stare attento a non tradire te stesso...*», replicò Tommaso, stupito della regressione psicologica di Luigi.

«*Come posso fare a non tradire me stesso?*».

«*Tu sei la combinazione dei geni che ti hanno trasmesso i tuoi genitori naturali, la somma delle esperienze dei tuoi primi anni di vita e di quelle successive, fino a oggi. Non tradirai te stesso se recuperai tutta la tua storia e onorerai i padri e le madri. C'è un po' di ognuno di loro in quello che sei e in quello che sarai*».

«*Il fatto è che non so con certezza chi considerare mio padre e chi mia madre*», replicò ancora Luigi.

«*Quando mi fu rivelato, come se fosse una colpa, che Maria non era mia madre, e gliene chiesi conto, erano gli anni della scuola elementare, lei mi rassicurò dicendo che ero un ragazzo fortunato perché avevo due madri, una in cielo e una in terra, che mi volevano bene. Tu sei stato ancora più fortunato di me perché hai avuto due padri e due madri...*», disse Tommaso cercando di alleggerire il discorso.

Parole che provocarono il risentimento di Luigi, il quale con tono un po' piccato aggiunse:

«*È una risposta che può soddisfare un bambino, non certo un uomo della mia età*», non accorgendosi dell'incongruenza delle sue parole alla sottile ironia di Tommaso, il quale con tono più deciso, quasi di rimprovero, disse:

«*Un uomo della tua età non dovrebbe neanche porseli certi problemi. Un uomo della tua età e della tua esperienza affronta la realtà per quello che è, nella sua durezza, senza debolezze adolescenziali, forte della sua capacità di comprendere il mondo e di analizzare le situazioni».*

Luigi fu scosso dal tono della risposta e lo colse un senso di inadeguatezza. Con sofferenza, per la prima volta, fu indotto a riconoscere la sua smodatezza:

«Avrei voluto, non credere! – disse – La mia è stata una reazione istintiva, incontrollabile. Ho pensato molte volte al dolore che ho dato a Luisa, alla mia ostinazione. Non sono riuscito a essere razionale, come non lo sono stato in questa conversazione, ma è più forte di me, nonostante gli sforzi. Non sono riuscito a dire a Luisa che mi dispiaceva per le accuse che le avevo rivolto, che era stata una madre premurosa e amorevole. Adesso è tardi anche per i rimorsi».

«Adesso puoi onorarne la memoria e andare avanti, magari recuperando e valorizzando quanto di te lei aveva coltivato di più; quello che tu, con il tuo atteggiamento adolescenziale irriverente e disubbidiente, avevi rifiutato», concluse Tommaso.

Alcune settimane dopo, ripensando al colloquio con Tommaso, Luigi ebbe una sorta di epifania: senza motivi apparenti dai meandri della sua coscienza confusa riaffiorò il ricordo del quadro dalla porta rossa. Lì per lì non ci fece caso, era concentrato sulle frasi di Tommaso e il dipinto restava sullo sfondo mentre l'occhio della mente ne inquadrava i particolari: a destra e a sinistra costruzioni alte le quali, trovandosi il fuoco della prospettiva di fronte alla porta rossa al centro del dipinto, presentavano linee dei tetti oblique discendenti dall'esterno verso l'interno e disegnavano, sulla stretta casa mediana, uno spazio trapezoidale nel quale irrompeva l'azzurro lapislazzuli del cielo interrotto da un piccolo abbaino sul tetto della casa, l'unica ad avere un abbaino; nel centro una costruzione più bassa e più stretta incastrata tra le due laterali più massicce e più alte; al centro di tutto quell'unica porta aperta e colorata, mentre le altre porte e le finestre erano chiuse e di una spenta sfumatura di marrone. L'epifania arrivò improvvisa, prima che Luigi si chiedesse il perché di quella visione e dell'indugiare sui particolari colorati, *lo libero da convinzioni ammuffite e irrancidite dalla stretta degli anni*: gli sembrò che il dipinto volesse dirgli che anche nelle situazioni meno favorevoli, quando tutte le condizioni sembrano avverse e contrastanti, c'è sempre una via d'uscita per superare la monotonia e le difficoltà e colorare d'azzurro il proprio orizzonte, si può sempre trovare una porta aperta che indica la strada da percorrere.

Fu in quel preciso momento che Luigi incominciò a dare forma e prospettiva ai suggerimenti di Tommaso, da lì iniziò il suo personale percorso di ricerca.

Gli anni della crisi personale coincisero con gli anni della crisi aziendale, amplificata da quella globale che ha sconvolto l'economia mondiale a partire dal duemilasette; ancora attiva al culmine di questa vicenda e ben oltre, con il suo carico di fallimenti, disoccupati, povertà, pil discendente e indebitamento crescente, che non basteranno i prossimi due decenni per recuperare il terreno perduto.

Il duemilacinque era stato l'apogeo dell'ascesa del gruppo *"Gerbino & Gallo"*, ma anche l'anno dell'inversione di tendenza, l'inizio di una serie di esercizi recessivi. Curiosa coincidenza. Finché l'autostima e la fiducia avevano sorretto Luigi, il gruppo era cresciuto, anche in controtendenza sull'andamento generale del settore che nell'ultimo decennio, aggredito dalla concorrenza dei Paesi emergenti globalizzati, aveva subito un pesante ridimensionamento.

Era stato lungimirante Luigi nel millenovecentonovantaquattro con le sue scelte di internazionalizzazione dell'azienda e di diversificazione della produzione, aveva avuto ragione, aveva combattuto e aveva vinto. Quando la sua personale crisi esistenziale lo svuotò delle certezze e dell'identità, la sua creatura aveva iniziato a dare segni di cedimento; forse non si riconosceva più nel suo AD, o forse l'AD non riconosceva l'azienda come sua, non c'era più identificazione.

Molte giornate le aveva passate a cercare informazioni su Maria, ne aveva individuato la residenza, aveva saputo di Tommaso e della sua professione, e si era deciso, dopo molte incertezze e diversi tentativi abortiti sul nascere, a contattarlo affinché lo accompagnasse nella preparazione dell'incontro con la madre. Di contattare Maria senza l'intermediazione di Tommaso non ci aveva pensato, provava una resistenza psicologica molto forte, aveva bisogno di sostegno, anche per evitare che il primo incontro prendesse la piega di quello con Luisa, che si lasciasse sopraffare dalla rabbia.

Dalla fine del duemilacinque Luigi aveva incominciato a trascurare gli affari; nel duemilaotto, complice la crisi internazionale, il gruppo industriale *"Gerbino & Gallo"* era sull'orlo del fallimento. Probabilmente lo sarebbe stato anche se la crisi non si fosse intrecciata con la carenza di direzione dell'AD che mancava della lucidità necessaria per fronteggiare le emergenze. Probabilmente la riduzione del credito causata dalla crisi del sistema bancario, la riduzione dei consumi dovuta al contenimento della spesa pubblica e alla diminuzione dei redditi delle famiglie impoverite dai licenziamenti e dalla contrazione delle occasioni di lavoro, la concorrenza internazionale sempre più aggressiva avrebbero causato ugualmente seri problemi di tenuta del gruppo. Tuttavia, l'oculata e previdente gestione di un Luigi in forma e motivato avrebbe elaborato strategie per contenerla, mentre la sua indolenza e le fughe l'avevano di certo accompagnata, se non favorita.

L'unica risposta alle difficoltà dell'impresa escogitata dalla direzione aziendale, consenziente Luigi che lasciava gestire la crisi ai suoi dirigenti, era stata la proposta di cassa integrazione a zero ore per tutti i dipendenti per due settimane al mese, il licenziamento con messa in mobilità del venti per cento della manodopera, l'incremento dei ritmi di lavoro e la chiusura di alcuni reparti per favorire l'esternalizzazione di alcune fasi della produzione. Era la strada del tirare a campare, del disimpegno progressivo della proprietà che cercava, con lo strumento del contenimento dei costi, in particolare del costo del lavoro, di attirare le attenzioni di qualche gruppo internazionale (cinese, tailandese o indiano) che acquistasse gli stabilimenti con l'obiettivo di mettere le mani sui marchi e sulle tecnologie e in un secondo momento spostare la produzione all'estero. Era evidente che in quel modo il gruppo non aveva speranza di salvarsi. Se una speranza c'era, come Luigi ben avrebbe saputo se solo avesse avuto voglia di cimentarsi, stava nella capacità di innovazione, nella sfida della qualità. Pensare che le aziende di un Paese avanzato si sarebbero salvate con la riduzione del costo del lavoro era pura follia. Una follia diventata opinione comune, all'epoca, sostenuta dai forum degli economisti, dalle raccomandazioni delle organizzazioni internazionali della globalizzazione, dall'Unione Europea, tradotte in interventi normativi da parte dei governi, in una sorta di corsa verso il baratro guidata dai miracolistici *mercati* che avrebbero dovuto garantire la corretta distribuzione delle risorse e invece garantivano solo l'accumulazione della ricchezza finanziaria nei depositi bancari off-shore di una striminzita élite di finanzieri ingrassati, in una sorta di paradosso tragico, dalla povertà di miliardi di persone e dalla distruzione dell'economia reale.

Che fosse una follia lo sapeva bene anche il management che, tuttavia, in assenza di un'esplicita decisione della proprietà e dell'AD, nulla poteva. Lo sapevano bene anche i sindacati e i lavoratori i quali, per mantenere viva una speranza e cercare di contenere il processo di deindustrializzazione evidente su tutto il territorio, avevano aperto una dura vertenza.

Lo sapeva bene anche Luigi. In fondo era stata la sua filosofia imprenditoriale fin da quando aveva sostituito Adalberto al comando dell'impresa. In quel periodo, invece, non voleva lottare, non sentiva l'azienda come una cosa sua, si sentiva un estraneo, piuttosto, un usurpatore, desiderava chiamarsene fuori, abbandonare il comando ad altri. E poiché era questo il suo unico obiettivo si era adoperato per trovare qualche acquirente. Non avrebbe neanche tirato la corda sul prezzo, ne avrebbe comunque ricavato a sufficienza per vivere tranquillamente il resto della vita, sua e dei suoi figli; e poi, se ne avesse avuto voglia, si sarebbe riciclato in un'altra attività, si sarebbe costruito un'identità nuova, non più legata a quel passato insopportabile.

Per sua fortuna, e non solo, l'obiettivo di Luigi non si realizzò per la ferma opposizione di Adriana e dell'altro ramo della famiglia Gerbino, i figli di Rosalba la sorella più giovane di Adalberto. Adriana si era opposta non solo nell'interesse dei figli, ma anche per la reale preoccupazione che il disimpegno di Luigi sarebbe stato, date le circostanze, l'inizio di una compromissione irreversibile del suo equilibrio psicologico. Lei, Adriana, avrebbe voluto aiutarlo, cercava in tutti i modi di stabilire un contatto che lo facesse ragionare, lo portasse ad accettare il suo stato, nel quale non vedeva motivi che ne giustificassero il rifiuto così pieno e assoluto, irrazionale e irreversibile, interpretato con l'occhio strabico del suo passato ritrovato.

Quando nell'estate del duemilaotto Luigi e Adriana su invito di Tommaso si recarono in Salento, i destini del gruppo imprenditoriale *"Gerbino & Gallo"* erano ancora indecisi.

Tommaso aveva ereditato da suo padre il cinquanta per cento della vecchia abitazione di famiglia. Il vecchio nonno, il padre di Pino, l'aveva abitata per tutta la vita e alla sua morte era rimasta vuota. Nessuno dei suoi due figli aveva potuto utilizzarla, dispersi nella diaspora contadina della metà del secolo scorso, ed era rimasta malinconicamente abbandonata alla mercé di un irreparabile degrado.

Quando Tommaso la vide aveva un aspetto davvero misero: muri scrostati, comignolo cadente, porte mezzo sfondate, l'interno una desolazione, lo spazio antistante invaso dai rovi, il giardino retrostante incolto e trasandato. Avresti detto che fosse da abbattere; Tommaso invece, al di là di ogni ragionevole aspettativa, se ne innamorò. Egli forse la guardò con gli occhi emozionati di chi vede un pezzo della sua storia scritta nella pietra e vuole conservare la pietra per conoscere la storia, ma non fu soltanto questo. Era anche la posizione della casa che lo attraeva e il contesto nel quale si inseriva.

Il contesto era il paese di suo padre, Vitigliano, dall'etimologia incerta che rinvia a un significato prediale di *"fondo agricolo di…"*, e qui sta l'incertezza: la storia direbbe di un centurione romano, Vitellius, che l'avrebbe fondata; la leggenda dice *"fondo del vitello"*, nel senso che su quel sito fu ritrovato, in epoca preromana, un vitello fuggito da un'azienda agricola della vicina Vaste messapica. L'araldica sposa la leggenda e colloca il vitello nello stemma del paese insieme all'immancabile albero d'ulivo che stende le sue fronde su tutto il territorio di quell'estremo lembo orientale della penisola italica.

Se l'etimologia del toponimo è incerta, era ben evidente, per Tommaso, il significato di quel borgo come testimonianza dell'abitare di una piccola comunità contadina, meno di mille anime, agglomerata intorno alla chiesa parrocchiale e alla contigua dimora padronale elevate sulla cresta di un breve declivio; il suo occhio di studioso ci vedeva scritta la struttura economica di quel territorio e conoscerla da vicino, studiarla lo intrigava non poco.

Nel paese non c'erano dimore nobiliari né feudi nel circondario; la casa padronale, una vecchia costruzione borghese senza pretese, priva dei segni del potere delle dimore nobiliari, testimoniava solo la propria vetustà e la decadenza della famiglia che l'abitava, ma forse anche il fatto storico che la piccola comunità paesana aveva sperimentato, fin dalle origini, rapporti sociali orizzontali, sostanzialmente liberi e paritari, nei termini reali in cui potevano esserlo in una realtà comunque stratificata dalle differenze economiche e patrimoniali, attenuate, tuttavia, dal comune stato, dalla comune condizione e dalla familiarità indotta da intrecci parentali estesi e intricati.

La casa era situata al termine di un vicolo dal nome alquanto insolito: vico Inverno, *il vecchio Inverno, bianco come la morte in perenni combattimenti allegorici* con il fondo retrostante denominato Primavera, *la giovane Primavera*. Era l'ultima del vicolo che proprio prima di interrompersi si allargava a formare una piazzetta, sulla quale convergevano altri due vicoli e si affacciavano casette ad un piano la cui porta dava direttamente sulla strada. L'ultima sul lato sinistro si apriva, a differenza di tutte le altre, su un ampio cortile delimitato a destra dal muro cieco di un'altra abitazione e sul fondo da un arco che la separava da un appezzamento di terreno impiantato in parte a frutteto e in parte coltivabile a orto. Nel cortile c'era un pozzo alimentato da una falda sotterranea poco profonda, ricca di un'acqua ristoratrice, fresca e limpida; non distante dal pozzo si ergeva frondoso un alto albero di melograno, fiero in quel periodo dei suoi colori vivaci, il verde lucido delle foglie, il rosso rugginoso dei frutti non ancora maturi; addossata alla casa una panchina in pietra, ben esposta ai raggi del sole per goderne d'inverno il calore e il fresco nelle sere d'estate. *"Quanta vita sarà passata su quella panchina"*, pensava Tommaso *"e quante speranze potrebbe raccontare, o illusioni, o risate e pianti, segni di vita che da troppo tempo le mancano... ed è un vero peccato..."*, perché l'assenza l'aveva ingrigita, privata della capacità di assorbire il colore del sole e di trattenerlo rivestendosi della sua luminosità e di rifletterlo colorando tenuemente di sé tutto intorno.

A Tommaso piacque quella povera casa e decise di farne la sua dimora per le vacanze, il suo *buon ritiro* in cui rifugiarsi per disintossicarsi dalla città e dalle frenesie della vita vissuta di corsa.

Aveva trentasei anni quando decise di avventurarsi nei luoghi d'origine della sua famiglia. Non lo spingeva una curiosità antropologica, né il richiamo turistico della splendida costa salentina, semmai il bisogno di fare un inventario di sé, un primo bilancio della propria vita, un'operazione sempre complicata, che ti rimette in discussione, destabilizza le tue certezze e la tua identità. A trentasei anni, un ventennio dopo la morte di Pino, si era riappacificato con la prima metà della propria vita, si era riappacificato con la memoria di suo padre, aveva fatto uno sforzo enorme per superare le sofferenze e i disagi di quegli anni e ci era riuscito; nel fare l'inventario aveva scoperto un vuoto, gli mancava un pezzo di storia, il capitolo delle origini, il primo capitolo, quello che chiarisce da dove vieni, il tuo retroterra socio-culturale, e aveva voluto colmare quel vuoto. L'unico modo per colmarlo, considerata la carenza di altre fonti, stava nel recarsi direttamente sul posto. Non c'era Pino e neanche Maria lo aiutava, persa dietro ai ricordi e alle assenze, né le letture che gli fornivano uno sfondo indefinito, buono per collocarvi la vita di un uomo generico, mentre lui ci voleva collocare la propria vita e doveva disporre di uno sfondo specifico, personalizzato, recuperabile soltanto con un lavoro sul campo, intrecciando una rete di rapporti, vivendo e osservando in presa diretta.

Con la benedizione di Maria e l'accompagnamento delle credenziali per i parenti, Tommaso iniziò il suo pellegrinaggio in un autunno che a Torino sperimentava i primi rigori di un inverno imminente e che al sud, in Salento, godeva ancora i tepori di un'estate decisa a prolungare la sua signoria.

Erano passati tredici anni dalla prima volta. In quel tempo la casa del nonno era stata ristrutturata e ampliata, lo spazio retrostante esposto a Primavera trasformato in un bel giardino cui facevano corona, lungo il muretto che ne delimitava il perimetro esterno, numerosi alberi da frutto e aiuole lussureggianti di odorose erbe aromatiche. Da allora Tommaso ci era tornato ogni anno e oramai si considerava cittadino onorario, conosceva tutti e di ognuno conosceva il vissuto, era parte della comunità e in essa si sentiva al riparo, protetto, lontano dai rumori e dalle ansie della città, in un ambiente che conservava, nonostante le incursioni maleducate della modernità, un che di arcaico, genuino e vitale che lo riconciliava con la vita, ricuciva gli strappi, i graffi, le ferite sofferte altrove.

Nei tredici anni passati aveva cercato senza sapere cosa cercare, aveva osservato, aveva ascoltato, aveva domandato e forse aveva trovato quello che cercava, almeno qualche reperto, qualche brandello di sé. Che cosa in particolare non lo sapeva: non sapeva cosa cercare nel novantacinque e non sapeva cosa aveva trovato alla fine del percorso. Una consapevolezza, certo; la consapevolezza di avere le radici ben piantate in una storia che adesso gli era nota. L'aveva conosciuta sulle panchine dei giardinetti dove si ritrovavano gli anziani del paese; li aveva interrogati, aveva seguito il ritmo lento dei loro ricordi; l'aveva ricostruita attraverso la loro memoria, illustrata da aneddoti, racconti di vita e di lavoro, quadretti oleografici della tradizione locale e ogni altra informazione tratta dal sapere pratico, esperienziale di quei vecchi dai volti bruciati dal sole, solcati da rughe profonde appena attenuate dalle barbe ispide che ne incorniciavano il volto in un'aura di saggezza.

L'aveva appresa frequentando il bar del paese dove si giocava a carte e si chiacchierava di tutto, si commentavano le vicende locali e quelle nazionali, si formavano le opinioni e si confrontavano, si litigava anche e si conoscevano le persone per quello che erano, i pregi e i difetti, le differenze generazionali e i conflitti che davano il senso del cambiamento divenuto più veloce e profondo negli ultimi anni.

Stava cambiando alla radice il mondo raccontato dagli anziani, il capitolo primo o forse l'introduzione alla vita di Tommaso; lui ne aveva ancora intercettato la memoria e poteva accontentarsi, ma si rischiava di perderla, la memoria, fagocitata dal modernismo, dall'assalto impetuoso e accattivante della *contemporary way of life* imposta dalla globalizzazione. Non era solo un problema locale, Tommaso se ne rendeva conto, ma a lui faceva più male di quanto non soffrisse per i cambiamenti di Milano o di Torino.

Tommaso si era chiesto spesso durante le immersioni nel suo passato se le scoperte avrebbero placato le sue inquietudini, se il senso d'incertezza e di incompletezza che lo turbava avrebbe trovato risposte soddisfacenti; se dopo aver conosciuto i luoghi e le persone sarebbe stato un uomo diverso, completo, non più dimezzato da una biografia carente a causa di un background sconosciuto. Non aveva saputo darsi una risposta. Forse non c'era bisogno di una risposta, o forse la risposta era nei fatti. A Vitigliano stava bene e quando era altrove i problemi identitari non lo interrogavano più. Il resto non contava, le domande che avrebbe potuto ancora farsi sarebbero state un ordinario esercizio di completamento e potevano restare anche senza risposta.

Quell'anno era d'aprile. Tommaso si era rifugiato nel *buon ritiro* salentino perché doveva scrivere un articolo da pubblicare su una rivista scientifica e per farlo aveva bisogno di un periodo di relax e di concentrazione che a Milano non avrebbe potuto concedersi. Lì riusciva a concentrarsi facilmente. Sul retro della casa, prospiciente il giardino, c'era un ampio loggiato dal quale si godeva una vista piacevole sulla campagna circostante: quello era il suo studio carezzato dalla brezza tiepida della primavera, *calda e afrodisiaca*, in quella quiete dinamica che stimolava la riflessione sentiva l'effervescenza della natura, il suo lavorio incessante che lo pervadeva della voglia di fare. Lì lavorava bene, senza sentirne la fatica, mentre le idee gli si schiarivano con facilità, i pensieri, le argomentazioni, le connessioni fluivano con leggerezza e si traducevano in scrittura, nella pagina scritta.

Quando voleva rilassarsi gli bastava uscire di casa. Se prendeva a sinistra poteva inoltrarsi su una strada di campagna e camminare senza meta tra gli uliveti o nella macchia, avvicinandosi al mare. Dopo qualche chilometro l'azzurro delle onde gli si parava dinnanzi, sotto un alto costone di rocce che digradano velocemente e continuano a digradare dopo essersi immerse nell'acqua. Se prendeva le altre direzioni si addentrava nel paese, tra saluti, ossequi: «*Buongiorno professore, entri che le offriamo un caffè*», «*Ciao, Tommaso, come va oggi?*»; «*Professore, visto che bella giornata? Un cielo così a Milano può solo sognarlo*». A ogni cantone qualcuno con cui scambiare due parole, il calore e la partecipazione, spontanei amichevoli, che ti fanno sentire a tuo agio, parte viva di un destino comune, anche se con i tuoi interlocutori non hai quasi niente in comune, se non le radici, anche se le tue radici si sono radicate altrove. Mentre camminava e salutava e chiacchierava pensava spesso a suo padre e a Maria, al loro straniamento nelle strade di Torino, alla solitudine che li aveva pervasi tra la folla sconosciuta, al senso di smarrimento e di confusione. Lui, Tommaso, non ci aveva mai fatto caso, ci era abituato sin da bambino. A volte andando a zonzo per le vie cittadine aveva provato un forte senso di libertà, uno sconosciuto tra i tanti, senza identità, affrancato dai doveri della socialità; altre volte, quando avrebbe avuto bisogno di qualcuno a cui affidare le sue pene, i suoi smarrimenti, quelle strade gli erano sembrate opprimenti e la gente che gli passava accanto fantasmi senza volto, ciechi e sordi che non vedevano né sentivano le sue invocazioni d'aiuto.

Lì non era così, qualcuno con cui parlare lo avresti trovato sempre, e se ti andava di stare solo bastava prendere a sinistra, uscendo di casa, e saresti stato solo, immerso nella natura e nei profumi della terra.

Chissà se Pino e Maria si erano mai abituati a quella differenza. Lui pensava di no e forse aveva ragione.

Il sabato dopo il suo arrivo era una giornata ventosa. Lo scirocco soffiava pregno di umidità e di salsedine, te lo sentivi appicciccato addosso, ne vedevi l'umidore su ogni cosa, anche sotto il portico-studio di Tommaso, che quel giorno non lavorò fuori... ma non aveva neanche voglia di lavorare dentro. Dopo una mattina passata in casa a leggere qualche documento decise che nel pomeriggio sarebbe andato a vedere il mare dall'alto della serra. Quando tirava lo scirocco il mare era molto agitato, il vento scagliava con violenza i marosi contro la scogliera, li sollevava e li nebulizzava, poi spingeva la nebbia salina verso l'interno depositandola ovunque come un sudario. La vulgata popolare le attribuiva la speciale funzione di irrobustire i sapori e gli odori delle erbe aromatiche e soprattutto di addolcire il gusto delle olive e dell'olio che se ne estrae: una benedizione, insomma, per la principale coltura del territorio; in realtà una maledizione per tutto le altre colture, bruciate dal sale trasportato dal vento.

Di ritorno dalla passeggiata fu affiancato da una vecchia cinquecento ansimante, il conducente si fermò per offrirgli un passaggio.

«*Buona vespra, professore, sali in macchina che tutto questo vento non ti fa bene*», gli disse il conducente. L'uomo si chiamava Agostino, un nome molto diffuso in paese, un po' meno di Rocco e di Salvatore, ma si difendeva bene; aveva quasi settant'anni, fino ad allora non aveva avuto occasione di parlargli direttamente, lo conosceva come conosceva tanti frequentatori dei comuni luoghi di ritrovo, la conoscenza dell'abitudine, dell'assiduità, priva di dimestichezza. Lo colpì quel modo diretto di parlargli, dandogli del tu; non che fosse la prima volta che lo notava, il fatto era che non ci si fosse ancora abituato, strideva troppo con il galateo nordico-urbano di molte sue frequentazioni ostinatamente abbarbicate al "*lei*".

«*Grazie, Agostino, ne approfitto volentieri*», rispose Tommaso che in realtà avrebbe voluto rifiutare ma finì per accettare spintovi dall'insistenza del vento che gli stava procurando un incipiente mal di testa.

«*Ho fatto una passeggiata fino alle marine per vedere il mare in burrasca...*», continuò Tommaso una volta accomodatosi in macchina.

«*Con questo vento è meglio starsene al riparo... l'umidità ti entra nelle ossa e porta i reumatismi. Se non era che dovevo raccogliere un po' di verdura prima che la salsedine la brucia me ne stavo volentieri a casa*», disse Agostino mentre le nuvole correvano veloci nel cielo compatto e uniformemente lattiginoso che non lasciava squarci alla penetrazione dei raggi del sole.

«*Continuerà ancora per molto questo tempaccio?*».

«*Di sicuro non meno di tre giorni; domani calerà un po' il vento e dovrebbe piovere: sai, quella pioggia fastidiosa e insistente che però è utile alle piante, le lava dal sale portato dal vento di scirocco...*».

Intanto erano arrivati in paese, Agostino fermò la cinquecento di fronte alla sua abitazione e invitò Tommaso a entrare in casa per prendere il caffè.

«*Non vorrei disturbare...*» disse Tommaso.

«*Figurati, nessun disturbo. Facciamo due chiacchiere mentre aspettiamo il caffè, intanto mia moglie ti pulisce un po' di verdura, così te la cucini questa sera*».

«*Che tipo di verdura cresce in questa stagione?*», si informò Tommaso accettando l'invito, né avrebbe potuto declinarlo senza deludere le sincere aspettative dell'uomo.

«*Oggi ho raccolto un po' di cime di rape, ma ci sono i broccoli di cavolo, le barbabietole nostrane, le cicorie e poi fave e piselli che già sono nel pieno della produzione*».

«*Ah, le cime di rape!*», esclamò Tommaso quasi estasiato, «*mia madre me le preparava con le orecchiette... una delizia!*».

Il discorso andò sulle prelibatezze culinarie locali e fu l'argomento di conversazione che introdusse Tommaso alla conoscenza della moglie e della figlia di Agostino, chiamate dall'uomo per le presentazioni di rito.

«*Vieni, Assunta*», aveva detto alla giovane donna dopo avergli presentato la moglie, «*ti presento il professsooorrr...*», indugiando sul titolo perché non sapeva come continuare: dire il *professor Tommaso* gli sembrava troppo familiare, ma non essendo sicuro del cognome era un po' in imbarazzo.

«*Tommaso, Tommaso...*», lo interruppe cortesemente Tommaso per trarlo d'impaccio, «*tua moglie l'avevo già vista in qualche occasione*» continuò; poi, rivolto ad Assunta, «*lei invece non ho mai avuto il piacere...*».

«*Assunta è tornata in Salento da pochi mesi, ha lavorato per alcuni anni a Lucca, adesso ha ottenuto il trasferimento*», disse il padre con un certo compiacimento.

Assunta, come Tommaso ebbe modo di sapere in seguito, aveva trentotto anni, laureata in giurisprudenza era stata assunta *"con regolare concorso"* all'ufficio legale dell'INPS, prima destinazione Lucca. A ventinove anni si era sposata con un medico conosciuto per ragioni di lavoro e a trentacinque, dopo sei di matrimonio, era di nuovo libera, separata dal marito e in attesa della causa di divorzio.

Era una donna di una bellezza sfuggente, a prima vista l'avresti considerata una figura ordinaria, poco attraente, di quelle che non ti fanno girare quando le incontri casualmente per strada; in realtà aveva un fascino speciale, di quelli che si scoprono col tempo, nascosto nei dettagli. Non esibiva le fattezze mediterranee che ti saresti aspettato: di altezza superiore alla media, fisico tornito e ben proporzionato, seno non particolarmente accentuato, aveva nel viso una luminosità che si accendeva a intermittenza, quando la sua espressione seria, incline a una forma di malinconia rassegnata, si scioglieva nel sorriso sereno che le illuminava lo sguardo e le muoveva le guance in un modo talmente vezzoso da farti venire il desiderio di accarezzarle. Sorridevano soprattutto i suoi occhi di un colore indefinito, tra il verde e il marrone, ma davano risalto ed espressione a tutto il corpo che sembrava disposto all'accoglienza e alla simpatia. Tommaso la osservò a lungo e la ascoltò parlare con piacere; aveva una voce calma, tranquillizzante, era brillante e di ingegno vivace; quando si salutarono promisero di rivedersi, ma sapevano che, almeno fino alla prossima estate, non ci sarebbero state occasioni plausibili.

A partire dal duemilasei, due anni prima, i soggiorni di Tommaso in Salento avevano assunto un significato nuovo. Da allora cercava di osservare il paesaggio e le persone non solo per sé, li guardava anche con gli occhi di Luigi. Da allora Luigi aveva intrapreso un percorso di conoscenza che doveva portarlo all'accettazione del sé nuovo, del nuovo capitolo della sua biografia emerso dalla sconcertante rivelazione di Luisa. Dopo due anni passati a macerarsi nelle incertezze della sua reale identità aveva deciso di accettare l'invito di Tommaso a soggiornare con lui in Salento per conoscere i luoghi delle sue origini.

«Quindici anni fa il percorso che ti propongo l'ho intrapreso io stesso; per me è stato come un'epifania, una catarsi che mi ha liberato da tutte le scorie e le prevenzioni che mi portavo appresso da tanto tempo, fin dall'infanzia. Ho visto tutta la mia vita in una dimensione diversa, mi ha riappacificato con me stesso e con mio padre», gli aveva detto Tommaso per convincerlo;

«Per me è diverso, l'intreccio è più complicato, le lesioni più profonde perché inattese. Si stratificano, per giunta, su una serie di problemi nel rapporto con i miei genitori adottivi che alla mia età sembrano perfino ridicoli...», aveva obiettato Luigi con un po' di scetticismo.

«Per te è un po' diverso, lo so, devi superare resistenze psicologiche più forti delle mie – le avevo avute anch'io, non credere – ma un tuffo nella tua storia è comunque educativo, ti colloca in una prospettiva differente e ti suggerisce considerazioni sorprendenti. In fondo la tua biografia parte da lì e lì, almeno in parte, si definiscono le condizioni che l'hanno determinata».

Ne avevano dibattuto a lungo in diverse occasioni, alla fine Luigi si era convinto, pur continuando a manifestare qualche riserva e lo scetticismo iniziale: sarebbe stato ospite di Tommaso a Vitigliano per alcune settimane nel mese di agosto, durante le ferie.

Tommaso era in apprensione per l'appuntamento agostano. Mentre era sul posto pensava a come accompagnare Luigi nel suo percorso di scoperta; sapeva di dover essere una guida discreta e riservata, ma pur sempre una guida, doveva stargli al fianco per sostenerne lo sforzo, rispondere alle sue domande senza intenti didattici, dargli indicazioni di percorso, facilitargli il contatto con le persone e con i luoghi.

"Si preparano ferie impegnative quest'anno, non sarà un compito facile" concludeva Luigi dopo ogni sessione riflessiva sull'appuntamento estivo. Di fatto erano già due anni che Tommaso, dopo quel primo appuntamento-shock, accompagnava Luigi; lo aveva fatto soprattutto per Maria, una volta glielo aveva chiesto espressamente... come avrebbe potuto dimenticarlo!

«Stai vicino a questo mio figlio disgraziato; voi due siete come fratelli, aiutalo a superare questo momento di disperazione, e stagli vicino come un fratello quando io non ci sarò più», gli aveva detto tra le lacrime.

Ora che Maria non c'era più la promessa fatta la sentiva ancora più vincolante, doveva adempierla fino in fondo. E desiderava che il suo impegno aiutasse davvero Luigi a superare il suo momento di disperazione; se non altro Maria avrebbe trovato pace almeno nel loro pensiero... e lui avrebbe ereditato un fratello maggiore ricomposto nella sua integrità, il fratello che aveva sempre desiderato e che non era mai arrivato.

Come avrebbe reagito Luigi inoltrandosi in un mondo così diverso dal suo? Il salto era profondo. Tommaso non poteva dimenticare il giorno del primo incontro di Luigi con sua madre, il suo disagio nell'attraversare il quartiere in cui abitava Maria e aveva abitato Tommaso fin oltre i suoi vent'anni. Durante il percorso Tommaso aveva visto dipingersi sul viso di Luigi incredulità e stupore di fronte a una condizione urbana e sociale degradata come non l'aveva mai vista prima nella sua città. Lui era abituato ad altri scenari, frequentava luoghi eleganti, case comode e accoglienti, bella gente, un mondo incompatibile con quanto stava osservando.

Il quartiere in cui viveva Maria portava i segni del tempo. Era stato un quartiere operaio, ora vi convivevano, a macchia di leopardo, tracce urbane dissonanti: il pieno recupero edilizio dell'architettura originaria, la ricostruzione di stabili destinati a una fascia sociale di ceto impiegatizio medio-alto, l'abbandono di intere zone a un umiliante, irreversibile degrado. La convivenza delle realtà urbanistiche si era tradotta nella convivenza di protagonisti differenti tra i quali spiccava, per le conseguenze sociali indotte, una forte presenza di immigrati stranieri a stretto contatto con la fascia del disagio sociale autoctono, due entità ghettizzate, non comunicanti, concorrenziali.

Del fastidio di Luigi ne parlarono in uno dei numerosi incontri dei mesi successivi, quando Luigi chiese a Tommaso perché la madre continuava a vivere in una zona così degradata, quando tra loro si era consolidata una consuetudine fraterna.

«Eccolo il buon borghese con la puzza al naso», esordì Tommaso a quella domanda, con il tono leggero di chi vuole bonariamente burlarsi del suo interlocutore, *«l'aspettavo da tempo, sai! Ci sono anche queste realtà, quartieri e palazzi degradati, dove vive la maggior parte degli abitanti di questa città, quelli che con il loro lavoro fanno diventare ricchi gli abitanti dei quartieri alti, quelli come te...»*.

«Dai, non scherzare...», fece Luigi.

Tommaso proseguì sul registro scherzoso:

«I vostri sensi delicati non sopportano la miseria? Però la causate, né la contraddizione v'incomoda... basta non vederla...».

«Ma se sono le nostre imprese a dar da mangiare a tante famiglie...», rispose piccato Luigi.

Dopo le battute scherzose Tommaso aveva riattivato il registro serio:

«Mamma non sarebbe andata via da lì per nulla al mondo. Ho cercato di convincerla, ma sarebbe stato come esiliarla. Lì c'era il suo mondo, i ricordi e le amicizie, conosceva il territorio; da un'altra parte sarebbe stata come un pesce fuor d'acqua. E poi, non credere, quarant'anni fa il quartiere non era come lo vedi adesso...».

Negli anni Sessanta del secolo passato il quartiere aveva una struttura omogenea: falansteri densamente popolati, botteghe artigiane, negozietti, osterie; c'era un'effervescenza sociale i cui centri di aggregazione erano i mercatini rionali, le osterie, le sezioni del PCI e del PSI, i marciapiedi; la vita si svolgeva all'aperto o comunque fuori casa. La mattina i marciapiedi erano popolati di donne che chiacchieravano spostandosi da un negozio all'altro per fare la spesa, che andavano e venivano dal mercato cariche di *sporte*. Tommaso ricordava con nostalgia le voci, i colori, l'umanità variopinta che sostava in quelle strade, i capannelli intorno alle sezioni dei partiti dove si commentavano animatamente le notizie lette su *L'Unità* o sull'*Avanti*, dove si discuteva di politica e di strategie sindacali, si preparavano gli scioperi e le manifestazioni di protesta in un clima di collaborazione e di solidarietà di classe di cui oggi non si trovano che labili tracce, sbiadite sotto la luce dell'indifferenza alimentata dal dominio dell'individualismo edonistico; le osterie che d'estate, all'aperto, ospitavano il desiderio di evasione delle famiglie, e all'interno, nelle altre stagioni, il bisogno di svago degli uomini afflitti dalla fatica del lavoro, soddisfatto nel gioco delle carte e nell'oblio di qualche bicchiere di vino bevuto in compagnia.

Ricordava con ancora maggiore nostalgia i giochi dei ragazzi per strada, sotto gli sguardi vigili e accondiscendenti dei negozianti che conoscevano tutti per nome, e dei passanti che spesso si fermavano a guardarli. Seduti sul gradino dei marciapiedi i giochi preferiti erano quelli con le figurine dei calciatori e dei ciclisti, due figurine posate per terra, un po' incurvate per favorirne il ribaltamento, vinceva chi con la mano concava battendo per terra le faceva girare con la forza d'urto dello spostamento d'aria; il *battimuro* con le monetine da cinque-dieci lire o con i bottoni, quelli dorati o argentati valevano il doppio; l'immancabile gioco del pallone; la corsa con i cerchi delle ruote di bicicletta spinti con un bastone, vinceva chi riusciva a mantenerlo in equilibrio più a lungo; le corse e le lotte, i giochi di abilità tipo camminare sulle mani, fare la bandiera appesi a un paletto della rara segnaletica stradale. Le ragazzine giocavano a *pietra campana*, a *palla a muro* o con le bambole, e in questo caso, scontavano le risapute derisioni dei maschietti.

Tommaso aveva nostalgia di quel mondo dimenticato di cui si stava perdendo la memoria; non era rimasto quasi più niente, spazzato via dall'incuria del tempo e degli uomini. O forse aveva nostalgia della sua fanciullezza, dei suoi anni perduti quando ogni ora era una scoperta del mondo, un meravigliarsi, un proiettarsi nel futuro alla conquista di un pezzo di vita; quando non si stava mai soli, si sperimentava una dimensione collettiva nella quale le conquiste e le scoperte di uno diventavano di tutti mentre i piccoli segreti, le invidie, i conflitti duravano lo spazio di un gioco. Forse la lontananza, il passare del tempo che nobilita i ricordi, avevano steso una patina di oblio sul passato: la rabbia e il dolore dimenticati, le asperità del reale attutite, le vite in salita sostituite dall'immagine delle comodità e del benessere conquistati. In fondo era meglio così, non si può vivere con il fardello di un passato faticoso che incombe, ogni miglioramento spiana il cammino e facilita la vita, purché si conservi la memoria e le agiatezze del momento non offuschino i sacrifici, perché se si conosce il tragitto percorso si valorizza ciò che si ha, non lo si svilisce e ci si affranca dal ricadere all'indietro.

Ciò che non si ritrovava più del vecchio quartiere era l'omogeneità sociale, la familiarità paesana degli anni dell'infanzia di Tommaso.

Adesso cammini per le vie del quartiere, rifletteva Tommaso, e non ti ci raccapezzi più. Botteghe artigiane neanche a cercarle col lanternino, osterie e negozi men che meno; la strada desertificata, dominio di automobili aggressive e frettolose, supermarket e american bar, insegne roboanti; disagio sociale e problemi di convivenza, degrado urbano e sociale, i cui segni esteriori si combinano alla pervasiva presenza della micro delinquenza e dello spaccio di droga.

Tommaso notò che il disagio di Luigi era aumentato quando parcheggiarono la macchina nella strada in cui abitava Maria e ancor di più entrando nell'androne del palazzo, invaso da biciclette e moto, aperto su due scale strette e buie che mostravano per intero i segni della loro vetustà nonostante i tentativi di conservare un certo decoro, evidente nella tinteggiatura recente, nella pulizia degli ambienti e nell'ordine in cui erano tenuti i ballatoi.

Infine entrarono nell'appartamento di Maria dove non ci fu tempo né predisposizione d'animo per tener dietro a pensieri estetici o di costume.

Gli eventi degli ultimi due anni, dalla comparsa di Luigi al decesso di Maria, avevano cambiato l'elenco delle priorità di Tommaso; da allora le sue attenzioni si erano concentrate unicamente sul benessere psicologico dei due *quasi* congiunti. Luigi lottava con il bisogno di ricostruire un'identità in frantumi, tanto più che fino ad allora aveva creduto di possederne una forte, fondata su convincimenti radicati e su una tradizione sperimentata; Maria era necessario proteggerla dagli attacchi emotivi di una gioia smisurata e di un'abnorme lievitazione del suo persistente senso di colpa alimentato dalle domande di Luigi, dal suo desiderio di comprendere i motivi dell'abbandono.

Dall'elenco delle priorità Tommaso aveva cancellato quelle che riguardavano la sua vita, in crisi a sua volta dopo la separazione da Claudia, per non dire di altri motivi d'insoddisfazione legati alle sue convinzioni etico-politiche messe a dura prova a cavallo del millennio. Non lo aveva fatto a malincuore. Quando si trattava della propria vita tergiversava a lungo prima di ammettere l'esistenza di un problema, minimizzava, s'illudeva di avere tutte le variabili sotto controllo, di possedere un'elevata capacità di verifica e di autoanalisi, di saper valutare con freddezza, come se si trattasse di un esercizio di economia, di modelli econometrici nei quali si introducono i valori delle variabili indipendenti, gli obiettivi che si vogliono realizzare, e si determinano per via matematica i valori delle variabili dipendenti, gli interventi da operare al fine di raggiungere gli obiettivi selezionati. Dimenticava che le scelte di vita non si fanno contenere nella rappresentazione standardizzata di qualche equazione, fosse anche di molte ed elaborate, forse neanche le questioni economiche lo tollerano, ma qui se non altro si tenta di governare la complessità irriducibile sulla base di comportamenti osservabili e di regolarità rilevabili, lì, al contrario, non si può osservare alcunché, non si manipolano variabili quantitative bensì variabili psicologiche, sentimentali, per natura insondabili, che nascono negli abissi della psiche e vivono di vita propria, che interagiscono con altre variabili altrettanto insondabili secondo percorsi sconosciuti e incontrollabili. Ma forse Tommaso lo sapeva bene e non voleva pensarci solo per non dover ammettere l'esistenza di un problema, per non mettersi in discussione e dover constatare l'ammissione di un fallimento, che sono esercizi destabilizzanti, coinvolgono l'equilibrio e l'accettazione di sé, aprono varchi alla depressione e bisogna saperli governare per uscirne positivamente, rinnovati nella volontà e nei sentimenti.

Tommaso era un uomo in crisi. La sua identità era assediata e non bastavano i muri d'indifferenza che ergeva a sua stessa insaputa per difenderla, né le strategie dissimulatorie per occultare i sui dubbi; contro la talpa dell'incertezza e dello smarrimento intenta a scavare un intrico di gallerie nelle profondità delle sue convinzioni, fino a intaccarne l'anima, nulla poteva, non aveva possibilità di difesa.

Da un po' di tempo era demotivato, non trovava incentivi che lo sollecitassero allo studio e alla ricerca; fin da ragazzo vi aveva investito molte energie, ora non trovava più né stimoli né piacere, gli sembrava tempo sprecato, lo prendeva l'impulso di abbandonare tutto e di andarsene all'estero... però, alla sua età: non lo aveva fatto da giovane quando aveva energie, prospettive e motivazioni, ma ora... Non lo aveva fatto per non abbandonare Maria, ma anche perché riteneva che qui ci fosse bisogno dell'apporto di tutti, per contribuire a cambiare il Paese, l'andazzo della situazione corrente votata all'inerzia indolente, alla difesa dello *status quo*, che ostacolava il cambiamento per non rinunciare alle posizioni di privilegio acquisite. Era una situazione statica quella che aveva attraversato l'Italia negli anni Settanta, e poi una situazione regressiva negli anni Ottanta e Novanta: molte erano le categorie sociali che riposavano sui vantaggi di qualche rendita di posizione, non solo gli industriali della discussione con Luigi. Ma Tommaso sapeva bene che le rendite di posizione frenano lo sviluppo, ostacolano l'innovazione e la ricerca, contraddicono il principio di concorrenza che è l'essenza stessa del liberismo economico, ostacolano il dinamismo sociale a favore dello *status quo*. Anche per questo era rimasto e aveva lottato, per sostenere il cambiamento. Ora questa mancanza di stimoli, la disillusione, gli suonava come una sorta di tradimento nei confronti propri e del suo mentore, del professor Bottero che aveva avuto tanta fiducia in lui e tanto si sarebbe atteso.

Tommaso aveva perso i suoi riferimenti ideali.

Era cresciuto in un ambiente solidale, in una società solida nella quale alcuni parametri forti – la classe, le conquiste sociali, il welfare, la solidarietà, l'uguaglianza – sembravano stabilmente acquisiti e radicati; si ritrovava nello scorcio di tempo a cavallo dei due millenni immerso in una realtà stravolta nella quale non si riconosceva, dove tutto ciò in cui aveva creduto veniva messo in discussione, accantonato come residuo di un passato ideologico senza futuro. Non c'era alcun ambito risparmiato dalla furia iconoclasta del nuovismo iperindividualista e iperliberista: non l'economia, non la società, non la politica.

Dove rifugiarsi? A chi rivolgersi?

Ritirarsi nel privato come suggeriva il modello vittorioso? Realizzarsi nel rapporto consolatorio con gli oggetti del benessere desiderante?

Resistere nell'attesa di tempi migliori?

E poi: Quali luoghi? Quali oggetti? Quali soggetti?

La famiglia, gli suggerivano, gli affetti.

Aveva avuto un solo riferimento nella sua vita: Maria. Aveva creduto che il rapporto con Claudia si ponesse in continuità con quello materno, ma era chiaro che non poteva funzionare. La moglie non sostituisce la mamma, né la integra o ne costituisce un'estensione. Era evidente che non poteva funzionare; quando non si hanno chiare le differenze la seconda prevale e oscura la prima. La mamma ti tiene legato perché non chiede niente, si dona senza chiedere niente e ti vincola; ti lascia libero di fare, di tradirla, di amare altre donne, ma a condizione di non essere esclusa. Le altre donne chiedono reciprocità, condivisione, progetti di vita in comune, non si concedono unilateralmente, non aspettano in silenzio, non gioiscono in disparte delle tue conquiste e delle tue vittorie.

Cosa gli era rimasto ora che anche Maria lo aveva lasciato? Gli sembrava di essere risucchiato in un buco nero del quale non si vede il fondo, un deserto da attraversare, macerie sulle quali era impossibile ricostruire; eppure per andare avanti sentiva il bisogno di riprendere il filo della propria affettività, di costruire fondamenta nuove, più salde, più stabili sulle quali avviare un progetto di vita per il futuro.

Il rapporto con Roberta non lo appagava. Aveva creduto che quella reciproca libertà, l'assoluta indipendenza di ognuno, fosse la frontiera di un rapporto maturo e adulto; aveva creduto che a tenere in vita un rapporto fossero sufficienti la passione e l'attrazione reciproche; si era accorto che non bastavano, che fosse necessario qualche altro collante per cementare una relazione funzionante: forse il desiderio dell'esclusività, del vivere insieme la vita giorno dopo giorno, del fare progetti condivisi. Col passare del tempo Tommaso sentiva più acuto il vuoto delle giornate vissute in solitudine, delle esperienze solitarie.

Era stanco. Aveva vissuto fin lì facendosi carico delle vite degli altri, aveva trascurato la propria e sentiva il bisogno di cambiare registro. Non sapeva da dove cominciare. Avrebbe voluto essere saldo come l'ulivo che resiste imperterrito e stabile al vento di scirocco, si ritrovava a essere come una nave senza nocchiero in balia delle onde impetuose e dei venti di burrasca.

Quando squillò il telefono Tommaso era in giardino tra i colori e i profumi della primavera, in uno dei rari momenti di distrazione dalla assorbenza ipnotica del computer concessogli dal suo rigido programma di lavoro.

«Pronto».

«Ciao, Tommaso, sono Assunta...».

«Che piacevole sorpresa! ...».

«Ti andrebbe di accompagnarmi a una mostra al museo della cartapesta di Lecce?», gli propose Assunta senza tergiversare.

Tommaso fu piacevolmente sorpreso da quell'intrusione e dalla proposta, tanto più gradite in quanto inattese.

«Dammi solo il tempo di arrivare, parto immediatamente...», le rispose con tono scherzoso;

«La inaugurano domani pomeriggio, c'è tempo. È un'occasione unica, si possono ammirare capolavori assoluti dell'artigianato locale degli ultimi tre secoli. Ne vale la pena».

Il giorno dopo si ritrovarono nella centralissima piazza S. Oronzo.

Assunta durante la settimana viveva e lavorava a Lecce, tornava a Vitigliano solo per il fine settimana; gli aveva telefonato perché la incuriosiva il suo volontario, seppure temporaneo isolamento in un paesino senza alcuna attrattiva; aveva notato qualcosa di non espresso nel suo sguardo, una sofferenza nascosta dietro un velo di certezze fittizie. Qualche distrazione, si era detta, gli avrebbe giovato, e aveva colto la prima occasione plausibile.

L'intuizione si era rivelata azzeccata. Tommaso aveva apprezzato la mostra e aveva voluto visitare alcuni laboratori artigianali dove si eseguivano dimostrazioni del processo di lavorazione della cartapesta; quelle visite erano state anche l'occasione di una riposante passeggiata per le stradine del centro storico, scandita, tra il fluire delle storie personali, dalle puntuali informazioni di Assunta su palazzi e monumenti intagliati nello splendido barocco della luminosa pietra locale.

Il fluire delle storie personali era continuato in una trattoria tipica. Era stato naturale, per ambedue, informarsi sulle rispettive vite; ne era sortita un'insospettata voglia di raccontarsi, un momento di introspezione come di fronte a se stessi, sollecitato da una reciproca empatia che si alimentava dello stesso raccontare.

Assunta di fronte a Tommaso assumeva quell'espressione seria e concentrata osservata durante il loro primo incontro; era un'ascoltatrice attenta e partecipe, qualità di per sé già lodevole, resa ancora più apprezzabile da un'attitudine maieutica che aiutava l'interlocutore a comprendersi. Tra i due sembrava lei il professore e Tommaso il discepolo da guidare alla ricerca della verità. Quando parlava di sé lo faceva con una leggerezza adorabile, con quel suo tono pacato, riflessivo che ti metteva a tuo agio; sembrava non chiederti niente, neanche attenzione, come se il suo dire non meritasse l'ascolto, e invece ti ospitava nel suo mondo interiore, nelle pieghe dei suoi sentimenti come un vecchio amico. Tommaso la guardava. Gli piaceva il suo viso, gli piacevano i capelli castani, le mani delicate che muoveva con grazia accompagnando ogni passo del discorso, il naso regolare, la bocca ben disegnata; guardandola sentiva di star bene e avrebbe voluto che quella pace interiore non lo abbandonasse. Invece l'incantesimo si sciolse ben prima di mezzanotte. Tommaso si rimise in viaggio per tornare a casa e fu di nuovo preda delle sue incertezze inespresse.

Capitolo 7

Salento express

Sul volo che li traghettava da Torino a Brindisi, Luigi e Adriana sembravano fuori posto. Gli altri passeggeri avevano l'aria di una scolaresca in gita e, in effetti, sia il periodo sia la destinazione giustificavano l'aria vacanziera e l'allegria dei più che vedevano corrergli incontro, alla velocità di crociera di novecento e passa chilometri l'ora, la meta del proprio desiderio, pronti a tuffarsi nelle strade delle vacanze già abbigliati per l'occasione.

Luigi vestiva un completo fresco lana, grigio scuro, camicia bianca, cravatta blu di pregevole fattura; tutto, a eccezione della cravatta, prodotto su misura nei laboratori del suo gruppo, linea *"elegance"*, di livello superiore per clientela di rango che ama vestire con raffinatezza capi acquistati in boutique di lusso. Adriana indossava un paio di pantaloni grigio chiaro, una blusa avorio che le scendeva morbida ed elegante sui fianchi, sandali con tacco non troppo pronunciato.

Luigi aveva accettato, dopo oltre due anni di ripensamenti e rinvii, l'invito di Tommaso a trascorrere una vacanza in Salento. Aveva avuto bisogno di tempo per metabolizzare la sofferenza dell'abbandono; prima era stato necessario comprenderne le ragioni e le dinamiche, aveva dovuto riconciliarsi con il passato. Dopo quel primo risultato si sentiva pronto. Non che sperasse in chissà quali scoperte, in chissà quale palingenesi o epifania, però affrontava l'impegno con la consapevolezza di poter confermare e consolidare il percorso intrapreso, corroborandolo con immagini e sensazioni in presa diretta, più nitide e reali di quelle filtrate dai racconti di Tommaso.

«*Speriamo che non faccia troppo caldo*», disse Adriana rivolta al marito tanto per rompere il silenzio che durava già da un po' di tempo.

«*Tommaso sostiene che nel suo giardino c'è sempre un fresco invitante; anche la casa dovrebbe essere fresca e riposante*».

«*Io ne approfitterò per fare qualche bagno. Ci sono dei posti incantevoli che meritano di essere visitati*».

«*Per me dipenderà dai progetti di Tommaso. Deve aver programmato un tour del tipo "sulle tracce di…" per farmi conoscere i luoghi dove sono vissuti i miei genitori prima di emigrare e i loro parenti superstiti*».

«*E tu cosa ti aspetti da questa immersione nel tuo passato? Sei emotivamente preparato?*».

Adriana non si lasciò sfuggire l'occasione per informarsi sulle sue intenzioni e sulle sue attese. Fino ad allora non ne avevano mai parlato seriamente. Luigi aveva evitato accuratamente ogni riferimento alla sua storia personale rubricando la vacanza come una concessione all'insistenza e alla cortesia di Tommaso che ci teneva ad ospitarli per fargli conoscere le bellezze della zona.

«*Cosa vuoi che mi aspetti! L'emozione la metto in conto, ma saranno così diversi i luoghi e gli ambienti che sarà quasi impossibile, dopo tanti anni, ritrovare atmosfere autentiche*», rispose Luigi con indifferenza. Nel suo intimo sapeva di essere reticente: si aspettava qualcosa ma non sapeva definirlo, né forse avrebbe potuto. Immaginava di potersi immergere in atmosfere emozionali, di provare sensazioni, di raccogliere immagini, suoni, profumi, panorami capaci di metterlo in comunicazione con le sue origini, con il suo passato, elementi di quel primo capitolo della sua biografia, come diceva Tommaso, che non era ancora stato trascritto.

«*Intendo dire:*», riprese Adriana, «*ritieni importante visitare il posto in cui sei nato, anche se non lo osserverai nella sua integrità originaria?*».

«*Un po' di curiosità ce l'ho, è innegabile, mi farà anche un po' di tenerezza, ma non mi aspetto niente di più*».

«*Non pensi che ti potrebbe mettere in comunicazione con i tuoi genitori, con Maria in particolare, perché l'hai conosciuta, e creare quell'atmosfera di intimità che con loro hai pur condiviso ma di cui non hai il ricordo?*».

«*Non lo so, potrebbe... In queste faccende è tutto così incerto... io non mi ci raccapezzo. Sono abituato alle cose concrete: due più due fa quattro, è un dato certo; un buon affare si conclude quando ti garantisce un profitto, c'è un po' d'incertezza ma può essere controllata. Da che cosa potrò capire se si è prodotta quell'atmosfera di intimità che mi mette in comunicazione con Maria e Salvatore? ...*».

«*Devi sentirlo. Quando arriva lo senti. È qualcosa d'impalpabile, non si può spiegare, né può essere calcolato o misurato, e quando c'è ti dà una specie di languore, come un turbamento che non sai definire ma ne riconosci la causa*».

«*...E poi, che cosa significa mettersi in comunicazione? C'è comunicazione che colmi un'assenza? Ed eventualmente, per comunicare che cosa?*».

Luigi poneva ad Adriana le domande che tante volte si era posto mentre fuggiva le proprie responsabilità, non riuscendo a darsi risposte soddisfacenti. Non c'erano risposte, si diceva, e se ci fossero state sarebbero venute da sé. In questo aveva ragione Adriana: quando arrivano te ne accorgi.

Aveva cercato, oh se aveva cercato, nonostante il risentimento che lo accecava, di mettersi in comunicazione con Maria, aveva cercato di sapere, lo aveva fatto anche con Luisa; dalla loro parte non erano venuti contributi significativi. Le loro erano state capitolazioni senza condizioni, ambedue si riconoscevano colpevoli nei suoi confronti e chiedevano soltanto di essere perdonate, riconoscevano la colpa e non si giustificavano, si dichiaravano pentite e chiedevano comprensione. Luigi aveva capito che non era quella la strada per comprendere, né si trattava di attribuire colpe e dispensare perdono; si trattava di togliere senso al suo risentimento, aveva detto Tommaso, e per farlo era necessario conoscere i fatti, le storie, gli attori, i loro sentimenti e le loro ansie. Da parte di Luisa e di Maria non c'era stato il racconto delle loro vite, erano state vite ed esperienze dolenti e il ripercorrerle avrebbe ulcerato ferite mai rimarginate.

«Ciò che mette in comunicazione le persone è il conoscersi, il riconoscersi nei rispettivi ruoli. Ci si conosce quando si apprendono le rispettive storie, in questo senso parlavo di aspettative. Sulle strade del tour "alla ricerca di…" puoi aggiungere tasselli alla storia dei tuoi genitori», aveva continuato Adriana in risposta alle domande del marito. E avrebbe voluto aggiungere: *"Anche noi, durante questa vacanza, dovremmo metterci in comunicazione, conoscerci meglio, parlarci e ridurre le distanze che da troppo tempo ci separano"*, invece non lo aggiunse; sperava che il clima rilassato della vacanza e il tempo dilatato a disposizione avrebbe favorito incontri ravvicinati come quello forzoso del viaggio, colloqui rilassati per parlare di loro e del loro rapporto sofferente.

«È questa possibilità di conoscenza in presa diretta che mi ha convinto ad accettare l'invito. Quel poco che so è un racconto di seconda mano, rielaborato da Tommaso…».

Continuarono a parlare per tutto il viaggio e fu abbastanza rilassante per ambedue. Adriana sperava che le bellezze paesaggistiche e architettoniche, la magia del mare e delle coste tanto decantate, la proverbiale ospitalità della gente del posto, la rilassatezza delle giornate di vacanza, fossero un eccellente viatico al recupero del perduto equilibrio di Luigi, il quale, da parte sua, nell'approssimarsi dell'atterraggio, incominciò a provare un senso di inquietudine e di smarrimento, celato dietro l'apparente velo di nausea per la perdita di quota dell'aereo in procinto di atterrare. Dagli stretti finestrini si intravedeva l'azzurro acceso del mare

Adriatico sulla sinistra e in contrasto, a destra, il rosso della terra
assolata di Puglia, piatta e scintillante, come il mare d'altronde, di
una luminosità cristallina che accendeva i colori, appena appena
marezzati da quel poco di umidità salina portata da un leggero
vento di brezza.

A terra li aspettava un Tommaso formato vacanze, abbronzato e
rilassato, guida e anfitrione lungo i percorsi di un viaggio nel tempo
dove Luigi avrebbe potuto incontrare suo padre e conoscendolo
riconoscersi in lui e accettarsi nella consapevolezza delle sue origini.

Non fu necessario superare alcuna prova, né attraversare alcun
fiume impetuoso, addomesticare guardiani mitologici o traghettatori
rabbiosi per attraversare le porte del tempo; il tempo da percorrere a
ritroso era quello dell'anima, per imboccarne il cammino era
sufficiente guardarsi intorno con occhi meravigliati, lasciarsi
condurre per mano con gli occhi meravigliati di un bambino. Luigi
doveva ritornare bambino, annullare nello spazio percorso sulla
direttrice nordovest-sudest i lunghi anni che lo separavano dal
precedente viaggio in senso inverso da sudest a nordovest, il suo
sguardo meravigliato gli avrebbe permesso di vedere oltre la linea
del tempo, di immergersi in un mondo che non avrebbe potuto
vedere né vivere con gli occhi del turista. Adriana quel mondo non lo
avrebbe visto, lei ne avrebbe ascoltato il racconto, le testimonianze,
avrebbe potuto visitarne le vestigia, ma non lo avrebbe penetrato né
compreso; ne avrebbe apprezzato il folklore, gustato i sapori, ma
sarebbe rimasta nel tempo presente, sempre al di qua della linea che
è dato varcare solo a chi nel passato vuole rigenerarsi per rinascere e
conoscere ciò che era stato dimenticato lasciando vuoti di memoria
che affaticano la costruzione del proprio presente e il futuro sulle
coordinate di una rotta sicura, che affrancano dall'orrore del vuoto
in cui si rischia di naufragare per carenza di riferimenti, di una

bussola che segni il tuo nord e il tuo sud, orientandoti nella geografia della vita.

L'inizio del viaggio fu segnato da un'allegoria simbolica. Campeggiava sui muri dell'aeroporto un messaggio di benvenuto, specchio dell'anima profonda di una terra in bilico, alla faticosa ricerca del suo riscatto. Su un poster maxi (400 cm. l. per 250 h.) firmato da un'associazione di promozione culturale e turistica, come sfondo un uliveto secolare dietro le cui fronde occhieggiava l'azzurro intenso del mare luccicante dei riflessi metallici del sole del mattino, in primo piano la coreografia di un ballo popolare, si leggeva:

BENVENUTI IN SALENTO

TERRA DEL RIMORSO E DELLA RINASCITA

Luigi lo aveva impresso nella memoria, vigile e nervosa, come tutti gli altri che pubblicizzavano le cattedrali, la costa, i *pajari*, i paesi silenziosi dell'interno (*la terra del silenzio e del raccoglimento*), però gli sfuggiva il significato. O meglio, gli sfuggiva il significato reale, mentre vi leggeva un messaggio personale, rivolto a lui solo, come un'esortazione a seguire un percorso, come la condizione per liberarsi dalle sue angosce.

In macchina, percorrendo la superstrada che li portava dall'aeroporto al paese, ne parlò con Tommaso:

«*In aeroporto ho visto un poster che definisce il Salento come "terra del rimorso e della rinascita". È un'espressione un po' criptica, non credi?*».

«*In effetti è così, ma è anche molto evocativa della storia di questa terra...*», rispose Tommaso che aveva notato il poster già in altre occasioni.

«*Il presupposto qui è il "rimorso", considerato come condizione della "rinascita"?*».

«*In realtà*», riprese Tommaso, cercando di articolare una risposta organica, «*rimorso e rinascita sono riconducibili a due diverse interpretazioni del tarantismo*[10-11], *che hanno presupposti ed effetti differenti...»*.

E poiché del mito della *taranta*, del ballo delle *tarantolate* e della *pizzica-pizzica* Luigi aveva a malapena un'idea approssimativa di tipo musicale-folkloristico, gli toccò (a Tommaso) affrontare l'intera questione recuperando quanto aveva imparato durante l'apprendistato di cultura salentina nella quale si era immerso nei primi anni del suo ritorno alle origini.

Per quel giorno rimase con il dubbio. Il tempo era trascorso veloce, erano già in vista della meta e l'attenzione dei passeggeri fu catturata dai profili dei piccoli paesi dislocati ai lati della strada e dal paesaggio che in quel tratto alternava uliveti secolari ai campigiardino delimitati da muretti a secco con al centro i caratteristici *pajari*, versione povera dei più noti trulli, a secco anch'essi come i muretti di cinta, in forma di tronco di cono.

Della questione ne discussero ancora, sia quel giorno sia in altre occasioni. L'insistenza con cui Luigi vi tornava diede a Tommaso la sensazione che vi tornasse, come dire, per fatto proprio, perché dalla significatività di quel rapporto dipendeva qualcosa d'importante per lui; qualcosa, insomma, che avesse a che fare con il suo viaggio nel tempo alla ricerca di sé. Ed era vero. Il significato che Luigi attribuiva alla diade *rimorso-rinascita* valicava i confini

---

[10] Il *tarantismo* (o *tarantolismo*) è una sindrome culturale di tipo isterico collegata ad una patologia causata dal morso di un ragno curabile con l'utilizzo di una sorta di esorcismo coreutico-musicale-cromatico. Studi approfonditi sul tarantismo salentino sono stati condotti negli anni '50 del '900 dall'antropologo culturale Ernesto De Martino che li ha documentati nel famoso saggio *La terra del rimorso*.

[11] Il *rimorso* di cui parlava De Martino è un sentimento di colpa che affonda le radici nel disagio economico, sociale e psicologica del popolo e in particolare delle donne, l'anello debole della società tradizionale. Il rimorso espone periodicamente le tarantolate alla "malattia", ma la malattia è anche occasione di liberazione dalle convenzioni sociali che le opprimono, concedendo loro un momento di sfogo espresso con linguaggio e comportamento non convenzionali.

antropologici del fenomeno storico-sociale del *tarantismo* e si scioglieva nella triade *colpa-espiazione-ricompensa*, in un certo senso consolatoria e intima, che indicava una strada da seguire, un percorso: per trovare la pace e rinascere avrebbe dovuto (era questo che gli suggeriva lo slogan di benvenuto?) riconoscere la sua colpa, provare il rimorso, pentirsi e solo dopo un sincero pentimento sarebbe potuto entrare in una nuova dimensione. Che per lui, a questo punto del percorso era la riconquista di un'identità piena, non più dimezzata.

«Ma qual è la tua colpa, fratello?».

Fu la domanda postagli da Tommaso il giorno in cui Luigi, incalzato dalla curiosità dell'*altro*, fu indotto a confessare la sua intuizione.

Avevano scherzato tante volte, oramai, sulla *quasi fratellanza* che li legava... ci scherzarono anche quella volta e per Luigi fu più semplice rispondere con sincerità, senza reticenze.

«Ciò che, dopo tre anni, sento come una colpa è la durezza del mio comportamento nei confronti delle mie due madri. Lo riconosco, anche se non è stato facile. Ma il passaggio successivo, la riparazione della colpa, come posso affrontarlo se non posso ripagare le persone offese?».

«Forse la colpa è già espiata e condonata. Il rimorso quando è sincero è sufficiente», disse Tommaso con convinzione, con l'intento di alleviare il dolore di Luigi, e aggiunse: *«Adesso è tempo di rinascere nella consapevolezza di una dimensione nuova»*.

Luigi doveva impegnarsi a conoscere e a comprendere la *sua* terra e la *sua* gente, doveva percorrere il cunicolo stretto della comprensione, stretto come il collo di un utero, prima di rinascere nella consapevolezza. Non sarebbe stato facile. A ostacolare il percorso ci avrebbe provato un novello cerbero tricefalo, un pregiudizio radicato nel pensiero di Luigi, alimentato da stereotipi e cliché convenzionali.

Tommaso sapeva, in ogni caso, come neutralizzare il ritornello del pregiudizio. Sapeva che i fatti, l'effettività delle cose e delle persone sono oggettivi e imparziali, sono lì nella loro corporeità, chiedono solo di essere osservati, di esprimere il loro potere evocativo, la loro carica di verità.

I primi giorni della vacanza salentina di Luigi e Adriana furono giorni di acclimatazione. Il sole di agosto ardeva in tutta la sua calorica potenza; non era ancora il solleone rabbioso della settimana precedente il ferragosto, quando sarebbe trionfalmente entrato nella costellazione che lo denomina, transitandovi da quella del Cancro, lo mitigava un venticello stabile dai quadranti di nordest, asciutto, che rendeva sopportabile l'esposizione diretta ai raggi del sole fin verso le undici del mattino; dopo le undici era consigliabile ritirarsi al riparo di qualsiasi ombra e restarvi almeno fin verso le cinque del pomeriggio.

Luigi e Tommaso il consiglio anti canicola lo tenevano ben d'acconto e vi si adattavano con attenzione. Di mattino, diciamo tra le sette e le dieci, amavano passeggiare nelle stradine di campagna tra i profumi di erbe aromatiche, i colori dei fichidindia occhieggianti dietro i muretti a secco, il leggero stormire delle foglie degli ulivi che sembravano sussurrare le amabili confidenze trasportate dalla brezza del mattino; oppure in riva al mare, nei paesini lungo la costa, quando ancora non erano affollati dalla moltitudine dei vacanzieri ebbri dei divertimenti notturni e se ne poteva gustare in silenzio la dolcezza e la calma seduti di fronte alla distesa piatta e bianca del mare ancora non increspato dalla brezza, mentre il sole, basso sull'orizzonte, emanava una luce tenue che ammorbidiva il paesaggio, lo faceva quasi vibrare nello schermo di leggera umidità sospeso sulla superficie del mare raffreddata dal fresco della notte. A quell'ora le barche dei pescatori ritornavano in porto e Tommaso, attratto dal profumo del pesce ancora guizzante esposto sul molo, ne acquistava per le grigliate da gustare al fresco della sera, magari in compagnia di qualche amico che d'estate fa sempre allegria.

Tra le undici e le quattro, le cinque del pomeriggio se ne stavano in casa: Luigi leggeva all'ombra del portico, Tommaso si dilettava in cucina nella preparazione di qualche piatto fresco da consumare per pranzo, quando Adriana tornava dal mare. E poi parlavano. Nei loro discorsi ritornava spesso il tema del rimorso e della rinascita, ma soprattutto erano le impressioni suscitate dal loro girovagare, dagli incontri che facevano in paese o dovunque si recassero. Tommaso aveva una speciale predisposizione a rapportarsi con la gente, era curioso e attento a ogni aspetto della vita che gli passava accanto, ne traeva storie e informazioni preziose sul passato e sul presente, qualche volta anche sul futuro, sui progetti e sulle speranze che lievitavano nelle aspettative dei singoli e delle comunità.

«*È stupefacente la disponibilità delle persone a raccontarsi, a esporre i propri punti di vista, le considerazioni sugli aspetti più disparati; ad aiutarti e consigliarti quando ne hai bisogno. C'è apertura, voglia di comunicare in questo, senso di solidarietà e di accoglienza*», diceva Tommaso di fronte allo stupore di Luigi.

«*Su da noi c'è più riservatezza. Ognuno si fa i propri affari ed è restio ad addentrarsi in questioni che non lo riguardano; e su quelle che lo riguardano ritiene che parlarne con estranei sia una mancanza di tatto*», rispondeva Luigi convinto che la riservatezza fosse un indice di civiltà, a differenza di quella confidenzialità, confinante con l'invadenza e il pettegolezzo.

Fatto sta che Luigi, grazie a questi colloqui casuali e informali, percepiva sensazioni e accumulava informazioni che nessuna guida turistica o diario di viaggio avrebbe potuto fornirgli, neanche la sua guida personale che pure era una fonte preziosa e inesauribile. Né si può dire che gli dispiacesse. Quegli incontri non erano soltanto un'enciclopedia aperta sulla vita in azione, erano una formidabile galleria di tipi umani unici, ciascuno con i suoi tic, le nevrosi, le simpatie e le antipatie, gli interessi e le convinzioni, l'ottimismo e lo scetticismo, che illustravano la varietà inesauribile delle qualità e dei difetti della natura umana.

Adriana preferiva il mare, ogni giorno una meta diversa, eccetto di domenica quando, come i suoi accompagnatori, ne fuggiva l'inevitabile affollamento. L'accompagnavano un cugino e una cugina di Tommaso, più Assunta che continuava a frequentare Tommaso dopo quella prima volta in aprile. Le abitudini locali non prevedevano giornate di mare a tempo pieno ad arrostirsi sotto il sole canicolare, stesi, ben oleati, su un asciugamano; piuttosto un mordi e fuggi, dalle nove alle dodici, su una barca che li avrebbe portati in qualche caletta solitaria dove si rifletteva il verde delle pinete, dove il liquido caldo e salato del mare mescolato con l'acqua carsica e fredda dei fiumi sotterranei che vi sfociano provoca un effetto termico di sovrapposizione dello strato di acqua calda a quella fredda e un effetto ottico come di oleosità tremula. Tre ore di sole, di salsedine e di vento bastavano a fiaccare le fibre più forti, ed era consigliabile evitare gli strali della canicola, rifocillarsi con un pranzo fresco e leggero, infine recuperare le energie con un riposino ristoratore prima di affrontare le scorribande del pomeriggio e della sera.

Di pomeriggio andavano in giro per i paesi della provincia. C'era da scoprire un patrimonio architettonico e artistico nascosto e misconosciuto, spesso abbandonato all'incuria del tempo che continua a morderne i contorni, a levigare le figure ornamentali che ne impreziosiscono le modanature e le facciate, le colonne e gli archetti, le cornici delle finestre e i balconi, senza riguardo alcuno né pietà per la memoria delle storie che lo hanno attraversato: storie in tono minore, di confine e di periferia, che non testimoniano grandi gesta né celebrano grandi personaggi. Testimonianze di un passato senza soluzione di continuità, dalla preistoria all'altro ieri, racchiuse nello spazio di un borgo, musei all'aperto che conservano le tracce della sapienza di una terra che è ponte tra civiltà, tra oriente e occidente, che ha saputo accogliere e integrare, arricchendosi senza snaturarsi, le ondate successive di conquistatori e di fuggiaschi. Il tempo ha buon gioco sulla permanenza delle architetture, i materiali con cui sono costruite hanno un pregio impagabile, la luminosità, cangiante al variare dell'intensità della luce e del grado di umidità che li intride, variante dal bianco sporco al giallo paglierino al rosato; e una seconda qualità che li esalta e li deprime al contempo: la tenerezza, la grana fine e morbida, conforme al carattere del luogo e degli abitanti, che, se ne facilita la lavorazione e ci restituisce capolavori di modellatura unici, la espone all'usura del tempo, la scava erodendola impercettibilmente ogni giorno.

C'erano da scoprire le atmosfere dei tramonti carichi di luce e di silenzi, quando le campane delle chiese rintoccano il loro richiamo, le piazze si affollano ed è bello sedersi al tavolo di un bar per godere lo spettacolo del rincorrersi dei colori sulla scala degradante delle tonalità: dal rosso vivo dei minuti che seguono il tramonto, al rosa rapidamente cangiante del tempo successivo, al grigio perla fino ad arrivare al celeste della sera e al blu della notte che si accende di stelle; e catturare la magia dei riflessi di luce sui muri delle case, lungo i vicoli che si aprono sulle piazze. Sorseggiando un aperitivo Luigi provava uno strano senso di equilibrio e di pace che si rinnovava ogni giorno, per nulla intaccato dal vociare indistinto che si levava d'intorno, dalle grida dei bambini che a quell'ora concludono i giochi prima di essere interrotti dai richiami materni, né sminuito dalla malinconia che il calar della sera accompagna.

Il girovagare pomeridiano preludeva agli ozi della sera. Che erano incursioni nella tradizione diffusa del territorio, distribuite tra proposte culinarie, feste patronali, concerti di musica popolare, tragedie greche rappresentate in cornici sceniche che a dir magiche non si fa giustizia della suggestiva bellezza dei luoghi. Adriana ne teneva il diario, come delle escursioni pomeridiane, e vi annotava ogni dettaglio degno di nota, ogni emozione suscitata da quelle esuberanti manifestazioni di vitalità e di gioia, raffigurate nelle forme semplici della tradizione. Le emozioni, la meraviglia, lo stupore di fronte alla bellezza che li circondava le suggerivano domande e sollecitavano spiegazioni per penetrarne l'essenza e comprenderne i significati. Luigi non poneva domande, lui osservava e ascoltava. Immagini e parole gli si scolpivano nella coscienza e formavano il contesto incompleto e ingarbugliato di una storia in cerca di inquadramento, una storia di cui conosceva i protagonisti principali ma di cui ignorava tutto il resto, nella quale i due protagonisti si muovevano ancora all'interno di uno spazio vuoto, su un palcoscenico privo di scenari e di sfondo, che si andava costruendo lentamente come un puzzle, un tassello qui e uno là, una luce che illumina un angolo o un altro personaggio che entra in scena. Ogni nuovo inserto gli procurava turbamento, una sorta di vertigine come dopo uno sforzo prolungato al limite delle proprie capacità, ma lo rendeva più consapevole.

La ricerca di Luigi imboccò una direzione promettente la sera in cui furono invitati a cena dai cugini di Tommaso. Rocco e Gina erano nipoti di un fratello del padre di Pino, nonno di Tommaso, lontani parenti in realtà, cugini di secondo grado, una parentela considerata sufficientemente stretta da sentire vivi i legami di sangue che vi correvano. Luigi non l'avrebbe considerata tale e fu sorpreso dalle manifestazioni di affetto e dalle attenzioni di cui Tommaso era oggetto da parte dei suoi lontani parenti.

Il convivio si tenne in casa di Gina, all'aperto, in un cortile limitato da un piccolo lussureggiante agrumeto; vi erano invitati parenti e amici, oltre venti persone. Tutti gli invitati, eccetto i tre ospiti, avevano partecipato alla preparazione delle pietanze di un menu specialissimo all'insegna della tradizione culinaria locale, un caleidoscopio di forme, colori e profumi che appagava la vista prima ancora dell'appetito.

Ogni portata fu una scoperta, dove la maestria del confezionamento, impreziosita dal carattere delle erbe aromatiche, ne estraeva i sapori più sinceri e li esaltava nella fragranza delle riserve familiari di olio extravergine d'oliva. I complimenti furono sinceri come i sapori. Adriana s'informò con vivo interesse sugli ingredienti e sulla preparazione, suscitando vivaci discussioni tra le donne, portatrice ognuna di accorgimenti quasi esoterici per l'esaltazione del gusto.

Le amabili discussioni culinarie non esaurirono i conversari della serata. I dialoghi intrecciati da una parte all'altra dell'ampia tavolata toccarono argomenti impegnativi che, pur divagando, convergevano sull'unica questione della condizione economica locale.

«*Qui non si è sviluppato uno spirito imprenditoriale diffuso ed è mancato il volano che avrebbe potuto far decollare l'economia*», disse Luigi, in risposta alle lamentele di un giovane commensale che aveva descritto la ripresa dei flussi migratori verso l'estero da parte, soprattutto, di giovani professionalizzati e acculturati.

«*Non è vero che non ci sia spirito imprenditoriale*», lo corresse Giuseppe che nel suo piccolo conduceva un'impresa nel settore alberghiero, «*Il problema sono le condizioni in cui si può fare impresa. Qui mancano le infrastrutture e i servizi, i nostri costi di produzione sono fuori mercato*».

«*La colpa è della nostra classe dirigente che storicamente si è premurata di tutelare le proprie rendite disinteressandosi delle condizioni economiche generali; e di quel patto scellerato tra la borghesia industriale del nord e gli agrari di qui, stipulato dopo l'Unità d'Italia, che hanno rinunciato a ogni ipotesi di ammodernamento dell'economia meridionale»*, disse Gianrocco, fresco di studi, una laurea in economia all'Università di Siena.

«Né le cose sono cambiate con le politiche meridionaliste dei governi repubblicani», aggiunse Rita, una laurea in matematica, insegnante in una scuola superiore della provincia, *«che negli anni Settanta hanno finanziato il finto decentramento territoriale delle imprese del nord, mai monitorato e raramente realizzato»*.

Tra battute di spirito, analisi serie e informate, apprezzamenti per le pietanze e l'ottimo vino rosato, fresco al punto giusto, che le accompagnava, le amichevoli provocazioni di Luigi e qualche frecciatina polemica nei suoi confronti, la discussione andò avanti per tutta la sera toccando i temi cruciali dell'emigrazione, la valorizzazione del territorio e delle sue risorse agricole, il turismo, e nel mezzo, quasi una premessa, l'indole della popolazione, il suo carattere.

Luigi in quel calderone di parole dette in libertà scoprì un'umanità e una socialità sconosciute, una realtà articolata e in movimento che scalzava e contraddiceva l'iconografia di un sud fatalista e contemplativo, incapace di conoscersi e di superare i difetti che ne avevano condizionato lo sviluppo; un sud diviso tra ribellismo e assistenzialismo, incapace di prendere in mano il proprio destino e di indirizzarlo.

Le sensazioni che investirono Luigi durante la cena, complice o meno la simpatia dei commensali, l'accoglienza la disponibilità e le attenzioni nei suoi confronti, complice o meno il generoso vinello che ne aveva accompagnato le libagioni, fatto sta che quelle sensazioni aprirono una breccia nelle sue convinzioni e lo interrogarono a lungo. Intanto, per chiudere la serata e ringraziare i suoi ospiti, invitò tutti ad un brindisi, formulando un augurio che non avrebbe mai pensato di fare, di cui non aveva immaginato l'equivalente in nessun'altra situazione: *«Brindiamo, cari amici, alla terra del rimorso*

*e della rinascita e rivolgiamoci l'augurio che la rinascita sia munifica
per tutti... anche per me».*

Sì, c'era davvero la complicità del vinello generoso in
quell'uscita, ma gli era venuta dal cuore e fu salutata con un
applauso affettuoso; alcuni tra i più giovani intonarono un
ritornello: *"Luiiigi uno di noooi, uuuno di noooi..."*, sulle note di un
abusato coro da stadio.

Tommaso in tutto quel tempo se n'era stato in disparte, aveva
lasciato la scena a Luigi seguendolo da lontano. Dopo il brindisi un
sorriso aveva illuminato il suo volto e in un momento di
compiaciuta euforia gli si avvicinò e abbracciandolo gli sussurrò:
«Complimenti, fratello, da stasera sei "uno di noi"».

La prima domenica dopo l'arrivo organizzarono una gita a
Otranto. Luigi e Tommaso come al solito facevano gruppo a sé,
assorti com'erano nei loro discorsi, distaccati dal resto della
compagnia, alla scoperta di immagini e di significati lungo percorsi
noti soltanto a loro due. E non sempre lo erano. Adriana faceva
gruppo con i più giovani, allegri e interessati a registrare le
espressioni di vita che si aggiravano sul loro cammino, le forme della
bellezza che inondava lo spazio circostante. Non che i due uomini
non fossero interessati all'umanità e alla bellezza, lo erano in un
modo diverso; il loro sguardo penetrava la facciata delle cose e la
faccia delle persone per scoprire il prima e l'oltre, per cogliere i segni
della storia e i germi della rinascita. Il tema della *Rinascita* era
diventato il riferimento costante delle loro riflessioni; ne parlavano
in rapporto al territorio e alle coscienze, ed era la coscienza di Luigi
ad esserne coinvolta in modo più diretto obbligandolo a un esame
che ne modificava l'equilibrio e le convinzioni.

Per raggiungere Otranto seguirono il percorso della litoranea. Il
mare, calmo sotto i contrafforti della sinuosa scogliera, a quell'ora
del mattino, non erano ancora le otto, aveva un colore biancastro

che rifrangeva i raggi del sole, basso sull'orizzonte, come un immenso specchio, illuminando il cielo e le nuvole di una luce tenue, uniforme, temperata dall'assenza del vento. Sulla strada non si era ancora riversato il traffico impaziente dei vacanzieri. Il panorama si apriva nel suo splendore cangiante dopo ogni curva disegnata sulle anse della scogliera, e dopo ogni curva lo stupore di Adriana reclamava una fermata per gustarne appieno la vista. Luigi guardava in silenzio senza fare commenti. Fecero solo due soste prima di arrivare a Otranto, un po' per assecondare Adriana, un po' perché non se ne poteva proprio fare a meno. La prima fu alla torre Minervino costruita su uno sperone di roccia a picco sul mare, dalla quale si può godere una vista spettacolare su un lungo tratto di costa, da faro a faro, dal capo di Leuca a punta Palascìa; la seconda a Porto Badisco, uno sguardo dall'alto su un incredibile porto naturale dove si narra sia sbarcato, primo approdo italico, il profugo Enea durante la contrastata fuga da Troia. Poi Otranto, intravista dall'alto del colle della Minerva prima di trovarsi immersi nel suo centro, subito a ridosso del Castello Aragonese e dei bastioni con vista sul porto, di fronte al canale che la separa dall'altra sponda dell'Adriatico da cui sono arrivati i suoi conquistatori e le basi del suo prestigio.

«*Guarda verso est, dove il sole confonde nella sua luce il mare e l'orizzonte*», disse Tommaso mentre passeggiavano sui bastioni, «*forse era una giornata calma come questa, d'estate come adesso, quando da lì arrivarono le galee moresche che straziarono la città e il suo circondario. Da quella triste ed eroica vicenda data la decadenza di questa terra che non si riebbe più, fino ai nostri giorni*».

«*I turchi distrussero l'abbazia e il monastero di San Nicola a Casole, il centro culturale più importante di tutto l'Occidente con la sua biblioteca, i rapporti diffusi con le altre centrali culturali europee e bizantine. I cenacoli di intellettuali promossi dai monaci basiliani favorirono quell'umanesimo italo-bizantino di cui sono tributarie la cultura e la lingua italiana dei primi secoli del secondo millennio sviluppatesi in meridione e che ebbero un notevole e decisivo impulso con Federico II, protettore di Casole»*, aggiunse Assunta che si accompagnava volentieri a Tommaso durante quella passeggiata senza meta tra i vicoli della cittadina dove si inoltrava il profumo del mare soffiato da una leggera brezza fragrante.

«Un monaco di Casole era anche Pantaleone, l'autore del pavimento musivo della cattedrale. Per fortuna che la furia distruttrice dei Turchi non si accanì anche contro la cattedrale», affermò Rocco avvicinatosi al trio che precedeva il resto del gruppo, per indirizzarne il passo.

Rocco era diventato l'accompagnatore di Adriana.

Tra i due era nata una certa simpatia per via della comune formazione culturale: ambedue laureati in lingue e letterature straniere, lei specializzata in inglese, lui in francese, comunicavano un po' nell'una un po' nell'altra lingua e si facevano buona compagnia. L'originaria simpatia che li attraeva si era presto mutata in complicità e in un sottile gioco di reciproca attrazione fatto di sguardi e battute, attenzioni e scoperta di affinità al quale né l'uno né l'altra sembravano attribuire significati reconditi. Il gioco divertiva Adriana che con arguzia riusciva a contenerlo nei limiti di una gioiosa confidenza; Rocco nei confronti di Adriana sentiva anche un'attrazione sensuale, oltre a quella spirituale, che cercava di tenere a freno per rispetto e amicizia nei confronti di Luigi.

Di notte, nell'intimità della loro camera da letto, Adriana aveva riferito a Luigi delle affinità tra lei e Rocco, della sua simpatia; aveva cercato di fargli capire che avrebbe desiderato vivere quella vacanza in sintonia con lui, non con un estraneo. Luigi era contento di sapere che Adriana non si annoiava, che aveva trovato una simpatica compagnia per le sue escursioni e che aveva fatto molte scoperte interessanti; il messaggio sottinteso non lo colse. Le aspettative di Adriana furono sistematicamente frustrate dall'indifferenza di Luigi. In realtà non si trattava di indifferenza, Luigi non riusciva a liberarsi dal suo assillo: per decenni era stata la fabbrica, negli ultimi tre anni un'ossessione; non era ancora emerso dal bozzolo che lo avvolgeva e gli limitava il campo vitale, ora che si trovava al bivio della sua esistenza s'imponeva una scelta; lui non ne era ancora consapevole, ma qualcosa dentro lo smuoveva, gli imponeva di forare quel guscio per liberarsi dell'inutile involucro, asciugarsi ai tiepidi raggi del sole della sua primavera e spiegare le ali per volare alla scoperta del mondo e di sé.

Il mosaico pavimentale della cattedrale affascinò Luigi. Quando entrarono nella chiesa furono rapiti dal suono spirituale di un organo – Adriana vi riconobbe la *Toccata e fuga in re minore* di J. S. Bach – che invitava al raccoglimento e li accompagnò per tutta la durata della visita in un'atmosfera rarefatta, quasi sospesa, anche per il chiarore attenuato che filtrava dall'alto della cupoletta sovrastante l'abside sulla quale si aprono due finestre ogivali esposte ad est, l'alfa della luce, aperte a raccogliere i raggi di un mattino non ancora abbagliante.

Lo sguardo d'insieme della cattedrale dava un'emozione speciale per via di quell'incredibile pavimento che la ricopriva quasi per intero. Rocco, che si era assunto il compito di svelare i misteri del mosaico, li invitò a non iniziarne la lettura dall'ingresso dell'edificio dove l'albero della vita poggiava la sua larga base sulle schiene possenti di due elefanti:

«Il mosaico va letto dall'interno della cattedrale verso l'esterno, dalla cima dell'albero verso la base, da levante a ponente, secondo uno schema che rappresenta la discesa del logos verso la materia», raccomandò, leggendo da un opuscoletto sul quale erano riportati gli appunti di una ricerca svolta qualche anno prima con i suoi alunni.

E Adriana: *«È un albero senza radici. Come mai?»*.

«La sua linfa vitale la riceve da Dio, non dalla materia inerte di cui si compone la terra, ed è per questo che iniziamo la visita dalla cima dell'albero, da est, perché è lì la fonte della vita e della luce che la rischiara», chiarì Rocco mentre il gruppo si spostava verso l'interno.

«Come me, che sono cresciuto senza radici», disse Luigi a Tommaso sottovoce, ironicamente, riprendendo le parole di Rocco, *«E se sono cresciuto senza radici vuol dire che non sono sradicato ma solo non radicato? Vuol dire che posso ancora radicarmi affondando il mio tronco nel terreno delle mie origini?»*;

«È un'osservazione opportuna, ti può portare lontano e radicandoti puoi crescere ancora», gli rispose divertito Tommaso, pronto a incoraggiarlo.

Rocco, intanto, continuava la sua illustrazione:

«Lo schema esposto nel mosaico è una sorta di libro aperto sulla storia dell'uomo che nel tempo si purifica identificandosi con il logos, il Figlio incarnato di Dio. Questo cammino di crescita è rappresentato come un impervio percorso di montagna, "per aspera ad astra", come un'interiorizzazione di vissuti che sono capaci di trasformare i vizi in virtù. Il percorso è una "nuova rinascita" attraverso il riconoscimento dei princìpi e dei valori legati alla tradizione dei padri...».

Luigi si fece più attento. Gli sembrava che il mosaico, per il tramite di Rocco, parlasse specialmente a lui e gli prospettasse le fasi del percorso che doveva farlo rinascere, non nascondendogli le difficoltà, ma assicurandogli il successo finale, la conquista di una nuova condizione.

"Ancora una volta ritorna il motivo della purificazione e della Rinascita, che dal momento del mio arrivo in Salento mi accompagna come fosse l'emblema del soggiorno", pensò. *"Da che cosa sarò condizionato per vederci tanti richiami?"*, si chiese, *"Che cosa vorranno dire, se un senso ce l'hanno? Tommaso sembra dirmi che devo assecondarli e ricercare, ma è davvero utile? Può condurmi davvero da qualche parte?"*.

Non ne fece cenno a Tommaso, gliene avrebbe parlato dopo aver meditato sul senso delle suggestioni suscitategli dalla rappresentazione esoterica ideata dal monaco di Casole.

Il racconto continuava e Rocco faceva del suo meglio, consultando il suo opuscolo, per sintetizzare la sterminata massa di figure e di significati che sottendevano.

«...l'uscita di Adamo ed Eva dal Paradiso Terrestre non fu in realtà una "cacciata", ma un accompagnarli verso il raggiungimento del vero scopo della vita delle umane creature. In questo modo assumono un valore sublime le due frasi che accompagnano le figure dell'elefante e dell'Abraxas-sirena:

> *La beatitudine discende oltre il cuore*
>
> *spingendo il fuoco-serpente nella testa poiché*
>
> *il fuoco-serpente è il principio della vita*
>
> *nelle varie manifestazioni della luce.*

Luigi trovò anche in questo brano un riferimento alla sua condizione.

"Io il primo passo l'ho fatto", si disse, *"Sono stato accompagnato fuori dal mio mondo, il mio Eden. Questo mi consentirà di scoprire il principio e il senso pieno della vita che non avrei potuto conoscere altrimenti? Chissà! Per adesso son qui che osservo e non capisco. Forse avrò improvvisamente un'illuminazione o forse non verrò a capo di niente e continuerò a cercare. Fino a quando? E se non troverò le risposte?".*

Mentre si faceva queste domande, scettico sui risultati del suo cercare, non perdeva una parola della presentazione di Rocco, il quale, a sua volta, continuando a illustrare la rappresentazione musiva, in corrispondenza del presbiterio, in quella che viene identificata come la testa del mosaico, si dilungava sul quadrato della cosmogenesi riassunta in sedici figure, lasciando per ultima la quinta, raffigurante il monaco Pantaleone che contempla un unicorno sormontato da una stella a cinque punte.

«...*La stella a cinque punte rappresenta l'uomo nuovo, liberato dalle costrizioni ideologiche, accompagnato dalla sua parte femminile che ne completa l'essere, aggiungendo intuizione alle sue capacità razionali. Nel suo cammino evolutivo l'uomo-donna sviluppa una Coscienza-di-Sé che è il segno del raggiungimento della completezza attraverso le sue forze interiori, non condizionata dalla Natura...*».

"*Il monaco vuole dire che* IL-VERO-SCOPO-DELLA-VITA, *la* COSCIENZA-DI-SÉ, *la* BEATITUDINE *si raggiungono in compagnia di una donna? Adamo ed Eva. L'uomo liberato dalle* COSTRIZIONI-IDEOLOGICHE *si completa per il tramite delle* INTUIZIONI-FEMMINILI? *O vuol dire che in ogni uomo c'è una parte femminile da riconoscere e valorizzare per conquistare la* Completezza?"

In un modo o nell'altro gli enigmi del monaco lo interrogavano. Le convinzioni di Luigi, prima della crisi di rigetto in atto, ritenevano codificati ruoli e differenze tra uomo e donna, non contemplavano il *femminino* nella personalità dell'uomo. Ora Pantaleone gli indicava una strada diversa: un uomo e una donna insieme, o un uomo che in parte è anche donna, per completarsi e raggiungere "Coscienza e Completezza-di-Sé".

"*Io e Adriana; o un 'Io' diverso che pensa anche al femminile?*", rifletteva Luigi tra sé. Qual è la strada giusta? Sono poi due strade diverse o un'unica strada in cui il maschio rinuncia alla propria arrogante pretesa di autonoma autosufficienza e riconosce il bisogno di completarsi con l'apporto della donna e con le sue qualità?

La visita della cattedrale continuò. Conclusa l'esplorazione del mosaico, durante la quale Luigi individuò altri motivi di riflessione, fu la volta delle inquietanti teche stipate degli scheletri dei cittadini di Otranto morti per mano del Turco invasore, quindi la splendida cripta sorretta, secondo la leggenda, da un numero imprecisato di colonne. Il numero delle colonne, in realtà, è noto, ma contarle con esattezza risulta difficile per le caratteristiche delle colonne stesse, tutte diverse per materiali, forma e collocazione, tutte sormontate da capitelli di forma e stile differenti. Assunta, Rocco, Adriana e Gina le contarono e, come dice la leggenda, ne ottennero numeri disuguali.

Uscirono dalla cattedrale frastornati dalla bellezza che li aveva pervasi. Il sole, nel frattempo, dardeggiava gli spazi aperti e consigliava il soccorso dell'ombra, la luce si era fatta più intensa e vivace, il cielo aveva scalato diverse tonalità di azzurro, sottostando di poche tonalità all'azzurro intenso del mare appena mosso da una leggera brezza ristoratrice.

Per l'intensità delle emozioni che li aveva sovrastati nella cattedrale, Luigi e Tommaso decisero di concedersi un momento di relax seduti all'ombra di un bar, fronte mare, dove Luigi poté dare sfogo alle domande che gli urgevano dentro e inscrivere nel suo personale cammino di rinascita nuovi elementi di conoscenza utili a condurlo verso il traguardo della COSCIENZA E COMPLETEZZA-DI-SÉ. Gli altri preferirono immergersi nella strada dello *shopping*, a quell'ora, erano da poco passate le undici, intasata dai turisti della domenica avidi di *souvenir* e prodotti tipici dell'artigianato locale.

Di sera andavano in giro per feste patronali e sagre paesane. Le feste patronali erano la passione di Tommaso che ci trovava, forse esagerando, come fanno gli innamorati, la volontà di non perdere i legami con il passato e con la propria identità, scongiurando il pericolo di consegnarli ai libri di memorie, alle rievocazioni e alla ricerca antropologica. Le feste patronali, come le aveva conosciute Tommaso, non si discostavano molto da quelle d'inizio novecento, ne avevano mantenuto la struttura e il ritmo, pur avendo perduto quel tono di happening conservato fino agli anni Sessanta, quando le strade del paese erano il palcoscenico di una rappresentazione senza soluzione di continuità: dall'alba del primo fino alla notte dell'ultimo giorno di festa.

Ed essendo la sua passione, Tommaso non solo portava Luigi in giro per feste, gli raccontava com'erano state fino agli anni Cinquanta e Sessanta del secolo scorso, come le avevano conosciute i suoi genitori.

«Il paese – raccontava Tommaso – si popolava di vari tipi di figuranti che tenevano il palcoscenico per tutta la durata dell'evento: i primi a comparire erano i "paratori", gli operai addetti alla collocazione delle luminarie, la "parazione", un po' carpentieri e un po' elettricisti, artefici dei merletti di lampadine colorate che trasformano piazze e strade in caroselli di luce; seguivano la banda e gli ambulanti con le bancarelle traboccanti di dolciumi-noccioline-giocattoli-giochi; infine i devoti arrivati in bicicletta o su carri agricoli, ospiti di parenti e conoscenti o accampati alla bell'e meglio in ricoveri di fortuna. I figuranti occupavano il teatro della festa in permanenza, di giorno e di notte, una fantasmagoria di scene-suoni-colori-dialoghi-monologhi-canti-preghiere-imprecazioni-invocazioni-inviti che si quietavano soltanto al passare della processione e nel più profondo della notte, tra le due e le sei, quando anche i più tenaci cedevano al richiamo del sonno e si stendevano, un sacco per cuscino, sotto le bancarelle o sotto i carretti con le stanghe rivolte verso il cielo, ebbri di vino o di parole, le ginocchia piegate come fossero in ginocchio ad aspettare la benedizione del santo in libera uscita dalla teca in cui era rinchiuso tutto l'anno e in vena di apparizioni taumaturgiche ai suoi fedeli in attesa.

La banda si materializzava il mattino del primo giorno, il giorno di vigilia, di buon'ora, eseguendo un carosello per le vie del paese seguita da orde di bambini vocianti e da qualche sfaccendato, dopo di che si disperdeva nelle bettole o a dormire in qualche androne, per ricomparire prima della processione e poi la sera per il concerto in piazza. Il giorno della festa le bande potevano essere anche due o più, che nel gran concerto conclusivo si alternavano sul palco in una sorta di sfida all'ultima nota nell'esecuzione delle celebri arie operistiche che il pubblico seguiva con attenzione».

Il racconto di Tommaso era attraversato da una profonda vena di nostalgia che Luigi non poteva ancora comprendere.

«Qualcosa è cambiato negli ultimi decenni – continuava il racconto di Tommaso –; non ci trovi l'happening di prima. Ogni gruppo di figuranti entra in scena al momento assegnato e recitata la propria parte l'abbandona per ritornare ai luoghi di provenienza; la festa ha i suoi spazi vuoti e i suoi tempi morti nei quali il paese assume le sembianze di un teatro vuoto, malinconico, in attesa di celebrare i suoi fasti al riaccendersi delle luci e al vociare degli spettatori. Il resto della rappresentazione è rimasto uguale... o quasi. In verità c'è un cambiamento che la dimezza, ne mortifica il senso più profondo, la trasforma in evento folkloristico, che è meno, molto meno della festa popolare. La novità, la causa del dimezzamento sono i turisti, la cui intrusione appiattisce gli eventi, ne sugge l'anima, sottrae loro il carattere di eventi partecipati, li trasforma in eventi rappresentati, quindi finti, ricostruiti a beneficio delle tribù di curiosi in perenne transumanza da un evento all'altro, perché è il movimento, il loro continuo spostarsi a riconoscergli un ruolo».

Tommaso non li sopportava tanto i turisti. Non sopportava la loro irriverenza: quel presentarsi sui luoghi della festa in pantaloncini corti e canottiera, quel loro vociare scanzonato al passare della processione o durante il concerto bandistico. Ancora peggiore era l'effetto sui costumi locali, per imitazione, un imbarbarimento che rompeva il filo di continuità col passato, che trasformava anche gli attori di un tempo in spettatori: una perdita insopportabile.

Tommaso e Luigi, seduti nelle platee delle splendide piazze dei paesi, circondati dalle facciate di palazzi e chiese fregiati da sculture barocche in pietra leccese, si sentivano come a teatro, come all'Arena di Verona, e nella musica della banda ritrovavano lo splendore del bel canto, anche se non c'erano cantanti (in qualche occasione c'erano) ma solo strumenti che ne riproducevano i registri sonori.

Ad ogni festa patronale ascoltavano almeno un'opera o due, perché non erano quasi mai integrali: La Traviata, Lucia di Lammermoor, Aida, Rigoletto, Tosca, il Barbiere di Siviglia, la Bohème, i titoli si rincorrevano piazza dopo piazza ed era una raffinatezza da intenditori riuscire a cogliere le differenze tra le bande, l'intensità e l'espressività dei suoni. I vecchi appostati nelle prime file in religioso silenzio conoscevano ogni strumento, ogni aria e ne sottolineavano le interpretazioni con commenti e applausi competenti, quando il solista armato di *flicornino* si alzava in piedi per eseguire *"Pura siccome un angelo"* o *"Parigi, o cara"* vedevi serpeggiare tra le prime file cenni d'intesa o pronunciare sentenze tipo: «*Quest'anno la cornetta è speciale*»; magari confondevano tra cornetta e flicornino, che poi non c'è una grande differenza, ma le differenze le notavano e ordinavano le prestazioni in una scala gerarchica a futura memoria.

Tommaso aveva imparato anche lui a distinguere il suono degli strumenti e ad abbinarli ai registri vocali. Il *flicornino*, spiegava a Luigi, esegue le parti dei soprani, rimanda un suono acuto e penetrante modulabile su diverse tonalità, mentre la cornetta che alcuni preferiscono ha un suono più caldo e morbido; gli altri tipi di *flicorni* (dal *flicorno tenore* al *bombardino*), sostituiscono le classiche voci liriche dell'opera, con tonalità che si estendono dal chiaro allo scuro, dall'acuto al grave. Luigi, apprezzava le spiegazioni e incominciava a distinguere gli strumenti, soprattutto il gruppo dei flicorni, diversi da quelli utilizzati dalle orchestre sinfoniche, tutti strumenti a fiato, ottoni soprattutto, con l'aggiunta di una sezione di legni, flauti e clarinetti, oltre alle immancabili percussioni. Luigi, come Tommaso d'altronde, era abituato alla rappresentazione delle opere nella versione classica, nei teatri, ascoltarle in quella versione, mondate delle parole e delle scene, ridotte all'essenza musicale, era un'esperienza particolare, ti faceva concentrare sulla musica; e anche se la musica perdeva qualcosa sotto il profilo della soavità e della morbidezza degli strumenti a corda, si giovava del cantato dei *flicorni* che era musica ed era parole, sintesi di sinfonia e canto, un'esperienza da ascoltare a occhi chiusi se non fosse per la teatralità degli spazi che la ospitavano, che non consentivano l'estraneazione dal contesto.

E di quello si beavano anche Adriana e gli altri amici che preferivano girare per il paese, andare sulle giostre o al tirassegno, come ragazzini in cerca di emozioni. Rocco e Adriana in quegli spazi franchi continuavano il loro divertente gioco di seduzione che non li comprometteva. Assunta no, lei avrebbe scelto la banda.

Capitolo 8

Nel silenzio dell'abbandono

«La strada è asfaltata e larga, adesso» – disse Tommaso – *«quando sei nato tu era poco più di un tratturo, ci passava a stento un carretto agricolo, di quelli trainati da un cavallo».*

Luigi si guardava intorno. Era emozionato, il cuore gli batteva veloce, a intervalli irregolari saltava una pulsazione…, una vecchia e innocua aritmia che si faceva sentire tutte le volte che la tensione emotiva superava il livello di guardia; d'altronde, dopo una settimana di suggestioni stava percorrendo l'ultimo tratto dello spazio-tempo che lo separava dalla sua nascita, un salto all'indietro senza protezione senza sapere dove vai a parare, se l'atterraggio sarà agevole e il terreno piano o accidentato, se le caviglie terranno o cadrai rovinosamente a terra e va bene se te la cavi con qualche ammaccatura… un salto nel buio di un passato che si perdeva nelle nebbie di un paesaggio sconosciuto. Per Luigi restava un salto nel buio della sua tenuta emotiva, del suo ritrovarsi e riconoscersi nello spazio-tempo immoto che lo attendeva dietro le prossime curve.

A rischiarare il buio e le nebbie delle attese non bastava la splendida mattinata di luce che inondava il panorama, nitido, quasi trasparente, allungato ai fianchi della strada in salita. Sulla sinistra il terreno si ergeva in tratti discontinui, coperti dalle essenze della macchia che diffondevano un profumo intenso di erbe aromatiche; un olfatto affinato, che Luigi non aveva, avrebbe facilmente distinto la fragranza del finocchietto selvatico carico di inflorescenze odorose, il profumo acuto dell'origano e del rosmarino, quello più tenue del mirto o il resinoso dei pini marittimi; sulla destra degradava in un declivio di campi coltivati, alternati a uliveti, in un quadro irregolare di chiazze di terra arsa in cui allignava la gariga, di verdi alberate, di campi grigi di stoppie bruciate, delimitati da un serpeggiare di muretti a secco che li proteggono dall'insidia del vento.

«*Da quassù si gode un panorama riposante*», osservò ancora Tommaso, «*In lontananza si vedono i paesini segnalati dai campanili delle chiese e tutt'intorno il verde argentino degli ulivi che vibrano al tocco leggero del vento*».

«…».

Ancora silenzio da parte di Luigi che a stento tratteneva un nodo alla gola, pronto a prorompere in un doloroso pianto di nostalgia. Lo controllò con qualche sforzo e appena fu in grado di parlare senza tradire il suo turbamento, osservò:

«*Stiamo salendo abbastanza, credevo che qui fosse tutto piatto, un unico bassopiano…*».

«*Siamo nel territorio delle serre che occupa l'estremo lembo del tacco dello stivale. Non si va oltre i duecento metri, ma l'aria è più frizzante che in basso*», confermò Tommaso che si era avveduto del turbamento di Luigi.

L'ascesa non fu molto lunga, dopo alcuni chilometri di una strada sinuosa che seguiva il costone della serra, arrivarono in cima a una spianata che si allungava verso sud-est, tra il capo di Leuca e Otranto, avendo come confine il mare nel quale le serre si tuffano repentinamente, tra Adriatico e Jonio, ultima propaggine di una terra protesa verso oriente.

«*Eccoci arrivati*», disse Tommaso parcheggiando l'auto all'ombra di un alto carrubo, non lontano da un muro di cinta che delimitava uno spazio edificato.

«*Sembra l'ingresso di una villa padronale abbandonata, come ce ne sono da noi in Piemonte*», notò Luigi mentre i due si avviavano verso l'ingresso del borgo.

«*Qui ci sono soprattutto masserie, non ville padronali. I grandi proprietari terrieri se ne stavano nelle ricche dimore dei paesi circostanti; le ferie tipo quelle del principe di Salina a Donnafugata non si giustificavano perché la Donnafugata dei nobili e dei possidenti di qui era a due passi dal paese. Le ferie le facevano al mare, dove hanno edificato ville davvero notevoli... un'altra struttura rispetto alle dimore di campagna, come quelle che abbiamo visto a S. Cesarea*».

A S. Cesarea quel giorno, per un altro tuffo nelle acque solfuree delle grotte, si trovavano Adriana e i suoi accompagnatori abituali. Nello stesso torno di tempo in cui Tommaso rievocava le ville feriali, Rocco, seduto di fronte al mare nel dehor di un bar affacciato sulla passeggiata cittadina, preso dalla vista del palazzo in stile moresco torreggiante sulla sua destra nello sfondo azzurro del cielo che ritagliava la cupola come in una cartolina, d'un tratto, per far colpo su Adriana, ispirato, iniziò a declamare:

«*Attiguo a casa sua stava un palazzo moresco, denunciato dal salmastro, orientale come un riflesso sbiadito, scrostato sotto le volte degli archi e sulle cupole, abitato d'inverno da cristiani comodi che nell'estate pagana cedevano le due ali sul mare, per non morire di fame. Proclamata la fine dello stato d'assedio, quel palazzo sarebbe diventato il quartier generale dei Turchi che, di tra le viole del cielo assolato, avevano ammainato le mezze lune*»[12].

«*Oggi Rocco è ispirato*», disse Assunta che quelle uscite le conosceva;

«*Cosa reciti?*», aggiunse Adriana che aveva intuito il riferimento;

«*Un passo da "Nostra Signora dei Turchi" di Carmelo Bene*», rispose Rocco.

---

[12] Carmelo Bene, Nostra Signora dei Turchi, Sugar editore, MI, 1966, pp. 45-46.

«*Che davvero aveva una casa vicino al palazzo moresco, su quella strada che scende verso il mare*», completò Gina indicando la strada.

Rocco continuò a declamare:

«*Quella costruzione era un sunto di storia, oppure no. Era il suo carnefice convertito, proprio quando toccava a lui, cinquecento anni fa. Le esecuzioni degli ottocento e più martiri ebbero luogo in un campo di grano, e quei coloni inturbantati mieterono spighe d'oro ingemmate in cinabro, impazziti all'incanto di quella miniera di fede*»[13].

«*È un brano bellissimo*», disse Adriana, «*Conosco il Carmelo Bene attore, ma non ho letto il romanzo né visto il film omonimo*».

«*Per noi il film è un oggetto di culto, è stato girato qui; chi ha più di cinquant'anni ne ricorda le riprese*», affermò Rocco.

Il dialogo continuò. Adriana voleva sapere, voleva vedere il palazzo da vicino, conoscere i racconti di quelle riprese, gli aneddoti; Rocco le propose la visione del film in videocassetta e le suggerì di leggere il libro. Nel frattempo si avvide che al bar si stavano avvicinando alcuni suoi conoscenti, tra i quali un tale di nome Franchino che ai tempi delle riprese di *Nostra Signora dei Turchi* non aveva perso una scena e spesso si era prodigato per aiutare la troupe a risolvere gli immancabili piccoli problemi logistici quotidiani. Franchino fu ben contento di ricordare quei tempi, fu prodigo di aneddoti e di descrizioni che successivamente Adriana ritrovò con grande piacere nei testi, tali e quali erano stati descritti.

A Borgo Capriglia si accedeva attraverso un alto cancello in ferro battuto, lanceolato. Lo trovarono aperto, in parte ricoperto da rovi e altre sterpaglie che lo tenevano incatenato, come a garantirne l'accessibilità, perché fosse accolto chiunque volesse portarvi un soffio di vita e testimoniasse che lì la vita era scorsa davvero, per un

---

13 Ibid., p. 46.

cinquantennio, impetuosa e vivace, allegra e faticosa, soprattutto colma di speranza; che adesso l'abitava soltanto il vento e le stagioni gli passavano addosso consegnandolo indifeso all'assalto della natura compassionevole che l'avrebbe ricoperto come un sudario per riconsegnarlo intatto all'archeologia rurale di chissà quale secolo a venire.

Nel Borgo regnava un silenzio irreale. Non era il silenzio della campagna, che silenzio non è perché puoi ascoltare il sibilo lento o forte del vento che s'aggroviglia tra le chiome degli alberi e le dirige in un instancabile concerto suonato sui tempi dell'adagio con improvvise folate di vivace, o viceversa a seconda della sua intensità e dell'estro armonico del giorno, cui si associano i canti degli uccelli come inserti melodici che rincorrono il fluire della musica e la interpretano con la timbrica dei gorgheggi estesi su varie tonalità e colori. Non era neanche il silenzio dei cimiteri che è silenzio dell'anima, interiore, rifratto nel freddo dei lucidi marmi o delle pietre erose delle tombe antiche e delle cellette funerarie, dove il visitatore ricerca un contatto che sta nel suo cuore, e che trova, anche se intorno salgono mormorii di preghiera o il passo controllato di altri visitatori.

Era il silenzio dell'abbandono, un silenzio profondo, che saliva dagli abissi scavati in decenni di emarginazione, dove si erano depositati gli echi persistenti di ogni rumore-grido-lamento-invocazione-imprecazione rimasto sospeso nell'aria e nel tempo finché lo aveva sostenuto una qualche presenza del passato, attirato irrimediabilmente nel baratro dell'oblio quando s'è sbiadito perfino il ricordo; un silenzio assoluto, rispettato dal vento che passando trattiene il respiro, da uccelli, grilli e cicale che ne fuggono lo spazio per l'orrore di quel vuoto, interrotto a tratti molto irregolari da qualche casuale passante sperdutosi nel mezzo della serra o, come Luigi e Tommaso, portati dal racconto di un ricordo.

Il Borgo presenta una pianta rettangolare, in stile razionalista: a destra dell'ingresso, sul primo lato corto del rettangolo, si apre lo spazio della rappresentanza, riservato alla palazzina padronale, alla chiesa, agli uffici dell'azienda e all'alloggio del fattore: politica–religione–economia allineate, la commistione dei poteri di fronte ai quali il mondo s'inchina. La palazzina riservata alla famiglia del conte Medoro di Nardò, proprietario della tenuta di oltre mille ettari circostante il Borgo, che vi passava una parte dell'estate, è una costruzione di forma cubica, su due piani, alla quale si accede percorrendo un marciapiede delimitato su ambo i lati da un basso muretto abbellito da colonnine sovrastate da semplici capitelli geometrici; il marciapiede immette sulla scala che porta al piano superiore e continua lungo l'intero fabbricato costeggiando un porticato a *"elle"* sul quale insistono due loggette separate dall'angolo retto di un torrione centrale che spinge in avanti le linee verticali del primo piano, arretrate rispetto a quelle del portico.

In continuità con la villa si erge la chiesa in sobrio stile razionalista, ispirata alle linee architettoniche della basilica di San Marco a Venezia. Avresti detto che una chiesa così fosse fuori contesto in quel luogo, ti saresti aspettato una semplice chiesetta di campagna, come se ne vedono tante nelle piccole frazioni di poche anime, e invece ti trovi la facciata di una chiesa a tre corpi, imponente per bellezza e dimensioni. L'edificio si apre su un ampio sagrato a cui si accede salendo quattro gradini lungo l'intero fronte, sui tre lati; i tre corpi dell'edificio, che all'interno prefigurano altrettante navate basilicali, sulla facciata sono separati da due snelli campanili collegati da una semicupola orientaleggiante, concava e aperta verso l'esterno, che forma una loggetta accessibile dai campanili. I due corpi esterni sono sormontati da finte cupolette piatte affiancate da una nicchia con statue dei santi protettori del borgo.

Sugli altri tre lati si allungano gli edifici: a destra le casupole dei contadini, a sinistra e sul secondo lato corto i locali per il ricovero dei macchinari e la lavorazione del tabacco, le stalle, il frantoio, il forno, lo spaccio, uno spazio ricreativo e la scuola elementare; al centro del rettangolo si nota un'elegante fontana con vasca circolare che erogava acqua potabile per gli usi domestici, mentre lungo l'asse longitudinale la continuità dello spazio vuoto è interrotta da aree erbose piantumate con essenze diverse.

Luigi fu colpito dallo stato del luogo e dalla geometria delle forme e rivolto alla sua guida osservò:

«*È una struttura strana, sembra un esperimento economico, tipo i villaggi operai costruiti nelle vicinanze delle fabbriche*».

«*In effetti lo è*», rispose Tommaso, «*Se pensi all'epoca in cui è stato edificato, all'inizio degli anni Venti, e alla tipologia architettonica vien proprio da pensare che si sia trattato di una scommessa ideologica*».

«*Però non capisco la facciata della chiesa con quest'aspetto strano che non mi sembra in armonia con il resto della struttura*», continuò Luigi.

«*Ho letto che richiama la Basilica veneziana di San Marco, non so per quale ragione, reinterpretata nello stile razionalista dell'epoca, come l'intera struttura, peraltro. In ogni caso, mi sembra che la chiesa sia ben inserita nel contesto, non lo contraddica*».

«*A me sembra che le rotondità dei simulacri di cupole orientaleggianti contrastino con la geometria degli spazi e delle costruzioni che caratterizza l'intero complesso*», insistette Luigi.

E Tommaso: «*Inserite in quella facciata piatta e spoglia la ingentiliscono, tanto più che presentano un aspetto quasi triangolare, più che sferico*».

Dopo le osservazioni stilistiche Luigi tornò a chiedere le ragioni economiche che avevano portato alla costruzione di quel borgo strutturato in modo così diverso dalle masserie tipiche della zona.

«*Probabilmente fu dovuto alla volontà dei proprietari di passare da una gestione indiretta, tramite l'impiego di coloni, a una diretta di tipo capitalistico abbinata alla lavorazione in loco dei prodotti coltivati, specie le olive e il tabacco*», disse Tommaso.

«*E dopo neanche cinquant'anni la decadenza e l'abbandono totale*», aggiunse Luigi.

«*Già! Con le liberalizzazioni introdotte dalla CEE la concorrenza dei piccoli proprietari aveva fatto calare il prezzo del tabacco e il progetto di Borgo Capriglia, diventato antieconomico, fu abbandonato; e con il progetto fu abbandonato anche il borgo*».

«*Una storia finita male, specialmente per le famiglie che furono costrette ad abbandonarlo*».

«*Purtroppo l'esodo non si limitò a questo borgo, negli anni Cinquanta e Sessanta fu un fenomeno generalizzato che spopolò tutti i paesi del Mezzogiorno...*».

«*E non solo, anche le montagne piemontesi si spopolarono in quegli anni. Conosco intere borgate che hanno subito la stessa sorte, con effetti ancora più devastanti, perché l'esodo comportò l'abbandono delle terre e il dissesto idrogeologico del territorio*».

Il dialogo andò avanti sul tema della relazione tra esodo dalle campagne e sviluppo industriale, con Luigi che poneva l'accento sulla ineluttabilità di quell'esito e Tommaso che ne valutava gli effetti in termini di costi e benefici, concludendo che i costi, probabilmente, avevano superato i benefici, se era vero, come riteneva vero, che quel tipo di crescita economica aveva comportato, per la terza volta nel volgere di un secolo, il tradimento e l'abbandono del Sud a un lento e inesorabile declino.

E mentre parlavano animatamente le loro parole si perdevano nello spazio vuoto del borgo, assorbite in quell'abisso di silenzio dell'abbandono e dell'oblio che avevano notato varcando il cancello.

Dopo averne parlato, andarono a visitarlo.

«Lo hanno costruito i Saraceni ai tempi della loro conquista?», domandò Adriana.

«Certo! Quel palazzo sarebbe diventato il quartier generale dei turchi che, di tra le viole del cielo assolato, avevano ammainato le mezze lune», rispose Rocco con simulata serietà.

Cosa diceva Rocco? *Non voleva per caso fargli credere che il palazzo moresco fosse come si dice dell'epoca? Quella costruzione era un falso. Non era davvero il caso d'intendersene. Fu progettato e realizzato ai primi del Novecento, andiamo! Gli schiavi solamente non sapevano quello che facevano. I padroni avevano voluto che somigliasse. Andiamo.*[14]

Adriana aveva notato un che d'inverosimile nella frase di Rocco, nonostante la sicurezza con cui l'aveva pronunciata, nonostante quel *"certo"* perentorio... e poi quel riferimento alle viole...

Era falso, indubitabilmente, ed era vero, non solo perché reale; era il testimone postumo di un passato lontano un eone che aveva bloccato, dopo i fatti di Otranto, i rapporti tra Oriente e Occidente, spostando lo sguardo sulle rotte delle Indie colombiane, emarginando la piattaforma salentina che dall'Oriente aveva ricevuto impulsi di civiltà e di grandezza.

«Lo ha fatto costruire qualche Aga Khan sedotto dalla bellezza della costa?», chiese ancora Adriana durante la visita.

«No, è stata una moda locale d'inizio Novecento, quanto mai opportuna perché, forse, ha risvegliato il bisogno di una nuova apertura all'Oriente, per vincere il senso di umiliazione e di paura simboleggiato dalle torri di guardia, le torri saracene che avevano fatto la guardia contro le incursioni del turco e che ora sorvegliano il riposo dei villeggianti, non più preoccupate dalle invasioni».

---

[14] Ibid., pp. 111-112.

Mentre parlava, Rocco aveva negli occhi le immagini di un'altra invasione, pacifica questa volta, accolta con lo stupore e la tolleranza di chi sa cosa vuol dire partire, abbandonare la propria terra in cerca di fortuna, perché la tua terra, per quanto amata e venerata non riesce a sfamarti e ha bisogno delle tue rimesse per rinascere e preparare un futuro più certo per le generazioni a venire. Questa volta non erano le feroci feluche moresche a essere avvistate dalle torri di guardia, erano i palazzi moreschi a dare il benvenuto ai gommoni e alle carrette del mare stracolmi di albanesi e mediorientali arrivati a mani nude; viaggi senza ritorno gestiti da tour operator stravaganti, specializzati nella gestione di reality di massa ai limiti della sopravvivenza dove vince chi riesce a non morire durante la traversata o durante lo sbarco, dove il premio per la vittoria è un soggiorno a tempo indeterminato in un CIE (Centro di Identificazione ed Espulsione), dove l'avventura può continuare, a scelta del concorrente, con un'ulteriore prova di resistenza, vince chi riesce ad allontanarsi dal CIE, il premio questa volta è la conquista dello status di clandestino. Chi decide di non continuare il reality e chi non riesce ad evadere dal CIE otterrà, come premio di consolazione, un viaggio di ritorno su una nave o su un aereo di linea e dovrà rinunciare al seguito dell'avventura per cui aveva pagato il prezzo.

Sta come una riflessione nell'acqua... E così l'avevano costruito a picco sulla scogliera, come un peccato esemplificato a che nessuno lo ripetesse... lo vollero i fondatori, come a dire che qui, sicuramente, i turchi non avrebbero osato costruire un palazzo. Pure esiste un castello moresco. Ma che fa?[15]

Sta, all'angolo di una curva, quasi nascosto, come se avesse il pudore di mostrarsi. Sta lì per essere scoperto dai turisti, incuriositi

---

[15] Ibid., p. 112.

di trovarlo in un posto così improbabile, in disparte; lo si vede arrivando da est o dal mare, il nord e l'ovest sembrano non interessargli, chiusi alla vista dall'incombere di altre costruzioni senza pretese che lo soffocano, lasciando all'angolo della curva, a nord-ovest, una limitata visuale di venticinque-trenta gradi, insufficiente a mostrarlo nella sua sontuosità, nonostante che proprio sul lato a ovest si apra la sua facciata d'ingresso, in un gioco intricato di vuoti e pieni, di logge, di balaustre intarsiate, di scale che portano all'elegante edicola del primo piano chiusa da una trifora merlettata. Sui due lati contigui alla facciata d'ingresso si aprono lunghi corridoi di archi moreschi sorretti da esili colonnine tortili che introducono alla loggia esposta a est dove insiste la base della grande cupola circolare sovrastante. Altre quattro cupolette erano collocate (ora perdute) ai quattro lati del palazzo dove si alzano altrettante finte torrette, quasi fosse un castello posto a difesa della costa.

Adriana, per intercessione di un amico di Rocco, riuscì a visitarne gli esterni, che gli interni i padroni di casa erano restii a mostrarli, e ne fu affascinata. Passeggiando lungo i corridoi, osservando le lucide geometrie disegnate sui muri, i tenui colori che le decoravano, gli sembrava di vivere una dimensione diversa, di intravedere donne velate che spiavano da dietro le porte e le finestre, di scorgere in lontananza *"vele gonfie di mezzelune"* provenienti da est; e poi i panorami... come cartoline di mare e di coste ad abbracciare un arco di orizzonte steso tra l'Albania, Corfù, il capo di Leuca e tutto il litorale che da Leuca sale verso S. Cesarea e Otranto.

Non erano i turchi ad abitarlo, simbolo di un potere solido, le fondamenta ben salde nella roccia, inaccessibile, che in sé coniugava potenza e bellezza; non lo avevano mai abitato, non avevano avuto il tempo di costruire alcun castello, così che del loro passaggio erano rimaste solo le macerie delle distruzioni, i lutti e la scia di dolore e di vita che gli eserciti conquistatori lasciano sempre dietro di sé. Lo abitavano i ricordi di un'anziana signora che difendeva la memoria di un passato prossimo oramai fuori corso, durato perfino troppo a lungo, quando dal palazzo dipendevano le sorti del turismo balneare e termale che governava la prosperità del paese; ricordi accumulati come polvere sulle suppellettili, sprofondati anch'essi nei silenzi profondi dell'abbandono, non penetrati dai rumori dell'estate che gioiosamente, a volte con arroganza, animavano la vita del paese, neanche dalla presenza dei turisti-affittuari, presenza discreta, *per contratto*, che non doveva manifestarsi lungo i corridoi colonnati per non compromettere l'atmosfera solenne del luogo, né disturbare la ieratica solitudine della padrona-vestale, guardiana inflessibile dei fasti trascorsi.

Il palazzo moresco non sarebbe *diventato il quartier generale dei turchi che, di tra le viole del cielo assolato, avevano ammainato le mezze lune.*[16]

Fu invece il quartier generale del concessionario delle acque termali, quattro secoli dopo la cacciata dei Turchi, costruito sul niente di una scogliera ostile e dimenticata, dove avevano cercato rifugio i giganti Leuterni sconfitti dalla clava di Eracle, temprati nel fuoco e nello zolfo, che di zolfo e di fuoco fecero pullulare le acque delle grotte nelle quali, fuggitivi, si erano rintanati per sfuggire all'ira dell'eroe.

I Turchi non l'avrebbero costruito un palazzo in quel niente, l'avrebbero costruito altrove, ignari della salubrità delle calde acque sulfureo-salso-bromo-iodiche e dei fanghi pullulanti nelle grotte, eccellenti contro i reumatismi, le malattie della pelle e delle vie aeree; oggi quel panorama mostra un'eclettica coincidenza di opposti sedimentati nel tempo e nei ricordi.

---

[16] V. nota 9, pag. 180.

Sta ai piedi di una tondeggiante collina, un tempo brulla ora rigogliosa pineta, che prese nome dalla sua funzione: *mons saracenum* fu nomata per via della torre costruitavi in cima ai tempi delle incursioni corsare dei turchi, dopo il sacco di Otranto nel sedicesimo secolo; Torre Saracena quella, torre di guardia, sentinella di pietra in comunicazione visiva con altre torri gemelle disseminate lungo la costa. Da molto tempo non vigila più, non custodisce, guarda il palazzo e si meraviglia, spaesata perché non ha visto feluche e mezzelune, scimitarre e turbanti, giannizzeri e dervisci aggirarsi sul mare e sulla costa quando il palazzo fu costruito; è guardata, piuttosto, dal basso verso l'alto, testimonianza di un tempo che è stato, esposta nello stemma dei luoghi che ha protetto, simbolo alla stregua del palazzo: ufficiale l'una, l'altro di fatto, scelto a furor di turista che immancabilmente lo immortala con il click della fotocamera.

Da sotto quella cupola, al riparo del *monte saraceno*, si dominava il mare e ispirati da quella bellezza si attuava il progetto che avrebbe trasformato la scogliera sovrastante le grotte leuterne in un'elegante stazione turistica, termale e marina ad un tempo.

«La casa dove sei nato è l'ottava sul lato sinistro, lungo l'asse longitudinale del borgo», disse Tommaso richiamando l'attenzione di Luigi.

Su quel lato, di fronte all'abitazione del fattore, dopo uno spazio aperto dal quale partiva un tratturo proiettato nei campi, si allungava una lunga teoria di costruzioni ad un piano, tutte uguali, tutte bianche d'un bianco sporcato dal grigiore del tempo, dove avevano abitato le famiglie braccantili impiegate stabilmente nell'azienda. Luigi le osservò da lontano, in diagonale, dall'angolo opposto dove sonnecchiava la palazzina padronale di un bel rosso pompeiano, oramai schiarito e scrostato dal passare degli anni. Non poté fare a meno di valutare le differenze tra le due costruzioni ed ebbe un moto di sincera pietà per i suoi genitori e per se stesso; sentimento che non aveva mai provato prima, quando andava in vacanza a Montalto Dora ed a parti invertite lui, rampollo di una famiglia benestante, abitava una villa padronale dalle eleganti linee architettoniche che dominava le povere abitazioni dei contadini, piccole e malandate, dove abitavano i ragazzi malvestiti che scorrazzavano per i campi, invidiati perché a lui quella libertà era preclusa.

I due attraversarono in silenzio lo spazio aperto. Avvicinandosi alla fila delle misere casupole Luigi sentiva crescere un senso di disagio che aumentò a dismisura quando si addentrarono negli ambienti dell'*appartamento* numero otto in cui aveva emesso il suo primo vagito.

All'esterno ciascuna abitazione era separata dalle altre da una scala che portava sul tetto, una specie di terrazza priva di parapetto, di forma leggermente convessa, utilizzata per stendere i panni o per far seccare gli ortaggi da conservare per l'inverno. Gli interni comprendevano due locali di limitate dimensioni (al massimo tre metri e mezzo per tre), di altezza inferiore a due metri e mezzo, con due uniche aperture verso l'esterno da cui ricevevano luce e aria. Nella prima stanza, con funzioni di cucina-soggiorno-tinello, l'angolo a destra dell'ingresso era occupato da una sorta di focolare per la cottura dei pasti e il riscaldamento invernale degli ambienti, il cui piano di fuoco era collocato al livello del pavimento ed era privo di qualsiasi tipo di protezione o delimitazione; le pareti e il soffitto erano, con gradazioni differenti, annerite dal fumo caliginoso del focolare e a Luigi sembrava di sentirne l'odore acre.

«*Sarà stato pieno di fumo qua dentro*», osservò con stupore.

«*In alcune giornate sì, quando c'era bassa pressione e tirava vento di scirocco; ma se il camino tirava bene non c'erano grossi problemi*», gli rispose Tommaso che percepiva il turbamento dell'altro e avrebbe voluto trovare le parole adeguate per rassicurarlo. In realtà non c'erano parole dicibili. Lo stato del luogo era evidente, non richiedeva spiegazione alcuna, né era possibile negare l'evidenza con stucchevoli tentativi di dirozzarne il contesto. Luigi non aveva bisogno di rassicurazioni, doveva prendere atto di ciò che era stato e trovare da sé le risorse emotive per comprendere. Non c'era altro da fare se non percorrere tutto il cammino che gli avrebbe dato consapevolezza, poi sarebbe toccato a lui solo trarne le conclusioni e accettarne il lascito, ché rifiutarlo non lo avrebbe salvato, semmai lo avrebbe condannato al rimorso reiterato, al *ri-morso*, né avrebbe potuto perdersi nell'oblio di una musica liberatrice per dimenticare e rinascere.

Attigua alla cucina c'era la camera da letto che avrebbe potuto ospitare un letto matrimoniale e qualche mobile di piccole dimensioni, e lì ci si fermava. Sul retro l'abitazione dava su una sorta di terza stanza a cielo aperto, delimitata da muretti a secco poco più bassi dell'altezza della casa, che in un angolo ospitava una piccola latrina, in un altro lo spazio adibito a lavanderia e per il resto un albero di fico, fiori ed erbe aromatiche.

«*Come si poteva vivere in un ambiente del genere? Manca lo spazio vitale...*», disse Luigi al termine della ricognizione.

«*Non è una reggia, ma ci si stava*», commentò Tommaso di fronte allo sguardo smarrito dell'amico.

«*Molto stretti, a quanto sembra; una volta inseriti i mobili non restava molto spazio...*», insistette Luigi.

«*Era lo standard delle abitazioni contadine del tempo, non rattristarti*», lo rassicurò Tommaso.

«*Ma sono poco più che tuguri!*», esclamò Luigi, «*la casa di tuo nonno e le tante che abbiamo visto in giro non sono così*».

«*Non erano molto diverse. Tu le vedi adesso che sono state ristrutturate e ampliate, ma all'epoca in cui fu costruito il borgo, sia nelle masserie sia nei paesi due stanze erano già un lusso*».

«*Su da noi non era così*», asserì Luigi con convinzione pregiudiziale.

«*Lo dici solo perché non ci sei mai stato in una cascina, né in una casa di ringhiera dove vivevano le famiglie operaie. Non c'erano differenze*», gli rispose Tommaso che lo sapeva bene: l'acqua corrente da attingere alla fontana in cortile, il gabinetto comune sul balcone di ringhiera, lo squallore degli ambienti per quanto le donne cercassero di renderli più vivaci, i disagi della periferia...

Luigi non replicò, sapeva di non avere esperienza in materia, a differenza di Tommaso. La condizione sociale ed economica dei suoi genitori adottivi lo aveva tenuto al riparo dalle difficoltà materiali, lontano dai luoghi del disagio, né s'era mai interessato nel corso della vita adulta, dei problemi dei suoi dipendenti. Per lui un operaio era soprattutto un costo di produzione, un ingranaggio del processo produttivo che poteva essere facilmente sostituito, senza costi aggiuntivi per l'impresa, anzi con qualche risparmio salariale quando un anziano veniva rimpiazzato da un giovane o da un interinale... quando veniva rimpiazzato! Quando il turnover non veniva sostituito dall'aumento dei carichi di lavoro per tutti! Negli ultimi venti anni era diventato un comportamento imprenditoriale generalizzato: lavoro a tempo indeterminato di lavoratori anziani contro lavoro precario di giovani o contro esternalizzazioni e lavori interinali. Luigi lo sapeva e aveva colto l'opportunità offerta dalla liberalizzazione del mercato; insieme ai suoi colleghi imprenditori chiedeva ulteriori riforme con l'obiettivo di smantellare del tutto le tutele garantite dalla legislazione sul lavoro e dallo Statuto dei lavoratori, per ripristinare la situazione ante Sessantanove, conclamare lo *status* del lavoro come merce e la supremazia del capitale sul lavoro: concetti che all'inizio degli anni Settanta erano stati superati dalle conquiste di quella feconda stagione di lotte operaie.

Lo stupore di Luigi non nasceva solo dall'aver constatato il disagio e le sofferenze dei suoi genitori, era piuttosto una commiserazione di sé, uno stupore introiettato, perché non riusciva ancora a capacitarsi dei suoi natali, di una condizione così differente da quella che aveva vissuto fin lì: inconsciamente pensava di non meritarlo e inconsciamente la rifiutava. Però incominciava a provare un sentimento di comprensione e di partecipazione anche per Salvatore e Maria e ciò testimoniava il processo di sgretolamento delle certezze pregresse e delle resistenze che lo avevano sostenuto nella sua ostinazione a non accettare la sua biografia qual era.

La visita al borgo continuò con l'ispezione degli altri lati del perimetro dove erano allineati i locali di servizio. Fu, più che altro, una lenta passeggiata lungo i muri di facciata, sbirciando da qualche finestra sfondata o divelta dal passaggio di predatori in cerca di bottino o dalla furia di vandali devastatori in preda ai raptus dell'insensatezza. Gli interni, come c'era da aspettarsi, erano vuoti, stanzoni nudi dei quali Tommaso provò a indovinare l'uso e a immaginare l'attività che vi si svolgeva, aggiungendovi i racconti di Maria.

Maria gli aveva parlato delle fasi della coltivazione e della lavorazione del tabacco, coltura principe a Borgo Capriglia, della raccolta delle olive e della potatura degli alberi, del falò (la *fòcara*) innalzato con le fascine di ramaglie nel giorno della festa di Sant'Antonio abate, della processione del santo patrono del borgo, del tempo libero; nel divenire del racconto il borgo sembrava animarsi e ritornare alla vita attiva del suo breve percorso operativo.

La coltivazione e la successiva lavorazione del tabacco – raccontava Tommaso – richiedevano un impegno protratto per l'intero anno. Si iniziava tra la fine di febbraio e l'inizio di marzo con la semina nelle apposite lettiere, e qui stava la prima curiosità che aveva colpito Tommaso, delimitate, quasi fosse una protezione, da piantine di *salata,* una varietà di lattuga alta e compatta come una pannocchia. Le *salate* nel racconto erano importanti perché all'inizio di aprile, prima di raggiungere la fase di maggior sviluppo, diventavano l'oggetto del desiderio irrefrenabile dei ragazzini, i quali, organizzati in piccoli gruppi, *assaltavano* i semenzai per trarne il gusto croccante e acquoso della lattuga, dolce e leggero, che assaporavano a occhi chiusi, seduti dietro un muretto a secco o in qualche riparo eletto a nascondiglio durante le scorribande inesauste.

I ragazzi e le ragazze ritornavano protagonisti in estate, al momento della raccolta e dell'infilzatura, che non erano giochi ma lavoro faticoso, dalle quattro del mattino a riempire sacchi di foglie mature con le mani collose di una resina nerastra fino alle otto e le nove quando il sole diventava insopportabile, e dopo all'ombra, per l'infilzatura. Questo momento, a differenza della raccolta, piaceva ai ragazzi perché i vecchi – mentre le foglie verdi, una dopo l'altra, venivano trapassate dai lunghi aghi venduti dalle zingare e ordinate in ghirlande da essiccare – i vecchi raccontavano storie fantastiche che i ragazzi ascoltavano a bocca aperta e qualche volta si distraevano pungendosi ma restando in silenzio per non rompere la magia del racconto; e poi si cantava...

> *Lu tambureddhru meu è de Nocija*
>
> *ca jata a ci lu sona e ci lu pija;*
>
> *lu tambureddhru meu è de cucuzza*
>
> *ca jatu a ci lu sona e a ci lu tuzza.*[17]
>
> [*Il mio tamburello è di Nociglia / beato chi lo suona e chi lo piglia;*
>
> *il mi tamburello è fatto con la zucca / beato chi lo suona e chi lo percuote*]

...ed era uno spettacolo sentire gli stornelli che si rincorrevano da un punto all'altro dello stanzone...

---

[17] Canzone popolare salentina

Fiore di tutti i fiori, fior di pepe

tutte le fontanelle su siccate,

tutte le fontanelle su siccate

povero amore mio, more di sete. [18]

Fiore di tutti i fiori, fior di pepe / tutte le fontanelle sono a secco

tutte le fontanelle sono a secco / il mio povero amore muore di sete

...e le risate o le grida di entusiasmo o d'incoraggiamento che li sottolineavano.

La domenica pomeriggio molti scendevano in paese, in bicicletta o a piedi a trovare un po' di svago e un po' di vita o a visitare i parenti, dopo una settimana di lavoro duro. La sera gli uomini tornavano brilli, qualcuno ubriaco, era la santificazione della festa, il meritato riposo che li ricaricava per sopportare un'altra settimana di lavoro duro e di stenti.

Dopo il sopralluogo anche loro scesero in paese.

Martedì 8 febbraio 1955

L'orologio del campanile di destra della chiesa aveva da poco suonato le cinque di un pomeriggio qualsiasi. Il sole, tramontato dietro le colline della serra, colorava le sottili nuvole veleggianti nella lieve brezza levantina di un rosa tenue che si dissolveva in trasparenza nell'azzurro uniforme del cielo. Stormi di uccelli accompagnavano il ritorno degli uomini dai campi appostandosi nei dormitori, il capo sotto l'ala, riparati dal freddo della sera.

Salvatore, appena tornato dal lavoro, si stava rinfrescando prima di andare alla riunione convocata per le sei nel salone adiacente al magazzino di stoccaggio del tabacco. Non era usuale che il fattore o

---

[18] Ibid.

qualche altro convocasse riunioni, tanto più con la raccomandazione di non mancare.

La giornata se n'era andata in un fiat, presi com'erano, tutti gli uomini, dall'urgenza di concludere la potatura degli ulivi, di preparare le lettiere per la semina del tabacco, di arare e concimare i campi che ne avrebbero ricevuto il trapianto.

«Hai saputo qualcosa sulla riunione delle sei?», disse Salvatore alla moglie intenta a ravvivare il fuoco sotto il pagliolo che borbottava nel camino.

«Nessuno ne sa niente, neanche la "mescia"[19] che è una lingua che non si tiene niente».

«La cosa non mi lascia tranquillo. Quello che ha da dire poteva dircelo subito, senza tanti misteri!».

«Di che ti preoccupi! Col tempo che ha fatto quest'inverno vorrà caricarvi un po' più di lavoro, per fare bella figura col padrone».

«Fosse solo questo non ci sarebbe da preoccuparci, magari ci scappa qualche soldo in più che non farebbe neanche male».

Nell'estate del millenovecentocinquantaquattro nella tenuta di Borgo Capriglia avevano fatto il loro ingresso trionfale i trattori. Una domenica mattina, era il quattordici agosto, la vigilia dell'Assunta, verso le nove e mezzo, prima della messa, un piccolo convoglio si era presentato alle porte del borgo; lo guidava il conte Medoro in persona, impettito nella sua *Bugatti* decappottabile, che come tutte le estati passava qualche settimana di vacanza nella sua tenuta approfittandone per controllare l'andamento dell'azienda e concordare con il fattore i lavori dell'annata agraria successiva. Dietro di lui venivano due fiammanti trattori *Landini L 25*, seguiva l'auto del sindaco, una processione di moto e di biciclette stracariche

---

[19] *"Mescia"* (maestra), così veniva chiamata la responsabile del lavoro delle tabacchine impegnate nella selezione e cernita del tabacco.

di curiosi che non volevano perdere quell'evento straordinario. Sul sagrato della chiesa il convoglio fu accolto dal canonico che benedisse i trattori, invitò i presenti a pregare e, non riuscendo a trattenersi, anche se non era previsto dal protocollo concordato con il signor conte, si lasciò andare a un verboso panegirico sulla misericordia di dio che aveva ispirato gli inventori di un tale benefico strumento, capace di alleviare la fatica dei contadini e di potenziarne le capacità produttive. Più verbosi ancora, un inarrestabile profluvio di espressioni solenni che pochi degli astanti riuscivano a comprendere (tanto verbosi che il canonico a un certo punto dovette intervenire discretamente perché l'orario della messa era già passato da un pezzo e si commetteva una grave mancanza, aveva detto ammiccando, a far aspettare il Signore), furono i discorsi del Sindaco e del Conte che celebrarono se stessi, la lungimiranza del munifico governo elargitore dei contributi per lo sviluppo della meccanizzazione agricola, le *"magnifiche sorti e progressive"* dell'agricoltura salentina che dall'impiego dei nuovi ritrovati della scienza e della tecnica avrebbe tratto la spinta per inoltrarsi su un radioso cammino di prosperità e di benessere.

I più contenti furono i bambini che, a turno, sotto lo sguardo attento e benevolo degli autisti ebbero modo di mettersi al volante simulando la guida e il rombo sbuffante delle macchine, per poi sciamare sulla piazza correndo all'impazzata come altrettanti trattori (in realtà meno veloci dei bambini con la loro velocità massima di appena quindici chilometri all'ora e una limitata possibilità di manovra, infinitamente limitata rispetto a quella degli intraprendenti monelli, vispi e spericolati), disegnando gimcane impossibili per il passo compassato di quei gioielli della meccanica agreste.

I braccianti presenti restarono perplessi, soggiogati da una forza che li sovrastava; si sentivano inconsciamente minacciati, pur senza rendersi conto del reale pericolo a cui erano esposti. Passò solo qualche mese prima che il presentimento inconscio si trasformasse nel nero spettro che fu.

Alle sei meno cinque i contadini della tenuta di Borgo Capriglia erano tutti davanti alla porta del salone, stretti nelle loro giacche nere, addossati l'uno all'altro nell'angolo più riposto del porticato per difendersi dal vento e dal freddo che a quell'ora incominciava a pungere. I discorsi e le ipotesi si intrecciavano senza posa, senza che si venisse a capo di niente, con l'unico risultato di aumentare l'ansia collettiva.

Un po' discosti, sotto lo stesso portico o più in là nello spiazzo antistante si aggirava una turba di ragazzini stranamente silenziosi. Avevano rinunciato ai giochi usuali, al rincorrersi schiamazzando a perdifiato, per cercare di orecchiare qualche informazione, preoccupati e ansiosi per la preoccupazione e per l'ansia dei loro genitori, istintivamente consapevoli della delicatezza del momento. Di tanto in tanto qualcuno li invitava ad andare via, ad andare a casa o a giocare; a quegli inviti sciamavano per un momento nello spiazzo per poi tornare, quasi attratti da una calamita invisibile, verso il centro del loro interesse.

Quando arrivò il fattore gli si fecero tutti incontro. Lui, senza indugiare, li invitò a prendere posto nel salone e dopo aver imposto il silenzio incominciò a parlare con tono grave, soppesando le parole e mostrando un certo disagio.

Disse che il Signor Conte lo aveva incaricato di comunicare una notizia dolorosa che avrebbe (lui, il conte e tanto più lui, il fattore) volentieri evitato, solo che ci fosse stato un piccolo spiraglio. Disse che la malattia del tabacco degli ultimi due anni non garantiva più alcun guadagno e che la prevista abolizione del monopolio della coltivazione consigliava di abbandonare quella coltura. Disse, infine, che per quei motivi la metà dei braccianti che lavoravano nell'azienda non sarebbe stata più impiegata, che avrebbero dovuto lasciare liberi gli alloggiamenti occupati, altrimenti avrebbero dovuto pagare una pigione. Disse anche che il signor conte gli aveva raccomandato di impiegare i lavoratori più anziani e quelli che avevano più figli perché i giovani avrebbero trovato più facilmente lavoro altrove o all'estero e che, comunque, chi voleva continuare a lavorare nell'azienda doveva accontentarsi di una paga ridotta del dieci per cento.

Era proprio un filantropo, il signor conte, verrebbe da dire; ma nessuno dei presenti formulò il suo disagio in termini ironici siffatti.

Le considerazioni del fattore sui crucci e sulle indecisioni del conte si persero nell'aria della stanza satura di preoccupazione e di fumo, ma i braccianti non le ascoltarono, si guardarono intorno sconsolatamente, si scambiarono qualche breve battuta di rammarico e di sconforto, bestemmiarono, poi uscirono all'aperto sperando nel freddo dell'inverno e nella tramontana per recuperare un po' di lucidità.

Qualcuno si ubriacò quella sera. Qualcuno diede forma al presentimento che lo aveva turbato la vigilia di ferragosto.

I trattori quella notte e nelle notti a venire turbarono il sonno di molti; presero le sembianze di demoni mostruosamente giganteschi che straziavano la terra coi loro artigli potenti, aprivano ferite profonde dalle quali fuoriuscivano bestie immonde e fameliche, stormi inferociti di cavallette meccaniche e di tafani metallici a tormentare gli animali e le colture, costringendo i primi alla fuga, rinsecchendo le seconde, trasformando la campagna in una landa desolata e inospitale, spettrale nella livida livrea invernale che l'avvolgeva sotto un cielo basso sferzato da un vento maligno, rappreso in mulinelli di terra foglie e ramaglie risucchiate come in una centrifuga e disperse nelle zone alte della troposfera a formare uno schermo impenetrabile ai raggi del sole. Non c'erano uomini in quegli scenari, ne erano stati espulsi, costretti a migrare come le rondini d'autunno, dispersi oltre le terre visibili, andati per il mondo per sottrarsi alla ferocia distruttrice di quei mostri. Qualche raro sventurato che si era attardato girava lacero ed emaciato, livido anch'esso, senza meta e senza speranza.

Salvatore non cenò quella sera, si ritirò molto tardi preoccupando non poco sua moglie. Se n'era andato, insieme ad altri, nell'unica osteria del borgo a smaltire con qualche bicchiere di vino la rabbia che gli era montata dopo le comunicazioni del fattore.

Non tornò a casa ubriaco, ma chiuso in un mutismo impenetrabile, ostaggio di una tristezza assoluta, nera come i suoi pensieri e come il suo avvenire. Non disse niente alla moglie, né lei gli chiese qualcosa. Maria sapeva già tutto, era stata informata dalle vicine di casa, la notizia si era diffusa in un baleno gettando lo scompiglio nel piccolo borgo, diventato improvvisamente, per almeno metà dei suoi abitanti (ma chi poteva sentirsi al sicuro? Chi poteva rimanere indifferente di fronte a tanto strazio?), un luogo inospitale in cui non era più possibile costruire il futuro che si era pensato, nel quale non sarebbe nato il piccolo che Maria portava in grembo da due mesi.

Ne parlarono il giorno dopo. Di fronte all'inevitabile decisero di rimanere lì fino a quando Salvatore non avesse trovato un lavoro da qualche altra parte.

Vi rimasero meno di un anno, Salvatore non trovò alcun lavoro stabile e decise di emigrare a Torino. Le sue robuste braccia nate per l'agricoltura venivano reclamate al servizio di altre occupazioni, sperava che fosse l'industria produttrice dei trattori che lo avevano espulso dalla sua terra... fu soltanto un cantiere edile e non gli portò fortuna.

In paese incontrarono Giovanni Gianfreda, l'unico fratello di Salvatore ancora in vita. Giovanni aveva ottant'anni, viveva con la moglie e continuava a curare un piccolo appezzamento di terra, così per passare il tempo, per non sentirsi vecchio e inutile. D'altronde aveva lavorato sodo tutta la vita, dall'età di dieci anni, senza interruzioni né ferie, solo le feste comandate e i giorni di pioggia in cui era impossibile andare in campagna; era stato anche all'estero, in Francia, stagionale, otto mesi lì e quattro qui, giusto per la raccolta delle olive; infine, dopo aver messo da parte un gruzzoletto, comprato un po' di terra, si era ritirato in paese dove aveva condotto una vita tranquilla, liberata dalle ristrettezze dei decenni a cavallo della guerra. Negli anni Settanta la situazione era cambiata anche in Salento: con un po' di terra si riusciva a campare e con gli aiuti della Comunità europea e del Governo che avevano contribuito a sostenere i redditi dei contadini si poteva mettere da parte qualcosa per i figli, aprirgli una strada diversa, qualche possibilità in più per emanciparli dalla schiavitù del bisogno.

«*Salvatore sarebbe tornato anche lui*», disse Giovanni, «*Quando partì per Torino pensava di trattenersi solo qualche anno, giusto il tempo necessario a tirarsi un po' su, nell'attesa che la situazione cambiasse... poi le cose andarono come andarono e addio sogni di gloria*».

Pronunciando quelle parole una nube di tristezza attraversò il suo sguardo; fu solo un momento, se ne accorse solo Tommaso, mentre il vecchio si alzava con decisione, preso da un'urgenza improcrastinabile. Ritornò con una fotografia incorniciata in un vecchio portaritratti:

«*La tengo sul comò, in camera da letto*», disse, porgendola a Luigi, «*È stata scattata nel giorno del suo matrimonio...*».

Luigi ne fu un po' turbato. Quella foto ce l'aveva anche lui, faceva parte del lascito di Maria e gli sembrava strano trovarla anche lì, dopo tanti anni, sul comò del fratello di Salvatore, un legame lungo milleduecento chilometri e cinquantadue anni, ininterrotto, sopravvissuto alla distanza e al tempo, vivo, nonostante tutto, se il ricordare aveva rattristato il buon vecchio che nel nipote aveva rivisto il fratello. Luigi somigliava a suo padre. Confrontando le foto alla stessa età si notava la matrice comune, i tratti del volto regolare e l'intensità penetrante dello sguardo e i capelli e l'incarnato; Giovanni l'aveva colto subito, gli era sembrato di vedere Salvatore redivivo.

«Figlio mio, dopo tanti anni, non pensavo mai più di vederti», gli aveva detto mentre lo abbracciava, dopo le presentazioni di Tommaso, mentre i ricordi già fluivano in un racconto ininterrotto, nitidi, come se non fosse passato tutto quel tempo, come se li avesse custoditi per lui. Gli raccontava di Salvatore e del paese, di Borgo Capriglia e della situazione economica, anticipava le domande che avrebbe voluto porgli Luigi e di tanto in tanto gli chiedeva notizie sulla sua vita, su quello che faceva.

Quelli di Giovanni erano i ricordi di un Sud dimenticato, sfruttato, povero, l'emigrazione come risorsa e soluzione della povertà e dell'abbandono; un mondo preindustriale, lento e ripetitivo, tradizionale, che scandiva la vita al ritmo delle stagioni e delle ricorrenze religiose: feste e novene che precedevano e seguivano i ritmi della campagna, i lavori stagionali; un mondo nel quale tradizione e comunità andavano a braccetto, si integravano e costituivano una sorta di baluardo di rassegnazione contro le ferite impresse da una struttura sociale avversa, ferocemente oppressiva, apparentemente insuperabile se da secoli resisteva a ogni tentativo di ribellione, a ogni speranza di cambiamento, tra Masaniello e jacquerie. Poi la situazione era cambiata, la conquista di un po' di benessere era costato l'abbandono della tradizione e la perdita del senso di comunità, Giovanni non riconosceva più il suo paese né i suoi paesani.

«La decisione di Maria di restare a Torino non l'abbiamo accettata», rispose Giovanni a un'esplicita domanda del nipote, *«Qui saresti stato a casa tua, con la tua famiglia, ma forse per te è stato meglio così…»*.

Luigi non replicò. Non poteva far carico ai parenti di qui se la sua vita aveva preso la piega che aveva preso, né i silenzi di Luisa; gli bastava sapere di avere avuto un posto nei ricordi e nel cuore dei suoi ritrovati parenti, di essere parte di una storia, ciò lo avrebbe aiutato a ricostruire la sua biografia, a superare la difficoltà di accettarsi.

«*Maria non è ritornata perché voleva restare accanto a Salvatore, per avere una tomba su cui piangerlo*», continuò Giovanni di fronte al silenzio riflessivo di Luigi. L'affermazione colpì sia lui che Tommaso e in seguito ne parlarono, meravigliati per le ragioni della decisione di Maria.

«*Con me non ne aveva mai fatto cenno; si limitava a dire che non avrebbe potuto fare altro, che era il suo destino*», commentò Luigi che le aveva chiesto espressamente ragione della sua permanenza a Torino.

«*Le donne sanno sacrificarsi e sanno accogliere, sono diverse dagli uomini. Tu e Salvatore eravate gli uomini della sua vita e lei si è dedicata a voi con naturalezza, ha vissuto nel ricordo ed ha presidiato il territorio dell'assenza. Andar via sarebbe stato come tradire e lei, oltre ad essere una madre e una donna innamorata, era anche una donna leale e coraggiosa...*», iniziò ad argomentare Tommaso, subito interrotto dall'altro con foga:

«*Ma la sua scelta ha sacrificato me, ha modificato il corso della mia esistenza...*».

«*Di sicuro non aveva previsto quell'esito, né lo poteva volere; si trovò impigliata in una situazione più grande di lei che da sola non era in condizione di gestire*».

«*Però avrebbe potuto rifiutare il consenso, trovare qualche altra soluzione*».

«*Agì per necessità, pressata dalle insistenze delle religiose presso le quali eri stato temporaneamente accolto, convinta di fare il tuo bene; quella scelta, povera donna, l'ha pagata ad usura per tutta la vita, neanche il saperti ben accasato l'ha consolata...*», poi, dopo una pausa, constatando il silenzio di Luigi, se ne uscì con un'espressione canzonatoria: «*Il tuo bene, in definitiva, lo ha fatto davvero. Se fossi cresciuto qui, anziché produrre vestiti avresti vissuto di stracci»*, che per quel giorno chiuse l'argomento e lasciò Luigi di fronte a un serio argomento di meditazione. Sul quale Luigi meditò, perché nel corso della stessa giornata, tra il richiamo serio di Giovanni e quello faceto di Tommaso, per due volte era stato richiamato alla realtà, a tenere conto, con generosità e comprensione, delle ragioni degli altri, a uscire dal proprio solipsismo che lo condannava a una sterile recriminazione fondata su una percezione dei fatti individualistica e unilaterale.

Con Giovanni continuarono a parlare delle parentele, quella di Salvatore e quella di Maria, da cui emerse l'intero albero genealogico, fino alla quinta generazione, e un profluvio di nomi e di indirizzi che, in verità, un po' stordirono i due ascoltatori. Giovanni, come tutti i vecchi, parlava del passato come fosse il presente e del presente sovrapponendolo al passato; il suo ricordare generava curiosità e offriva spaccati di vita come solo i vecchi che hanno vissuto intensamente il proprio tempo sanno fare e quando dopo alcune ore si salutarono il desiderio di Luigi di conoscere i propri parenti e le loro vite era cresciuto di tanto. Lo disse a Tommaso e ci scherzarono sopra, ma nel suo intimo sapeva di non provare una semplice curiosità.

Capitolo 9

Il rumore dell'abbandono

Caro Luigi,

il nostro rapporto è arrivato al capolinea di un percorso lungo e accidentato. Per me è tempo di scendere. Lo faccio a malincuore. Dopo aver tentato con tutte le mie forze e con tutti i mezzi a mia disposizione, anche cercando le attenzioni di altri uomini che compensassero la tua assenza, di scongiurare questo finale, non ho più risorse per contrastare la tua indifferenza.

Sono stanca!

Ho sperato (quante volte ho sperato invano?) che questa vacanza fosse l'occasione per indirizzare il nostro rapporto su binari nuovi, che avresti ritrovato la tranquillità mancata negli ultimi tre anni; purtroppo mi sono dovuta ricredere. La tua indifferenza per me e per quello che faccio è aumentata, ti sono quasi estranea, perso sulle tracce del tuo passato. Per te è importante, lo so, lo sarebbe per chiunque, ma se per ricostruire il passato si rinuncia a vivere il presente, quali benefici se ne possono trarre?

Forse non te ne rendi conto, dalla telefonata di giovedì scorso ne ho avuto conferma, ma il tuo atteggiamento inasprisce la situazione e rende definitiva la decisione, che con questa mia ti comunico espressamente: il nostro rapporto è finito, da domani metterò la faccenda nelle mani di un avvocato per avviare le pratiche della separazione.

Per le questioni logistiche e il necessario coinvolgimento dei ragazzi è meglio parlarne di persona, senza porre troppo tempo in mezzo.

Fino al tuo ritorno, se sei d'accordo, continuerò a stare nel domicilio attuale, il dopo dovremmo farlo dipendere da quello che decideranno i ragazzi.

Scusa la franchezza.

Se le ragioni della mia decisione non ti fossero chiare, prova a riavvolgere il nastro della nostra vita in comune dal millenovecentonovantaquattro ad oggi. Recupera anche questo passato e troverai le risposte.

Con infinita tristezza e preoccupazione.

Adriana

Tre giorni prima di scrivere la lettera Adriana si preparava per uscire con i suoi amici. Avevano programmato una serata a Santa Cesarea, in un locale sul mare, il *Caicco*, rotonda inclusa, non lontano dal palazzo moresco *che strapiomba dalla sua base nel mare*[20], dove si può ballare e ascoltare musica in un'atmosfera distensiva che concilia le confidenze e la complicità. Il *Caicco* evoca atmosfere orientaleggianti, tende che si muovono discrete al soffio della brezza marina, viaggi per mare tra Bisanzio e Otranto, e alzando lo sguardo verso occidente, stagliata contro il blu cobalto del cielo notturno, ti folgora la nitida visione della cupola illuminata dalla luna nel suo primo quarto, sospesa sopra la breve guglia tondeggiante. Era la notte di S. Lorenzo, il dieci di agosto, la notte in cui *sì gran pianto nel concavo cielo sfavilla*[21]. Il cielo era terso, la fresca brezza che soffiava da sopra la serra infliggeva alla superficie del mare brividi intermittenti che rifrangevano la luna come una distesa di piccoli specchi semoventi; l'aria era leggera, ideale per osservare lo sciame delle Perseidi, che *d'un pianto di stelle inonda*[20] la cupola celeste, ed esprimere desideri giammai esauditi, pronunciati con la convinzione e la segreta speranza che si avverino.

Luigi e Tommaso avevano deciso di non seguirli. Essi non amavano la confusione dei locali affollati, preferivano il silenzio dei paesini deserti e lontani dai richiami dell'estate. Quella sera avevano in programma di recarsi a Corigliano dove si teneva un concerto dei Ghetonia, una delle tante serate preparatorie della *Notte della taranta*[22]. Gli altri preferivano il concerto conclusivo del ventitré a

---

[20] William Shakespeare, Amleto, scena IV.

[21] Giovanni Pascoli, X agosto (poesia).

[22] Festival di musica popolare salentina. Si svolge nel mese di agosto in forma itinerante in varie paesi del Salento e si conclude con il concertone di Melpignano che vede la partecipazione di musicisti di fama nazionale ed internazionale.

Melpignano, dove si suonava e si ballava fino all'alba, dove erano attese oltre centomila persone.

La musica accarezzata dalla brezza si diffondeva tra i tavoli del *Caicco* come un flusso ondeggiante di alti e di bassi prima di disperdersi sulla scogliera e sul mare. Nessuno ballava sulla rotonda. I pochi avventori, sparuta avanguardia dei molti che avrebbero affollato il locale dopo la mezzanotte, discorrevano tranquilli sorseggiando un drink; attendevano che il tempo passasse: chi per andare alla ricerca di un luogo appartato per scrutare il cielo dalle parti delle costellazioni di Perseo e di Andromeda, chi per finire la serata in qualche altro locale.

Adriana era taciturna. Il suo umore quella sera non era dei migliori. Aveva cercato di convincere Luigi a stare con lei, sarebbero andati da soli a cena in un locale tranquillo, una passeggiata romantica e per finire un posto appartato dove guardare in silenzio le stelle cadenti.

"L'occasione era favorevole: le stelle cadenti, un po' di romanticismo, magari si distraeva, gli tornava il desiderio di guardarmi, di fare l'innamorato... dopo tanto tempo. L'occasione poteva aiutarlo... dopo tanto tempo", pensava Adriana. Luigi aveva gentilmente declinato le avances, l'aveva invitata a seguire gli altri. Gli aveva risposto che non le pesava restare con lui, avrebbe preferito anche lei un po' di tranquillità se solo l'avesse voluta con sé. Non l'aveva voluta. Aveva preferito la compagnia di Tommaso.

"Si poteva andare insieme, io e lui, al concerto di Corigliano. Preferisce la compagnia di Tommaso alla mia; mi invita ad andarmi a divertire con gli altri. Mi dice di approfittarne, che con lui mi annoierei".

«*A Melpignano ci saranno più di centomila persone...*», disse Gina, mentre la discussione era caduta sulla *"Notte della taranta"*.

«*L'anno scorso, in occasione del decennale, ne hanno contate centoventimila. Quest'anno se ne attendono molte di più*», precisò Riccardo, il fidanzato di Rita, che sembrava molto informato.

"*Preferirei la compagnia di uno a quella di centomila. Poi con lui potrei stare anche in mezzo ad altri centomila, sarebbe ugualmente come stare soli*".

«*Chi ce la fa fare a immergerci in quella bolgia...*», cercò di dire Assunta, timidamente.

La sua perplessità fu contraddetta senza riserve dai più giovani.

«*C'è Caparezza, con le sue interpretazioni sarcastiche e surreali...*», disse Gianrocco.

Vieni a ballare in Salento, Salento... il canto delle ultime estati.

«*L'atmosfera che si crea a Melpignano con i tanti cantanti internazionali che propongono contaminazioni musicali e vocali uniche e irripetibili con la nostra musica tradizionale è imperdibile*», aggiunse Marcella, la fidanzata di Gianrocco.

«*Chi non vuole venire può sempre guardarla alla televisione, su Telenorba...*», aggiunse sarcasticamente Riccardo.

«*È impareggiabile anche la magia del luogo, l'atmosfera straordinaria che circonda l'evento...*».

«*La chiesa e il convento degli Agostiniani immersi nell'atmosfera della "Notte della taranta" sono una suggestione esclusiva, inimitabile...*».

Frammenti di conversazioni che Adriana non ascoltava più. Sarebbe andata anche lei a vegliare la *Notte della taranta*; avrebbe preferito mete e occasioni più tranquille che coinvolgessero anche Luigi, o solo lei e Luigi in compagnia di Assunta e Tommaso.

"*Assunta cerca spesso la compagnia di Tommaso; c'è affinità tra loro due ma è inespressa. Bisognerebbe trovare il modo di farli restare da soli*".

Il pensare divagante di Adriana fu interrotto dall'inattesa

proposta di Riccardo:

«Andiamo a fare una gita in barca. Potremo guardare le stelle cadenti nel silenzio e nel buio assoluto del mare, lungo la costa».

La proposta fu approvata con entusiasmo.

Ci andarono con due barche. Sulla prima salirono Riccardo, Rita, Adriana e Rocco, sulla seconda gli altri cinque. Dal porticciolo tagliato nella roccia dove le barche, come in una bomboniera, si cullavano placide al ritmo della pigra risacca, si diressero a nordest, lungo la costa che va verso Otranto, oltre le luci che illuminano il paese, nei pressi di un'insenatura dove il buio era più fitto e si stava riparati dalla fresca brezza che soffiava dall'alto della serra. Sulla costa si scorgevano i numerosi falò accesi dalle bande di ragazzi nell'attesa che la notte desse il via allo spettacolo delle meteore e intanto cantavano al suono di una chitarra e amoreggiavano, chiacchieravano e si facevano confidenze in quel sospeso stare che era il pretesto dell'attesa.

Anche sulle barche si facevano confidenze. Si parlava piano per paura di disturbare la quiete del momento, quell'atmosfera sospesa che era un misto di attesa e di tempo interrotto. Non si sentiva neanche lo sciabordio delle onde sulle carene. Nell'insenatura il mare era liscio, privo di increspature, solo al di là del piccolo promontorio che ripara la baia dalla tramontana i riflessi argentini della luna facevano intuire la presenza del vento. A intervalli irregolari da una barca all'altra, distanti una ventina di metri, ci si scambiava qualche breve frase; dopo si udirono soltanto gli *ooohhh* di meraviglia a ogni scia di meteora intravista nel cielo.

Adriana e Rocco stesi a prua sul fondo della barca si scambiavano impressioni sulle loro letture preferite.

«La Maga, in Rayuela di Julio Cortázar, racchiude in sé il senso della vita e della morte. È un personaggio vitale e tragico allo stesso tempo, pieno di risorse e problematico, enigmatico, sfuggente; ma è l'unica che in fondo sa che "per arrivare al Cielo servono solo un

sassolino e la punta di una scarpa"[23]», diceva Rocco, e mentre le parlava sentiva per Adriana una forte attrazione, un desiderio irrefrenabile di baciarla. Quella sera la Maga era Adriana, enigmatica, sfuggente, che avrebbe saputo come far salire in cielo l'uomo che le stava accanto. Avrebbe saputo ma non ne aveva alcuna intenzione e se ne stava immobile sul fondo della barca. Anche Rocco se ne stava immobile. I loro corpi si sfioravano, non osava toccarla e allora parlava. Le parlava della Maga e di Horacio Oliveira, del loro incontro parigino, loro ambedue sudamericani, portegno lui e uruguagia lei, della vita da bohemiens negli anni Sessanta del secolo passato, trasportati dagli eventi, interamente assorbiti dalle vicende del piccolo circolo di intellettuali dove si parlava di patafisica, si ascoltava musica jazz, ci si ubriacava, dove niente era reale, tutto era simbolo e si scavava a fondo su qualsiasi questione senza arrivare a niente di concreto, stando sempre al di qua della verità, inconsapevolmente. Solo la Maga sembrava conoscere qualcosa che sfuggiva a tutti gli altri, Horacio compreso.

"Non faceva freddo, però il corpo della Maga gli scaldava la gamba e il fianco destro; si scostò a poco a poco, pensò che la notte sarebbe stata lunga"[24].

Rocco si avvicinò al corpo di lei, sentì il suo calore; lei non si mosse. Ne fu incoraggiato; le accarezzò la mano distesa lungo il fianco e si voltò a guardarla. Adriana aveva gli occhi chiusi, lo ascoltava assorta, presa dalla figura della Maga che *sapeva come arrivare al cielo.*

"Come si arriva al cielo? – pensava Adriana *– Quale forza magnetica devi possedere, quale pienezza per vivere almeno la vita che ti*

---

[23] Julio Cortàzar, Rayuela. Il gioco del mondo, TO, Einaudi, 1969, p. 130.

[24] Ibid., p. 16.

è data, e comprenderla, per comprendere le pene di un uomo, per
alleviarle e rasserenarlo facendolo camminare al tuo fianco? ...".

In quel momento un *ooohhh* prolungato si levò dall'altra barca. Una lunga scia luminosa stava solcando il cielo da oriente a occidente, larga e resistente. Erano le 0.23 dopo la mezzanotte.

«*Esprimi un desiderio*», disse Rocco, e sullo slancio di quelle parole, senza pensarci, le diede un bacio sulla bocca. Adriana non oppose resistenza, gli offrì le sue labbra e con un gesto naturale del braccio destro portò la sua mano sulla schiena di lui e ne accompagnò il movimento. Dopo il primo bacio si guardarono negli occhi, increduli che fosse successo eppure consapevoli che fosse inevitabile. Non si dissero niente e continuarono a baciarsi in quel modo tenero e coinvolgente che sperimentano i ragazzi quando nel bacio esauriscono la loro sessualità adolescenziale.

"Una barca color vinaccia, Maga, ma perché non ci siamo saliti quando eravamo ancora in tempo?"[25]

Rocco e Adriana nei lunghi silenzi delle effusioni, tra una stella cadente e un'altra, non esaurirono il reciproco desiderio tra baci e tenerezze. Al riparo di un plaid steso sui loro corpi, silenziosamente, riparati dietro la piccola cabina di pilotaggio dagli sguardi della coppia che si era sistemata a poppa, ebbero un lungo-tenero-lento amplesso che li lasciò senza forze e senza domande.

"Ci conoscevamo appena e già la vita ordiva quanto era necessario per farci allontanare minuziosamente"[26].

Ritornarono a casa dopo le tre di notte.

Luigi era andato a dormire da un'ora, aveva letto ancora un po' e si era addormentato da poco. Adriana non accese la luce, si svestì senza fare rumore, si coricò e rimase in posizione supina, gli occhi

---

[25] Ibid., p.10.

[26] Ibid.

aperti come a guardare ancora le stelle sul cielo della stanza, e inevitabilmente cominciò a ripensare alla magia di quella serata.

Le persone pensano a quello che sono nell'ora più silenziosa della notte[27].

Dovrei svegliarlo e dirglielo in faccia quello che è successo. Mi ha spinta lui tra le braccia di Rocco. Vai con i tuoi amici e divertiti, aveva detto. Si riferiva a questo? Era questo che voleva? Ora che è successo sarà contento? Dovrei essere contenta io, mentre sono preda dell'incertezza e di un malumore convulso!

Adriana era dilaniata tra la sensualità del ricordo di Rocco e la rabbia per l'atteggiamento di Luigi. I baci, le carezze, le tenerezze e l'intensità dell'amplesso erano un ricordo vivo sulla sua pelle e dentro di sé. Sentiva ancora Rocco dentro di sé. Sentiva un brivido salire lungo la schiena, nella testa, mentre si rinnovavano le sensazioni di piacere, smarrite e dimenticate da tempo, che la riportavano indietro di molti anni.

Con Luigi gli ultimi anni sono stati banali anche riguardo ai rapporti sessuali: sporadici, senza passione, perfino avvilenti, nonostante ci mettessi tutto il mio impegno. Lui non era presente, era sbrigativo, quasi fosse un dovere.

Il dovere coniugale!

Erano stati più soddisfacenti i rapporti occasionali, le sporadiche avventure che Adriana si era concessa nella condizione di bianca vedovanza in cui l'avevano relegata le disattenzioni e le amnesie di Luigi. Ma neanche in quei momenti si era sentita appagata.

Con Rocco è stato diverso: un primo rapporto inatteso, precario... unico.

Unico in che senso? Qual è il significato del termine "unico"?

---

[27] Don De Lillo, Cosmopolis, Einaudi, TO, 2000, p. 106.

Non ne ricordo di più intensi. Mi ha riempito della sua tenerezza che il mio essere donna ne scoppiava. Gliene sono grata ma rimarrà unico, non ci sarà un seguito. Almeno qui, almeno per adesso. Cosa devo fare? È arrivato il momento di dare una svolta alla mia vita. Se ho ceduto al desiderio e alle premure appassionate di Rocco è stata una reazione inconscia all'atteggiamento di Luigi. Mi ha spinto tra le sue braccia. Non sento rimorso per quello che è stato. Non era forse quello che voleva? Voleva liberarsi di me. Ora ci è riuscito. Non resterò qui un giorno di più. Domani gli dirò che me ne torno a Torino. Lui faccia quello che vuole. Se ci tiene a me, a non mandare tutto all'aria, potrà farmelo capire. Io comunque me ne torno a Torino, qui non resterò un giorno di più. Ci sono rimasta già troppo. Tutti gli sforzi per cercare di tenere in vita il nostro rapporto sono stati inutili. Tempo sprecato. Ogni altra questione per lui è più importante di me. Sono stanca, delusa e arrabbiata. Mi crede sua per diritto divino...

Ciò che Dio ha compiuto non può essere separato dall'uomo per nessun motivo[28].

L'insegnamento non sta tutto in questo versetto. Non sono solo io l'adultera.

Il peccato di adulterio lo commette non solo chi pecca nella materia, ma chi produce le cause del peccato. Mettendo una creatura nelle condizioni di peccare[29].

Mi ha spinto tra le braccia di altri uomini, mi ha costretta a commettere adulterio; lui è più colpevole di me, dovrebbe rendersene conto. Ormai non c'è più niente da recuperare tra noi, né da chiarire. È tutto chiaro. Lui seguirà la sua strada e io la mia. Sono ancora una donna nel pieno delle sue risorse ed è ora di prendere in mano la

---

[28] Matteo, 19, 5-6.

[29] M. Valtorta, Quaderni del 1944, capitolo 341. Disponibile online: http://www.valtortamaria.com/operaminore/quaderno/2/manoscritto/26/21-giugno-1944.

mia esistenza, seguire i percorsi del mio desiderio e del mio istinto, costruirmi una vita nuova. Questa notte con Rocco ho capito che è possibile, non devo tergiversare. Ogni ripensamento, ogni ulteriore debolezza sarebbe colpevole.

Adriana quella notte non dormì. Restò ostaggio dei fantasmi che l'avevano accompagnata nei lunghi anni dell'assenza di Luigi. Si addormentò di un sonno leggero e agitato solo verso le sette.

Cosa c'è di più semplice che addormentarsi?[30]

Adriana non era una donna impulsiva. Se era arrivata a pensare quello strappo aveva individuato ragioni profonde, se non le avesse affrontate sarebbero marcite insieme alla sua consapevolezza di donna, avvelenando le possibilità di ricostruire la propria esistenza futura, avvelenando anche il ricordo dei giorni felici, delle esperienze vissute in tanti anni di vita con Luigi, i figli, le loro vite accompagnate nella crescita giorno dopo giorno, anno dopo anno, fino a farle diventare due persone adulte oramai in procinto di abbandonare il nido familiare per progettare ipotesi di vite autonome... e lei sarebbe invecchiata nei veleni delle recriminazioni, delle possibilità sprecate, dei risentimenti sordi e acidi.

Meglio darci un taglio netto, ricominciare da capo. Con Rocco? Con Rocco o con qualche altro... o da sola. Non mi spaventa un futuro di donna senza una presenza maschile stabile al fianco, che vive autonomamente la propria esistenza riorganizzata; mi spaventano l'incertezza e lo squallore di un rapporto privo di affetto, tenuto in vita per l'incapacità di rinnovarlo o di accettarne l'esaurimento, per la paura delle conseguenze, per carenza di visione e di prospettiva, per codardia e per comodità, per un malinteso quieto vivere... per non far pesare sui figli l'incapacità di dominare

---

[30] Jonathan Coe, L'amore non guasta, Feltrinelli, MI, 2013, p. 64.

la propria esistenza. Federico e Isabella capiranno, non dovranno assistere al progressivo avvelenamento del rapporto tra i genitori, ai rinfacciamenti, al gelo affettivo, al progressivo estraniamento reciproco. Non assisteranno al doloroso disfacimento di due vite che vorrebbero piene e realizzate. Capiranno davvero? Non mi rinfacceranno l'abbandono di Luigi proprio nel periodo in cui ha bisogno di maggior sostegno e comprensione? Non è una fuga dalle responsabilità? Capiranno. Glielo spiegherò. Devo farmi carico della reazione di Luigi? Devo pensare innanzitutto a me stessa. Ho bisogno di rapporti autentici non di simulacri, di rapporti vivi che mi arricchiscano; i rapporti morti, incapaci di rigenerarsi e di crescere nelle difficoltà, quella decadenza che rinuncia all'azione non mi interessano, sono una pietra sepolcrale che scrive la parola fine e ti consegna all'oblio del tempo immortale. Sono ancora giovane per abbandonarmi all'oblio, per rinunciare a confrontarmi con le difficoltà della vita: una sconfitta può essere ribaltata in una vittoria, aprire prospettive nuove e insperate che assecondano le tue aspettative, ti danno nuovo vigore, nuove possibilità, una vita rinnovata e piena che nella sconfitta poteva sembrare preclusa e smarrita. Non voglio rinunciare a vivere il futuro, ho ancora voglia di esplorarlo e di costruirlo per trarne la bellezza, la pienezza dei sentimenti e delle opportunità che può offrirmi: non è tempo di rinunce. L'ultimo decennio è stato una ininterrotta discesa verso il nulla; ho cercato appigli che mi tenessero ancorata alla vita, mi sono accorta che erano sostituti posticci di un'assenza, di un vuoto sentimentale incolmato. Ho sperato fino all'ultimo, anche nella funzione catartica di questa vacanza, ora non credo più alla resurrezione di Luigi, al suo rinsavimento, per tornare a organizzare un'esistenza normale spogliata dagli eccessi e dalle assenze di cui l'ha coperta nell'ultimo scorcio di tempo, in un crescendo insostenibile, privo di armonia ritmica e di prospettive, prossimo a desertificare il suo mondo di relazione, a implodere e a soccombere, inconsapevole vittima, non pacificata dalla realizzazione di sé. La minaccia della separazione è l'ultima possibilità per scuotere Luigi dal suo torpore, per impedirgli di compromettere definitivamente la sua vita inseguendo fantasmi inconsistenti.

Adriana credeva sinceramente di essere al capolinea del suo rapporto matrimoniale, ma in definitiva non lo voleva. Sarebbe bastato poco per alimentare la speranza di una ricomposizione... non c'erano le condizioni.

Luigi ha scavato un solco profondo tra sé e il resto del mondo, Tommaso escluso, un solco che può colmare ritrovando le coordinate della sua identità smarrita; prima di quel ritrovamento non si sentirà all'altezza, un uomo dimezzato, privo di ancoraggi, di un background visibile e condiviso, volontariamente isolato in un limbo dove è parcheggiato chi non ha memoria, fuscelli in balia di ogni soffio di vento che sussurra di eccitanti paesi dei balocchi e ti soggioga in una dimensione subumana dove ci si smarrisce del tutto e ci si riconosce ancor meno di prima, perdendo perfino quei labili riferimenti che pure, in qualche modo, formano una mappa possibile del proprio percorso di riscatto. Luigi è insensibile a ogni richiamo all'ordine delle responsabilità, non le sente più perché non riconosce il ruolo che quelle responsabilità gli avevano affidato, non sono più sue, erano di un altro Luigi, né si può pretendere che se le accolli ancora... e perché poi, se non è quello che gli avevano fatto credere di essere, se è un altro uomo, non sa ancora chi, di sicuro non quello di prima? É in mezzo al deserto, lo sta attraversando in solitudine, forse ce la può fare, troverà una nuova dimensione in una terra diversa da quella da cui è partito... o si perderà del tutto, confuso e allucinato dai raggi di un sole senza scampo, smarrito in quella distesa piatta e arsa dove soccombere è il destino che attende chi l'attraversa. Al termine della traversata troverà una terra sconosciuta dove ricominciare una nuova vita; un altro Luigi nascerà nella terra dei padri, ne calcherà le orme, ne conoscerà i percorsi le abitudini e la storia. Non ci sarò io ad aspettarlo, questo è certo, avrebbe dovuto invitarmi, portarmi con lui, ma prima di farlo avrebbe dovuto costruire un ponte tra il vecchio mondo e il nuovo, riconoscerne la continuità, non ritenerli separati e incompatibili. A quelle condizioni potrei accettare di riprendere il mio posto accanto a Luigi; al momento è escluso, non vedo sbocchi possibili, né posso aspettare all'infinito, la vita scorre, posso viverla anche senza Luigi. Con Rocco? Mi sono decisa a questo passo perché ho incontrato Rocco? Non con Rocco, non lo credo possibile, al momento. Chissà! Non so quali siano le intenzioni di Rocco, dipenderà anche da lui, dall'eventuale evoluzione della nostra storia, che non è una storia, un'avventura estiva senza pretese. É un'esperienza che mi ha dato emozioni, mi sono lasciata trasportare dal desiderio... ne sono felice. Felice e sorpresa. Felice e dispiaciuta. Sorpresa perché non credevo di poter rivivere una nuova stagione dell'affettività, le passioni, la dolcezza di un rapporto affettivo. Mi sono forse innamorata di Rocco? No, non mi sono innamorata. Ho sperimentato che è possibile, ho goduto della compagnia e delle attenzioni di un altro uomo, mi sono lasciata trasportare dalla consolante sensazione di sentirmi desiderata, interessante agli occhi di un uomo. Di un uomo più giovane di nove anni. Saranno le attenzioni di un giovane uomo ad avermi eccitata? La vanità di una lusinga? ...E se anche lo fosse stato? Non ho forse diritto a godere anche di questo? Non sono dispiaciuta per Luigi, mi dispiace constatare che la storia con Luigi non ha futuro. Luigi questo finale se l'è cercato, ci ha lavorato con perseveranza e testardaggine, nonostante abbia ricevuto degli avvisi di scadenza, nonostante sia stato messo in mora. Mi meraviglio che non sia successo prima, che le avventure degli anni passati non mi abbiano dato le stesse sensazioni e la medesima consapevolezza. Gli ultimi anni con Luigi sono trascorsi orfani di passione, di slanci affettivi; credevo di non essere più in grado di suscitare emozioni, attrazione sessuale, che il tempo della pienezza affettiva fosse passato, relegato nei ricordi; Rocco mi ha dato la prova della mia femminilità intatta. La vita, allora, è nella pienezza delle relazioni sentimentali? Non se ne può fare a meno? *Non verremo alla meta ad uno ad uno...*[31] Un uomo e una donna. Adamo ed Eva. Il monaco Pantaleone nell'unione tra femminino e mascolino individuava il completamento del sé umano, la strada maestra dell'elevazione dell'uomo e della donna oltre i limiti terreni della natura umana, immagine e somiglianza della perfezione cui niente è precluso, che insieme possono esplorare e scoprire ogni segreto, dominare la materia e gli altri esseri viventi.

Rocco è più giovane di me di nove anni, è un uomo di bell'aspetto, alto e ben proporzionato, carnagione scura, capelli lisci, neri come gli occhi che sembravano guardare da profondità nelle quali è lecito perdersi; un uomo per il quale una donna può avere pensieri peccaminosi osservandolo passare per strada. Ha un bel portamento e attraversa quel periodo della vita, ha trentanove anni, in cui si è raggiunto l'equilibrio della consapevolezza, la maturità piena del mezzo del cammino della vita, quando la forza si combina all'esperienza e l'uomo raggiunge il suo zenit nello splendore che ne ingentilisce tratti, gesti e comportamenti. Rocco è anche un uomo cortese, affabile, con una buona predisposizione all'ascolto e alla comprensione; ha una sconfinata passione per la letteratura francese e sudamericana... Ne ho avvertito il fascino, ho scoperto le affinità che ci legano...

poiché la vita mi ha insegnato a riconoscere quanto si debba pregiare una sincera simpatia, in un mondo dove indifferenza e ostilità sono perfettamente di casa[32]

...mi sono lasciata cullare in quella placida laguna di bellezza dove abbiamo incontrato i personaggi creati dai nostri scrittori preferiti, figure stralunate che il loro tempo lo avevano attraversato

---

[31] Titolo di una poesia di P. Èluard.

[32] W. Goethe, Le affinità elettive, Mondadori, MI, 1988, p. 50.

con la consapevolezza dell'inanità dell'uomo di fronte alle vicende della storia, che con i loro comportamenti e il lasciarsi guidare dagli eventi sembravano dire che è inutile agitarsi e opporsi, è inutile cercare di influire sul corso degli eventi, di condizionare la storia, l'unico atteggiamento possibile essendo il galleggiare sugli eventi, non lasciarsene travolgere e portare la propria innocenza il più lontano possibile, preservandola dalla tentazione di lasciarsi trasportare dalla corrente. Resistere, resistere nel recinto della propria innocenza deve essere l'imperativo, e trasmettere segnali di speranza, piantare semi di fiducia che col tempo possono dare frutti e preparare l'avvento di un'alba differente.

Li rivedeva sfilare in ordine sparso, ciascuno con il suo fardello esistenziale all'interno di storie più grandi di loro, schiacciati dall'insicurezza del presente e del futuro di cui subivano i contraccolpi senza sapersene dare spiegazioni plausibili: Oedipa Maas e Nick Shay, Benny Profane e Harold Incandenza, Tyrone Slothrop ed Erick Packer, eroi senza gloria di un mondo senza certezze, alienati da una realtà disgregata che non comprendono e dalla quale si estraniano, alla ricerca di un'identità nuova che non sanno immaginare.

Con Rocco avevano discusso di tutto questo: dell'incertezza del vivere e dell'insicurezza del nostro tempo schiacciato sotto il peso di minacce oscure e incontrollabili che espongono l'umanità ai capricci della sorte, o forse, come diceva Rocco, e anche Tommaso, alle scelte di potentati mossi dal delirio del potere, politico o economico che sia, incuranti degli effetti globali di lungo termine, attenti soltanto ai propri interessi del momento. L'insicurezza mortale portata dal rischio della catastrofe nucleare, catastrofi naturali indotte dal riscaldamento globale e dai cambiamenti climatici, l'inquinamento, la desertificazione e la fame che spingono intere popolazioni a spostarsi alla ricerca di migliori condizioni di vita, il terrorismo...

La voce di uno steward che annunciava l'imminente atterraggio all'aeroporto di Torino distrasse Adriana dai pensieri che l'avevano assorta per tutto il tempo del volo.

Scese dall'aereo rinfrancata.

Luigi e Tommaso avevano deciso di non stare con gli altri. Il concerto dei *Ghetonia*, una tappa del festival della musica salentina che culmina nella *Notte della taranta*, li interessava più di una serata a testa in su a guardare le stelle cadenti.

Non avrebbero guardato le stelle cadenti, e sì che ne avevano di desideri da esprimere; avrebbero parlato, come al solito, di quel loro parlare fitto fitto, o sarebbero stati in silenzio, ognuno immerso nei suoi pensieri, e avrebbero guardato il cielo e non volendo avrebbero visto cadere una stella e di riflesso avrebbero pensato a qualche aspetto irrisolto delle loro vite. Avrebbero fatto un salto a Corigliano, immersi nel colore della tradizione e ne avrebbero goduto le sfumature. Non sarebbero andati a Melpignano, il ventitré. Centomila persone li spaventavano, preferivano il silenzio dei paesini deserti, lontani dai richiami dell'estate, dove la pizzica e le canzoni popolari hanno un sapore più autentico e le contaminazioni musicali sono più evidenti, più comprensibili e godibili.

«Il folclore può essere capito solo come riflesso delle condizioni di vita culturale del popolo»[33].

Tommaso parlava delle differenze tra la musica popolare tradizionale (*folk*), e quella moderna, musica leggera (*pop*):

«C'è una differenza sostanziale tra i due generi. Le canzoni popolari sono espressione della cultura del popolo e questa, a sua volta, è conseguenza della critica delle condizioni materiali, storicamente date,

---

[33] A. Gramsci, Quaderni dal carcere. Letteratura e vita nazionale, Editori Riuniti, Roma, 1975, p. 268.

in cui vive il popolo; critica che si fa coscienza unitaria di massa e quindi substrato cosciente dell'azione emancipatrice, per riscattarsi dalle condizioni oppressive in cui il popolo è costretto a vivere dalla prevaricazione delle classi dominanti».

«Il folclore è indubbiamente espressione delle condizioni materiali di vita del popolo, ma ne rappresentano la gioia di vivere, la vitalità. Sono espressioni positive, non negative, anche se inquadrate in contesti di quotidianità che ne riflettono le condizioni di vita», sosteneva Luigi.

Tommaso non era d'accordo. Inserì nel lettore un cd di canzoni popolari salentine e invitandolo all'ascolto aggiunse:

«Prendi i testi di qualche canzone, la maggior parte di quelle che ascolteremo stasera, per esempio; ci troverai espressioni critiche e amare, che tutt'altro sono che gioia di vivere...».

«Se riuscirò a capirci qualcosa...», disse Luigi, che ovviamente non conosceva una parola del dialetto locale.

«Farò il traduttore in tempo reale, così potrai capire parole e contesti», concluse Tommaso mentre il cd si avviava.

La musica prese a fluire, ritmica, cadenzata dal tempo dei tamburelli, e con la musica le parole, allegre a momenti, argute e sarcastiche, a momenti tristi, cariche di rimpianto e di amarezza per il triste destino di chi canta.

Canti che Tommaso riavvolgeva nella propria testa e mentre li traduceva per Luigi vi sovrapponeva pensieri e sensazioni in un flusso inarrestabile che gli restituiva la pienezza di senso delle parole, il mondo e la vita di chi le aveva cantate, in un amarcord senza rimpianti, nella consapevolezza del tempo che corre e che cambia ciò che avviluppa.

Canti di lontananza, canti d'amore, non fa differenza, sono lontano, ti porto nel cuore; note amare e dolenti, pronte ad emergere, come in un riflesso non appena si abbassa la guardia e la malinconia o la rabbia prendono il sopravvento, emerge la consapevolezza, si fa cultura condivisa. Non un *inerte deposito di sopravvivenze*, coscienza che è veicolo di emancipazione.

Ricordatene, ricordatene, il dio di questa terra si chiama serpente. Ne fuoriesce un fuoco, ne fuoriesce un fuoco, si accende di giorno ma di notte dura poco; non si perde mai, non si perde mai, gli occhi non li chiude e sa dove vai. Donne che andate a piantare il tabacco, partite in due e tornate piegate in quattro. Svegliatevi, svegliatevi donne! Venite a piangere con me. Siamo rimaste sole, è passata la festa di San Brizio e i nostri uomini se ne vanno a uno a uno. Questo ci ha riservato la vita, madre mia! Essere disseminati dal vento, come petali di rosa in tutto il mondo. Io ti penso sempre perché ti amo e dovunque sto nel mio cuore sempre ti porto. Buona notte, ti lascio e vado via. Dormi tu che io parto dolente. Ma dovunque io vada, ove fugga, ove stia, ti porterò sempre nel cuore. Bella se stai lontano e vuoi vedermi affacciati alla finestra di ponente, e se nell'aria senti voci e lamenti sono io che ti chiamo e non mi senti. Noi siamo due arance su un ramo, arriva il vento e lo scuote, tieniti forte, Ninella mia, che cadiamo, e se cadiamo andiam per terra e ci rompiamo perché siam di cristallo.

Canti di lavoro, che cantano fatica e sfruttamento, desiderio di riscatto e orgoglio della propria maestria. *Mesciu*-maestro. *Terra e sale.* Terra del rimorso, *sempre nel cuore ti porto quando vado via, e subito penso che potrei morire senza te, e subito penso che potrei morire anche con te.* Sale che rende sterile la terra e sapidi i suoi frutti, ma non ciò che mangia chi per vivere è costretto a *scendere e salir per l'altrui scale*, ché questi conosce il sapore del *pane altrui* e lo assapora ogni giorno e ogni giorno ne piange lacrime amare. *E amara è l'acqua, l'acqua della fontana, quanto è amara.*

Canti di gruppo, cantati per alleviare la fatica, che danno coraggio, cementano la solidarietà: *filìa, ghetonìa,* amicizia, vicinato. Canti che nascono spontanei durante il lavoro, cantati per alleviare il dolore e la fatica. *Sole e vento.* Vento che tormenta la terra, piega gli alberi d'ulivo li contorce, e i pini sui fianchi delle colline, frenato dai muretti a secco che sanno la fatica e proteggono il riposo. Sole che insaporisce ogni frutto, sole che è vita e speranza, sole che ti fa impazzire coi suoi dardi feroci se non ti copri il capo.

Il contrario della musica e del canto moderni, composti a tavolino per il consumo di indistinti *altri*, prodotti industriali di massa per un pubblico indistinto. Qui non c'è separazione di ruoli, produttori e consumatori coincidono e quel loro continuo maneggiare il prodotto lo modifica, lo adatta alle situazioni che cambiano, è materia di vita che cambia con la vita.

Il ballo del serpente, il ballo del serpente, che balla sulla fossa, che balla sulle ossa. Accidenti al remo, non vuole più remare, stasera di noia mi farà morire, ma se s'alza il vento tiro su la vela, mi siedo e contento per te canterò. Non posso più cantare, persi la voce, l'ho persa ieri sera alla fornace. Non voglio più fare il carrettiere e il mio cavallo non vuole camminare, non vuole camminare. Tira cavallo mio, tira il carretto, ti darò da mangiare biada a volontà. A volontà, a volontà. Quanto mi hanno parlato bene del frantoio, ma chi lo faceva non ci aveva mai lavorato: la prima notte ci perdetti il sonno, la seconda il sonno e l'appetito. Non andiamo a mietere quest'anno, le stoppie ci accecano, il sole ci fa male. Papà perché devi andare? Perché? Perché questa è la vita poveri ragazzi: il povero lavora e i padroni ingrassano col suo lavoro. Questo ci era riservato... un treno! Sono partito lasciando a te mio figlio. Ora son qui lontano, libero di lavorare e di piangere. Ti lascio e fuggo via con tanta amarezza sulle spalle, ma ovunque andrò e dovunque starò sempre nel mio cuore ti porterò. Chissà rondinella mia quale mare ti spinge fin qui. Cammino davanti al mare e ti guardo, un po' t'alzi un po' t'abbassi e un po' tocchi l'acqua, ma tu nulla mi dici di ciò che ti chiedo. Un po' t'alzi un po' t'abbassi e un po' tocchi l'acqua. Rondinella che voli sul mare, fermati che devo dirti due parole, devo strapparti una penna dalle ali per scrivere una lettera al mio amore.

Canti di protesta, *sangue vivo*. Sangue delle tabacchine e dei braccianti che ha macchiato il selciato delle piazze, irrigato la terra e le miniere, che ricade sulla testa di duchi e baroni, sulla loro ingordigia, sulla loro protervia. *L'autonomia delle classi subalterne*, la consapevolezza del loro diritto a un mondo migliore e a una vita meno aspra. Allontanare i *maledetti guai* dalle loro teste e dalle loro vite. La *morale del popolo*, forte e radicata nella realtà, priva di fronzoli e di svoli idealistici. Rivive nel folclore, rivive nel ricordo, nell'impegno di chi le ha salvate dall'oblio. Pietrificate? Forse no. C'è chi le rinnova e le contamina con altre tradizioni, suoni e parole dell'oggi o d'uno ieri d'altrove. Aiuta a comprendere e a ricordare chi eravamo e chi siamo. Polvere eravamo e polvere saremo, se non sarà ravvivato il ricordo.

Il ballo del serpente, il ballo del serpente, che balla sulla sorte, che balla sulla morte. Al ballo no, no, non vengo per il vestito che adesso non ho; al ballo no, no, non vengo per le scarpette che adesso non ho. Vorrei ubriacarmi per non pensare come devo tirare a campare. Il sole tramontò dietro i monti, sbrigati padrone, facciamo i conti; il sole abbassò le tende, al padrone il moccio gli pende; e che gli pende a fare per quei due soldi che ci deve dare? Adesso cantiamo questa nuova canzone, tutta la gente la deve imparare; non c'importa del re borbone, la terra è nostra, nessuno la deve toccare. Oh giudice che hai la penna in mano, non scriverla lunga la mia condanna; non ho ucciso e neppure rubato, per un'infame carogna son carcerato. Ma se dio vuole che questo governo cambi, la terra la difenderemo palmo a palmo.

Al termine del concerto si concessero un bicchiere di vino in un bar sulla piazza del paese. I Ghetonìa avevano proposto il loro repertorio tradizionale arrangiato con gusto moderno, arricchito da sonorità balcaniche e di altre tradizioni popolari. Molte canzoni erano cantate in *griko*, l'antica lingua della Grecìa salentina; avevano risonanze dolenti, evocavano rimpianti, parlavano di amori, dell'impossibilità di viverli liberamente, di amori lontani, di passioni contrastate; della vita contadina, delle fatiche, della fame e delle ingiustizie, della guerra e dell'emigrazione; della festa del santo patrono, unica occasione in cui gli emigranti tornavano in paese. Le alternavano con le pizziche rituali, sonorità ripetitive, coinvolgenti, inebrianti, che avevano curato il morso della *taranta* e che invitano i giovani pieni di energia e della voglia eterna di corteggiarsi sui passi e sulle movenze del ballo, attaccati al fazzoletto e alla gonnella che nelle vorticose giravolte del movimento si allarga in un'ampia circonferenza, come nel roteare dei dervisci della tradizione ottomana.

Alle 0.23 la loro attenzione fu attratta da una vistosa scia luminosa che solcava obliquamente il cielo da est a ovest, appena appena sfocata dalle luci della piazza.

«Per ogni stella che cade bisogna esprimere un desiderio», disse Tommaso sorridendo, ripensando alle tante volte in cui lo aveva fatto da giovane insieme a qualche ragazza, nelle periferiche notti torinesi male illuminate.

Luigi non rispose subito. Prese il calice di vino mezzo pieno, lo alzò con un movimento solenne, quasi ieratico, ne centellinò un sorso e si trovò a esprimere un desiderio. Inconsciamente, non volendolo, si ritrovò a pensare alla sua azienda, sperò di riuscirne a fermare il declino, di riuscire a rilanciarla. Dopo qualche secondo in cui gli sfilarono davanti agli occhi tre anni di assenze e di bilanci in rosso, di cassa integrazione e di ridimensionamenti produttivi, di voglia di abbandonare l'azienda al suo destino, lo assalì un senso di meraviglia misto a sconcerto. Fino ad allora mai aveva rivolto il suo sguardo in quella direzione, se ne era astenuto senza sforzo ed era stato bene, almeno così pensava; dopo tanto tempo quel ritorno d'interesse lo stupiva, e pur sentendone il peso non se ne dispiaceva. Dallo stupore si riprese quasi subito e rispondendo all'invito di Tommaso, in tono deciso, replicò: *«Non è tempo di desideri, adesso; è tempo di agire»*, e si meravigliò ulteriormente delle sue parole. Di quello che aveva pensato non riferì niente a Tommaso, il quale, da parte sua, pur avendo percepito il tono risoluto dell'affermazione, non gli attribuì alcun particolare significato, considerò che fosse una risposta scherzosa al suo invito e non ci pensò oltre.

All'aeroporto l'accompagnò Assunta. Il giorno prima Adriana non si era fatta vedere né sentire dai suoi amici. Era rimasta in casa con Luigi, gli aveva parlato dell'intenzione di partire e del suo disagio crescente.

Assunta non si spiegava quella partenza anticipata e inattesa.

«Come mai parti prima del previsto? È successo qualcosa che ti richiama a Torino con urgenza?», le chiese con un po' di apprensione e di dispiacere.

Assunta era diventata l'amica più intima di Adriana durante quella vacanza, era la persona con la quale aveva parlato di più e aveva trascorso più tempo, si erano aperte l'una all'altra, come fanno le donne, confidandosi i pensieri più intimi, le aspettative, i crucci, le gioie. Adriana le aveva parlato di Rocco, del suo interesse per lei, che la corteggiava. Assunta lo sapeva già, se n'erano accorti tutti tanto era evidente; solo Luigi e Tommaso non si erano accorti della sua simpatia per Rocco. Anche della delusione per il comportamento di Luigi le aveva detto. Assunta aveva ricambiato le confidenze dicendole della sua simpatia per Tommaso, che lo stimava molto e che quando stava insieme a lui, poche volte e per poco tempo, quando gli parlava, provava sensazioni di benessere, di pace e di calma.

«Sono un po' gelosa di Luigi che gli prende tutto il tempo e non mi lascia alcuna possibilità di stare insieme a Tommaso», le aveva confidato.

E Adriana, condividendo con lei lo stesso sentimento:

«*E io sono stata gelosa di Tommaso col quale Luigi passa tutto il suo tempo*», aveva replicato, e ne avevano riso di cuore. Assunta aveva anche aggiunto:

«*Siamo due amanti tradite a causa di un uomo e non di una donna*», ed era arrossita perché dal suo dire si poteva dedurre una sua relazione con Tommaso, e invece tra loro non c'era proprio niente; c'era una certa consonanza di idee, affinità elettive, una forte simpatia... desiderio anche, niente di più.

«*In realtà non c'è una ragione specifica. Ce ne sono tante e tutte hanno a che fare con Luigi. Mi ha trascurata per l'intera vacanza, arrivati a questo punto non sopporto più il suo distacco emotivo*», rispose Adriana.

«*Mi sembravi tranquilla. Si programmavano insieme le prossime giornate, ti vedevo partecipe...*».

«*L'altro ieri è caduta la fatidica goccia. Avevo pregato Luigi di passare la serata con me. Saremmo stati un po' insieme io e lui, pensavo; l'attesa delle stelle cadenti avrebbe aggiunto quel pizzico di romanticismo...*».

«*Hanno preferito la musica dei Ghetonìa: loro due insieme*».

«*...Gli avevo detto che mi sentivo abbandonata, respinta; lui per tutta risposta mi ha invitata ad andarmi a divertire con gli altri, che con lui mi sarei annoiata...*».

«*Una dichiarazione d'amore in controluce!*», chiosò Assunta.

«*...Cos'altro potevo fare? Gli ho posto il problema del nostro modo di stare insieme, mi sono presa un po' di tempo per pensare sul serio al futuro...*».

«*A ripensarci, l'altra sera non eri molto loquace, non ti ho quasi sentita parlare. Credevo fosse per via dell'esuberanza di Franco e dei più giovani, invece...*».

«*...Neanche di fronte all'annuncio che sarei partita oggi ha obiettato qualcosa per farmi recedere...*».

Quello che era veramente successo con Rocco la notte di San Lorenzo non glielo confidò. Come non lo aveva detto a Luigi. Di quella consapevolezza di donna scoperta in un abbraccio clandestino e fugace non voleva parlare: la teneva per sé, era la sua forza, il sostegno che le dava convinzione e coraggio per fare chiarezza dentro di sé, per affrontare le difficoltà che di certo sarebbero emerse.

Chissà come l'avrebbe presa Rocco. Non gli aveva più parlato, non aveva informato neanche lui della sua partenza. Lo sapevano solo Luigi e Tommaso, i dioscuri solitari legati nel nome della madre comune, e Assunta che la stava accompagnando. Per gli altri sarebbe stata una sorpresa. Rocco l'avrebbe interpretata come una fuga per non compromettersi. Avrebbe pensato che avesse confessato la scappatella. Chissà l'imbarazzo! Pensare di metterlo in imbarazzo le dispiaceva, non avrebbe voluto. Con lui, in ogni caso, avrebbe chiarito tutto. Aveva solo bisogno di tempo. Magari gli avrebbe scritto un messaggio per chiedergli di pazientare. Lui avrebbe pazientato, e se non avesse pazientato... A Rocco una spiegazione la doveva. Gli avrebbe detto di sé e dei rapporti con Luigi; si sarebbe scusata per averlo coinvolto nelle sue vicende familiari. Non avrebbe voluto, se ne sarebbe scusata.

La mattina dell'undici, dopo colazione, in un momento in cui in casa c'erano solo lei e Luigi, Adriana esternò i suoi pensieri notturni.

«Domani mattina me ne torno a Torino», aveva detto tutto d'un fiato, senza alcun preambolo.

Io porto questo pensiero e il terrore di questo pensiero, sento questa immensità nell'anima in ogni istante della mia vita[34].

«Come mai questa decisione improvvisa?», obiettò Luigi con distacco, quasi fosse una questione che non lo riguardava.

---

[34] Don DeLillo, Cosmopolis, cit., pag. 106.

«Perché sono stanca della tua indifferenza. Te ne stai per conto tuo, sempre a confabulare con Tommaso... Mi hai escluso dalla tua vita, che senso ha stare ancora insieme? Forse è meglio che ognuno faccia la propria strada».

Ecco, finalmente l'aveva detto, aveva trovato il coraggio di dirlo. Ora, pensava, reagirà. In qualche modo reagirà. Avrà almeno capito che faccio sul serio?

«Perché dici questo? Ti voglio bene come sempre... anche se riconosco di averti un po' trascurata negli ultimi tempi...», eccepì Luigi, subito interrotto dalla replica stizzita di Adriana.

«Di certo non lo dimostri. Sembriamo due estranei...».

Non gli disse della notte precedente. Gli disse della sua familiarità con Rocco: quell'essere oggetto delle sue attenzioni lo viveva come un tradimento, come una reazione all'indifferenza di lui, e non ne era affatto contenta.

Luigi non colse il messaggio, si limitò a replicare ignorando l'appello, l'SOS che Adriana aveva lanciato.

«Non dire sciocchezze. Sono un po' confuso e distratto dai miei problemi, ma non vuol dire che tra noi sia tutto finito...».

«È proprio questo il problema. Sono tre anni che il tuo passato incombe su di noi; tu ne sei schiacciato, la tua famiglia, la tua attività e tutti i tuoi interessi ne sono travolti».

«Devi avere ancora un po' di pazienza...».

«Ancora? Per quanto tempo, ancora? La mia pazienza è esaurita. Tocca a te prendere una decisione e uscire dal limbo in cui ti sei cacciato».

Adriana non riuscì a trattenere la stizza per l'incapacità del marito di entrare in sintonia con lei, di sentire la drammaticità dei problemi che gli poneva. Gli gridò tutta la sua delusione, il desiderio di vivere una vita normale, con lui o senza di lui.

«*C'è solo una scelta sensata da fare, a questo punto*», concluse, «*Se ci tieni a me, partiamo insieme e vediamo se è ancora possibile ricostruire qualcosa del nostro percorso interrotto*».

«*Non posso, adesso. Ho ancora bisogno di un po' di tempo. Sii comprensiva, per favore*», rispose Luigi con tristezza.

«*Il tempo sta per scadere. Non ci sono dilazioni. Scegli tra me e i tuoi fantasmi, ma sappi che il tempo che ti rimane è davvero poco*», replicò la donna con durezza.

«*Non posso interrompere il percorso di ricerca avviato con Tommaso, mi dispiace. Se proprio non te la senti di continuare la vacanza, torna pure a Torino, io ti raggiungerò quanto prima*», ponendo con la sua risposta una pietra tombale sulle residue speranze di Adriana.

Parte terza

*Sapere dove è l'identità è una
domanda senza risposta.*
José SARAMAGO

Silenzi e note di una sinfonia nuova

*(Dove si racconta la sensazione d'impotenza che accompagna il
momento dei bilanci e ti avvolge nelle nebbie dell'incertezza)*

Capitolo 10

Il solco dell'incertezza

La settimana successiva alla partenza di Adriana fu emotivamente impegnativa. Luigi non aveva creduto che Adriana attuasse il proposito di partirsene da sola, prima della fine della vacanza.

La prima notte non chiuse occhio...

Le persone pensano a quello che sono nell'ora più silenziosa della notte[35].

Perché avrei dovuto crederci? Non ci sono ragioni plausibili... o forse sì... non tali da giustificare decisioni così definitive. Cosa aveva detto? *"Sono stanca della tua indifferenza"*, aveva detto. Mi sono preoccupato perché stesse bene e si divertisse, l'ho incoraggiata a... Mi ha rinfacciato anche questo... Si è lamentata di averla esclusa dalla mia vita perché ho passato molto tempo insieme a Tommaso. Lui è il mio Virgilio, mi sta guidando lungo i percorsi di questa faticosa discesa nel passato, una discesa nell'Ade, nel mondo delle ombre dove avrei potuto incontrare mio padre. Per lei è stata una vacanza. Se l'è goduta, avrebbe potuto continuarla... Io non sono in condizioni da gustarla, mi difetta lo spirito, non ci sono con la testa. Lo sapeva da quando ne abbiamo cominciato a parlare. Lei era contenta. Forse non ha compreso le ragioni che mi hanno spinto... avrebbe dovuto saperlo. Avrei fatto bene a chiarirlo, forse sono stato evasivo. Lei pensava a un periodo di relax, io e lei, a riprendere il filo del nostro rapporto, sfilacciato negli ultimi tempi, lo riconosco. Non che in passato sia stato molto presente. Io sempre in giro per

---

[35] Ibid.

l'azienda, preso da mille problemi, potevo sembrare distratto e assente... l'ho sempre assecondata in tutte le sue scelte... c'ero poco ma l'ho sempre incoraggiata. Dovevo dedicare più tempo a lei e ai ragazzi... Come si fa quando si ha sulle spalle il peso di tante responsabilità, il lavoro di generazioni, le aspettative di centinaia di persone? Mi sembrava che comprendesse, che fosse consapevole e condividesse... Gli ultimi tre anni no. Gli ultimi tre anni sono stati un calvario, ho perso tutti i riferimenti, inizio appena adesso a raccapezzarmi, a farmene una ragione... E adesso ci si mette anche lei. *"Sembriamo due estranei"* mi ha detto... Ero stordito dall'inaspettata rivelazione di Luisa, mi sono estraniato, il passato mi schiacciava... Adriana aveva ragione, non me ne rendevo conto *... Processo di estraniamento, guardare le vicende dal di fuori, uscire da se stessi.*

...Mi sentivo un estraneo che osserva una storia dal di fuori, senza farsi coinvolgere, uno spettatore critico. Ipercritico. Soffrivo terribilmente, tutto il contrario di quello che avrei voluto. Coinvolto fin nel profondo del mio essere, fino a disconoscermi, a disfarmi del passato. *"Famiglia, attività e interessi ne sono rimasti travolti"*, ha detto Adriana. Ha ragione. Credo abbia ragione. Ha avuto pazienza. Gliene ho chiesto ancora un po'. Può pazientare ancora un po'... La sua pazienza è esaurita. Ho diritto di chiederle ancora un po' di pazienza? Se n'è andata. La sua pazienza è finita. Ne ha diritto. Dipende da me. Cosa posso fare? Ho ancora bisogno di un po' di tempo. A cosa mi serve! Ne ho avuto abbastanza di tempo. Tre anni. Cos'è qualche settimana di fronte a tre anni? Le ho chiesto qualche settimana... la fine di questo soggiorno-vacanza. Per lei sono diventato un estraneo. Non l'ho coinvolta nella mia ricerca, l'ho tenuta lontana, dovevo parlargliene, portarla con me... Non l'ho portata neanche a Borgo Capriglia, dove sono nato... non ha conosciuto nessuno dei miei parenti. Come un'estranea. Ha ragione. Io da una parte con Tommaso, lei da un'altra con gli amici, anche quando stavamo nello stesso luogo. Due entità separate. Ho avuto il timore di annoiarla, non l'ho coinvolta per non annoiarla. Sono questioni così personali e inusuali da sembrare oziose, paranoiche per chi non è coinvolto... Lei è comunque coinvolta. Lei poteva osservare con maggior distacco e aiutarmi a comprendere... come fosse un'estranea. Avrebbe potuto... un altro punto di vista... più distaccato. Ero stravolto dalla rabbia.

La rabbia può essere un elemento di tensione produttiva in un'anima, può contribuire alla pienezza della propria identità[36].

Mi allontanava dalla mia precedente identità, mi aiutava a integrarla, a completarne il profilo. Un'anima nuda... nudo in balia della rabbia, recriminante, senza ascoltare ragioni.

Appeso al gancio da macello freddo e senza sudore di una psicosi... brancolando come un bambino sempre più addentro a una fuga infinita di stanze nell'elaborata casa di fiele del suo io[37].

Adriana aveva tentato di accompagnarmi, ho rifiutato la sua compagnia; l'unica compagnia che ho riconosciuto è quella di Tommaso. Mi ha aiutato molto, mi aiuta... è davvero come un fratello. Perché escludere gli altri? Non c'era motivo. Perché escludere Adriana? Reo d'incomunicabilità... e di presunzione. Presuntuoso... convinto di essere in grado di affrontare e risolvere da solo il malessere che mi consumava.

Come tutte le incomunicabilità, anche questa aveva un'origine virtuosa[38].

Non volevo tediare nessuno con la mia psicosi... Tommaso mi ha avvertito più volte... anche Adriana... volevano che mi facessi aiutare da uno psicologo. Che me ne facevo di uno psicologo! Ne

---

[36] Don DeLillo, Underworld, Einaudi, TO, 1999, p. 504.

[37] T. Pychon, L'incanto del lotto 49, Einaudi, TO, 2005, pp. 124 e 144.

[38] Ibid., p. 39.

parlavo già con Tommaso... Per loro non bastava, avevo bisogno di un aiuto specialistico.

Acqua passata... È ancora lì, purtroppo, irrisolto... Chissà se qualcosa è maturato. Due o tre forse sì. Flash, pensieri fuggenti in un calderone di informazioni e sensazioni indistinte che giacciono alla rinfusa, in attesa di una sistemazione, di essere ordinate ed elaborate. Due o tre impulsi si sono manifestati con chiarezza, li ho colti e catalogati, ora sono in attesa. Devo decidermi. La notte delle stelle cadenti, la notte dei desideri ha fatto cadere il sipario. Sul palcoscenico sono rappresentate due scene finali. La prima, dominata dalla tristezza e dal rimpianto, un uomo e una donna che si allontanano senza guardarsi, senza comunicare: lui vorrebbe fermare la donna, si protende in avanti, protende le braccia e si ferma, non pronuncia parole non compie altri gesti, non si muove, sembra incollato alle assi del palco; lei non ha esitazioni, è risoluta, dura in volto, forse una lacrima le solca il viso irrigidito dalla tensione, tuttavia non si volta a guardare l'uomo che vorrebbe fermarla e non ne ha la forza. L'altra scena è proiettata su uno schermo, statica anch'essa: è l'immagine di una fabbrica abbandonata, archeologia industriale, alternata all'immagine di una fabbrica in lotta, bandiere e operai che protestano per impedire un esito ineludibile senza un intervento esterno. Gli operai lo reclamano, sono legati alle sorti della fabbrica, si sono incatenati ai cancelli per simboleggiarne la consonanza: le persone e le cose unite in un unico destino. I lavoratori sanno che la loro esistenza è legata a quella della fabbrica, non hanno altre possibilità per garantirsi una vita dignitosa, degna di essere vissuta. Si chiedono, lo hanno scritto sui cartelli di protesta, se anche qualcun altro ne sia consapevole. La domanda ha un interlocutore, con nome e cognome, è la loro speranza, in lui è riposta la speranza di tutti.

C'è una terza immagine che smuove il sentimento di Luigi. Ci ha pensato molte volte dopo l'incontro con Giovanni... zio Giovanni. Il termine parentale gli suona su una tonalità nuova, dolce, musicale, che non aveva mai ascoltato. Gli fa tenerezza.

Quando mi ha mostrato la foto di Salvatore mi ha fatto tenerezza. Povero vecchio. Cinquantadue anni fermo nel ricordo. *"Disperavo di vederti, figlio mio"*, mi ha detto, *"Ti ho riconosciuto appena ti ho visto"*. Identico a mio padre. La porto stampata in faccia la mia identità, ce l'avevo prima di saperlo, sono sempre stato io, quella foto, quell'identità c'era già. E l'altra, la maschera che ho indossato per cinquant'anni? Perché una maschera! È la vita che ti forma e ti conforma, dice Tommaso. Avrà ragione? Come mi ha conformato la mia vita? Sono cambiato in questi tre anni? Sono cambiato. Ho qualche certezza in più, oggi... e ancora tante incertezze. Dovrò risolverle. Mi ci vorrà ancora del tempo. Mi sarà concesso altro tempo? C'è ancora tempo per rimediare agli errori commessi in questi anni di limbo? Cosa devo rimediare? Dio, come sono insicuro e confuso. Qualche decisione bisogna pur prenderla, in un senso o nell'altro. Qual è il senso giusto? Dove andare? Andare o restare? Andare dove, per fare che cosa? Restare qui e iniziare un'altra vita? Adriana se n'è andata, che ci faccio a Torino da adesso in poi? Sto correndo troppo. Fermati! Niente è deciso e niente è ancora pregiudicato... Avessi ascoltato Adriana che l'altra sera mi chiedeva di uscire con lei! Una serata solo per noi due. Avremmo parlato, mi avrebbe confidato i suoi crucci, le perplessità, avremmo trovato una soluzione... non avevo la serenità necessaria per cogliere il suo messaggio, non avrei capito le sue parole, non mi sarei aggrappato al salvagente che mi lanciava... la conclusione sarebbe stata la stessa.

È solo dopo aver perso tutto che siamo liberi di fare qualsiasi cosa[39].

---

[39] Chuch Palahniuk, Fight club, Mondadori, MI, 2003, p. 45.

Ora debbo nuotare da solo, da solo... neanche Tommaso mi potrà aiutare. I consigli, sì... poi devo agire da solo, in prima persona, rischiando di persona. Domani mattina le telefono. Il tempo di riposarsi e la chiamo. Ho bisogno di un po' di tempo, non posso rinunciare a lei... né all'azienda. Avrà ancora un po' di pazienza. E se il tempo fosse scaduto? ...Se la pazienza è finita? Non può essere. Domani avrò una risposta. Domani le telefono. Non è ancora finito il mio tempo con lei. Non ancora.

Si addormentò di un sonno leggero e agitato solo verso le sei del mattino. *Cosa c'è di più semplice che addormentarsi?*[40]

La giornata di domenica era trascorsa tranquilla, come se non fosse successo niente. Dopo il colloquio mattutino non c'erano stati altri scambi di vedute tra Luigi e Adriana, ognuno aveva continuato a interessarsi delle sue faccende sfiorandosi di tanto in tanto, poche volte in verità; mai erano ritornati sulla questione e non ne avevano parlato con alcuno.

Adriana, molto provata dalla notte insonne e dall'impegnativa decisione presa nelle febbrili lente ore strappate alla notte, aveva informato i suoi amici che sarebbe rimasta a casa, bloccata da un fastidioso dolore alla cervicale, probabile postumo dell'imprudente esposizione all'umidità marina; intanto si preparava per la partenza fissata per il giorno successivo.

Quando Rocco fu informato sulle condizioni di salute di Adriana ne restò sorpreso: pensò che il malessere fosse una banale scusa per non vederlo, forse perché pentita di quanto tra loro era accaduto sotto le stelle nella notte dei desideri. Se ne dispiacque perché aveva atteso il momento di rivederla con un'impazienza e una frenesia impensate per un uomo della sua età. Neanche lui si era

---

[40] Jonathan Coe, L'amore non guasta, cit.

addormentato subito, aveva pensato intensamente ad Adriana e stranamente non nel momento dell'amplesso. Non era il suo corpo caldo né il suo sesso accogliente o le labbra morbide e frementi di desiderio a popolare i suoi ricordi, erano soprattutto le frasi che si erano detti prima che accadesse e i silenzi, il silenzio carico di passione e di desiderio che li aveva accompagnati per tutto il tempo successivo; non il silenzio imbarazzato di chi non sa cosa dire per giustificarsi, per spiegare perché sia accaduto, per dargli un significato o per far finta di niente; no, un silenzio pregno di pensieri e di parole esso stesso, il silenzio della consapevolezza che fosse accaduto l'inevitabile perché le loro anime si erano conosciute e attratte e avevano voluto suggellare un patto di amicizia sublimando le affinità sperimentate. Rocco era impaziente d'incontrarla, di guardarla negli occhi per vedere se vi brillasse la luce calda della passione o il gelido pudore dell'imbarazzo; dal calore dello sguardo avrebbe capito quale fosse il suo stato d'animo e anche il seguito di quella storia. Era impaziente di incontrarla perché voleva parlarle ancora della Maga, quello che non aveva potuto dirle la notte prima per via di quel silenzio più eloquente delle parole che li aveva stretti l'uno all'altra nel calore dei loro corpi appagati, trattenuto dal morbido plaid che li copriva.

In certo qual modo erano entrati in un'altra cosa, in quel qualcosa in cui si poteva essere in grigio o essere in rosa, dove si poteva essere morti annegati in un fiume e riaffiorare in una notte di Buenos Aires per ripetere nel gioco del mondo l'immagine medesima di ciò che finalmente avevano raggiunto, l'ultima casella, il centro del Mandala[41].

Rocco temeva che il loro rapporto potesse cambiare. Avevano raggiunto il centro del Mandala, erano entrati in una fase nuova del

---

[41] Julio Cortàzar, Rayuela. Il gioco del mondo, cit., p. 191.

loro rapporto, forse si erano spinti oltre il dovuto e temeva che non avrebbero più ripetuto il loro gioco del mondo.

Addio Maga di una notte, non raggiungeremo più il centro del Mandala, ci dovremo rassegnare al ricordo e al rimpianto... dovrò rassegnarmi... forse per te che ritorni nel mondo dove per toccare il cielo non bastano un sassolino e un percorso disegnato per terra ci saranno altri modi e altri mezzi per garantirti un momento di felicità... effimera probabilmente, che lascia un retrogusto agro.

Accantonati i pensieri dolenti Rocco aveva telefonato ad Adriana per sincerarsi delle sue condizioni di salute. Gli sembrava un gesto di buona educazione, anche se non ne aveva voglia per il timore di sentirla distante, non più autentica e vicina com'era stato nella magica notte appena trascorsa. Adriana era stata molto cordiale. Nessuno dei due aveva accennato al loro segreto. Rocco si era sentito rassicurato, le aveva augurato di rimettersi al più presto dandole appuntamento per i giorni seguenti. Quando si salutarono Rocco era lontano anni luce dal pensare che non l'avrebbe rivista.

Luigi, a differenza di Adriana, non era rimasto a casa. Né il suo pensiero era stato monopolizzato dall'idea che Adriana sarebbe partita. In due, tre momenti gli erano tornate in mente le sue parole senza provocargli riflessioni, allarme o propositi di scongiurarne l'attuazione. Non ne aveva parlato neanche con Tommaso che ne fu informato soltanto il mattino dopo quando Adriana lo aveva salutato ringraziandolo per l'ospitalità e gli aveva raccomandato, con una certa apprensione, di aiutare Luigi a ritrovarsi perché rischiava di perdersi. Le ragioni della partenza erano rimaste ignote.

Dopo la partenza fra Luigi e Tommaso c'era stato un lungo colloquio, seduti all'ombra del portico nella calda mattina agostana appena mitigata da un venticello leggero di tramontana, al riparo dalla luce accecante del sole che ravvivava i colori e affrescava l'azzurro del cielo di una sfumatura più intensa, tendente al ceruleo, qua e là striata da bianchi brandelli di nuvole sfilacciati dal debole soffio del vento.

«La partenza di Adriana, così improvvisa e inattesa, mi ha colto di sorpresa», aveva detto Tommaso dopo un inutile parlare del più e del meno, del tempo e delle spiagge sovraffollate, senza che Luigi si decidesse ad affrontare l'argomento che modificava, se non c'erano ragioni plausibili, la priorità delle sue riflessioni. Tommaso si era reso conto che tra marito e moglie qualcosa non era andata per il verso giusto, poteva immaginarne anche le ragioni, ma era Luigi a dover trarre le conclusioni sul suo ménage matrimoniale e chiarire le sue aspettative per il futuro. Che Adriana se ne fosse andata dopo un profondo dissidio con Luigi era apparso chiaro dal modo in cui si erano salutati, con freddezza e distacco da parte di lei, con un evidente imbarazzo da parte di lui. Il fatto che Luigi non l'avesse accompagnata all'aeroporto era un ulteriore chiaro indizio della rottura consumata, come quell'amara richiesta di sostenere Luigi per aiutarlo a ritrovarsi.

Tommaso aveva chiesto a Luigi le ragioni dell'imprevista partenza di Adriana; la prima risposta era stata alquanto evasiva:

«Vuole passare il ferragosto con i ragazzi che sono da soli a Torino», aveva risposto Luigi, e mentre lo diceva cresceva il suo disagio, controllato fino a quel momento, per non aver saputo contrastare quella fuga.

«Non mi sembra una bugia efficace. La verità, Luigi! Se vuoi venire a capo di qualcosa devi essere sincero innanzitutto con te stesso», aveva replicato Tommaso con tono censorio.

Luigi era restato in silenzio per un po' di tempo, indeciso; Tommaso aspettava sfogliando pigramente il giornale per dargli modo di riflettere senza l'assillo del suo sguardo inquisitorio.

«Il fatto è che sono indeciso. Lei mi ha posto un ultimatum. Entro ieri avrei dovuto decidere tra lei e il mio passato, senza alternative. Le ho risposto che avevo bisogno di tempo ma lei non ha sentito ragioni»;

«*Posto in questi termini l'alternativa è incoerente. Adriana e il tuo passato sono compatibili se stanno sullo stesso piano...*».

«*Lei dice che sono assillato dal bisogno di sapere chi sono e che per questo l'ho trascurata ed emarginata dalla mia vita*».

«*Allora le alternative non stanno sullo stesso piano, l'una prevarica l'altra e Adriana è stata emarginata*».

«*Oggi le telefono. Il tempo di farla riposare dal viaggio...*», riuscì a dire Luigi dopo un altro lungo silenzio che sottolineava il suo stato di confusione e d'incertezza.

«*Non basta una telefonata, Luigi. Se ci tieni a lei è necessario ricominciare, o cominciare una buona volta, a coinvolgerla nella tua vita, a farla sentire importante, a starle vicino, a chiederle consiglio e conforto. Deve essere lei la tua principale consigliera, non io. Se ci tieni...*», aveva continuato Tommaso, e intanto pensava alla sua stessa incapacità di attuare quei buoni propositi.

«*Ci tengo. Devo trovare il modo di ricominciare*», gli aveva fatto eco Luigi, quasi automaticamente, come chi è ostaggio di una amarezza profonda che gli impedisce di vedere chiaramente il da farsi.

«*L'unico modo è metterla al primo posto, e smetterla di considerare un problema il segreto di Luisa. È un problema risolto. Tale deve essere dopo il percorso fatto in questi tre anni. Ormai non hai alibi, non fare come me...*», disse Tommaso. E dopo quel riferimento personale aprì le cateratte del rimpianto che trascinarono a valle ricordi e *mea culpa* per non aver saputo gestire i suoi affetti; lui con le scorie del suo passato depositate sulla sabbia di un'ansa, messo a nudo di fronte a Luigi che da quella confessione doveva trarre insegnamento e linfa per affrontare con vigore la prova a cui era chiamato. Pian piano riemersero le ragioni delle sue separazioni, prima Claudia, poi Roberta, sempre la stessa incapacità congenita di stabilire un rapporto efficace sulla base di sentimenti sinceri. Credeva di esserci riuscito con Claudia, ma si era accorto ben presto che il legame era effimero. Per colpa sua, segnato fin dall'infanzia dalle sofferenze di Maria, prostrata dal comportamento di Pino, dai suoi tradimenti, dalle ubriacature, dalle scenate che avevano costretto la povera donna a rinunciare a ogni aspettativa di vita normale, a ogni gratificazione nel rapporto con l'uomo che l'aveva scelta come compagna di vita. Quella sofferenza, che aveva condiviso, non voleva subirla per sé, si precludeva rapporti fecondi, faceva fatica a innamorarsi, vi rinunciava per paura di soffrire, non si accorgeva che il suo comportamento era speculare a quello di Pino. Era stato Pino il suo maestro, padre e maestro, mentre la sua paura di soffrire si trasformava in sofferenza; era lui a infliggere sofferenza alle sue compagne con i tradimenti reiterati, le assenze, le incapacità di amare. Soffriva lui stesso per l'erraticità e la precarietà dei rapporti, per l'incapacità di organizzarsi una vita ordinata, serena al fianco di una donna innamorata e riamata. Era stato più forte di lui, fin da giovane, non aveva sofferto le pene d'amore per le sbandate adolescenziali, non si era lasciato trasportare dalla passione e dalla tenerezza. La passione l'aveva riservata allo studio, che ricambiava con risultati brillanti e riconoscimenti, non deludeva né riservava sorprese; la tenerezza a Maria, così fragile e indifesa, così sfortunata, che in quell'abbraccio trovava la sua unica ragione di vita, ricambiata dall'inebriante sensazione, provata fin dalla più tenera età, di sentirsi importante, un uomo forte e deciso, capace di dare protezione e sicurezza. Era un inganno. Tommaso vi trovava consolazione a costo di rinunciare ad altre forme di relazione e alla propria felicità. Un inganno di cui aveva cominciato a rendersi conto con la progressiva caduta delle certezze che lo avevano sostenuto fin lì; forse era l'età, la maturità piena che imponevano riflessioni e chiedevano bilanci, fatto sta che da qualche tempo aveva iniziato a ripensare scelte e comportamenti. A essere sincero non ne era soddisfatto, tirate le somme del dare e dell'avere il bilancio era in rosso, un deficit accumulato progressivamente nel tempo, che per essere ripianato richiedeva nuovi, ingenti investimenti e una ristrutturazione radicale della propria organizzazione di vita. Il compito era arduo, per Tommaso come per Luigi, e Tommaso come Luigi non era ancora sicuro di voler percorrere quella strada.

La partenza di Adriana e il successivo colloquio con Luigi avevano tracciato un profondo solco d'incertezza nell'animo di Tommaso: alle preoccupazioni per la complicata situazione di Luigi si erano aggiunti i turbamenti causati dalle confidenze fatte e dai pensieri che le avevano accompagnate, tanto che sentì il bisogno di condividere il suo stato d'animo con qualcuno capace di ascoltare e di comprendere senza giudicare. Non conosceva nessuno, né mai aveva conosciuto qualcuno con cui confidarsi, eccetto il buon professor Bottero, tanto tempo fa quando era ancora un ragazzo e lui già un vecchio saggio e paziente. Da allora nessun altro, neanche Maria che ne avrebbe molto sofferto, non lo avrebbe giudicato e non avrebbe neanche compreso.

L'unica persona alla quale avrebbe potuto rivolgersi era Assunta, lo sapeva. A lei aveva pensato quando gli era cresciuto dentro quel disagio, a lei che nelle poche occasioni in cui avevano parlato si era dimostrata attenta e disponibile, saggia e paziente, intuitiva e profonda: era quello che cercava, pur non volendo investirla del ruolo di consolatrice, pur non volendo riconoscere di averne bisogno. La ragione per cui aveva pensato a lei era un'altra, si disse mentendo a se stesso, legata alla fuga di Adriana, e poiché Assunta l'aveva accompagnata all'aeroporto poteva averne raccolto le confidenze e aiutarlo a comprendere la situazione. Le telefonò con quella scusa e fissarono un appuntamento per il pomeriggio.

Si incontrarono lontano dagli sguardi indiscreti dei conoscenti, in un paese vicino, e proseguirono apparentemente senza meta lungo stradine protette da file interminabili di ulivi. Si fermarono nella piazza di Casamassella, suggestiva e luminosa con le sue costruzioni in pietra leccese, tra le quali spiccavano la chiesa di S. Maria

Maddalena, struttura simile a quella della chiesa di Vitigliano, mirabile esempio di architettura di transizione dal barocco al neoclassico; il castello del XIII secolo, dimora del marchese Antonio De Viti De Marco, insigne economista, che diede dignità di scienza allo studio della finanza pubblica, la scienza delle finanze; la torre dell'Angelo, torre di avvistamento posta a protezione della vicina Otranto, che domina la valle dell'Idro.

Il girovagare tra le stradine vicinali che li aveva portati a Casamassella non era senza meta. Tommaso era attratto da quella piazza e dal castello perché lì incontrava lo spirito dell'illustre maestro, esempio di coerenza democratica, che fece per dignitade il gran rifiuto. *Faro nella notte,* di cui l'Italia dovette privarsi per vent'anni, *come se di uomini come quello ne avesse da sprecare*[42]; e poi era una piazza tranquilla, con un bar appartato e senza pretese dove si poteva chiacchierare all'ombra dei palazzi, nella quiete silente di un lento pomeriggio salentino.

Durante il tragitto in macchina avevano parlato della bellezza della campagna, degli uliveti secolari, dei bianchi paesetti assonnati e delle vacanze; soltanto quando furono comodamente seduti nella luce della piazza, di fronte a una granita al limone, decisero di affrontare la questione che li aveva spinti fin lì.

Iniziò Assunta, con leggerezza:

«*Non ho mai visitato Torino. Se la partenza di Adriana non fosse stata così improvvisa l'avrei accompagnata. Dev'essere una bella città. Con Adriana mi trovo bene...*».

---

[42] A. De Viti De Marco per non giurare fedeltà al fascismo si dimise dalla cattedra universitaria e dall'Accademia dei Lincei ritirandosi nella residenza di Casamassella. Le citazioni in corsivo che ne elogiano la coerenza sono di Tommaso Fiore e di Gaetano Salvemini.

«*La sua partenza non è stata solo improvvisa, è stata anche dolorosa. Una fuga più che una partenza*», precisò Tommaso senza mezzi termini.

«*Sai qualcosa di preciso? Cos'è successo?*», continuò Assunta. Tommaso non rispose, prese un po' di tempo perché voleva prima approfondire le ragioni di Adriana per confrontarle con quelle di Luigi e avere un quadro più chiaro. Alle domande di Assunta oppose altre domande: «*A te Adriana cosa ha detto? Te ne ha parlato?*».

E Assunta sorridendo: «*Non vuoi scoprirti, vero? Allora comincio io, per quel poco che ho saputo*».

Tommaso sorrise anche lui e rinfrescandosi con un cucchiaino di granita le fece cenno di continuare. Assunta riferì quanto sapeva. Quando giunse a parlare del rifiuto di Luigi a passare la serata di San Lorenzo con Adriana, l'attenzione di Tommaso aumentò.

«*Adriana sognava una serata romantica con suo marito, mentre lui ha preferito la tua compagnia a quella della moglie*».

«*Questo non lo sapevo! La delusione di Adriana dev'essere stata grande. Come si comportò quella sera?*», chiese Tommaso.

«*Niente di particolare. A pensarci a posteriori l'ho trovata un po' taciturna, ma sempre deliziosa e gentile. Finché siamo rimasti al Caicco mi è sembrato tutto normale, niente che facesse trasparire il suo stato d'animo. Quando siamo andati in barca non ho più potuto osservarla; lei con Rocco, Rita e Riccardo era su un'altra barca...*».

«*Ci sarà stata qualcosa con Rocco?*», chiese ancora Tommaso il quale, nonostante non ne avesse mai fatto cenno, aveva osservato la loro reciproca attrazione, il loro cercarsi.

«*Questo non posso saperlo. So per certo che Rocco corteggiava Adriana e che lei non era indifferente, che insieme stavano bene, ma niente di più*», disse Assunta.

«*Comunque è ininfluente. Anche se Adriana avesse deciso di partire per evitare complicazioni con Rocco, rimane il vulnus infertole da Luigi rifiutando la sua richiesta*».

Continuarono a discutere del complicato rapporto tra Luigi e Adriana senza individuare spiegazioni plausibili fino a quando Assunta non gli fece una rivelazione:

«*Adriana è molto gelosa nei tuoi confronti. Hai monopolizzato la vita di Luigi che passa tutto il suo tempo con te*», gli comunicò in tono di rimprovero.

«*Ce l'aveva con me? Ha scaricato su di me una parte delle colpe di suo marito?*».

«*Non proprio. Ha fatto solo quell'accenno, al quale ho replicato che anch'io sono un po' gelosa di Luigi che monopolizza tutto il tuo tempo e non ne lascia per me. Anche tu mi hai escluso dalla tua vacanza*», concluse Assunta sorridendo.

Tommaso prese sul serio quell'affermazione e ne restò alquanto sorpreso. Non tanto perché Assunta l'avesse pronunciata, piuttosto perché si accorse che era vero, che dopo l'arrivo di Luigi non aveva avuto occasione di parlare con lei e di goderne la compagnia. Per dissimulare l'imbarazzo sviò per un momento il discorso chiedendole se gradiva qualcosa da bere e intanto chiamava il cameriere: per lui ordinò un caffè in ghiaccio, Assunta lo preferì normale. Successivamente, riprendendo il discorso interrotto, non senza qualche esitazione, si scusò della sua negligenza:

«*Hai ragione, ti ho trascurato come Luigi ha fatto con Adriana, ma sono giustificato…*».

"*Si sta giustificando!* – pensò Assunta mentre Tommaso parlava – *Sembra davvero la scena dell'amante che richiede le attenzioni del suo uomo. L'avevo detto per scherzo ad Adriana e ora stiamo recitando la parte come se fosse vero*".

«*...Luigi è alle prese con un delicato problema d'identità dopo aver saputo, tre anni fa, di essere stato adottato. La sua madre naturale è la seconda moglie di mio padre, la donna che mi ha allevato dopo la morte di mia madre...*».

«*Non lo sapevo, mi dispiace*», si schermì Assunta, e abbassò gli occhi per non incontrare lo sguardo di Tommaso, anche lui, peraltro, alquanto in imbarazzo.

Tommaso le raccontò l'intera vicenda e i suoi intrecci, la morte di Salvatore e di sua madre, l'adozione di Luigi, la rivelazione di Luisa e la crisi di Luigi, che, dopo tre anni di tormenti, lo aveva portato in Salento per una sorta di viaggio terapeutico alla scoperta delle sue origini, propedeutica all'accettazione della sua biografia integrata.

«*La terapia sembrava funzionare, non vorrei che questa vicenda inattesa la compromettesse rigettando Luigi nel limbo della sua ossessione*», disse Tommaso al termine del racconto.

«*Guarda che la mia era solo una battuta scherzosa, per stemperare l'amarezza di Adriana. Dopo ne abbiamo riso perché era come sentirsi tradita a causa di un uomo: una forma "diversa" di tradimento che non ha motivo di temere*», disse Assunta con l'intenzione di minimizzare il senso della sua frase, sapendo però che quel pensiero non era una semplice battuta di spirito. Riferendola a Tommaso, inconsciamente, gli aveva inviato un messaggio per saggiarne la resistenza.

Assunta non era insensibile al fascino di Tommaso, ci aveva pensato spesso dopo quella serata leccese; le successive occasioni d'incontro l'avevano confermata nella sua propensione, ed era vero che una maggiore attenzione da parte di Tommaso, un suo accenno di corteggiamento l'avrebbero trovata disponibile, pronta a corrispondere. Tommaso, invece, preso com'era dal problema di Luigi non trovava tempo per rendersene conto. Con Assunta stava bene, lo rasserenava, ma Assunta era ancora fuori dal suo raggio d'azione sentimentale; era passato poco tempo dalla rottura con

Roberta e pensare d'avventurarsi in una nuova storia non rientrava nei suoi propositi né nei suoi desideri. Il riferimento di Assunta, seppure fuori contesto, gli aveva aperto uno spiraglio di riflessione colto con naturalezza. Non si era neanche meravigliato del velato rimprovero, gli era sembrato naturale e meritato... e si era scusato. Non aveva alcun motivo per scusarsi, non aveva contratto alcun impegno con Assunta, eppure gli era sembrato motivato e aveva sentito il bisogno di scusarsi.

«Se domani sera sei libera andiamo a cena insieme. Ho scoperto una trattoria che ne vale davvero la pena...», propose Tommaso, e di seguito, a bassa voce, quasi parlando tra sé e sé, *«...Devo solo riuscire a liberarmi di Luigi... in qualche modo farò. D'altronde è ormai questione di giorni. Devo convincerlo a tornare al più presto a Torino per riprendere il filo del rapporto con Adriana»*.

«Ritieni che sia ancora recuperabile?», aggiunse Assunta con una certa apprensione.

«Da quanto mi hai detto sembrerebbe di sì... se Adriana è partita per non compromettersi con Rocco dopo la mancata serata con Luigi. Sono due indizi positivi che Luigi deve cogliere se non vuole perderla. Ma deve fare in fretta».

Assunta nel frattempo pensava alla proposta di Tommaso. Ne era contenta, tuttavia non voleva vincolarlo, farlo sentire in qualche modo impegnato.

«Per me non darti pena, adesso devi pensare a Luigi... Per noi ci saranno altre occasioni... Però non scordartene, ci conto», disse e ambedue scoppiarono in una risata liberatoria che li sciolse dall'ansia.

«Ricordi la sera del concerto dei Ghetonìa? Stavamo sorseggiando un bicchiere di vino quando vedemmo una stella cadente...».

«*Ti dissi che per ogni stella che cade bisogna esprimere un desiderio*».

«*E io risposi che non è tempo di desideri, adesso, è tempo di agire*».

«*In effetti, mi meravigliai di quelle parole, pur non dando loro un significato specifico*».

«*Mi meravigliai anch'io, e la mia meraviglia fu ancora più grande e inattesa perché quella frase seguiva un pensiero e il pensiero era un desiderio...*».

«*Hai preso sul serio il mio invito scherzoso?*».

«*Inconsciamente. Mi ritrovai a pensare alla mia azienda, a sperare di fermarne il declino, di rilanciarla...*».

«*È un buon proposito, se non si limita a essere il desiderio di una notte di mezza estate...*».

«*Non mi succedeva da molto tempo di pensare alla fabbrica. La consideravo qualcosa che non mi appartiene, il legame con un'altra vita, un altro tempo...*».

«*È il ri-morso, la taranta che torna a mordere; il senso di colpa e di frustrazione per la tua trasgressione si presenta sotto forma di desiderio mosso da una stella cadente*», disse Tommaso con leggerezza, sapendo quello che diceva.

«*...Ma non è finita. La notte dopo la partenza di Adriana, nel dormiveglia semicosciente che precede il sonno, in un flash che inseguiva una sequenza di pensieri confusi e di propositi irrisolti, ho intravisto una fabbrica abbandonata, seguita, come in un flashback, dalla visione di una fabbrica presidiata: operai in lotta che chiedevano insistentemente l'intervento risolutivo di un salvatore che ne scongiurasse il declino...*».

«*E il salvatore eri tu, ovviamente. Il salvatore, il figlio di Salvatore...*», sottolineò Tommaso, certo che quel gioco di parole avrebbe evocato una reazione emotiva in Luigi.

L'evocazione del nome di suo padre lo proiettò in una dimensione visionaria nella quale attualità e ricordi, immaginazione e realtà si confondevano e si rincorrevano. Gli ritornò in mente una data, l'otto febbraio millenovecentocinquantacinque, e un'immagine, quella di Borgo Capriglia conosciuto qualche giorno prima, archeologia contadina, sotto le cui rovine erano seppellite le speranze di una moltitudine di persone, braccianti agricoli che chiedevano solo di lavorare, che un semplice atto aveva gettato nella disperazione più nera. Corsi e ricorsi, il passato che ritorna e, ironia della sorte, l'espulso che si trasforma in espulsore, il figlio del licenziato in tagliatore di teste; da lui dipende il destino dei suoi dipendenti, può spingerli nel limbo della disperazione dove non si è, dove si perde la dignità conquistata nel lavoro, ricacciati nella condizione di paria senza diritti e senza futuro; o può salvarli, *secondo ch'avvinghia*[43].

«Ero io, indicato con nome e cognome sui cartelloni della protesta», rispose Luigi lasciando trapelare un evidente turbamento.

Tommaso si accorse del turbamento di Luigi e pensò che fosse arrivato il momento di affondare un attacco diretto:

«E hai anche pensato a quanto è triste la condizione di chi perde il lavoro. Hai pensato a tuo padre, licenziato in tronco ed emigrato a causa di quella decisione», disse, calcando il tono della voce sull'ultima frase.

«Allora non ci ho pensato. Ci ho pensato dopo... Il nome di mio padre collegato a quel flash notturno...».

«Hai una grossa responsabilità, Luigi. È tempo di assumerla fino in fondo...».

Tommaso, a quel punto, fu tentato di lanciarsi in una requisitoria sulla responsabilità d'impresa. Per fortuna se ne

---

[43] Dante Alighieri, Inferno, canto V, v.6.

astenne, ebbe il timore di aggravare la condizione psicologica di Luigi, già pesantemente gravata dalle sue riflessioni solitarie.

Luigi tentò di difendersi spostando lo sguardo sulla crisi economica mondiale:

«*La situazione in cui si trova il mio gruppo di fronte alla crisi va oltre le mie responsabilità. Come si può non fallire quando le condizioni in cui operi non ti danno scampo e non dipendono dalle scelte aziendali?*».

«*Hai ragione. Un'impresa può essere costretta alla chiusura o a ridimensionarsi per circostanze e ragioni non imputabili a errori o incapacità della direzione aziendale: l'andamento dei mercati, le crisi internazionali... ma non è il caso del tuo gruppo*».

«*La mia azienda è stata sopraffatta da una crisi globale che non dipende da noi; la crisi ciclica più grande di sempre, più grande anche della Grande Depressione del millenovecentoventinove...*».

«*Ciò, comunque, non ti dà un alibi, non puoi usare la crisi globale come alibi per la tua impresa. Sai bene che il gruppo industriale che guidi è, da tre anni, una* nave senza nocchiero in gran tempesta[44]*; qui sta la tua responsabilità...*».

«*Il gruppo è in buone mani, lo gestiscono manager capaci...*».

«*Dirigenti che possono gestire l'ordinario, che non possono assumere decisioni straordinarie che competono all'AD e alla proprietà... non se ne esce. La responsabilità è tutta tua e la tua assenza aggrava la situazione*».

«*Ma io non ho più la testa né la voglia di cimentarmi con quei problemi, non mi identifico più con l'azienda...*».

«*Probabilmente non è così, Luigi, se il tuo subconscio ti manda messaggi così inequivocabili. Oppure rassegnati a vivere col ri-morso,*

---

[44] Dante Alighieri, Purgatorio, canto VI, v. 77.

dal quale nessun rito catartico potrà liberarti. Dovrai imparare a conviverci...».

L'umore e le condizioni psicologiche di Luigi peggiorarono il giorno in cui ricevette la lettera di Adriana. Ne erano passati quattro dalla sua partenza, Luigi aveva avuto modo di meditare e di approfondire la situazione. Lo aveva fatto ogni giorno con Tommaso, affrontando con lui ogni aspetto della vicenda, non trascurando alcunché, come se fosse davanti al suo confessore prima dell'esecuzione di una sentenza capitale. La decisione di Adriana lo spiazzava ulteriormente. Se aveva creduto che si potesse trattare di un momento di debolezza dovuto alla mancata realizzazione di un'aspettativa, ora doveva ricredersi, la situazione precipitava e lui non era ancora pronto ad affrontarla. Ci pensò tutto il giorno, ci meditò su un'intera notte, tra il sonno e la veglia, prima di decidere qualunque mossa. Alla fine decise, dopo essersi interrogato e misurato su ogni aspetto del suo controverso comportamento, così aspramente criticato da Adriana.

"Il nostro rapporto è arrivato al capolinea", ha scritto Adriana. Al capolinea si scende e ognuno va per la sua strada. È questo che vuole? E io cosa voglio? Un altro bivio: prendere a destra o a sinistra. Qual è la strada giusta? Inoltrarsi da solo su un terreno inesplorato, da solo, libero, senza legami, come un uccello *per lo libero ciel*[45] ...da solo come il passero solitario, non compagni non voli, senza spassi e allegria, sprecando il mio tempo migliore... Continuare il percorso in compagnia, con Adriana che mi conosce e può sostenermi se inciampo. Mi sostiene e ha bisogno di sostegno essa stessa: quanta strada faremmo prima di cadere ambedue? E cadendo ambedue chi ci aiuterebbe a rialzarci e a continuare il

---

[45] Giacomo Leopardi, Il passero solitario.

cammino? ...Destra o sinistra, di qua o di là... e se sto fermo? Me ne sto qui, succeda quel che deve succedere... me ne sto qui e qualcosa accadrà. Vita nuova in un mondo nuovo. Sono un altro uomo e cambio il percorso della mia vita. Mi sottraggo alla scelta... Ma è poi proprio un sottrarsi? ...Scelgo di stare solo. Rinuncio ad Adriana. È questo che voglio? Ma sì! ...Ma no... non lo voglio. Lei è decisa, mette la faccenda nelle mani di un avvocato... avvia le pratiche della separazione. Che fretta c'è! Sono tre anni che aspetta ... Ha ragione di essere stanca di aspettare. Io non le ho comunicato niente e lei mi comunica *"espressamente"*. Un passaggio notarile: *"Ti comunico espressamente"* ...e sono stato liquidato. Cosa mi resta da fare? ...Rivolgermi al mio avvocato perché segua la faccenda per mio conto? Che squallore! Una questione privata tra me e lei, tra due che si sono amati... che si amano ancora? Se ha cercato le attenzioni di altri uomini per compensare la mia assenza vuol dire che non mi ama più, che era stufa di me, non voleva aspettare. E io posso amarla ancora? Anche se ha flirtato con altri uomini? Qualche ragione l'ha avuta. Non sono stato un marito attento e premuroso, tantomeno presente. Qualche ragione l'ha avuta, l'ho incoraggiata con il mio disinteresse. Devo cambiare registro. Devo cambiare... Sono già cambiato, sono un uomo diverso... Cambiare di nuovo, recuperare il passato. Non ho fatto che questo negli ultimi tempi. *"Ma se per recuperare il passato si rinuncia a vivere il presente, quali benefici se ne possono trarre?"* Ho rinunciato a vivere il presente? Ho vissuto, ho cambiato prospettiva e interessi. Si vive anche quando... o si sopravvive? Sopravvivere è già un risultato, non soccombere, restare a galla... ho rischiato di essere travolto... la tempesta è stata tremenda, mi sono aggrappato a Tommaso... c'era anche Adriana lì vicino, potevo aggrapparmi anche a lei... sono sopravvissuto e questo è importante. Ora, forse, posso iniziare una nuova vita, posso iniziare a vivere il presente. Ora lei mi chiede di *"riavvolgere il nastro della nostra vita in comune"* e di recuperare anche quel passato. L'ho trascurata, questo è certo, lei e i ragazzi, preso dagli impegni della fabbrica. Dovevo trascurare la fabbrica? Adalberto non me l'avrebbe perdonato. Ho sacrificato Adriana ad Adalberto per affermare la mia personalità, per emanciparmi da Adalberto e piantare la mia bandiera di comando sulla fabbrica. Questo è almeno un punto fermo, non devo fare altre ricerche. Devo solo convincermi che la vita non si esaurisce nei successi professionali, che ci sono altri spazi e altre relazioni in cui estrinsecarsi e realizzarsi... Di questo credo di essere già convinto... Credo... Devo dimostrarlo nelle scelte e nei comportamenti... Devo riuscire a dirlo chiaramente ad Adriana che sono cambiato, che sono un uomo diverso, che ho capito. Devo riuscirci. Perché non ci riesco? Avevo queste intenzioni quando le ho telefonato dopo la sua partenza. Una telefonata lastricata di buone intenzioni, finita nel peggiore dei modi; Adriana confermata nella sua decisione, la situazione inasprita. Dove ho sbagliato? Cosa devo fare? Forse non ero preparato, non ero ancora pronto. Adesso sono pronto... una settimana di autocoscienza, full immersion, le convinzioni cambiate. Succedono tante cose in una settimana. Mi rimbocco le maniche e mi metto al lavoro, devo recuperare il tempo perduto. Tre anni persi. No, tre anni per capire qualcosa di nuovo, per riscoprirmi e scoprire il mondo che mi circonda, per uscire dalla gabbia. Nella gabbia non ci torno più, ne sono fuori e fuori voglio restare. Non mi devo lasciar prendere dall'entusiasmo devo ragionare la strada è in salita devo vincere tante resistenze a cominciare da quelle che non sono ancora emerse che se ne stanno acquattate al riparo di qualche vecchia certezza. Carattere instabile entusiasmi e depressioni furia francese e ritirata spagnola oggi mi sembra tutto risolto facile le difficoltà superate mi esalto domani il contraccolpo e mi deprimo ho sempre pensato d'essere un tipo deciso che sa prendere decisioni assumersi responsabilità... quello era un altro uomo... adesso prevale l'indecisione forse non era vero neanche prima una maschera imposta per diventare come Adalberto come pensavo che fosse parlava di rapidità di pensiero e azione per fare l'imprenditore bisogna essere rapidi decidere in fretta anticipare le tendenze arrivare un momento prima della concorrenza ne ho fatto una religione la mia essenza di uomo mai un dubbio un'incertezza sono cattivi consiglieri disturbano il business ti fanno perdere le occasioni… ti fanno anche prendere delle cantonate che paghi a caro prezzo nero su bianco sui bilanci e poi devi trovare mille sotterfugi per non farle scoprire e non perdere la reputazione non ho più quella sicurezza l'ho perduta chissà se è un bene…

Ogni alba ha i suoi dubbi[46], *è men male l'agitarsi nel dubbio che riposare nell'errore*[47].

…niente è perduto se dubito penso posso ancora riprendermi riprendere in mano il corso della mia vita non lasciarmi confondere dalle nebbie del passato e dell'incertezza devo solo prendere una decisione definitiva ne ho prese tante nella mia vita non posso fermarmi proprio adesso questa è la più importante se mi decido ne sono fuori la mia vita ritornerà a scorrere su nuovi binari un altro treno per altri percorsi e altre met… … …

Il settimo giorno pose fine all'incertezza. Luigi aveva deciso di ritornare a Torino per affrontare la situazione di petto. Non sapeva con quali esiti, ma sapeva che non dipendeva solo da lui, c'era Adriana dall'altra parte, con le sue decisioni e le sue aspettative, dipendeva anche da lei; lui sapeva che avrebbe messo in campo la disponibilità, la volontà di ricucire gli strappi e di costruire un futuro condiviso. Che cosa avrebbe detto ad Adriana per convincerla non lo sapeva, né aveva risolto tutti i dubbi, le incertezze che lo avevano assillato per tanto tempo. Era sereno, però. Alcuni punti fermi li aveva individuati e su di essi fondava il suo equilibrio,

---

[46] Alda Merini, https://www.poesieracconti.it/aforismi/a/alda-merini/frase-3819.

[47] Alessandro Manzoni, Storia della colonna infame, Milano, p.15.

ancora precario e instabile, soggetto a sbalzi d'umore e ai tanti richiami della sua foresta interiore ancora non del tutto esplorata. Questa volta non avrebbe commesso errori, si sarebbe presentato ad Adriana con l'umiltà di chi si riconosce colpevole, di chi ha smesso i panni autarchici dell'autosufficienza, l'arroganza delle proprie certezze e capacità, la convinzione di dominare gli eventi e il proprio destino. Chiederà aiuto ad Adriana, le chiederà di progettare insieme un percorso comune per superare le incomprensioni del passato e soprattutto la sua (di Luigi) crisi esistenziale. Perché Luigi aveva capito che da solo non ce la poteva fare. Un aiuto importante glielo aveva fornito Tommaso, al quale si erano aggiunti i contributi di Giovanni, delle altre persone conosciute in Salento, la storia dei luoghi e delle persone, la conoscenza diretta di un retroterra culturale e sociale prima ignoto. Sapeva che tutto ciò non era sufficiente, doveva ancora scavare, scoprire e imparare molte cose, riguardo alle sue origini e soprattutto riguardo alla sua propria vita che non aveva esplorato per niente. Doveva fare chiarezza sui rapporti con i genitori adottivi e doveva riavvolgere il nastro del tempo vissuto con Adriana. Per venirne a capo aveva bisogno del suo sostegno, da solo non ce l'avrebbe fatta, si sarebbe di nuovo smarrito, irrimediabilmente. Questa era la sua vera certezza. Aveva imparato che non ci si salva da soli, che c'è bisogno degli altri, che gli altri sono il contesto nel quale viviamo, ci piacciano o meno.

Questo sapeva Luigi, adesso. Armato di questa convinzione si sarebbe presentato ad Adriana il giorno dopo e le avrebbe chiesto di riprenderlo con sé.

Capitolo 11

Bilanci in rosso

Dopo la partenza di Luigi, nella casa di vico Inverno, si respirava una calma inusuale. Le ultime tre settimane erano trascorse in una rincorsa febbrile del tempo, un andirivieni continuo, un fervore di programmi per allietare le vacanze degli ospiti; dopo la loro partenza la casa era ricaduta nel quieto torpore delle estati precedenti, quando Tommaso le trascorreva da solo o in compagnia di Roberta ed era soltanto il suo fresco, tranquillo rifugio contro la frenesia delle vacanze, che lui gustava a piccoli sorsi, lontano dai luoghi della movida, dell'animazione e dello struscio. Silenzio e quiete ora avevano uno spessore diverso, come qualcosa di incombente che li comprimesse e li appesantisse, mortificandone la levità. Tommaso lo sentiva e si aggirava per casa o in giardino con un'inquietudine sotto pelle, inespressa, che lo infastidiva. L'inquietudine e il malumore non erano riconducibili alla vicenda di Luigi e Adriana; quella l'aveva inquadrata, seguiva il suo corso, ed era convinto che, qualunque ne fosse la conclusione, Luigi ne sarebbe uscito rinvigorito. La paura che potesse subirne i contraccolpi l'aveva accantonata dopo il loro ultimo colloquio, il giorno prima della partenza. Aveva visto negli occhi di Luigi una luce nuova e una profondità sconosciute, nella sua voce una determinazione che contrastava con le incertezze di prima; lo aveva visto determinato anche il mattino dopo mentre lo accompagnava all'aeroporto, mentre gli raccontava (Luigi raccontava) l'accavallarsi incoerente dei pensieri notturni. Per Luigi era abbastanza tranquillo. Sapeva che ormai aveva trovato gli stimoli per sgretolare il blocco di incomprensione che lo imprigionava, che si sarebbe liberato dal freddo e acuminato gancio da macellaio della sua psicosi, immergendosi nell'agone incandescente di nuove sfide nelle quali realizzare nuovi obiettivi e consolidare la personalità e l'identità ritrovate. Con Adriana al suo fianco o da solo se il rapporto con lei fosse definitivamente compromesso. Sarebbe stato un processo lento e contrastato ma la scalata sarebbe stata certa e il successo assicurato.

No, Tommaso non era preoccupato per Luigi. L'inquietudine che lo tormentava riguardava lui stesso. Improvvisamente si era sentito solo, per la prima volta, solo. Non gli era mai accaduto fino ad allora, non aveva potuto; ora per la prima volta provava una sensazione di solitudine e si ritrovava a pensare a se stesso, al sé senza interfacce che inevitabilmente spostano la prospettiva, una diversa posizione, una visione differente, effetto parallasse. Obbligato a guardarsi dentro si ritrovò a fare un bilancio della sua vita, ne restò confuso e perplesso. Dare e avere non quadravano, attivo e passivo presentavano un saldo negativo, una cifra rosso sangue sottolineata con due righe nere, a testimoniare uno squilibrio accumulato nel tempo, anno dopo anno, rapporto dopo rapporto, solo in parte compensato dalle azioni positive e dai riconoscimenti. La colonna dell'attivo era corta, poche righe legate alla prima parte della sua vita, due nomi e due percorsi: la madre elettiva, Maria, e il professor Bottero; i successi negli studi e la carriera accademica. Non c'era altro di notevole da ricordare; forse una sensazione di libertà respirata nella Torino della sua giovinezza, quando rispondeva solo al desiderio di affermare il proprio diritto a una vita dignitosa e piena, libera dal bisogno, ricca di traguardi, di relazioni e di realizzazioni, pagata amaramente con le delusioni dell'età adulta; forse un breve periodo nella relazione con Claudia, presto sopraffatto dalle incombenze quotidiane imposte dal ménage familiare, dall'accudimento dei figli, a cui non si sentiva né pronto né portato, presto sfociato nelle incomprensioni e nelle richieste, spesso legittime, di Claudia che lui non poteva soddisfare. La colonna del passivo risultava più lunga, elencava i nomi delle persone alle quali era stato legato, accomunate da una richiesta che ne aveva prosciugato le energie: tutti i membri della sua famiglia, Maria, Pino e Luigi, pochi, una famiglia nucleare ridotta ma esigente nelle richieste e nella continuità della presenza, sofferente. In verità non gli chiedevano niente, mai nessuno gli aveva chiesto niente, era stata la sua sensibilità a inchiodarlo a un ruolo che non gli sarebbe spettato, di cui avrebbe potuto liberarsi. Non erano stati il peso delle responsabilità e delle aspettative altrui a condizionarlo, era stato soprattutto un riflesso condizionato alimentato dal vissuto della sua infanzia, la vita sregolata e infelice di suo padre, la rassegnazione dolente di Maria, l'assenza di prospettive e di sviluppo in quelle povere vite abbandonate in un vicolo cieco a sterilizzare la sua capacità di impegnarsi in altre relazioni durature e coinvolgenti; un riflesso condizionato che lo inibiva quando c'era da assumere impegni affettivi, per paura di replicare le vite di Maria e di Pino, esistenze scarnificate dal dolore, inebetite di fronte alla vita, incapaci di dominarla, incapaci di azione, rassegnate e compresse nel ruolo di vittime sacrificali. Si era ritratto e ora ne scontava i fallimenti e la solitudine. Prima di allora non aveva provato il dolore dell'assenza; nella sua vita c'era stato un faro che gli segnava la rotta e lo aspettava immobile al suo posto, gli indicava il porto al quale tornare dopo ogni viaggio nel mondo e lo accoglieva nel silenzio delle cose conosciute, senza chiedergli niente. Maria non c'era più, da oltre un anno, l'aveva lasciato solo nel mondo, senza riferimenti, di nuovo orfano, senza nessuno che lo aspettasse e gli indicasse la rotta del ritorno. Negli ultimi tre anni c'era stato Luigi, il fratello ritrovato, un impegno titanico per conciliare la sua vita e quella di Maria, che lo aveva rituffato nel brodo primordiale delle origini, nelle acque calde e profonde, sempre infide e mutevoli, attraversate da fredde correnti che ti portano alla deriva se non sai governare la barca o se il tuo braccio che nuota o che rema non ha la potenza e il ritmo per contrastarne la scia e andare contro corrente. Lui era andato sempre contro corrente. Con Luigi aveva dovuto dapprima convincerlo ad accettare l'idea di immergersi nel brodo primordiale, poi aveva dovuto insegnargli a nuotare in quelle acque calde e accoglienti, a riconoscere le correnti fredde che ti stordiscono, ti ghermiscono come una mano liquida portandoti alla deriva, lontano, dove non c'è speranza di salvezza. Luigi sembrava essersi acclimatato alla nuova latitudine, ora poteva governarsi da solo; forse con lui avrebbe potuto instaurare una relazione simmetrica, superando le precedenti convergenze asimmetriche, le dipendenze che avevano caratterizzato fin lì la sua vita e le sue relazioni. Come con Claudia e con Roberta, le uniche donne, se si esclude Maria, che avevano contato qualcosa nella sua vita: convergenze asimmetriche durate poco, brevi percorsi costellati da punti di rottura responsabili del definitivo allontanamento, linee divergenti che non s'incontrano più, qualche volta s'intersecano senza incontrarsi, ciascuna il suo percorso che le porta lontano l'una dall'altra, forse un pizzico di rammarico per ciò che non è stato, un saluto e via di corsa verso altre destinazioni, ciascuno con le sue solitudini.

Così è per Tommaso. Era rimasto da solo nella casa di Vitigliano, lo sarebbe stato anche se la casa fosse stata affollata, come succederà nei giorni a venire, non basteranno quelle presenze fugaci, occasionali a colmare il vuoto, perché la pienezza non è una questione di spazio, presenze fisiche che occupano uno spazio e ti accompagnano per un tratto di strada, compagni di strada che ad un bivio proseguono il loro cammino su un percorso diverso dal tuo; gli mancavano corrispondenze stabili, permanenti, vicine nello spazio o lontane poco importa, legami spirituali o viscerali che sanno accompagnarti e venirti incontro senza chiederti nulla, che comprendono i tuoi stati d'animo e sanno stare al tuo fianco prendendo su di sé i tuoi crucci, che trasformano in forza le tue debolezze, che, in una sola parola, ti amano. La solitudine di Tommaso è assenza d'amore, si è trovato all'improvviso in uno spazio vuoto d'amore, un deserto nel quale senza punti di riferimento è facile perdersi. Tommaso non voleva perdersi.

E adesso cosa faccio? – pensava in uno dei tanti momenti in cui, aggirandosi nello spazio vuoto, era in balia della fredda corrente che violentava il suo mare primordiale, baratro di niente, liquido sarcofago di aspirazioni represse, di vite sprecate, nel quale riusciva a malapena a tenersi a galla. Cosa devo fare? Cosa me ne faccio di questa improvvisa libertà, di questo tempo liberato? ...

Ci fosse qualcuno con cui condividerlo il mio tempo, al quale dedicarlo. Maria se n'è andata, povera donna stanca, se n'è andata dopo aver compiuto la sua missione: Luigi lo aveva ritrovato, c'era nel momento in cui ha avuto bisogno di lei, lo ha accompagnato il tempo necessario per fargli sentire quanto era stato grande il dolore della sua lontananza. Per espiare nell'accettazione delle sue recriminazioni. Chissà se Luigi lo ha capito. Forse lo ha capito, l'ha perdonata, al suo funerale ha versato una lacrima di commozione e di rimpianto. Se ne è andata pensando di lasciarlo in buone mani, me lo ha affidato credendo che fosse in buone mani; non so se adesso ne sarebbe contenta, ora che la sua ossessione lo ha portato lontano da Adriana. Non sarebbe stata contenta, anche se Adriana l'ha vista solo tre volte, non ha potuto conoscerla, ma era la moglie di suo figlio e lei l'accettava incondizionatamente, né avrebbe capito la separazione; come non aveva capito né accettato la mia. Claudia è ora un lontano ricordo che cerca di allontanare dalla mia vita la presenza di Francesca e di Gianluca. Li vedo così poco! Sono ancora piccoli, avrebbero bisogno della vicinanza del loro papà... e io non ci sono... non ci sono mai stato, Claudia me lo ha sempre rinfacciato... dovrei riuscire a vederli di più, ora che sono più grandi possono capire, anche Gianluca che è sempre stato così scontroso e intransigente. Devo recuperare la loro fiducia, devo...

La casa di Vitigliano si era popolata di giovani quell'estate. Francesca, che aveva già sedici anni, era arrivata con un gruppo di amici e il suo ragazzo di poco più grande di lei; Gianluca si era portato dietro il suo migliore amico. Avevano portato allegria e disordine, un po' di vita. Tommaso ci stava bene, si dava da fare per assecondare i loro desideri e le loro esigenze. Era la prima volta che si trovava insieme a tanti ragazzi, ci stava bene, era un piacere sentirli parlare, cantare di sera sotto le stelle, seduti nel giardino intorno a Marco che suonava la chitarra. Marco era il ragazzo di Francesca e lei ne era orgogliosa oltre che innamorata, lo guardava con la dolcezza e l'orgoglio che solo le ragazze della sua età sanno provare, estasiata. Gianluca preferiva starsene in disparte con il suo amico, preferivano andare alla scoperta di qualcosa e parlavano tanto, sempre tra loro; i riti del gruppo di Francesca li consideravano sdolcinati e se ne stavano ai margini. Tommaso godeva di quella giovinezza, parlava con loro e si meravigliava della profondità dei loro pensieri, della genuinità, della freschezza dei sentimenti e delle idee. Parlava anche con Davide, l'amico di Gianluca, e per suo tramite anche col figlio che pian piano si scioglieva nell'abbraccio della paternità.

Mentre stava per abbracciare Gianluca aprì gli occhi e rivide il giardino vuoto, frequentato solo da uccelli e da lucertole. Si era addormentato sulla sdraio mentre pensava. Aveva creduto di sentire le voci, la musica...

Se n'è andata anche Roberta. Mi ha lasciato per inseguire i suoi sogni di giovane donna che ha il mondo e la vita ai suoi piedi. Devo ricordarmi della promessa fatta ad Assunta, pensava Tommaso dopo quel fugace ricordo di Roberta. Domani la invito a cena, forse mi affranco da questi pensieri... Domani mattina le telefono, ho bisogno di distrarmi. Domani vado anche al mare, magari con lei e gli altri amici. Qualche bagno mi farà bene, intanto mi distraggo, dimentico le preoccupazioni degli ultimi giorni. Ne ho bisogno... c'è Assunta...

Il volo di ritorno a Torino fu per Luigi l'occasione di un'ulteriore introspezione e di una riflessione sulle ragioni della fuga di Adriana.

Ne erano successe di cose nelle tre settimane di vacanza... quante non ne succedevano nella vita di Luigi da almeno tre anni. Tre anni fluttuanti negli strati bassi e rarefatti della sua mesosfera vitale, esposto al rischio continuo di collisioni con le meteore infuocate della sua immaginazione; tre anni in tre settimane. Ciò che non gli era riuscito di pensare e di decidere nel tempo lungo della sua ossessione lo aveva realizzato nel tempo breve e intenso della discesa nel suo Ade immaginario, *dove chi vive* alfine *quegli alberghi mira*[48], alla ricerca del padre che non aveva conosciuto, per averne consiglio e scoprire quanto gli era rimasto ignoto per troppo tempo. Non aveva incontrato l'ombra di Salvatore, come Ulisse la madre Anticlea, non aveva subito l'inganno doloroso di un abbraccio che stringe *nebbia sottile o lieve sogno*[49]; Luigi aveva conosciuto persone e situazioni reali, vestigia e testimonianze che ricostruivano meglio di ogni racconto ciò che era stato, chi era lui e chi era stato Salvatore suo padre. Non aveva abbracciato se stesso ingannato dalla corporeità effimera delle ombre, aveva abbracciato corpi pulsanti, vivi, che gli avevano trasmesso il calore dell'affetto e dell'amicizia, la solidarietà della comunità di sangue, delle identità di cultura e di destino. Luigi le aveva considerate manifestazioni arcaiche, residui di un passato comunitario superato dalla modernità che aveva posto al centro l'individuo e la sua unicità irripetibile. Individualismo e liberismo erano stati il suo credo adulto, altro non aveva conosciuto, si era forgiato nell'agone della concorrenza e dello scontro, individuo contro individuo, una lotta senza quartiere per la supremazia e l'affermazione di sé. Neanche la famiglia gli aveva insegnato a coltivare le relazioni affettive, se si eccettuano i timidi approcci di Luisa; vi prevaleva il formalismo dell'etichetta e dell'apparenza che comprimevano la spontaneità, sacrificata al riserbo e alla

---

[48] Omero, Odissea, libro XI, vv. 203-204.

[49] Ibid., v. 269.

convenienza. L'opposto di quanto aveva osservato e vissuto nella breve esperienza appena conclusa. Luigi s'interrogava sull'effettività delle sensazioni provate, si chiedeva se non fossero semplici suggestioni che lo avevano impressionato in un periodo di particolare fragilità, di stanchezza psicologica che abbassa le barriere di difesa e di vigilanza. Erano persone autentiche quelle che aveva incontrato? Erano relazioni solide e solidali quelle con Giovanni, con Rita e con Rocco, con le Assunte, i Luigi, gli altri Rocco e i Salvatore, i Giuseppe e le Marie che aveva conosciuto? Parenti e amici che c'erano e ci sarebbero stati? ...O erano le suggestioni della vacanza? Doveva ancora sperimentarlo. Ciò che era certo era la solitudine del suo mondo torinese. Chi c'era a Torino ad aspettarlo? A chi poteva rivolgersi per un consiglio o semplicemente per stare un po' in compagnia? La sua rubrica era avara di indirizzi e di numeri telefonici; nessuno, né parenti né amici; solo, una monade in un universo di sconosciuti con i quali sono possibili incontri occasionali, fredde relazioni d'interesse e d'affari che rinsecchiscono lo spirito, lo atrofizzano in miseri calcoli di convenienza che niente restituiscono in termini di bellezza e di felicità, di gioia di vivere e di espressività.

L'interesse governa il mondo, le *doux commerce*[50] tempera i costumi e soffoca le passioni, i vizi e le debolezze degli uomini. Gli interessi!

Luigi aveva imparato che l'interesse governa il mondo; un interesse che di per sé, seppure involontariamente, è altruistico perché è dalla ricerca dell'interesse individuale che si realizza quello collettivo: *non è dalla generosità del macellaio, del birraio o del fornaio che possiamo pensare di ottenere il nostro pranzo, ma dalla valutazione*

---

[50] Sulla teoria del "doux commerce": Albert O. Hirschman, Le passioni e gli interessi, Feltrinelli, MI, 1990, pp.37-51.

che essi fanno dei propri interessi[51]. Mefistofele che vuole sempre il male e finisce per operare il bene. L'armonia degli interessi...

Ci dev'essere un errore di sommatoria nell'ottimismo individualista, pensava Luigi, se la perfezione dell'alveare non si realizza tra gli umani, se i vizi privati non si trasformano in virtù pubbliche, se il male produce altro male e non il bene, se l'infelicità e la solitudine regnano sovrane, se...

Luigi ci aveva creduto. Quei principi erano stati la stella polare che lo aveva guidato nei mari procellosi e infidi degli affari; ad essi aveva dedicato la sua vita sacrificando la famiglia e gli affetti, rinunciando alla piena realizzazione di sé, restando al di qua del limite che introduce nel mondo delle relazioni affettive, della reciprocità, della condivisione, della consapevolezza; impegnato a realizzare gli interessi, a nutrire la *sacra fames* dell'Idra dalle nove teste che lo dominava e ne indirizzava pensieri e azioni, comportamenti e scelte. Ora aveva cominciato a riflettere sulla vanità di quei principi. *Vanità, il tuo nome è ricchezza!* Una forza che trasforma chi le dedica l'esistenza in un novello Mida, escluso dal godimento dei piaceri autentici, costretto a rincorrere piaceri effimeri sempre più costosi ed esclusivi per giustificare la corsa... la propria malattia. Luigi non disprezzava la ricchezza, ne conosceva bene l'utilità per esperienza e aveva appreso per affezione i drammi del disagio causati dall'assenza; era la religione del denaro e della ricchezza a interrogarlo, e interrogandosi ne vedeva le implicazioni restandone sorpreso, sorpreso e arricchito dalla consapevolezza, dalla vista sul mondo che quello squarcio di consapevolezza gli aveva concesso. Non ne traeva conclusioni, per il momento, si limitava a osservare a riflettere a interrogarsi, e intanto

---

[51] Adam Smith, La ricchezza delle nazioni, ISEDI, MI, 1973, p. 18.

intraprendeva il faticoso percorso che lo aveva riportato anzitempo a Torino, precipitosamente.

Il bilancio del post vacanze per Luigi non fu propriamente un successo; un insuccesso piuttosto, su tutta la linea. La prima batosta la incassò dopo una veloce scaramuccia, tanto veloce da non lasciargli il tempo di replicare.

Il giorno del suo arrivo a Torino Adriana non si era fatta trovare; che sarebbe arrivato glielo aveva telefonato, e lei lo aveva informato della sua assenza, reale o diplomatica che fosse. Adriana non desiderava passare la sera e la notte con Luigi sotto lo stesso tetto, desiderava che non ci fossero ambiguità di sorta nel loro confrontarsi e avrebbe vissuto la familiarità della convivenza come una complicazione, per questo motivo si era temporaneamente trasferita a casa di un'amica non ancora rientrata dalle vacanze.

Lui pensava di sistemarsi in albergo fino a quando non si fossero chiariti; pensava anche lui che in territorio neutro sarebbe stato più facile parlarsi, senza la distrazione delle cose note e delle abitudini. Decisero di andare a pranzo il giorno dopo in un locale del centro. Luigi avrebbe preferito vederla la sera stessa, mosso com'era dal bisogno urgente, cresciuto negli ultimi giorni, di avere dei chiarimenti; Adriana, al contrario, sembrava non avere fretta. Aveva posto la questione del loro rapporto in termini ultimativi prima della fuga dal Salento, aveva atteso alcuni giorni, di fronte al silenzio di Luigi aveva preso la sua decisione irrevocabile, gliel'aveva comunicata per lettera e pensava davvero che il tempo fosse scaduto, non credeva possibile alcun ricomponimento, né lo voleva... forse. Quanto era accaduto durante la vacanza le aveva dato una consapevolezza nuova, si sentiva diversa, proiettata in una dimensione inesplorata nella quale la sua femminilità reclamava lo spazio che fino ad allora le era stato negato, che lei stessa aveva represso, sopraffatta dall'immagine iconica della donna borghese con la quale era cresciuta. Le precedenti avventure non avevano messo in discussione la sua identità, erano state un riflesso condizionato alle disattenzioni di Luigi, atti che non compromettevano la famiglia e il matrimonio. La storia con Rocco era stata diversa. Rocco l'aveva introdotta in una dimensione nuova dove contano le identità e le volontà reali di ognuno, non gli stereotipi, dove le scelte sono volute e responsabili, una dimensione in cui non poteva continuare a essere la donna che era stata fino ad allora. Adriana era cambiata.

Era cambiato anche Luigi. Egli credeva di rapportarsi alla Adriana conosciuta e amata, invece s'incontrarono due persone nuove che per camminare insieme avrebbero dovuto ri-conoscersi, sostituire l'altro noto con il diverso che egli era, ricominciare da capo... un impegno gravoso che chiedeva di liberarsi dalle incrostazioni sedimentate dal tempo precedente, un lavoro impegnativo che nessuno dei due sarebbe stato in grado di affrontare.

Il pranzo dell'addio fu un incontro di poche spiegazioni e di molti rimpianti, affrontato con la convinzione di Luigi della possibile riconciliazione, terminato con la rassegnazione e la comprensione delle ragioni di Adriana. Lei da parte sua non si aspettava alcunché da Luigi, qualunque fosse stata la narrazione della sua nuova immagine per lei sarebbe sempre rimasto l'impedimento della rinnovata percezione di sé come donna, ed era fermamente convinta, forse sbagliando, che quell'immagine e i relativi corollari non avrebbero coinciso con le aspettative di Luigi. Meglio darci un taglio netto, quindi, meglio per tutti e due. E fu così che finì quel rapporto, e ognuno ne conservò i ricordi belli e le delusioni. Nel giorno del definitivo distacco evocarono solo i ricordi più belli, per convincersi che il loro rapporto non era stato solo delusioni e amarezze, per illudersi ancora un po'. In realtà sapevano ambedue che la colonna del passivo sovrastava quella dell'attivo, fatte le somme il bilancio era in rosso e, come ambedue sapevano, meglio Luigi di Adriana, quando i bilanci sono in rosso da parecchio tempo l'azienda va liquidata, un taglio netto per evitare che la situazione si aggravi. E così fu. Quel giorno, di fronte a un pranzo non consumato, Luigi e Adriana certificarono la fine del loro matrimonio.

La seconda batosta, per così dire, fu tale soltanto in parte, non lo lasciò tramortito; fu un naufragio lento che tuttavia, proprio perché lento, gli consentì di mettere in salvo una parte del carico. Il giorno dopo l'arrivo a Torino, prima ancora di incontrare Adriana, Luigi riprese il suo posto di comando in azienda. Nel giro di due settimane, con un lavoro inesausto dall'alba a notte alta e anche oltre, un buon antidoto per non fermarsi a rimuginare sulla dolorosa separazione dalla moglie, ebbe chiara la situazione del gruppo industriale che di fatto non aveva diretto negli ultimi tre anni. Lo trovò alla deriva, una piccola flottiglia in balia delle correnti che non navigava più in formazione compatta; alcune unità imbarcavano acqua e rischiavano di affondare se non avessero al più presto indirizzato la rotta su un porto in cui rifugiarsi per riparare le falle. Il piano di salvataggio che predispose non prevedeva spazi di manovra, solo decisioni rapide e definitive, senza tentennamenti, perché sapeva che tergiversando avrebbe aggravato una situazione già compromessa e si sarebbe precluso ogni via d'uscita ancora percorribile. Per attuarlo vestì il camice del chirurgo, tagliò dove doveva tagliare, ridimensionò la consistenza del gruppo e alla fine ebbe ragione. Ci impiegò poco tempo per redigerlo, meno di due mesi, e molto per attuarlo, più di un anno e mezzo; al termine dell'impegnativo lavoro aveva resuscitato un corpo agonizzante che dopo la necessaria convalescenza riprese pienamente la sua capacità d'azione e poté tornare a navigare nel mare aperto della concorrenza internazionale, più stabile e attrezzato di prima, ridimensionato e agile, più affidabile e responsabile, un piccolo capolavoro ottenuto senza licenziare alcun dipendente, fatto inconsueto nel fosco panorama della crisi che in quegli anni strangolava l'economia, inconsueto perché rappresentava un'alternativa possibile ai rimedi suggeriti dal pensiero unico delle troike e dalle fameliche pretese dei mercati, soggetti mitologici e impersonali, oracoli incontestabili, mai sazi delle lacrime e del sangue dei mortali dei cui cadaveri erano lastricate le strade dell'economia, sacrificati agli dei della speculazione, non dell'efficienza e del profitto sbandierati come motori del capitalismo vittorioso. Quale efficienza può vantare un sistema che chiude le fabbriche, affama le persone, compromette l'equilibrio sociale, distrugge l'ambiente e mette a serio rischio la sicurezza e la stessa esistenza delle generazioni future? Di quale profitto parla se il suo ammontare è del tutto avulso dalla produzione materiale e dai mezzi di produzione impiegati? Cosa avrebbero da dire Smith e Ricardo, Marshall e Keynes? Riuscirebbero a orientarsi in tanto caos? Per non parlare del vecchio Marx: con quali taglienti analisi avrebbe fulminato il pensiero unico che regola l'azione delle troike e dei mercati? Come ne avrebbe sbeffeggiato i rappresentanti e i custodi?

Luigi non fece tutto da solo, si consigliò con Tommaso e valorizzò con scelte conseguenti le consulenze di alcuni validi esperti da lui indicati. La sua azione si concentrò innanzitutto sulle consociate estere, delle quali si liberò senza rimpianti per recuperare i capitali necessari al rilancio degli stabilimenti domestici; date le condizioni del settore realizzò meno del loro valore effettivo ma non se ne rammaricò perché quel sacrificio era finalizzato alla realizzazione di un'*impresa responsabile*[52]. Gli stabilimenti italiani furono tutti ristrutturati per organizzare un processo produttivo integrato, dalla progettazione alla vendita, di prodotti di qualità, espressione integrale del *made in Italy* che, a giudizio degli esperti consulenti di Luigi, costituiva la strada maestra, l'unica strada percorribile per

---

[52] Per una definizione di *impresa responsabile* e di *responsabilità sociale d'impresa*: Luciano Gallino, L'impresa irresponsabile, Einaudi, TO, 2005, p. 9.

radicare in un Paese avanzato un'impresa operante in un settore maturo come quello del tessile e dell'abbigliamento.

Dopo due anni il gruppo industriale *"Confezioni Gerbino & Gallo s.p.a."* era pronto a ripartire, forte della nuova organizzazione, del suo progetto d'impresa sostenibile e responsabile, dell'innovativo modello di relazioni industriali con i dipendenti e con il territorio. Certo, era una scommessa, ma una scommessa che diede i suoi frutti e rilanciò le quotazioni di un'impresa irrimediabilmente avviata sulla strada del declino.

Dopo due anni, rinfrancato e soddisfatto, Luigi poteva ritornare in Salento per riprendere la vacanza interrotta due anni prima. Con sé avrebbe portato il progetto, coltivato nel tempo della ricostruzione: il progetto di una fabbrica da insediare nei luoghi dov'era nato. Per il momento era solo un'idea da sviluppare, durante la vacanza avrebbe colto l'occasione per prendere contatti, per fare sopralluoghi, per informarsi; il resto sarebbe venuto da sé e sarebbe stato il riconoscimento più significativo alla memoria di Salvatore e di Maria. Ci contava, era certo che quell'idea si sarebbe realizzata.

Tommaso continuò a pensare ad Assunta per tutto il giorno e buona parte della notte. Ci pensava con insistenza, ritrovandola in ogni attività della sua giornata: Assunta che lo aspettava seduta sotto il portico al ritorno dalla sua (di Tommaso) consueta passeggiata mattutina lungo i percorsi di campagna all'ombra gaia degli ulivi che ne costeggiano frondosi i sentieri e accompagnano il passo del viandante con il leggero fruscio delle chiome e il canto melodioso degli uccelli che tra le fronde salutano il giorno e chi passa; Assunta che prepara il caffè nell'ampia cucina della casa di vico Inverno dove si muove a suo agio mentre l'aroma del caffè si espande per la casa trasportato dalla leggera corrente d'aria che l'attraversa per contrastare la calura montante; Assunta che ritorna dal mare carica di salsedine e di sole, stanca e luminosa della luce riflessa dalla pelle lucida e abbronzata di un colore sfuggente tra il bronzo e il miele; Assunta che esce dalla doccia stretta in un elegante accappatoio bianco, i lunghi capelli neri avvolti in un asciugamano come in un elaborato turbante; Assunta seduta di fronte a Tommaso sulla poltrona del portico che parla con la sua voce pacata e suadente della bella giornata di mare appena trascorsa, mentre gusta i saporosi fichi raccolti da Tommaso e descrive le differenze di gusto delle numerose varietà di cui è ricco il giardino. E ancora: Assunta che riposa sulla sdraio, addormentata in un caldo pomeriggio estivo appena rinfrescato dal lento venticello di tramontana che scivola silenzioso sulla serra e si perde nel mare verso il capo di Leuca e più oltre dove gonfia le vele che placide scivolano sulle acque increspando appena il silenzio che vi regna incontrastato; Assunta come una vergine attica, cinta da un candido peplo, che si aggira in giardino nel tardo pomeriggio per godere dei profumi della sera incipiente, ne sfiora le piante e il tocco sembra vivificarle mentre assorbono il liquido elemento di cui le irrora per saziarne la sitibonda arsura; Assunta distesa nel letto al suo fianco che dorme tranquilla, appagata, girata su un fianco in posizione raccolta, le braccia intorno al cuscino come ad abbracciare un'assenza, Tommaso la osserva e lo pervade un moto struggente di riconoscenza perché lei è finalmente lì al suo fianco, al suo posto dopo tanto aspettare.

In due giorni era la seconda volta che Tommaso rincorreva sogni a occhi aperti, il suo subconscio si liberava delle incrostazioni che lo tenevano avviluppato e i desideri emergevano come da una polla sotterranea, a grappoli, occupando il suo spirito vigile, imponendosi imperiosi alla sua riflessione che non poteva più ignorarli né arginarli o ricacciarli indietro. Oramai c'erano e doveva farci i conti fino in fondo. Tommaso non si sottrasse, sottopose i suoi desideri a un'analisi rigorosa, domande che chiedevano risposte sincere e coerenti, che ponevano altre domande lungo un percorso concluso da sintesi chiare e impegnative.

Domanda – *Quali prospettive può avere il nascente rapporto affettivo con Assunta?*

Risposta – Una nuova delusione è sempre possibile (com'è stato con Claudia e con Roberta): per la mia resistenza a impegnarmi in un rapporto amoroso, per il desiderio di mantenere uno spazio di libertà, ho sempre pensato; in realtà per paura di soffrire se il legame era troppo stretto e dovessero verificarsi, come si sono verificate, situazioni d'incomprensione.

D. – *Quelle che chiami situazioni d'incomprensione sono state la conseguenza diretta del tuo disimpegno? Cioè la causa prima dei tuoi fallimenti affettivi?*

R. – Ho provato a riconoscere questi rapporti causali nei meandri della mia psiche inquieta, ci ho ritrovato l'eredità familiare scritta nei comportamenti di Pino e di Maria, una situazione evidente alla quale ho voluto sfuggire.

D. – *Perché il rapporto con Assunta dovrebbe funzionare?*

R. – Per molte buone ragioni.

D. – *Elencale.*

R. – Il fatto di aver riconosciuto nel rapporto asimmetrico tra Pino e Maria la causa prima delle resistenze a lasciarmi coinvolgere affettivamente oltre il limite del controllo possibile è la prima e più importante ragione. Segue il fatto di aver riconosciuto la vanità dei (o almeno l'eccesso di considerazione attribuito ai) successi mondani o accademici a scapito di una sana e vivificante vita di relazione e in particolare l'importanza di relazioni familiari e affettive autentiche, non soltanto quelle di sangue tra madre (padre) e figli o tra fratelli, anche quelle con il partner elettivo, anche se non disconosco che, nonostante l'impegno e la volontà dei partner, sia sempre possibile che un rapporto non funzioni e che in quei casi sia utile, per il bene di tutti i membri della famiglia, interrompere la relazione.

D. – *Riconosci delle differenze tra le relazioni di sangue e quelle amorose? O le ritieni omologhe?*

R. – Ho sempre visto le differenze che le distinguono, ritengo si tratti di differenze sostanziali. Tuttavia anche la maggior parte delle relazioni affettive che uniscono un uomo e una donna sono relazioni stabili che resistono agli scossoni delle prove più destabilizzanti e complesse, non solo per mancanza di alternative o per acquiescenza alla consuetudine o alle pressioni sociali, ma per la solidità del loro rapporto. *"La passione amorosa è una maniera di entrare in sintonia con l'altro, anima e corpo, e soltanto con lui o lei"*; quando la sintonia si realizza il legame è indissolubile, *"ciascuno vorrebbe non sopravvivere alla morte dell'altro, e se, per assurdo, ci fosse una seconda vita vorrebbe trascorrerla insieme"*, scrive André Gorz[53] offrendoci una possibile chiave di lettura della condizione amorosa.

D. – *Ci sono altre buone ragioni a sostegno della convinzione che il rapporto con Assunta possa funzionare?*

R. – Alle mie riflessioni sulla vita affettiva pregressa si associano quelle di Assunta. Anche lei è reduce da un matrimonio fallito, ne ha visto i limiti e ha analizzato i motivi del fallimento; anche lei è titubante di fronte all'ipotesi di iniziare una nuova storia senza la certezza (per quanto di certezze si possa parlare riguardo a questioni che coinvolgono i recessi più profondi e inesplorati della psiche umana) di un sentimento stabile e maturo che abbia superato la fase dell'innamoramento e dell'infatuazione iniziali e si dichiari pronto a percorrere un cammino di lunga lena.

D. – *Sei certo del tuo sentimento nei confronti di Assunta?*

---

[53] A. Gorz, Lettera a D. Storia di un amore, Sellerio, PA, 2008, p. 47, p. 105.

R. – Fino a qualche giorno fa non ci pensavo. Assunta mi piaceva per quello che è: una donna spontanea e affettuosa, concreta e spirituale al contempo, determinata e comprensiva; è anche una donna dalla bellezza discreta combinata con una riservatezza che ne risalta la capacità di ascolto e il parlare pacato e persuasivo; oltre a essere una donna colta e informata con la quale è piacevole parlare e confrontarsi. Ho iniziato a pensarci dopo il colloquio seguito alla partenza di Adriana. Mi sono ritrovato a parlare con lei come se avessimo condiviso una promessa, mentre c'era soltanto una simpatia generica mai approfondita. Più ci pensavo e più mi sembrava di essere di fronte alla donna della mia vita, tanto che le immagini di Assunta elaborate dalla mia psiche pregna del pensiero di lei mi sono sembrate il naturale sfogo dei miei desideri.

D. – *Vuoi quindi sostenere che l'ami?*

R. – Non sono ancora giunto a tale determinazione. In realtà ne ho ancora paura. Ho bisogno di tempo prima di potermi esprimere con certezza, il sentimento deve maturare e per maturare deve passare qualche stagione, deve godere del tepore della primavera, alimentarsi con il sole dell'estate e le piogge dell'autunno, deve temprarsi al gelo dell'inverno, solo dopo potrà essere formulato nella sua pienezza. Ho paura di sbagliare di nuovo e una nuova delusione a questa età può essere fatale, almeno nel senso della stima di sé che ne uscirebbe compromessa.

D. – *Quindi sei ancora indeciso? Non verrai a capo di niente? Una relazione transeunte come tante altre che non hanno lasciato tracce nella tua vita e forse neanche nel tuo ricordo?*

R. – Non credo che questo paradigma si adatti alla situazione in atto. Se dire che sono innamorato è prematuro (e infatti non lo affermo), ci sono però tutte le premesse perché questa simpatia (chiamiamola così, per adesso) maturi e si trasformi in un amore vero, in una passione duratura.

D. – *Finora hai parlato di te. Assunta cosa ne pensa?*

R. – Beh, un uomo certe sensazioni le coglie! La sua simpatia nei miei confronti è indubbia.

D. – *Una riposta poco oggettiva, ne convieni?*

R. – Ho collezionato prove che a sottoporle a un'analisi oggettiva mi rimandano sicuri feedback sulla sua corrispondenza alle mie aspettative; non ho alcuna certezza certificata ma sicure evidenze empiriche posso documentarle.

D. – *Documentale, allora.*

R. – L'invito ad accompagnarla alla mostra sulla cartapesta di Lecce, in aprile, pochi giorni dopo averla conosciuta.

D. – *Vuoi dire che quell'invito sia una prova documentata del suo coinvolgimento affettivo nei tuoi confronti?*

R. – Può essere interpretato come una semplice cortesia nei confronti di un conoscente, questo lo comprendo, però le premure che mi ha dimostrato, le confidenze e un certo abbandono denotano qualcosa di più di una semplice cortesia.

D. – *Quali altre evidenze empiriche puoi elencare?*

R. – A prescindere da tutte le occasioni apparentemente casuali che sia lei che io coglievamo per stare vicini e chiacchierare o scambiarci qualche confidenza, quando tendevo a isolarmi con Luigi lei mi sollecitava a non farlo; di tanto in tanto, con qualche trovata arguta, mi prendeva sottobraccio e mi allontanava da lui raccontandomi qualche aneddoto o chiedendomi informazioni sulle questioni più varie, particolarmente questioni di economia che sa essere il mio mestiere e la mia passione.

D. – *Puoi documentare qualcosa di più certo e attendibile?*

R. – Da ultimo, l'altro giorno durante il colloquio per acquisire informazioni sull'improvvisa partenza di Adriana, lei, tra il serio e il faceto, ma con un evidente imbarazzo e conseguente rossore involontario del viso, non del tutto mimetizzato dall'abbronzatura, mi ha detto di essere stata gelosa di Luigi perché le ha sottratto la mia compagnia. Nella stessa occasione, con un tono dispiaciuto, mi ha anche rinfacciato di averla esclusa dalla mia vacanza.

D. – *Come hai reagito alle parole di Assunta?*

R. – Sul momento, preso com'ero dalla vicenda di Luigi e Adriana, mi sono giustificato per la disattenzione, come se riconoscessi una mia manchevolezza; per risarcirla le ho promesso di invitarla a cena. A posteriori, ripensandoci, credo di aver capito che fossero le risposte, spontanee e conseguenti, di chi aveva inconsciamente maturato un sentimento inespresso e si scusava di non averlo compreso ed esternato prima.

D. – *Manterrai fede alla promessa di invitarla a cena?*

R. – Sì, l'ho già fatto. La vedo questa sera.

D. – *Cosa ti aspetti dall'incontro di questa sera?*

R. – Sonderò il sentimento di Assunta nei miei confronti e cercherò di esprimerle quanto provo per lei. Spero che mi faciliti il compito venendomi incontro e liberandomi dagli impacci che in questi casi sono inevitabili. Lei, d'altronde, conosce i miei trascorsi come io conosco i suoi, ne abbiamo già parlato, siamo al corrente delle rispettive difficoltà incontrate nelle precedenti esperienze...

D. – *Quindi?*

R. – Credo che sarà più facile aprirci l'uno all'altro e convenire che ci sono le premesse per iniziare una relazione affettiva piena e duratura.

D. – *Sei sicuro che sia necessario adottare questo tipo di approccio per comprendere che cosa potrà accadere?*

R. – No. Penso che andrà in modo diverso. Probabilmente basterà guardarsi negli occhi... tutto il resto verrà da sé.

Mentre Luigi, respinto da Adriana, era ritornato al suo primo amore, Adriana ne coltivava uno nuovo. Eppure quell'amore non funzionò. Nel volgere dei due anni in cui Luigi realizzava il suo proposito, Adriana consumava la sua illusione e al termine del percorso si ritrovò da sola.

Fu Rocco a telefonarle. Come sempre fu molto gentile affettuoso e comprensivo; lei gliene fu grata, ma quando Rocco le chiese se la sua partenza fosse stato l'effetto della notte di san Lorenzo lei lo pregò di non approfondire l'argomento; gli disse che di quella notte aveva un ricordo dolce e piacevole, che ne avrebbero parlato più in là nel tempo, quando avesse ritrovato un po' di serenità. Il tempo della serenità non arrivò, venne il tempo della consapevolezza, agitata e dubbiosa, che valesse la pena di approfondire il rapporto con Rocco. Dopo una lunga settimana di scambi epistolari (via mail) e di lunghe telefonate appassionate decisero di vedersi. Si incontrarono a Venezia: quattro giorni a Venezia, alla fine di settembre. Furono giorni di esaltazione amorosa per entrambi: complici consenzienti e ammiccanti la magnifica scenografia della città, la suggestione delle sue chiese, dei palazzi e delle calli...

Dipingi, dipingi! ti grida la luce, scambiandoti per un Canaletto[54]

...le atmosfere decadenti e malinconiche, quasi fuori dal tempo, sospesa tra i fasti della sua grandezza e la dolce ossessione di sentirsi svenduta ai turisti. A Venezia ebbe inizio la loro storia che continuò e si consumò nelle periodiche celebrazioni del primo incontro, quando ogni volta cercavano di esserne all'altezza e ogni volta era come consumarne un pezzetto, fino alla consunzione totale...

Venezia è un imbroglio che riempie la testa soltanto di fatalità...[55]

e fatale per loro fu la bellezza tragica e grandiosa del primo impareggiabile incontro.

Venezia *non ha né un Nord né un Sud; non ha Est né Ovest; non ti indica una direzione, sempre e solo vie traverse...*[56]

---

[54] J. Brodskij, Fondamenta degli incurabili, Adelphi, MI, 1991 p. 65.

[55] F. Guccini, Venezia, in Metropolis, EMI, 1981.

Non poteva funzionare un amore a rate, scandito da lunghi periodi di assenza, rinfocolato di tanto in tanto da appuntamenti appassionati e intensi, iniziati ogni volta con un vigore denso di aspettative e concluso con la tristezza del distacco e dell'abbandono. L'autunno di quell'anno fu una sorta di luna di miele. Rocco e Adriana alimentavano la reciproca passione: si scrivevano lunghe mail appassionate nelle quali si mettevano a nudo l'uno di fronte all'altra sperando che fosse sufficiente a sostenere quel legame precario; il disvelarsi li rassicurava rafforzando il sentimento, più lui di lei perché Adriana era condizionata da un impulso di resistenza che cercava di superare.

Rocco – *Tutte le energie sono investite per alimentare "questo sentimento d'amore impensato": è utile il vagare, è necessario il fugace accostarsi che frena l'intensificarsi del desiderio. Sono surrogati della vita vera che si vorrebbe, non sono sufficienti, ma cosa potrebbe soddisfare questo desiderio che cresce e non si appaga? La domanda aleggia discreta nell'aria. Si crede di sapere anche la risposta, ma senza sicurezze. Troppi vissuti la condizionano e la frenano.*

Adriana – *È necessario continuare nel processo di disvelamento reciproco, conoscersi e accettarsi per quello che si è realmente. Ci vuole tempo. In questo tempo si alimenta la passione e il desiderio, vivendo l'esperienza come un dono e una possibilità. La risposta dipenderà da come si sa accogliere il dono e trasformare la possibilità in realtà.*

R. – *Il disvelamento è il punto focale di un rapporto. Il desiderio di farsi conoscere e di conoscere l'altro fin nei recessi più profondi del proprio essere, cresce di pari passo con il lievitare del sentimento. È come il bisogno di stare insieme, vedersi, toccarsi. È la voglia di mettersi a nudo di fronte all'altro, parallela a quella di denudarsi fisicamente. Corpo e anima conosciuti e avvinghiati nella dolcezza dell'amplesso e*

---

[56] J. Brodskij, cit., p. 20.

della comunione, mai paghi di conoscersi e di compenetrarsi. Dichiararsi prigioniero del sentimento e consegnarsi all'altro senza condizioni. E quando lo sfinimento ha il sopravvento aver voglia di rilanciare, di eliminare le difese residue, le segrete più impenetrabili.

A. – Disvelarsi è soglia molto difficile da attraversare, ed esperienza limite da vivere. Svelarsi, mostrarsi nella propria nudità fisica, è già un passaggio estremo, comporta coraggio accettazione umiltà, ma arrivare al fondo estremo dell'altro è impensabile, quella profondità resterà segreta e impenetrabile, gli amanti vorrebbero accostarsi, accedere all'oscurità, possedere e annullarsi reciprocamente. La tristezza che a volte traspare deriva forse da questa coscienza dell'inaccessibilità, dell'inevitabile separazione che immediatamente si ripresenta ai corpi e ai pensieri pure accecati nella passione reciproca.

Si telefonavano tutti i giorni, due volte al giorno per sentirsi vicini nella quotidianità; si vedevano su Skype e parlavano a lungo nella notte prima di andare a dormire portando con sé l'immagine dell'altro e il suono della sua voce; infine ogni due o tre settimane passavano insieme il week-end, una sorta di tour delle città e dei borghi dell'Italia centrale, incontri a metà strada, più o meno, incontri attesi per assecondare la comune passione per l'arte e corroborare la scoperta affinità nel vivo della bellezza osservata o descritta nei racconti degli scrittori amati, che continuavano a leggere con immutato piacere, aumentato dal rito della condivisione diventata tra loro una costante piacevole e gratificante.

Un amore a rate che non poteva funzionare. Né Adriana né Rocco pensarono mai di progettare una vita in comune. Restarono gli incontri saltuari, sempre meno frequenti col passare del tempo, fino all'esaurimento naturale di una relazione impossibile. Lo accettarono come accade per gli eventi inevitabili, restò il ricordo dolce e malinconico dei giorni felici, una serie di cartoline di loro due innamorati sullo sfondo dei luoghi che li avevano ospitati, ritratti un po' malinconici e tristi, come Venezia dove la loro storia era iniziata.

La sera del diciannove agosto, martedì, due giorni dopo la partenza di Luigi, sette giorni dopo quella di Adriana, Assunta e Tommaso si ritrovarono a cena. L'appuntamento era per le ventuno nel piccolo borgo di Lucugnano. Il paese, poche anime e tanta storia, vicino a Borgo Capriglia, dove Tommaso era già stato con Luigi, lo si ricorda per due personaggi antitetici: uno reale, l'altro probabilmente immaginario; mediocre poeta esoterico il primo, bizzarro ed estroso arciprete del luogo il secondo, eccentrico protagonista de *"Li cunti de papa Caliazzu"*, una raccolta di aneddoti picareschi tramandati dalla tradizione orale salentina. Tommaso non scelse il luogo dell'incontro con Assunta pensando alla storia letteraria del luogo, bensì per la *"Trattoria Iolanda"* dove si potevano gustare piatti della tradizione popolare confezionati da mani esperte alla maniera casalinga e con ingredienti locali al cento per cento. Ma anche perché il nome del piccolo borgo contiene in sé un segno favorevole. Lucugnano deriva il suo nome dal latino *Lucus Jani* perché insediato nelle vicinanze di un bosco sacro a Giano, il padre degli dei romani e dell'umanità, custode di ogni forma di mutamento, protettore di tutti gli inizi e i passaggi della vita. Niente di meglio come viatico, perché Tommaso e Assunta erano a una svolta della loro vita, uscivano da una porta, concludevano un'esperienza e potevano iniziarne una nuova, sotto lo sguardo benevolo di Giano bifronte che vedeva il passato e prevedeva il futuro. Tommaso la considerò una casualità favorevole e quando durante la cena raccontò ad Assunta le notazioni sull'origine del nome e sugli attributi del dio romano, il segreto pensiero di Assunta non fu dissimile da quello di Tommaso.

Durante la cena parlarono di molte cose: le vicende degli ultimi dieci giorni, l'esito della missione di Luigi, di Rocco e Adriana; congetturarono su quest'ultimo rapporto perché né l'una né l'altro avevano informazioni specifiche e lo stesso Rocco, interrogato da Assunta, si era ben guardato dal rivelare il suo segreto.

«Questa vacanza ha cambiato la vita dei nostri ospiti, ha chiarito diverse questioni rimaste in sospeso per troppo tempo. Speriamo che Giano il magnanimo li guardi con occhio benevolo», aveva detto Tommaso riferendosi alla vicenda di Luigi e Adriana.

«E la tua l'ha cambiata?», gli fece eco Assunta con la chiara intenzione di spostare il discorso su quanto gli stava più a cuore, che poi era la ragione del loro convivio.

«Dipende da te», rispose laconico Tommaso.

«In che senso?».

«Io sono cambiato, questo è un dato di fatto. Quanto alla mia vita credo vada di conseguenza. Devo solo capire se cambia in meglio o in peggio... e questo dipende da te», ripeté Tommaso articolando la precedente risposta.

«Sarei felice se la tua vita cambiasse in meglio e se posso fare qualcosa per aiutarti la farò volentieri», replicò Assunta con un sorriso accondiscendente, e intanto pensava che Tommaso era stato abbastanza esplicito e che avrebbe meritato una risposta meno interlocutoria e più diretta. Il suo sorriso era comunque abbastanza significativo e Tommaso ne colse il significato senza alcuna difficoltà. Assunta voleva che il gioco dei piccoli passi continuasse e li avvicinasse all'inevitabile conclusione con naturalezza, senza forzature, dichiarazioni retoriche o sentimentalismi. Tommaso stava al gioco e per prendere ulteriore tempo spostò l'attenzione sulla pietanza che stava mangiando. Aveva ordinato un sontuoso piatto di melanzane alla parmigiana, lei aveva preferito una *"tiella"* di riso patate e cozze.

«È quasi buona come quella che faceva Maria», la informò, e iniziò a decantare la bontà della parmigiana di Maria con tutti i particolari della preparazione e della cottura.

«*Ne sono ghiotta anch'io, ma di sera preferisco pietanze meno pesanti. La "tiella" in questo senso è più indicata*», disse Assunta.

Mentre pensava alla parmigiana di melanzane a Tommaso riaffiorò un ricordo che lo emozionò. Assunta, attenta a ogni sua espressione se ne accorse.

«*Cosa ti è passato per la mente? Sembra che il ricordo della parmigiana ti commuova*», gli disse con dolcezza.

«*Già! Mi è ritornato un ricordo particolare: Maria che cuoce una teglia di parmigiana. Era il giorno della festa di S. Rocco, il sedici agosto, io avevo sì e no sette anni. Maria per festeggiare volle superarsi e per imitare l'effetto forno, che non aveva, collocò sul coperchio della teglia una corona di carboni ardenti, estratti dal focolare della stufa. Era la prima volta che vedevo compiere quell'operazione straordinaria; straordinario fu anche il sapore di quella parmigiana: una crosta dorata e un profumo che sento ancora adesso, un capolavoro culinario insuperato, l'archetipo della parmigiana di melanzane*», ricordò.

Il discorso continuò per un po' sulle questioni culinarie, quindi fu riportato da Assunta sul precedente binario confidenziale:

«*Dopo i ricordi, i propositi: in che modo ti posso aiutare?*», ricominciò.

«*Intanto promettendomi che nei prossimi giorni ce ne andremo in giro io e te da soli, senza il codazzo di altre presenze*».

«*È un impegno lieve, di per sé. Non sarà opportuno farlo di frequente se non vuoi che in paese si inizi a spettegolare su di te… professore*», commentò Assunta.

«*Piuttosto su di te che sei una donna*», rispose prontamente Tommaso.

«*Anche su di me, ovviamente, ed è chiaro che la mia reputazione va tutelata*», concesse Assunta.

«*Allora non si può fare? Non me lo prometti?*», scherzò Tommaso.

«Tutt'altro! Si può fare con un atto ufficiale. Domani chiedi la mia mano a papà così sarà risolto ogni problema e potremo andare in giro dove e quando vorremo», rispose Assunta sostenendo il tono scherzoso.

«Spiegami le usanze del posto e domani stesso chiederò udienza a tuo padre», continuò Tommaso, il quale, constatando che nello sguardo di Assunta era scomparsa la luminosità di prima, diede una svolta decisa alla conversazione: con una mossa a tenaglia prese tra le sue le mani della donna e le si rivolse con una frase alquanto impacciata, che lei non si aspettava (e neanche lui, in verità):

«Sei una persona cara e gentile, in queste settimane ho imparato ad apprezzarti...», le disse dolcemente.

«Ma se non mi hai quasi mai considerata...», lo interruppe Assunta con un tono di rimprovero, per togliersi dall'imbarazzo che quelle parole le procuravano.

«...Non è vero! Ti osservavo e desideravo stare con te, erano le circostanze a impedirmelo. Rimedierò da ora in avanti, se lo vorrai...».

«Lo voglio», rispose Assunta con un filo di voce.

Da quel momento in poi non si rivolsero altre tenerezze per paura di cadere nella trappola del sentimentalismo che ambedue detestavano. Si guardarono negli occhi, si scambiarono una carezza, e dopo qualche minuto d'intenso silenzio in cui ognuno rincorse i suoi pensieri ripresero a parlare pacatamente dei giorni successivi all'ormai prossima fine delle vacanze.

Il tempo residuo della cena passò in fretta. In quel tempo si fecero molte confidenze; compresero, se ce ne fosse stato ancora bisogno, che la simpatia che li aveva accomunati fin dal primo incontro si era trasformata in qualcosa di più impegnativo e importante. Cosa fosse di preciso non osavano dirselo, ma sapevano che è *impossibile spiegare filosoficamente perché si ama e si vuole essere amati da una tale persona precisa con l'esclusione di tutte le altre*[57].

Usciti dalla trattoria fecero una lunga passeggiata nelle strade del piccolo borgo, ammirarono i palazzi storici e le chiese che le costeggiavano, il massiccio castello baronale, le stelle e la luna che si era alzata nel cielo, e finalmente, in piedi nel mezzo della piazza principale, al cospetto di molte persone che godevano il fresco della sera, si scambiarono un lungo bacio appassionato a suggello di quella meravigliosa serata, un viatico di buon inizio della loro relazione amorosa. Ne erano testimoni l'immanente Giano che sorveglia il passato e il presente dalla sua dimora al centro del bosco Belvedere... e la luna che *come un fiore nell'alto pergolato del cielo, con gioia silenziosa si siede e sorride alla notte[58]*.

---

[57] A. Gorz, cit., p. 46

[58] William Blake, Notte, in "Canti dell'innocenza e dell'esperienza", Feltrinelli, MI, 2014.

Epilogo

> *Il tempo perde il suo potere quando il ricordo redime il passato.*
> Herbert MARCUSE

C'era una volta... e forse c'è ancora

(Dove tra storie di ieri e di oggi si riannodano i fili del tempo)

Capitolo 12

Borgo Capriglia

Dopo decenni di abbandono Borgo Capriglia nei due anni successivi all'esplorazione di Luigi aveva cambiato identità, un maquillage che lo aveva trasformato in un lussuoso albergo-resort per turisti facoltosi attratti dalla tranquillità, dai colori e dai profumi della campagna salentina. Era una buona cosa? Era il segno dei tempi. Del vecchio borgo contadino non resta niente, neanche la memoria; forse la nostalgia di qualche anziano che si spegnerà col tempo.

Il resort era stato inaugurato a giugno di quell'anno. Luigi lo aveva saputo da Tommaso che da un anno si era trasferito stabilmente in Salento dove viveva con Assunta, tra Vitigliano e Lecce. Senza pensarci su aveva prenotato un soggiorno per la prima settimana di agosto. Lo aveva deciso d'impulso, senza pensare alle implicazioni emotive, alle complicazioni psicologiche; ci pensò dopo mentre si avvicinava la data della partenza e nella sua mente si affastellavano i ricordi legati al vecchio borgo, alla vacanza precedente, alle vite di Maria e di Salvatore.

Come sarebbe stato il nuovo Borgo Capriglia? Cos'era cambiato? Lo aveva scoperto sul sito internet del resort. Qualcosa aveva visto: gli interni, la piscina, foto della chiesa e della fontana, queste almeno erano state mantenute com'erano, il resto non si vedeva, non si vedevano le casupole dei contadini, proprio quello che gli interessava di più. Gli sarebbe piaciuto dormire nel lotto numero otto, secondo la disposizione originaria, sull'ala sinistra dando le spalle alla chiesa, dov'era nato. Chissà l'emozione! E i pensieri! Lì steso sul letto alla ricerca di ricordi impossibili: l'angolo del focolare, il giardino circoncluso dagli alti muretti a secco, l'albero di fico in un angolo. Niente! Niente di ciò avrebbe trovato. Per fortuna c'era stato prima della ristrutturazione, aveva fatto le foto, tutti gli angoli, immagini che ti stringono il cuore, che ti mancano se sono state cancellate da una ristrutturazione... perdute per sempre, e con loro un pezzo della tua vita e chi se ne frega delle vite passate (o presenti, come la sua), effetti collaterali della modernità che spiana e copre le vestigia del passato che ne ostacolano il cammino: resort e supermercati, autostrade e condomini, una marcia irrefrenabile che non teme ostacoli, li spiana li interra li intuba e li dimentica.

Luigi non retrocesse dalla sua decisione, era curioso e impaziente di provarne le sensazioni, di respirare l'aria che aveva respirato da bambino. Era cosciente che sarebbe stata una delusione, una continua attesa di qualcosa che non poteva succedere, un guardarsi attorno spaesato alla ricerca di ciò che era stato, che si era trasformato in un contenitore di illusioni, un contenitore dell'effimero dove si arriva senza aspettative e si riparte senza rimpianti, dove probabilmente non si tornerà mai più. Borgo Capriglia e Salento: fatto. Dove andiamo la prossima estate? Viaggio esotico o rilassante? Mare o terme? Tour di qua o di là? Tanto un posto vale l'altro, a deciderlo non sei tu, vai dove ti portano la moda del momento e le offerte dei *tour operator*.

Quali storie possono nascere nei luoghi dell'effimero?

Borgo Capriglia era stato un incubatoio di storie e di vite, come ogni borgo per piccolo che sia; aveva prodotto una tradizione e un'identità. Era una *civitas nova*, un esperimento come lo erano stati i falansteri di Fourier, le New Armony di Owen.

Le storie nate a Borgo Capriglia non erano né sperimentali né effimere, avevano il carattere solido della terra, la genuinità dei suoi frutti, la stabilità delle cose permanenti, la semplicità dell'innocenza perché innocenti nonostante i loro peccati erano quegli uomini e quelle donne la cui vita era regolata dalle stagioni e dalle tradizioni; tradizioni per ogni occasione: come mangiare come dormire come indossare i vestiti come costruire una casa crescere i figli o imparare un mestiere, senza le tradizioni le loro vite sarebbero state traballanti come un violinista sul tetto. Non proprio come un violinista sul tetto perché i tetti secondo la tradizione dovevano essere piatti per raccogliere l'acqua piovana per stendere i panni per seccare pomodori-zucchine-melanzane-peperoni da conservare per l'inverno. Per il resto era come nel piccolo villaggio di Anatevka: *tradition* tradizioni per ogni momento della vita, il prete come il rabbino, una benedizione per tenere lo zar (ooops! I carabinietri e il daziere) lontano, la concordia che regna nel borgo. Sì, d'accordo, qualche piccolo screzio, questioni di poco conto subito appianate... e anche se non era subito e anche se non venivano appianate si faceva come se lo fossero.

A Borgo Capriglia si nasceva ci si maritava e si moriva come da qualsiasi altra parte, morivano soprattutto i bambini, gli adulti non fecero neanche in tempo a morire. Qualcuno morì pure a Borgo Capriglia: qualche decesso per l'asiatica, qualche donna di parto o di aborto, qualcuno per incidente sul lavoro e qualcuno per malattie endemiche ricorrenti, qualcuno non tornò dalla guerra sulle montagne albanesi o in Africa, numeri piccoli perché piccolo era il borgo; nessun omicidio né con armi da taglio né da fuoco; pochi morirono di vecchiaia perché non fecero in tempo a invecchiare che l'esperimento ebbe termine, gradualmente il borgo fu abbandonato, fino all'ultimo uomo. Qualcuno se n'era andato prima che imperversasse la crisi del tabacco, anche se avrebbe voluto restarci. È quello che accadde a Gioacchino e Anna che volentieri avrebbero costruito una nuova famiglia nel borgo. Per loro non fu possibile.

C'era una volta... Un incipit così per iniziare la storia che Tommaso avrebbe raccontato a Luigi ci calzerebbe a pennello, ma Tommaso esordì in un altro modo, come l'anziano che gliel'aveva raccontata in una tiepida mattina di fine marzo quando il sole era già entrato nella costellazione dei pesci e si dirigeva verso l'Acquario, in quel torno di tempo in cui la terra si risveglia dal riposo invernale e gli anziani che ne seguono il corso rinascono come la terra, pronti a rivivere altre stagioni, a ricaricare le pile della vita alla luce intensa del sole.

Gioacchino e Anna si conoscevano fin dall'infanzia. Non erano nati a Borgo Capriglia, vi erano arrivati qualche anno dopo seguendo il flusso che ne sosteneva la crescita, di pari passo con il consolidamento del progetto di coltivazione e lavorazione dei tabacchi levantini. Erano stati bambini e avevano giocato insieme; da ragazzi i giochi avevano cominciato a differenziarsi ed era iniziato il tempo del lavoro sia per i ragazzi sia per le ragazze, senza distinzione di sesso. Da adolescenti non giocavano più, però cominciavano a guardarsi, scoprivano la sessualità e guardandosi arrossivano. Gioacchino guardava Anna che cresceva insieme a lui e segretamente se ne innamorava. La guardava di nascosto, cercava di starle vicino in ogni occasione e quando poteva le parlava, le raccontava dei suoi lavori, delle scoperte che faceva in campagna, dei suoi sogni, racconti innocenti per destare la sua curiosità e l'interesse.

Una mattina di agosto, non erano ancora le sette, avevano diciassette anni lui, quindici lei, si ritrovarono a tu per tu tra gli alti filari di tabacco, soli. L'occasione era propizia e non se la lasciarono scappare. Gioacchino le fece qualche complimento, lei si schermì come facevano le adolescenti di quei tempi, gli disse di stare zitto che faceva peccato a dire quelle cose, che era scemo a comportarsi così, intanto in cuor suo ne godeva che il cuore le sarebbe scoppiato se...

Gioacchino era un bravo ragazzo, pensava, un gran lavoratore senza grilli per la testa, responsabile; anche bello, folti capelli corvini, sguardo serio e profondo... sì, insieme facevano una bella coppia.

...se Gioacchino con un movimento improvviso e inaspettato non le avesse preso la mano attirandola a sé. Le loro mani, nere della resina grassa del tabacco si strinsero in un legame colloso, i corpi si attrassero e

Gioacchino diede ad Anna un bacio furtivo sulla guancia. Anna non aveva opposto resistenza, arrossì com'era suo dovere secondo tradizione, ma godette di quel bacio furtivo e lo custodì come un pegno d'amore. Le foglie di tabacco alte sopra di loro fremevano alla debole azione del vento, alcune gazze volteggiavano nel cielo sovrastante, alcune voci si avvicinavano a interrompere l'idillio appena sbocciato. I due giovani si allontanarono dopo aver brevemente indugiato l'uno vicino all'altra senza sapere cos'altro dirsi o cos'altro fare, le mani trattenute dalla resina collosa del tabacco si staccarono a fatica, giusto in tempo per far allontanare il ragazzo di qualche filare prima dell'arrivo delle voci in avvicinamento.

Il casto bacio adolescenziale rubato tra i filari di tabacco fu il pegno di una reciproca promessa per la vita.

Tre anni dopo, pochi mesi prima del periodo fissato per il fidanzamento ufficiale, ai genitori di Anna pervenne da parte di un lontano parente, una richiesta formale di fidanzamento che colse tutti di sorpresa. Colse di sorpresa i genitori di Anna che sapevano della sua relazione con Gioacchino; a maggior ragione colse di sorpresa Anna che conosceva appena il suo pretendente. Nella sorpresa c'era tuttavia una consapevolezza ineludibile: come declinare la richiesta senza suscitare il risentimento del parente e della parentela tutta? Il padre di Anna provò a far presente che la ragazza da alcuni anni aveva una simpatia per Gioacchino e che i due avevano intenzione di dichiararsi entro pochi mesi, al compimento della maggiore età di Gioacchino. L'avviso non produsse effetti, il pretendente era a conoscenza della cosa e non la considerava un impedimento, era stato il primo a chiedere la mano della ragazza e pretendeva una risposta chiara. Anna dal canto suo si era subito opposta con decisione e tale restò il suo proposito per tutto il tempo della trattativa. La questione si faceva delicata. Il povero padre di Anna era preso tra due fuochi, non c'era verso di sottrarsi: da un lato Anna e Gioacchino, dall'altro i parenti e la tradizione. Che figura ci avrebbe fatto? Al termine di un tormentoso processo di autoconvincimento al poverino, un buon uomo peraltro, fu estorto il consenso al fidanzamento. Adesso si trattava di convincere la ragazza, con le buone o con le cattive. La ragazza non si convinse. Le fu vietato di vedere Gioacchino, di uscire di casa da sola e fu sottoposta a ogni sorta di pressione da parte di familiari e conoscenti, compreso il suo confessore. Anna fu irremovibile. D'accordo con Gioacchino progettò una fuga d'amore per mettere tutti di fronte al fatto compiuto. La notte della fuga i due raggiunsero in bicicletta un paese vicino dove, in casa di conoscenti consumarono il loro matrimonio carnale e attesero alcuni giorni prima di tornare a casa per regolarizzare la loro posizione. Il comportamento di Anna non fu perdonato dal padre, come succedeva in queste occasioni. Il matrimonio riparatore fu vietato e ad Anna, per espiare la grave colpa contro l'autorità paterna, fu imposto di non vedere più Gioacchino, nonostante che oramai lo avesse conosciuto anche biblicamente, come il prete andava ripetendo per convincere l'irremovibile genitore a consentire il matrimonio riparatore che davanti a Dio era stato consumato. Anna e Gioacchino non si persero d'animo. Decisero di rimandare la loro unione a dopo il compimento della maggiore età di Anna. Gioacchino intanto, per far decantare la situazione, sarebbe emigrato in Francia; lei lo avrebbe aspettato. Tre anni dopo, puntuale Gioacchino ritornò. Era bello ed elegante nel suo vestito nuovo, le scarpe a punta lucide, i capelli tagliati impeccabilmente quando si presentò all'uscio della casa di Anna per chiedere ufficialmente la sua mano e mantenere la promessa che i giovani si erano scambiati. Il padre, intestardito nel suo rancore cercò di impedire che i due si vedessero, minacciò la figlia, promise fuoco e fiamme, alla fine si arrese tra strilla e lamenti abbandonandosi a una solenne sbornia che lo precipitò in uno stato di semincoscienza seguito da una lunga dormita ristoratrice e pacificatrice.

Il matrimonio fu celebrato qualche settimana dopo, giusto il tempo di fare le carte necessarie. Il padre di Anna non partecipò né diede la sua benedizione, non la maledisse e non pronunciò proclami bellicosi, disse solo che non l'avrebbe perdonata e che se ne sarebbe pentita.

Dopo il matrimonio Anna seguì Gioacchino in Francia dove rimasero a lungo, oltre gli anni del declino di Borgo Capriglia. Gli attriti con il padre e la parentela furono infine appianati. La riconciliazione fu celebrata con una grande festa in occasione del primo ritorno degli sposi, dieci anni dopo, insieme ai tre figli. Alla festa, non dissimile da quelle organizzate in occasione dei matrimoni, parteciparono amici e parenti, con l'unica eccezione della famiglia del pretendente respinto.

Il borgo fu definitivamente abbandonato nel millenovecentosettanta. La famiglia del fattore era stata l'ultima a trasferirsi, oramai incapace di sopportare il silenzio dell'abbandono che lo riempiva della sua vuotezza. Era l'assenza che regnava a Borgo Capriglia nel millenovecentosettanta, tanto più insopportabile per chi aveva vissuto i fasti e i clamori degli anni ruggenti, l'euforia delle feste i canti delle donne durante la lavorazione del tabacco il chiasso dei bambini che riempivano di grida e di giochi gli spazi aperti le grida dei braccianti durante gli scioperi quando rivendicavano lavoro e salari più alti.

Era lo stesso abbandono e lo stesso silenzio che aveva trovato Luigi durante la sua visita, quel silenzio che lo aveva inquietato, di cui non si dava ragione, quel silenzio che dopo due anni andava cercando per ritrovarvi altre voci altri suoni, che le parole e i suoni dell'effimero che lo abitava gli impedivano di percepire, perché quella voce era flebile lontana impercettibile per chiunque, udibile solo da chi aveva ascoltato il silenzio e quel vuoto se lo portava nella testa come Peter Kien la sua biblioteca. Il vuoto non era il *niente*, era solo assenza di suoni, era silenzio pieno di immagini-storie-ricordi fluttuanti nell'aria, ondeggianti al ritmo del vento, li potevi vedere e sentire se quel silenzio lo avevi custodito come un oracolo da interrogare per trovare risposte nei momenti di sconforto e di tristezza, quando si ha voglia di abbandonare tutto e scappare, di sottrarsi alle responsabilità perché sono venute meno le forze e vacillano i principi e la volontà.

Non c'era più niente a Borgo Capriglia, tutte le porte chiuse, comprese la chiesa e la casa padronale. Il vecchio proprietario non vi soggiornava già da alcuni decenni, attratto da altri lidi, dalle lussuose ville di rinomate spiagge alla moda dove di anno in anno si dava appuntamento *la meglio* società.

Per il conte non era più tempo di campagna, c'erano altri affari da seguire, la terra non rendeva più niente, frazionata in piccoli appezzamenti la vendeva ai vecchi contadini emigrati che realizzavano il loro piccolo sogno impiegando i sudati risparmi stranieri in un fazzoletto di terra che non si sa mai.

Dalla casa padronale e dalla chiesa erano stati portati via il mobilio e gli arredi, a vederle era una desolazione che deprimeva il fattore: «*Un peccato*», se ne lamentava. Un peccato e una desolazione: dove c'erano stati cura e ordine regnavano l'incuria e il disordine, l'erba e i rovi circondavano il borgo come in un assedio, su tutti i lati, si insediavano in ogni fessura di muro, in ogni anfratto, a ogni nuova primavera il loro rinato vigore allargava i suoi insediamenti, conquistava nuovi territori, consolidava i vecchi, un'avanzata lenta costante inarrestabile. Le abitazioni abbandonate dai contadini facevano ancora più pena: le avevano lasciate nude come le avevano abitate, non avevano portato via niente perché non c'era niente da portare via e quello che c'era non aveva alcun valore né trovava acquirenti. Non è che ci fosse molto da lasciare: una piccola credenza sgangherata un tavolo due tre sedie due sgabelli un pagliericcio riempito di foglie di granturco che ogni volta che i dormienti si giravano nel letto gemeva e sembrava esternare tutto il dolore delle povere anime che lo calcavano. Quel poco, comprese le porte, fu presto utilizzato come legna da ardere, una spoliazione che consegnava le case violate al dominio del niente, poveri anfratti spogli, le aperture sventrate come orbite oculari vuote aperte sul mondo senza vederlo, trafitte senza pietà da ogni elemento ed erose dalla impercettibile pressione del loro passaggio. Una desolazione che il fattore non poteva più sopportare, che contrastava dolorosamente con i fasti degli anni Trenta.

Nel millenovecentotrentotto il conte di Nardò trascorse buona parte dell'estate nel suo feudo. Per il disbrigo delle faccende domestiche aveva chiamato a servizio alcune donne del posto, tra queste una bella ragazza di diciannove anni, Concettina di nome, di cui il conte si era invaghito già nella passata estate. La ragazza, oltre ad essere molto bella, possedeva altre qualità che la facevano ben volere da tutti: era modesta e rispettosa, timorata di dio e ubbidiente; ciò, tuttavia, non fu sufficiente a preservarla dalle asfissianti attenzioni del conte che cercò di circuirla con mille promesse e profferte. La ragazza resistette e arrivò a dire a suo padre che non aveva più voglia di andare a servizio, che preferiva i lavori in campagna all'aria aperta insieme alle sue compagne, che la permanenza alla villa la intristiva. Per pudore non riferì ai genitori, neanche alla madre, la ragione vera del suo rifiuto, e il padre insistette perché continuasse, lusingato dai vantaggi che la benevolenza del conte poteva procurare alla ragazza e alla sua famiglia. Nessun vantaggio gliene venne, piuttosto la vergogna di una gravidanza indesiderata e di un figlio bastardo che seppure di nobili lombi sempre tale restava nell'immaginario del tempo. Concettina non aveva ceduto alle avances del conte, il quale ne aveva ugualmente abusato con l'inganno e la forza e in quell'unico atto fu segnato il suo destino. Quando fu chiaro che la sua incontinenza aveva prodotto il frutto del peccato, il conte si preoccupò delle conseguenze e nel volgere di poche settimane, consenziente la ragazza che non voleva subire gli effetti di una gravidanza peccaminosa di fronte ai suoi compaesani, fu organizzato il matrimonio con il figlio di un mezzadro residente in un paese vicino. Per ricompensare la disponibilità della coppia e prevenire lo scandalo che avrebbe potuto travolgere il conte e perdere Concettina, si convenne che tutte le spese per il mantenimento del figlio sarebbero state coperte dal conte con il versamento di un mensile vita natural durante e in caso di sua morte legando al ragazzo rendite sufficienti a garantirgli un'educazione adeguata fino al livello più alto di studi. Il bambino nacque meno di otto mesi dopo la celebrazione del matrimonio; grazie al mensile versato dal conte fu allevato in un ambiente sereno e affettuoso in cui non pesarono gli inizi pattizi del matrimonio tra i suoi genitori. Da quell'unione, che nonostante le premesse funzionò, nacquero altri tre figli i quali, come il primo vissero una vita meno disagiata dei loro coetanei, figli dei braccianti e mezzadri della zona, studiarono secondo le rispettive capacità e grazie ai discreti interventi del conte e delle sue conoscenze, trovarono posti di lavoro sicuri in vari uffici della pubblica amministrazione e vissero, come continuano a vivere ... felici e contenti, direbbe il cantastorie del "c'era una volta", ma non Tommaso che l'aveva raccontata.

Luigi ci andò da solo a Borgo Capriglia. Volle andarci da solo perché la presenza di altri ne avrebbe rotto l'incantesimo... se si fosse mai realizzato un incantesimo... avrebbe impedito ai ricordi di condensarsi in immagini tridimensionali, di costruire scenografie e proiettarlo nel mezzo della scena, come fosse la macchina del tempo: millenovecentocinquantacinque l'anno della sua nascita. Un'altra presenza lo avrebbe distratto impedendogli di godere di tutte le sfumature del soggiorno, vedere come il borgo era cambiato e confrontarlo, osservare i nuovi ospiti, interrogarli, scoprire cosa conoscevano di ciò che era stato, se avevano curiosità di saperlo, se erano interessati solo a prendere il sole sul bordo della piscina e a programmare la giornata e la serata nei dintorni, qualche sagra con annesso gruppo folcloristico che suona la pizzica, una festa patronale, la discoteca, la movida nelle località balneari vicine, o chissà che altro.

Aveva pensato di andarci con Silvia, la sua nuova compagna. Non era una compagna in senso proprio, una specie di fidanzata con la quale condivideva un rapporto molto elastico, si vedevano quando ne avevano voglia, impegni permettendo, senza particolare assiduità mentre continuavano a fare la loro vita da *single*. Stava bene a tutti e due, un rapporto più assiduo non lo avrebbero retto perché ambedue dovevano ancora smaltire le scorie di una precedente esperienza. Si facevano buona compagnia, insieme si trovavano bene, si completavano per interessi e carattere, ed erano proprio le differenze ad attrarli, le differenti esperienze lavorative.

Silvia era più giovane di Luigi, aveva quarantadue anni e una cattedra di sociologia dei processi economici e del lavoro nell'università del Piemonte orientale, uno dei *Tommaso boys* (*and girls*), quella *task-force* che Tommaso aveva arruolato come consulenti di Luigi per la redazione e la gestione del piano industriale di salvataggio del suo gruppo. Silvia aveva sposato il progetto, ci aveva creduto, era stata di grande aiuto e supporto nei momenti di scoraggiamento di Luigi; poi la frequentazione, le confidenze, era nata una simpatia ben coltivata da ambedue... e il resto.

Silvia lo avrebbe raggiunto la settimana successiva, a casa di Tommaso dove sarebbero stati ospiti per il resto della vacanza. Questa volta Luigi era deciso a godersela senza gli assilli del precedente soggiorno, finalmente rilassato e tranquillo, insieme ad Assunta e a Tommaso, agli amici, senza monopolizzare Tommaso ed escludere Silvia, facendole da guida alla scoperta della *sua* terra.

Tommaso e Assunta vivevano insieme dall'estate precedente, da un anno. Il loro era stato un percorso di avvicinamento lento. Erano consapevoli delle difficoltà ma decisi a costruire un'unione duratura. Assunta avrebbe seguito Tommaso ovunque lui avesse deciso di stare, a Milano o in qualunque altra sede, anche all'estero; Tommaso decise che il posto più adatto per vivere la loro nuova vita fosse il Salento, la casa di Vitigliano.

Il loro porto fu la casa di vico Inverno al confine col fondo Primavera, quella casa carica di ricordi, dove Tommaso (e anche Luigi, per quanto indirettamente) aveva confermato la sua identità e Assunta vi si ritrovava perché a due passi dalla casa dove era nata ed era custodita la sua storia. Quella casa divenne il punto di riferimento stabile di Luigi, dei suoi figli e dei figli di Tommaso; quello che era stato un sogno di mezza estate si avverava, la casa del nonno sarebbe diventato il luogo delle riconciliazioni, dei riconoscimenti, un luogo magico dove si ricomponevano gli affetti, luogo dello spirito dove ognuno poteva ritrovarsi e ritemprarsi, fare un bagno di consapevolezza e riconoscersi in un percorso senza cesure, perduto nel tempo, sapendo che quel tempo è presente in ognuno, nei geni e nella storia collettiva che ha contribuito a costruire, nella cultura materiale tramandata, nelle identità scolpite nel tempo e nella pietra, nei visi delle persone e nel loro pensiero. La casa come un porto sicuro dove ritornare dopo ogni viaggio nel mondo. Tommaso lo aveva imparato da Maria e ora un porto col suo faro acceso lo metteva a disposizione di tutta la sua famiglia: il vecchio (Luigi) e i giovani, perché i giovani non si perdessero nel mondo e non scordassero la loro storia, la portassero sempre con sé come una bandiera, un segno di riconoscimento ben incardinato nella loro coscienza, ne informasse l'identità. Tutto questo dava pace a Tommaso, lo faceva sentire un segmento di un lungo percorso, legato al presente da una successione di generazioni, non più solo, circondato da una folla in continua crescita: i progenitori e le generazioni a venire che ne raccoglieranno il testimone, Francesca e Gianluca, Federico e Isabella nel tempo presente e dopo di loro i loro figli e i figli dei figli. Tommaso non era solo perché c'era Assunta che condivideva con lui questa visione. Peccato che a ricevere il testimone non ci sarebbe stato anche il figlio comune che avrebbero voluto e che non avranno. Non importa, si dedicheranno con maggiore impegno e attenzione a quelli che ci sono e possono vedere il faro del richiamo.

Luigi trascorreva il tempo del soggiorno a Borgo Capriglia immerso in un lento, vigile far niente. Il tempo non passava perché lui (Luigi, non il tempo) era attento a registrare ogni minimo movimento della vita nel resort, di giorno e di notte. La sua vacanza era una ricerca, un esperimento, il tentativo onirico di interagire con Maria e Salvatore, la transustanziazione nel corpo e nella mente di Salvatore per riuscire a cogliere e a comprendere il fremito della vita che li aveva animati.

Ogni giorno passeggiava nel fresco del mattino lungo le stradine che si inoltrano nei campi, un camminare lento, vigile, come un predatore che cerca la preda e ne capta ogni segnale per impercettibile che sia. Cercava di cogliere ogni piccolo rumore, ogni stormire di foglia, ogni canto di uccello, ogni rumore lontano, ogni cambiamento del colore del cielo, la parabola del sole all'orizzonte verso est oltre il basso rilievo della serra, l'intensità cangiante del vento a ogni svolta di strada, il cambiamento termico variante dalla gradevole frescura della prima ora all'aumento graduale della temperatura sintonizzato con l'ascesa e la dimensione della sfera solare lungo il suo breve arco di venti gradi da est a sud e dal basso verso l'alto, gli odori che il vento faceva fluttuare nell'aria, più puri e delicati nell'incerta luce del primo mattino, acquosi per via della fresca rugiada che imperla le basse piante della gariga e i cespugli della macchia, più intensi e vibranti quando il sole ne asciuga l'umidore e con esso diffonde la piena intensità di ogni essenza. Luigi immaginava suo padre avanzare con la zappa sulla spalla, la sigaretta in bocca, dirigersi verso il campo di lavoro, taciturno, concentrato e svelto di passo. Per strada si accompagnava con altri coscritti, taciturni anch'essi, le poche parole scambiate erano sentenze che si perdevano sulla strada, che nessuno raccoglieva se non il vento per portarle a inciampare nelle fronde di alberi e cespugli, brandelli di coscienza in attesa che qualcuno li raccattasse. Luigi camminava lento perché non aveva meta, concentrato e attento per poter riconoscere quei brandelli di coscienza, casomai qualcuno fosse ancora imbrigliato tra i rami e ne richiamasse l'attenzione con la debole voce consumata dal tempo. Qualche volta riusciva a sentirsi suo padre, per brevi, brevissimi tratti, allora accelerava il passo e i sui pensieri pensavano brandelli di frasi emerse da chissà quale recesso della sua psiche.

A colazione, come a pranzo e a cena, si fermava a lungo, parlava con i camerieri, con i vicini di tavolo e soprattutto ascoltava e osservava tutto ciò che si muoveva intorno; la sua curiosità onnivora non selezionava, immagazzinava ogni gesto-frase-atteggiamento-sguardo per ricostruire le storie che frasi-sguardi-posture proiettavano per chi voleva raccoglierle. Luigi le raccoglieva e le rielaborava con un po' di immaginazione, ne valutava la precarietà e la fuggevolezza.

Il tavolo numero sei nella sala da pranzo del ristorante era occupato da una signora dall'apparente età di quaranta-quarantacinque anni e dai suoi due figli adolescenti, un ragazzo e una ragazza tra i quattordici e i sedici anni. La donna, una bellezza appariscente, eccessivamente sottolineata da un trucco pesante e da evidenti rifaciture estetiche che ne risaltavano le labbra botuliniche e le gote, vestiva preferibilmente con sgargianti pantaloni attillati, camicette generosamente aperte a mostrare un decolté da cui non si faceva fatica a indovinare la prosperità di un seno ricostruito, sandali con alti tacchi sui quali si muoveva con passo instabile. Una bellezza effimera, pensava Luigi, guardandola dal suo posto d'osservazione, il tavolo numero quattro, un tavolo d'angolo che gli consentiva di esplorare l'intera sala in vista panoramica; «una puttanona, con annesso cayenne», avevano commentato sottovoce alcuni giovani uomini che, a turno, non le avevano tolto lo sguardo di dosso per tutto il tempo del pranzo.

La signora era oggetto delle attenzioni particolari di un giovane cameriere di età compresa tra i venti e i venticinque anni che la serviva con premura perfino eccessiva e la intratteneva in fitti dialoghi per convincerla a scegliere i piatti che le suggeriva, a suo dire i più fini e prelibati del giorno.

«Oggi le consiglio il risotto con zucchine gamberetti e vongole sgusciate. Le zucchine e i gamberetti amalgamano i loro sapori delicati senza perdere l'identità di terra e di mare; le vongole esprimono un leggero gusto iodato, esaltato dall'aroma di terra del prezzemolo tritato aggiunto fresco dopo l'impiattamento. Una vera delizia, signora, un sapore afrodisiaco...».

«Sì, lo preferisco agli spaghetti, ma sul sapore... e sull'effetto afrodisiaco sono un po' scettica. E poi che me ne faccio, non c'è neanche mio marito... Arriva sabato», aveva risposto la signora con un po' di malizia, colta senza fallo dal giovane, il quale ribatté ammiccante:

«Non si preoccupi, signora, l'hotel è attrezzato per soddisfare tutti i desideri delle nostre clienti... Le porto subito due fiori di zucchina fritti come antipasto, sono una squisitezza di stagione da provare assolutamente».

«La frittura è un po' pesante, fa subito ingrassare», squittì la donna.

«Lei non ha da preoccuparsi, signora, ha una silhouette invidiabile che neanche le ragazze di vent'anni possono vantare», le rispose complimentoso (e falso) il cameriere, suscitando una smorfia appena contenuta della ragazza che quanto a silhouette aveva molto da smaltire e i discorsi sulle diete la mandavano in depressione. La madre per questo non le agevolava di certo il compito, pronta a riprenderla a ogni eccesso, tanto che la povera ragazza era costretta (povera e costretta solo dal suo punto di vista di una quasi obesa repressa) a mangiucchiare di nascosto merendine-pizzette-patatine-e-altri-calorici-snack, insieme al fratello poco più grande di lei e altrettanto pingue. I tre componevano una raffigurazione simil boteriana che si completò il sabato successivo con l'arrivo del padre-marito, in carne come i figlioli, vestito

impeccabilmente in doppiopetto come un boss della Chicago anni trenta. In quel quadretto la signora rifatta e attillata dominava con il suo aspetto da pin-up procace e attempata ma ancora piacente. Franco, il cameriere l'apprezzava e infatti la tampinò fin dal giorno del suo arrivo (lo stesso lunedì in cui era arrivato Luigi) e per tutto il tempo del suo soggiorno all'hotel Capriglia, forse catturato dalla promessa di una sicura esperienza amatoriale che stimolava le fantasie sessuali del giovane.

Il giovedì successivo il cliché era già cambiato. Tra cameriere e signora si intuiva una certa complicità che poteva avere un solo inequivocabile significato. Lei lo guardava con uno sguardo trasognato, lo toccava mettendogli la mano sul fianco mentre la serviva o prendendogli il braccio come per fermarlo mentre si allontanava; lui era più sbrigativo, qualche battuta allusiva per stuzzicarla non gliela faceva mancare, ma era evidente che non aveva più bisogno di aprire una breccia per tentare la sua resistenza. La breccia era stata aperta, grande come quella di Porta Pia, Franco poteva entrarci e uscirci a suo piacimento; l'unico impedimento erano i ragazzi. Lei in ogni caso non si perdeva d'animo, durante i pasti trovava il modo di fargli sapere i suoi spostamenti e quelli dei ragazzi i quali erano precettati, contro la loro volontà e nonostante le vibranti resistenze, in una serie pressoché continua di impegni sportivi, lezioniditennis-nuoto-aquagym-spinning-giteinbicicletta, che lasciavano alla signora molto tempo libero dalla cura dei pargoli, tempo che lei, compatibilmente con gli impegni e le voglie di Franco, cercava di spendere in convegni amorosi a trecentosessanta gradi.

Luigi ne fu messo al corrente, seppure indirettamente e per allusioni, dallo stesso cameriere il venerdì mattina, quando insieme fecero il tragitto tra Specchia e Borgo Capriglia sull'auto del giovane dopo la mattinata passata da Luigi in paese per una visita allo zio Giovanni e per un giro solitario nelle strade del centro per goderne la bella architettura, gli odori e la simpatia degli abitanti, specialmente gli anziani, seduti all'ombra, che volentieri si fermavano a parlare e a ricordare i tempi della loro gioventù. Qualcuno aveva conosciuto Salvatore e parlare di lui con quei vecchi conoscenti dava a Luigi una sensazione impagabile di familiarità.

Durante il tragitto, con noncuranza, dopo un formale scambio di battute sul lavoro e sulle persone che frequentavano la struttura di Borgo Capriglia, Luigi buttò lì una domanda:

«Chi è la signora del tavolo numero sei? Sempre sola con quei due ragazzi indolenti...», disse e intanto osservava l'espressione del giovane che non lasciava trasparire alcuna emozione.

«Le interessa?», rispose Franco ammiccando sorridente.

«Semplice curiosità. Ne circolano tanti di tipi così a Borgo Capriglia?», chiese Luigi.

«Di tanto in tanto se ne vedono, tardone in cerca di avventure. È ancora un boccone appetitoso nonostante abbia superato i quaranta e mi sembra che non faccia niente per nascondere le sue grazie».

«Neanche le sue voglie», aggiunse Luigi.

«Neanche quelle. Deve avere una fame... e non parlo di quella che soddisfa con i piatti che le consiglio, e nemmeno di quella dello spirito... parlo d'altro».

«Cosa te lo fa intendere?», insistette Luigi cercando di farlo venire allo scoperto.

Il giovane non si scoprì del tutto, si limitò a dire:

«Si vede lontano un miglio... ha tentato anche con me», lasciando intendere, con una certa soddisfazione, quello che era.

«E ci è riuscita?», incalzò Luigi.

«Non mi faccia dire! Se lei volesse la potrebbe portare a letto nel giro di mezza giornata. Però si deve sbrigare che sabato arriva il marito», precisò sorridendo.

«*No, no, grazie! Ho altro da fare e poi domenica arriva la mia fidanzata*», concluse Luigi.

Il termine "fidanzata" lasciò il giovane alquanto perplesso e pose fine alla discussione, anche perché erano arrivati in vista del resort.

Il resto della mattinata fino all'ora di pranzo lo passava a bordo piscina per catturare altre storie, qualche volta andava in paese. In paese ci andava a piedi camminando all'ombra degli alberi costeggianti la strada, percorreva l'itinerario domenicale di Maria e Salvatore quando scendevano per far visita ai parenti; al ritorno si faceva accompagnare da qualche dipendente del resort che chiacchierava volentieri con lui e si aspettava una lauta mancia. Ad ognuno Luigi chiedeva informazioni sulla condizione del borgo prima della ristrutturazione: i più giovani non ne sapevano niente; i più anziani lo ricordavano con un po' di emozione, ne ricordavano il progressivo spopolamento e speravano che la rinascita assicurasse un po' di lavoro, «*di questi tempi una manna caduta dal cielo con tutta la crisi e la disoccupazione che c'è*».

Quando Luigi rivelava di esserci nato, quando raccontava che i suoi genitori nel lontano millenovecentocinquantasei avevano dovuto abbandonare il borgo che subiva gli effetti della crisi del tabacco, quando faceva queste rivelazioni i suoi interlocutori restavano senza parole, increduli che potesse essere accaduto, lo guardavano con un rispetto riverente, Luigi perdeva la maschera dell'eccentricità che gli avevano fatto indossare, per trasformarsi in un altro, qualcuno che non sapevano ben definire, qualcuno da ammirare in ogni caso.

In piscina se ne stava sotto l'ombrellone, in disparte, un giornale da sfogliare o un libro da leggere, di tanto in tanto una breve nuotata per rinfrescarsi, le orecchie sempre tese a captare la vita che scorreva a borgo vasca, un intreccio di storie volteggianti sotto gli ombrelloni, transitorie come l'identità dei personaggi che le animavano, identità liquide aggiornate a ogni volgere di stagione, come la moda e il prêt-à-porter, un accessorio essa stessa da abbinare all'abbigliamento, il contrario di quanto accadeva ai tempi di Borgo Capriglia quando le identità (e i vestiti) erano per la vita, cose permanenti nel tempo che il tempo e le mode non modificavano, almeno non del tutto, non in posti come Borgo Capriglia dove costruire una vita e un'identità era più faticoso, figurarsi cambiarne una a stagione, dove le cose duravano nel tempo, ne costruivano l'identità, la imprimevano sulla pietra o sul ferro, soggetti all'usura del tempo ma lentamente, nei secoli. Al confronto oggi – pensava Luigi guardando le storie che si facevano e disfacevano sotto i suoi occhi – sembrano scritte sulla sabbia, durano il tempo breve della risacca, frazioni di vita presto dimenticate.

Storie a confronto che Luigi non potrà fare a meno di confrontare.

Giulio aveva diciassette anni, era un bel ragazzo dalla struttura atletica, giocava a rugby in una squadra della provincia di Rovigo dove viveva con i genitori. A Borgo Capriglia ci era andato controvoglia, avrebbe preferito una vacanza da grande con gli amici in giro per l'Europa; i suoi si erano opposti rimandando il progetto al conseguimento della maturità, ancora due anni se si fosse dato da fare con lo studio che non era il suo primo pensiero. Giacché c'era, aveva deciso di approfittarne per qualche lezione di nuoto.

Come Giulio anche Deborah (con la acca, ci teneva a precisare con la pronuncia un po' aspirata sulla a finale) frequentava il corso di nuoto per perfezionare il suo stile approssimativo. Deborah, lombarda della provincia di Mantova, era una simpatica ragazza di sedici anni, altezza normale, corporatura snella e ben proporzionata, carnagione e capelli chiari, le efelidi sul viso che le davano un aspetto sbarazzino e le consigliavano di non esporsi per troppo tempo, senza la protezione solare cinquanta, al sole canicolare d'agosto che non perdona.

Giulio e Deborah sul bordo della piscina dopo la lezione di nuoto avevano fatto amicizia e se ne stavano a chiacchierare sotto l'ombrellone o stesi fianco a fianco sull'erba del prato circostante che per mantenerlo verde e folto richiedeva abbondanti e continue irrigazioni, un'isola di verde in un panorama brullo dove la macchia e gli uliveti lasciavano il posto ai seminativi orfani del grano che li aveva ingialliti e poi arsi con il fuoco delle stoppie.

Lo raccoglieranno ancora il grano arso? Pensò Luigi mentre raccontava. Era evidente che no, spigolare è un verbo del passato, tantomeno dopo la bruciatura delle stoppie; lo facevano un tempo, quando anche una manciata di chicchi anneriti integrava la dieta dei poveri.

L'amicizia tra Giulio e Deborah dopo un paio di giorni si era evoluta in qualcosa di più intrigante, una simpatia con venature d'affezione, preludio dell'innamoramento adolescenziale puntualmente dichiarato il terzo giorno.

Luigi nel corso delle sue osservazioni li aveva subito individuati e ne aveva seguito il percorso. In vacanza, aveva pensato, bastano due giorni per far nascere una storia d'amore. Beh, d'amore! Come si può chiamare una storia così? O come le tante altre che avrebbe potuto raccontare? In questi casi si usa il termine flirt, ma non gli piaceva. Meglio "filarino" per il rapporto tra due adolescenti; per gli adulti non va bene neanche quello perché è qualcosa di più, c'è l'esplicito obiettivo di fare sesso senza impegno e complicazioni affettive. "Avventura" forse è il termine che Luigi cercava, ma neanche questo gli sembrava del tutto adeguato perché dell'avventura non ha il pathos né l'imprevisto e la lentezza; qui è tutto previsto e prevedibile e si consuma così in fretta da non lasciare spazio ad alcun radicamento.

A partire dal terzo giorno Giulio e Deborah intervallavano brevi periodi a bordo piscina ad altri, sempre più lunghi e arditi col passare dei giorni, fuori dalla vista dei genitori e di Luigi. La domenica pomeriggio erano ancora lì stesi fianco a fianco che si promettevano, terminata la permanenza a Borgo Capriglia, di mantenere i contatti, di vedersi ancora perché la loro storia non poteva finire così. Giulio prometteva che sarebbe andato in treno a trovare Deborah, che magari qualche mattina avrebbero marinato la scuola e si sarebbero incontrati a Mantova. Lei acconsentiva con il faccino triste, pronta a rilasciare qualche lacrima, lui sembrava più sicuro di sé e provava a rassicurarla, diceva che le voleva bene, che avrebbe voluto restare con lei, lei gli prendeva la mano e lo guardava negli occhi come se implorasse una grazia. Non ci fu alcuna grazia, l'indomani partirono per destinazioni diverse; si salutarono anche i genitori che promisero di ritrovarsi nelle rispettive città per rivivere i bei momenti delle vacanze e guardare le foto. Dicendolo tutti sapevano che non si sarebbero più rivisti; i ragazzi forse avevano un desiderio e speravano, un desiderio che si sarebbe dissolto con il ritorno alla vita abituale, alle consuete frequentazioni nelle rispettive città. Sarebbe rimasto un bel ricordo, forse, per il tempo necessario a sostituire quel filarino con un altro, qualche messaggio e qualche telefonata, meno frequenti col passare del tempo, quindi il silenzio, e dopo qualche stagione si cancella il numero di telefono, si dimentica il nome, resta solo il vago ricordo di una piacevole vacanza in cui si è conosciuto una ragazza / un ragazzo che ci era stata / stato.

Fine della storia e ognuno, dimenticando, avrebbe vissuto altri filarini.

Nel chiuso della suite numero otto Luigi passava le ore della notte e del pomeriggio. Dormiva poco, non più di tre-quattro ore, le altre trascorrevano in attesa, in un dormiveglia sempre meno cosciente col passare del tempo, in attesa di vedere la vita che là dentro si era svolta cinquantacinque anni prima. Le immagini arrivavano puntuali sull'onda dei suoi pensieri che erano come una preghiera, immagini sfumate di un interno, ogni volta un film diverso che sostituiva i pensieri coscienti, dapprima a intermittenza durante il dormiveglia, quindi in sequenze continue durante il sonno profondo, fino a quando si svegliava che era ora di alzarsi. Quei filmati gli rimanevano impressi nella memoria, non avevano la fugacità dei sogni, erano il suo modo di stare in compagnia di mamma e papà, lui nella culletta sgambettante e frignante. Il recupero della sua prima infanzia, la riconciliazione definitiva con i suoi genitori, Maria e Salvatore che rivivevano in lui nello stesso luogo e gli consegnavano il testimone da custodire e riconsegnare ai suoi figli e ai figli dei suoi figli lungo quell'asse del tempo che è la sequenza delle generazioni. Ogni passaggio la costruzione di qualcosa di nuovo e il riconoscimento di essere parte di quella sequenza, di non essere quel che si è al di fuori di essa e che per questo è necessario conservarne la memoria, anche quella della piccole cose, quella dei *dannati della terra* che nessun libro di storia menziona se non come numeri di una storia che li trascende, alla quale resistono affermando la loro presenza nelle cose di ogni giorno, nel lavoro, con ostinazione e perseveranza perché senza di loro il mondo non va da nessuna parte.

Quella situazione avrebbe potuto spezzargli il cuore... o confonderlo; fu, invece, la sua assicurazione sulla serenità, la certezza di non essere solo nel mondo, la monade infelice che aveva creduto di essere fino a qualche anno prima. No, era parte integrante di un tutto, aveva due famiglie, due madri e due padri, un uomo fortunato che adesso era consapevole di esserlo. Ne parlò con Tommaso, ovviamente, e fu stupito di scoprire che ambedue avevano fatto la stessa scoperta, erano giunti alla stessa conclusione. Ora bisognava lavorare sui giovani, si dissero, recuperare il tempo perso, impedire che se ne perdesse dell'altro, per non spezzare la linea del tempo che unisce le generazioni.

Dopo l'esperienza interiore di Borgo Capriglia la vacanza di Luigi continuò in compagnia di Silvia nella casa di Vitigliano. Le impressioni e le sensazioni di quel soggiorno furono al centro di tutte le animate conversazioni tra Luigi, Tommaso e le rispettive compagne, e non tanto per la curiosità degli altri, quanto per il bisogno di raccontare del primo. Luigi traboccava di visioni, era un fiume in piena, tracimava nelle golene dell'anima dei suoi interlocutori, li costringeva (loro malgrado?) a contenerne il flusso e a trarne significati o almeno a valutare le differenze tra il silenzio dell'abbandono e il silenzio delle coscienze che fa più rumore del chiasso organizzato di questo tratto di tempo a cavallo tra i millenni. Tommaso ci mise del suo, vi aggiunse un confronto di identità tra le vite di corsa e la lentezza delle vite appesantite dalla tradizione; alle storie filmate da Luigi contrappose altre storie e dal confronto trasse elementi d'inquietudine e d'incertezza sulla praticabilità delle strade del tempo della globalizzazione: un'età dell'incertezza dove ritrovarsi è difficile, dove si rischia di essere espropriati della vita propria, dove il processo individuale di costruzione della propria vita è continuamente insidiato dai vuoti di socialità e di coscienza prodotti dalla retorica dell'io che lascia gli individui isolati e smarriti, in balia di risposte alla moda commerciate sui mercati internazionali, li trasforma in prodotti della cultura e del consumo di massa pubblicizzati dalle grandi multinazionali, moderni moloch (altri moloch, come i mercati) che ne governano la vita nell'illusione che sia la propria vita autorealizzata.

Dopo ogni storia del tempo presente raccontata da Luigi, Tommaso ne contrapponeva una al passato, stanze di un decamerone che insegna i termini della differenza tra l'effimero, transitorio e disimpegnato delle storie temporanee e il permanente di quelle che attraversano tutta una vita.

Cominciò con una storia degli anni trenta che si raccontava ancora, sottovoce, ai tempi di Maria e Salvatore, la storia di una sopraffazione come se ne leggevano nei romanzi d'appendice di fine ottocento, di quelle che cambiano le vite e conservano tracce visibili nell'anima dei protagonisti; al filarino spensierato di Giulio e Deborah associò quella grave e duratura tra Gioacchino e Anna raccontatagli da un anziano di Specchia in una tiepida mattina di fine marzo.

Fu quasi automatico confrontarle. Tommaso ne aveva una per ogni situazione, ne aveva una raccolta, una sorta di ricerca antropologica che metteva insieme le storie raccontate da Maria con quelle ascoltate dalla voce degli anziani del posto, pozzi senza fondo, archivi inesauribili dai quali estraggono incunaboli preziosi, testimonianze iridescenti di come eravamo, di com'era il tempo che Luigi cercava, bardi che mantengono viva la memoria e quando possono la cantano, e quando smettono di cantarla la memoria muore con loro se non c'è qualche Tommaso che vuole sapere e ne ascolta gli ultimi canti.

Messi a confronto gli amori giovanili nel vecchio borgo avevano avuto un andamento e un finale diverso da quello dei giovani vacanzieri postmoderni. Meglio? Peggio? Diversi. Ogni storia è figlia del suo tempo: c'è un tempo per la leggerezza e uno per la gravità; quelli erano tempi gravi, non giocavano con i sentimenti né con le parole e le promesse. Certo... tradizioni e ruoli preconfezionati, meglio oggi... certo, se non fosse che a forza di leggerezza e di liquidità si perde anche il senso delle cose, la coscienza di sé e del proprio posto nel mondo, di quello che siamo e delle responsabilità che abbiamo.

Quanto era durata la relazione tra la signora e il cameriere? Considerato che avrebbe avuto un'appendice nella giornata di venerdì, cinque giorni. E dopo? Si chiedeva Luigi. Dopo niente, perché era una relazione fondata su niente, inconsistente al pari della protagonista, truccata e rifatta in quel modo appariscente e un po' volgare da giustificare l'epiteto con cui era stata bollata nel racconto; una storia truccata da un'implicita premessa di disimpegno affettivo, finalizzata alla ricerca di un piacere temporaneo. *Carpe horam*: non per la gravità di un futuro comunque incerto, per corrispondere l'imperativo di questo tempo liquido che nega le certezze, che vive di effimero, che vuole gli individui isolati e insoddisfatti, pronti ad aggiornare il look al passare delle mode, disponibili a sostituire un'identità con un'altra perché un'identità duratura non gli è dato di costruirsela, perché ogni nuova identità ha bisogno di nuovi oggetti che la identifichino, nel cui possesso sta il segreto del cambiamento.

Queste furono le riflessioni che la sociologa Silvia, accompagnò ai racconti di Luigi, come per segnare i termini della differenza tra l'effimero, transitorio e disimpegnato, e il solido delle storie che restano per la vita. Pane per i denti di Tommaso, piacevolmente sorpreso dei progressi del *fratello* che quelle riflessioni aveva condiviso. Ci leggeva un'ottima notizia in quelle riflessioni, maturate di certo nel processo di revisione delle strategie aziendali. C'era un po' del vecchio Adalberto nel nuovo Luigi, paternalistico finché si vuole ma con un'idea d'impresa e di relazioni industriali che non erano solo profitto; c'era molto di più la presenza di Silvia che lo aveva accompagnato su sentieri per lui inesplorati, dove l'uomo non è ciò che mangia né ciò che produce e consuma, dove la sua umana complessità si nutre anche d'altro e altro produce, vive di sentimenti e di emozioni che vanno ben oltre la sfera dell'economia. Le lezioni di sociologia di Silvia gli avevano aperto nuove frontiere di riflessione e di consapevolezza.

Pane per i denti di Tommaso che lo accettò con piacere e lo masticò con gusto avviando discussioni con Luigi che ogni volta rischiavano di diventare un po' noiose e stucchevoli, a cui Silvia e Assunta partecipavano con la leggerezza della loro ironia, sapendo quanto Borgo Capriglia fosse importante per i due uomini, e quanto pesava la perdita dell'autenticità di quel luogo.

INDICE